ZUFLUCHT FÜR LARA

Die Zuflucht in den Bergen, Buch 5

SUSAN STOKER

Titelbild entworfen von: Chris Mackey, AURA Design Group
ISBN Taschenbuch: 978-1-64499-389-7
Besuchen Sie Susan im Netz!
www.stokeraces.com
facebook.com/authorsusanstoker
twitter.com/Susan_Stoker
bookbub.com/authors/susan-stoker
instagram.com/authorsusanstoker
Email: Susan@StokerAces.com

EBENFALLS VON SUSAN STOKER

Die Zuflucht in den Bergen

Zuflucht für Alaska
Zuflucht für Henley
Zuflucht für Reese
Zuflucht für Cora
Zuflucht für Lara
Zuflucht für Maisy (1 Oktober 2024)
Zuflucht für Ryleigh

Das Bergungsteam vom Eagle Point

Ein Retter für Lilly
Ein Retter für Elsie
Ein Retter für Bristol
Ein Retter für Caryn
Ein Retter für Finley
Ein Retter für Heather
Ein Retter für Khloe (7 Mai 2024)

SEALs of Protection: Legacy

Ein Beschützer für Caite

Ein Beschützer für Brenae
Ein Beschützer für Sidney
Ein Beschützer für Piper
Ein Beschützer für Zoey
Ein Beschützer für Avery
Ein Beschützer für Kalee (1 Mar 2024)
Ein Beschützer für Jane (1 Apr 2024)

Die SEALs von Hawaii:
Die Suche nach Elodie
Die Suche nach Lexie
Die Suche nach Kenna
Die Suche nach Monica
Die Suche nach Carly
Die Suche nach Ashlyn
Die Suche nach Jodelle

Delta Team Zwei
Ein Held für Gillian
Ein Held für Kinley
Ein Held für Aspen
Ein Held für Jayme
Ein Held für Riley
Ein Held für Devyn
Ein Held für Ember
Ein Held für Sierra

Mountain Mercenaries:
Die Befreiung von Allye
Die Befreiung von Chloe
Die Befreiung von Morgan
Die Befreiung von Harlow
Die Befreiung von Everly

KAPITEL EINS

Callen »Owl« Kaufman fuhr sich frustriert mit der Hand durch die Haare. Es war über drei Monate her, dass er, Stone und Pipe nach Arizona geflogen waren, um Coras vermisste Freundin Lara zu suchen … und sie hatten mehr gefunden, als sie erwartet hatten.

Ja, sie hatten Lara Osler gefunden, aber um sie von ihrem gefährlichen Freund zu befreien, wurden sie unter Drogen gesetzt, gegen ihren Willen festgehalten, wären fast durch die Hand eines Serienmörders gestorben und mussten einen Hubschrauber stehlen, um von dem Anwesen zu entkommen, auf dem sie die Frau gefunden hatten.

Wäre er nicht so sehr darauf konzentriert gewesen, Lara in dem Chaos zu beschützen, hätte Owl sich in schreckliche Erinnerungen an eine Zeit zurückversetzt gefühlt, in der er selbst als Geisel festgehalten worden war, als er noch beim Militär war. Der Unterschied war, dass er dieses Mal nicht gefoltert worden war. Er wurde nicht zum kranken Vergnügen der Terroristen gefilmt. Und sein Teamkamerad Stone, der ebenfalls gefangen genommen und gefoltert worden war, war dieses Mal der Held des Tages gewesen. Er war derjenige, der sich einen Hubschrauber angeeignet hatte, der dem reichen Drecks-kerl gehörte, der Lara überredet hatte, nach Arizona zu kommen, und mit dem sie entkommen waren und sich in Sicherheit gebracht hatten.

Aber diese Sicherheit war eine Illusion.

Das wusste er.

Seine Freunde wussten es.

Und leider wusste es auch Lara Osler.

Carter Grant war ein Serienmörder, der unter dem Radar aller gelebt hatte. Er hatte als Leibwächter für Laras Ex gearbeitet und dabei vor aller Augen Frauen entführt und gefoltert. Er hatte ihrem Freund in den Kopf geschossen und war in dem Chaos dieses schrecklichen Tages untergetaucht.

Er war immer noch da draußen.

Und er wollte Lara.

Owl knirschte mit den Zähnen. Er würde sie nicht noch einmal in die Hände bekommen. Er hatte es Lara verspro-chen, genauso wie ihrer besten Freundin Cora. Allein bei dem Gedanken daran, was Lara durch den Psychopathen bereits durchgemacht hatte, bekam Owl eine Gänsehaut.

Aber er wusste besser als die meisten, dass schlimme Dinge passieren können. Ein einziger Moment der Unacht-samkeit genügte, und Lara konnte ihnen vor der Nase weggeschnappt werden. Sie hatte schreckliche Angst. Und Owl konnte es ihr nicht verdenken.

Seit ihrer Flucht aus Arizona hatte sie sich in der *Zuflucht* verkrochen und versucht, sich zu erholen. Die meisten Leute hätte gesagt, dass es ihr nicht besser ging als noch vor ein paar Wochen, aber damit lagen sie falsch. Sie hatte seit ihrer Rettung einen weiten Weg zurückgelegt.

Aber sie hatte auch noch einen weiten Weg vor sich. Und Owl schwor sich, bei jedem Schritt für sie da zu sein.

Cora fand, dass ihre Freundin nur noch eine Hülle der Frau war, die sie einmal war, aber Owl war sich da nicht so sicher. Ja, äußerlich war Lara immer noch nervös, redete nicht viel und wollte die Hütte nicht so recht verlassen. Aber wenn sie nur zu zweit in seinem Haus eingeschlossen waren, sicher und warm, begann sie, sich zu öffnen ... und offenbarte sich als eine lustige, rücksichtsvolle und unglaublich einfühlsame Frau.

Und Owl war unsterblich in sie verliebt.

Aus einer Beziehung würde nichts werden, und das wusste er. Lara sah in ihm einen Beschützer. Sie hatte sich an ihn geklammert, seit sie in der *Zuflucht* angekommen waren. Wochenlang geriet sie jedes Mal in Panik, wenn er sich aus ihrer Sichtweite entfernte. Sogar in dem Keller in Arizona, in dem sie sie gefunden hatten, hatte sie sich trotz ihres Drogenrausches an ihn geklammert und er hatte nichts getan, um sie davon abzubringen.

In letzter Zeit war es ihr besser gegangen. Viel besser. Er konnte zur Lodge gehen und sie für ein paar Stunden mit Cora in seiner Hütte lassen, ohne dass sie eine Panikattacke bekam. Aber wenn er zu lange weg war, fing sie an zu zittern und ihre Atmung wurde schneller, was Cora dazu zwang, ihn anzurufen. Jedes Mal konnte Lara sich nicht beruhigen, bis sie ihn wiedersah.

Das brach Owl das Herz, denn er wollte, dass sie ihr Selbstvertrauen zurückbekam. Ihre Unabhängigkeit. Und dass sie sich so sehr auf ihn verließ, war keine gute Basis für eine romantische Beziehung.

Aber er würde alles für Lara tun – sogar seine Gefühle unterdrücken. Er würde ihr Freund sein. Ihr Fels in der Brandung. Ihr Beschützer, solange sie ihn brauchte. Dann würde er sie gehen lassen. Er würde zusehen, wie sie ging und ihre Flügel ausbreitete und wieder flog.

»Owl?«

Ihre sanfte, unsichere Stimme schreckte Owl aus seinen quälenden Gedanken auf. Er drehte sich um und sah sie in der Tür des Gästezimmers stehen. In den ersten zwei Monaten hatte er in einem Sessel neben ihrem Bett geschlafen, weil sie es nicht ertragen konnte, allein zu sein. In letzter Zeit hatte sie es geschafft, die Nacht zu überstehen, ohne schreiend aufzuwachen, aber ab und zu wachte sie immer noch auf und brauchte die Gewissheit, dass sie nicht mehr an diesem schrecklichen Ort war. In einem Keller eingesperrt und der Gnade eines Verrückten ausgeliefert.

»Hey, Schätzchen. Hast du schlecht geträumt?«, fragte er und stand sofort auf, um zu ihr zu gehen. Es war mitten in der Nacht, und wie immer machte Owl die Schlaflosigkeit zu schaffen. Er schlief nicht gut. Nicht mehr, seit er in Kriegsgefangenschaft gewesen war.

Lara schüttelte den Kopf, als er sich ihr näherte. »Nein. Aber ich bin aufgewacht und habe mich erschrocken.«

»Komm schon«, sagte Owl und griff nach ihrer Hand.

Er spürte kleine elektrische Funken, als sie bereitwillig seine Hand ergriff, so wie er es immer tat, wenn sie sich berührten, aber er hielt seine Reaktion verborgen. Sie sollte sich nicht auch noch mit einem unerwünschten Annäherungsversuch herumschlagen müssen.

Er führte sie zu dem Sofa, auf dem er gesessen hatte, und ermunterte sie sanft, sich zu entspannen. Er deckte sie mit einer Decke zu und sagte dann: »Mach es dir bequem. Ich komme gleich mit heißer Schokolade zurück.«

Owl spürte Laras Blick auf sich, als er in die kleine Küche ging. Er war kein Gourmetkoch, aber er hatte in den letzten Jahren als Junggeselle in der *Zuflucht* genügend gelernt, um nicht zu verhungern. Ja, er und seine Partner konnten in die Lodge gehen und jede Mahlzeit mit den Gästen einnehmen, wenn sie wollten. Ihrer Meinung nach war Robert der beste Koch diesseits des Mississippi, aber als introvertierter Mensch wollte Owl manchmal einfach nur Ruhe und Frieden haben.

Er nahm einen großen Becher und drückte auf den Knopf des Wasserkochers auf seiner Küchentheke, um das Wasser zu erhitzen. Er schöpfte eine Mischung aus heißer Zartbitterschokolade in den Becher, fügte ein paar Marshmallows hinzu und stützte sich auf die Theke, während er darauf wartete, dass das Wasser kochte.

Er musste sich beherrschen, um nicht zurück zum Sofa zu gehen und Lara in seine Arme zu schließen. Jeder seiner Sinne war mit ihr im Einklang. Er hörte, wie sie sich auf dem Sofa bewegte, das leise Geräusch der sich bewegenden Bettdecke. Seine Finger kribbelten, als er sich daran erinnerte, dass er ihre Haut noch vor einem Moment an seiner gespürt hatte. Er schwor sich, dass er auch die Pfirsichlotion riechen konnte, die sie benutzte.

Er bewegte seine Augen, aber nicht seinen Kopf, und schaute zu ihr hinüber. Ihr schulterlanges blondes Haar war vom Kopfkissen zerzaust. Ihre dunkelblauen Augen waren ein wenig glasig, als sei sie noch im Halbschlaf. Sie trug schwarze Leggings und ein übergroßes Hemd, das ihre Figur verhüllte, aber nach all der Zeit, die er mit ihr verbracht hatte, wusste Owl, dass sie immer noch ein bisschen zu dünn war und immer noch etwas von dem Gewicht zurückgewann, das sie während ihrer Tortur verloren hatte.

Ihre Nase war am Ende ein wenig nach oben gebogen und sie neigte dazu, bei der kleinsten Provokation zu erröten. Sie war groß für eine Frau – sie waren ungefähr gleich groß, knapp eins achtzig –, aber sie war mit ihren fünfunddreißig Jahren zwei Jahre älter als er. Sie war ein bisschen tollpatschig und schien kein bisschen eingebildet zu sein ... und Owl liebte sie dafür umso mehr.

Es war eine Qual, sie in seiner Nähe zu haben, aber er würde stillschweigend leiden, solange Lara sich dadurch sicher fühlte. Niemand wusste von seinen Gefühlen für seine Mitbewohnerin, und wenn es nach ihm ginge, würde das auch nie jemand tun. Lara hatte ein Leben außerhalb von hier. Sie war die Leiterin einer Vorschule in Washington, D. C. Ihre Kinder vermissten sie, alle Eltern liebten sie und ihre Chefin hatte Lara sogar gesagt, dass sie ihren Job für sie so lange behalten würde, wie sie ihn brauchte.

Irgendwann würde sie gehen. Owl wusste das. Cora wusste es. Verdammt, jeder wusste es. Owl würde sie gehen lassen, weil er sie so sehr liebte. Er würde sie nie zurückhalten. Er würde alles für diese Frau tun. Ganz selbstlos. Denn sie war es wert. Denn nach allem, was sie durchgemacht hatte, verdiente sie die beste Chance der Welt. Er würde sie ihr geben, wenn er könnte. Aber er konnte nur dafür sorgen, dass sie irgendwann sicher in ihr Leben zurückkehren konnte. Ohne sich dabei ständig über die Schulter schauen zu müssen.

Tex, das Computergenie, das ihn und seine Freunde vor Jahren zusammengebracht hatte, um *Die Zuflucht* zu gründen, versuchte, Carter Grant aufzuspüren, den derzeit meistgesuchten Mann des Landes. Die Polizei konnte ihn nicht finden. Das FBI hatte seine Spur verloren. Aber der Serienmörder konnte sich nicht lange vor Tex verstecken.

Owl träumte davon, Grant zu jagen, sobald sie herausgefunden hatten, wo er sich aufhielt. Er wollte derjenige sein, der die Bedrohung für die Frau, die er liebte, beendete. Wahrscheinlich würde er dabei sterben, denn er war nicht wie seine ehemaligen Freunde aus der Spezialeinheit. Er hatte zwar grundlegende Nahkampffähigkeiten, aber er war nicht so gut ausgebildet wie ein SEAL oder ein Delta-Force-Agent. Allerdings hatte er etwas, was seine Freunde nicht hatten – Motivation. Er liebte Lara so sehr, dass er sich opferte, um ihr ein langes, glückliches Leben zu ermöglichen, frei von der Bedrohung durch Carter Grant, die über ihrem Kopf schwebte.

Seine Freunde würden ihn dafür verurteilen, wenn sie wüssten, dass er sich bereitwillig opfern würde, um Lara zu retten. Aber da die Wahrscheinlichkeit, dass Tex den anderen *nicht* erzählte, dass er den Serienmörder gefunden hatte, und Owl ihn allein jagen ließ, gering war, würde sein wahrscheinliches Ableben kein Problem darstellen. Owl wusste nur, dass er, wenn nötig, hundertprozentig sein Leben für das von Lara geben würde.

Das Geräusch des blubbernden Wassers im Kessel holte ihn wieder aus seinen Gedanken. Owl griff nach dem Henkel, goss das Wasser in die Tasse und lächelte über den intensiven Duft von Schokolade, der ihm in die Nase stieg. Er hatte extra viel Schokolade genommen, denn so mochte Lara es am liebsten.

Er rührte das Getränk um, dann drehte er sich um und ging zurück zum Sofa. Owl spürte ihren Blick auf sich und es wurde ihm warm ums Herz. Er setzte sich neben sie und hielt ihr die Tasse hin. »Vorsicht, sie ist heiß.«

»Natürlich ist sie das, es ist heiße Schokolade«, erwiderte sie leise und lächelte leicht.

Owl lebte für dieses Lächeln. Sie waren selten, und er schätzte jedes einzelne davon.

»Stimmt. Sag mir Bescheid, ob sie stark genug für dich ist. Wenn nicht, kann ich noch mehr Schokoladenpulver reintun.«

Sie pustete auf das Getränk und nahm dann einen

vorsichtigen Schluck. Sie sah ihn mit ihren blauen Augen an. »Es ist perfekt.«

»Gut«, erklärte Owl und lehnte sich auf dem Sofa zurück.

Sie saßen einen langen Moment schweigend da, was Owl ebenfalls an ihr liebte. Sie hatte nicht das Bedürfnis, unnötig zu plappern. Sie war genauso zufrieden damit, schweigend dazusitzen wie er. Sie hatte ihm einmal gesagt, dass das an ihrer Arbeit lag. Den ganzen Tag über hörte sie dem Geplapper der Kinder zu, und obwohl sie es liebte, war sie genauso froh, nach Feierabend in ihren Wagen zu steigen und den Klang der Stille zu genießen.

»Konntest du nicht schlafen?«, fragte sie.

Owl zuckte mit den Schultern. »Nein.«

»Du solltest wirklich die Tabletten nehmen, die der Arzt dir gegeben hat«, schimpfte sie sanft.

Keiner seiner Freunde kannte das Ausmaß seiner Schlaflosigkeit. Sie wussten nicht, dass er von Glück reden konnte, wenn er drei oder vier Stunden pro Nacht schlafen konnte. Sein Gehirn schaltete sich nicht lange genug ab, um eine ganze Nacht lang zu schlafen. Und seit Lara angekommen war, sorgte seine Sorge um sie und sein Bedürfnis, für sie da zu sein, wenn sie aus Albträumen erwachte, dafür, dass er die Nacht *nicht* durchschlief.

»Ist schon in Ordnung«, versicherte er ihr.

Lara runzelte die Stirn. »Nein, ist es nicht. Du bekommst nicht genügend Schlaf, Owl.«

»Daran bin ich gewöhnt.«

Sie runzelte die Stirn.

Ihre Sorge um ihn fühlte sich gut an. Wirklich gut. »Ernsthaft, mir geht es gut. Ich mache mir nur Sorgen um dich. Warum bist du heute Nacht aufgewacht?«

Lara ließ den Blick wieder auf der Tasse in ihren Händen ruhen und zuckte mit den Schultern.

»Sprich mit mir, Lara.«

Sie seufzte. »Ich ... ich falle dir zur Last.«

»Was? Das ist nicht wahr«, versicherte Owl ihr.

Sie schenkte ihm ein trauriges Lächeln. »Doch, ist es. Ich kann die Sorgen in Coras Augen sehen, wenn sie uns besucht. Alle hier sind nervös, weil sie befürchten, dass Carter sich mitten in der Nacht auf das Grundstück schleicht und Chaos anrichtet. Und du ...« Ihre Stimme wurde leiser. »Ich weiß, dass du nicht damit gerechnet hast, dich so lange um mich kümmern zu müssen.«

Owl griff nach ihrer Hand und drückte sie. »Was mich betrifft, kannst du so lange bei mir bleiben, wie du willst.«

»Das meinst du nicht ernst«, protestierte Lara.

»Und ob ich das tue. Schau, ich verstehe es. Ich war auch schon da, wo du bist. Als Stone und ich gerettet wurden, war ich ein paranoider Idiot. Ich habe *niemandem* getraut. Ich konnte nicht einmal in den Supermarkt gehen, ohne jemanden dabeizuhaben, der mir Rückendeckung gibt. So lange ist das noch gar nicht her, Lara. Sei nicht so streng mit dir.«

»Ich habe gelesen, was die Leute online sagen«, flüsterte sie.

Owl fluchte im Geiste. Er hatte auch gelesen, was die Vollidioten in den sozialen Medien sagten. Als die Geschichte herauskam, gaben einige Leute *Lara* sogar die Schuld. Sie behaupteten, dass sie etwas Schreckliches getan haben musste, um das zu *verdienen*, was Carter getan hatte. Diese Opferbeschuldigungen waren bösartig und schrecklich zu lesen. Und da Carter Grant eigentlich ein sehr gut aussehender Mann war – groß und muskulös, dunkelblondes Haar, Mitte dreißig, haselnussbraune Augen –, sagten einige kranke Weiber sogar, dass es ihnen nichts ausgemacht hätte, an Laras Stelle gewesen zu sein.

Das waren alles verdammte Schwachköpfe. Sie hatten keine Ahnung, wovon sie redeten. Es war ein Leichtes, in ihren sicheren und warmen Häusern zu sitzen und über Lara und alle anderen Frauen zu urteilen, die in Carters Fängen gelandet waren.

»Die können mich mal«, erklärte Owl aufgebracht.

»Aber sie haben recht. Ich bin aus freien Stücken nach Arizona gegangen. Ich wurde nicht entführt.«

»Mag sein, aber das gibt Michaels nicht das Recht, dich in den Keller zu sperren, und es gibt Grant *ganz sicher* nicht das Recht, dich so zu missbrauchen. Du darfst diesen Mist nicht lesen, Lara. Er wird dich bei lebendigem Leib zerfressen, und diese Leute im Internet haben keine Ahnung, wovon sie reden. Glaub mir, nachdem Stone und ich nach Hause zurückgekehrt waren, haben die Leute das Gleiche getan. Sie haben alles über unsere Situation heruntergespielt. Sie sagten, wir seien Weicheier. Dass wir uns hätten freikämpfen sollen. Dass wir keine ›echten‹ Soldaten seien. Wenn ich mir alles zu Herzen genommen hätte, was sie sagten, hätte ich mir schon lange eine Kugel in den Kopf gejagt.«

»Owl«, hauchte Lara mit einem besorgten Gesichtsausdruck.

»Ich will damit nur sagen, dass du das Zeug nicht lesen darfst. Ich meine es ernst. Du redest nicht mit Henley – die dir viel besser helfen könnte als ich – und du redest kaum mit Cora über das, was passiert ist. Da ich der Einzige bin, dem du dich geöffnet hast, musst du mir zuhören. Hör auf, diesen Blödsinn zu lesen, verstanden?«

Owl wünschte sich sehnlichst, dass Lara mit Henley reden würde. Die Psychologin dort würde ihr viel besser helfen können als er. Aber da sie sich weigerte, mit jemand anderem als ihm über das Geschehene zu sprechen, hatte Henley ihm ein paar Tipps gegeben, die hoffentlich helfen würden. Aber in Zeiten wie diesen hatte er das Gefühl, dass er komplett überfordert war. Er betete nur, dass er Lara nicht noch mehr Probleme bereitete.

»Verstanden«, erwiderte sie.

»Gut. Die einzigen Menschen, deren Meinung zählt, sind du, ich, Cora und alle anderen hier in der *Zuflucht*. Die Leute, die wirklich wissen, was du durchgemacht hast. Vergiss alle anderen.«

Ihre Lippen zuckten amüsiert.

Owls Herz schlug höher. Jedes Mal wenn er sie zum Lächeln bringen konnte, war das wie ein Wunder. Vor allem, nachdem sie den ganzen ersten Monat nach ihrer Ankunft in der *Zuflucht* so am Boden zerstört gewesen war.

»Willst du hier bei mir bleiben oder zurück ins Bett gehen?«

»Hier«, erwiderte sie, ohne zu zögern.

»Fernsehen oder Buch?«, fragte Owl.

»Fernsehen.«

»Willst du mit der Dokumentation weitermachen, die wir gestern angefangen haben? Oder etwas anderes?«

»Können wir uns *Aschenputtel* ansehen?«

»Natürlich.« Owl nahm die Fernbedienung in die Hand und schaltete den Film ein. Es machte ihm überhaupt nichts aus, den Zeichentrickfilm zum hundertsten Mal zu sehen. Wenn es das war, was Lara sehen wollte, dann war es das, was sie sehen würden.

Ehrlich gesagt war er erleichtert über ihre Filmwahl. Er hatte von Cora mehr als einmal gehört, dass Lara eine Romantikerin war. Dass sie an Seelenverwandte und die wahre Liebe glaubte. Zumindest hatte sie das getan, bevor das alles passiert war. Aber die Tatsache, dass sie diesen Film immer noch mochte, dass er ihr Trost spendete, brachte Owl zu der Überzeugung, dass die Frau, die Lara einmal war, immer noch in ihr steckte. Sie mochte ramponiert und zerschrammt sein, aber sie war noch da.

Lara kuschelte sich in die Ecke des Sofas, ihr Blick war auf den Fernseher gerichtet. Owl konnte den Blick nicht von ihr abwenden. Er war nicht im Geringsten müde, aber er war begeistert, als Lara nach nicht einmal fünfzehn Minuten des Films einnickte. Er freute sich, dass sie sich sicher genug fühlte, um sich in seiner Nähe fallen zu lassen und zu schlafen.

Owl hatte den Film genauso oft gesehen wie Lara, seit sie hier war, aber er schaltete ihn nicht aus. Er ließ ihn weiterlaufen. Und er betete, dass die Frau neben ihm eines Tages ihren eigenen Märchenprinzen finden würde. Einen Mann, der sie genauso lieben und wertschätzen würde, wie *er* es tat. Er wusste, dass er es nicht sein konnte, aber er wünschte sich das für sie mehr, als er sich jemals etwas in seinem Leben gewünscht hatte.

KAPITEL ZWEI

Lara wachte auf und blieb regungslos liegen, um sich zu orientieren. Sie hatte auf die harte Tour gelernt, dass es ihr Schmerzen ersparen konnte, so zu tun, als schliefe sie ... zumindest für eine Weile.

Es dauerte nicht lange, bis sie merkte, dass sie nicht in diesem Keller war. Dass sie nicht fast nackt war. Und dass sie nicht der Gnade Carter Grants ausgeliefert war.

Sie war in der *Zuflucht*. In New Mexico. Ihre beste Freundin war über sich hinausgewachsen und hatte sich geweigert zu glauben, dass sie nicht in Gefahr war. Cora hatte die ehemaligen Militärangehörigen, die hier lebten und arbeiteten, überredet, nach Arizona zu kommen, um sie zu suchen.

Lara öffnete die Augen und sah, dass Owl in der anderen Ecke des Sofas schlief. Sein Kopf lag zurückgelehnt auf dem Kissen und sein Mund war teilweise geöffnet, während er leise schnarchte. Lara nahm sich die Zeit, ihn zu betrachten, während er schlief.

Callen Kaufman, der von seinen Freunden Owl genannt wurde, war anders als alle anderen Männer, die sie je getroffen hatte. Er sah ein bisschen aus wie Ed Sheeran – er hatte rötliches Haar, leuchtend grüne Augen und einen kurz geschnittenen Bart und Schnurrbart. Er war zwei Jahre jünger als sie mit ihren fünfunddreißig Jahren und sah irgendwie adrett aus. Sie hatten die gleiche Größe, was Lara gefiel. Sie musste nicht nach oben oder unten schauen, um seine Augen zu sehen. Er war fit und stark, aber nicht so muskulös wie die anderen Männer, die in der *Zuflucht* lebten und arbeiteten. Er strotzte nicht gerade vor Testosteron. Aber Lara wusste ohne Zweifel, dass er, wenn es hart auf hart käme, alles tun würde, um sie vor jeder Gefahr zu schützen. Genau das hatte er auch schon getan.

Sie hatte keine klaren Erinnerungen an ihre Rettung aus dem Haus in Arizona, aber sie erinnerte sich daran, dass sie auf Owls Rücken gestarrt hatte, als er wie ein Wächter zwischen ihr und Carter Grant Stellung bezogen hatte. Sie beschützt hatte. Dann erinnerte sie sich daran, dass er sie in den Arm genommen hatte, aber anstatt sich über die Berührung eines anderen Mannes, den sie nicht kannte, zu erschrecken, war Lara einfach ... mit ihm verschmolzen.

Er war ihr sicherer Ort, das hatte sie sofort gespürt, und irgendwie wusste sie, dass sie sich sofort wieder in Carters Fängen befinden würde, wenn er von ihrer Seite wich.

Es war unvernünftig und irrational, aber sie wurde das Gefühl nicht los, dass sie ohne diesen Mann wieder in den Albtraum zurückfallen würde, aus dem sie nicht mehr aufwachen konnte.

In den letzten Wochen hatte sie sich endlich dazu durchringen können, Owl loszulassen. Sie bemühte sich, Fortschritte zu machen und Owl davon zu überzeugen, dass es ihr besser ging ... aber die Wahrheit war, dass sie in ihrem Kopf noch genauso verwirrt war wie in dem Keller.

Carter Grant würde sie wieder in die Finger kriegen.

Daran hatte sie keinen Zweifel. Er hatte mit den anderen Frauen geprahlt, die er entführt hatte. Die Dinge, die er mit ihnen gemacht hatte. Besonders gern hatte er ihr im Detail erzählt, wie er sie getötet hatte ... und gelacht, weil er nicht erwischt worden war.

Aber es war das, was er ihr eines Nachts ins Ohr geflüstert hatte, nachdem er das Spiel mit ihr beendet hatte, das ihr immer wieder durch den Kopf ging.

Du bist mein Liebling. Ich werde dich nicht aufgeben. Niemals. Du gehörst mir.

Sie machte die Augen zu und holte tief Luft.

Sie war noch nicht so weit, aber der Zeitpunkt, an dem sie gehen musste, rückte immer näher. Sie wollte Carter auf keinen Fall zur *Zuflucht* führen. Zu ihrer besten Freundin. Und zu den Männern und Frauen, die hier lebten.

Ihr ursprünglicher Plan war es gewesen, nach Alaska zu gehen und sich in einer dieser abgelegenen Hütten zu verstecken. Aber da war sie sich nicht mehr so sicher. Sie wusste nicht, *wohin* sie gehen wollte, sie wusste nur, dass sie nicht wollte, dass jemand anderes ihretwegen verletzt wurde.

Lara öffnete die Augen und starrte Owl noch einmal an. Nach außen hin wirkte der Mann immer ruhig und gefasst, aber innerlich war er genauso kaputt wie sie. Und aus irgendeinem Grund ließ sie deshalb ihre Schilde um ihn herum sinken. Er hatte das Gleiche durchgemacht wie sie. Na ja, nicht ganz, aber er war auch gegen seinen Willen festgehalten und gefoltert worden. Er hatte sich ihr geöffnet und ihr ein paar Dinge erzählt, die er, wie er sagte, sonst niemandem erzählt hatte.

Sie war auch die Einzige, die von seiner Schlaflosigkeit wusste. Abgesehen von seinem Arzt in der Stadt natürlich. Sie fühlte sich geehrt, dass er ihr etwas so Privates erzählt hatte, auch wenn sie es bei der vielen Zeit, die sie zusammen verbrachten, irgendwann selbst herausgefunden hätte.

Er war so geduldig mit ihr und kümmerte sich nicht darum, dass er vierundzwanzig Stunden am Tag in ihrer Sichtweite sein musste, damit sie nicht durchdrehte. Er gab ihr nicht das Gefühl, eine Last zu sein. Oder dass sie verrückt wäre. Er war freundlich und geduldig und tat alles, um dafür zu sorgen, dass sie sich wohl und sicher fühlte.

Natürlich glaubte sie nicht, dass sie sich jemals wieder wirklich sicher fühlen würde. Aber das wollte sie nicht zugeben. Nicht einmal vor Owl.

Wenn sie jemals einen Mann lieben könnte, wäre es wahrscheinlich der, der am anderen Ende des Sofas schlief. Aber ihr Traum von einem glücklichen Leben war einen schrecklichen Tod gestorben. Sie war nicht mehr so vertrauensvoll wie früher. Sie hinterfragte alles, was jemand sagte oder tat. Sie war nun zynisch und misstraute den Motiven der anderen. Früher war sie vielleicht eine Romantikerin, aber Ridge Michaels, der Mann, von dem sie dachte, dass er sie so sehr liebte, dass er den Gedanken nicht ertrug, ohne sie zurück nach Arizona zu ziehen, hatte diesen Teil von ihr zerstört.

Sie war *froh*, dass er tot war. Es war ihr egal, dass seine Familie durch die Mangel gedreht worden war, nachdem herausgekommen war, dass sie einen Serienmörder beschäftigt hatte. Dass Frauen auf ihrem Grundstück in Phoenix gefoltert und ermordet worden waren.

Lara war jetzt härter. Weniger naiv.

Aber durch Owl fühlte sie sich ein kleines bisschen wie ihr altes Ich. Zumindest, wenn sie nur zu zweit in seiner Hütte waren. Sie konnte sich in seiner Nähe entspannen, denn er hatte ihr deutlich zu verstehen gegeben, dass er kein romantisches Interesse an ihr hatte. Er berührte sie, aber meistens nur ihre Hand oder höchstens eine kurze, platonische Umarmung, wenn sie am Tiefpunkt war. Sie sah nie etwas anderes als Besorgnis in seinen Augen. Nichts, was darauf hingewiesen hätte, dass er an einer Beziehung interessiert war. Nichts über eine Freundschaft hinaus, für die sie dankbar war.

Aber ... ein Teil von ihr konnte nicht anders, als sich zu fragen, wie es wäre, Owl als ihren Partner zu haben. Zu tun, was sie konnte, um ihm nachts beim Schlafen zu helfen. Sie würde sich von ihm in den Arm nehmen lassen und ihn festhalten, wenn sie Angst hatte.

Kopfschüttelnd presste Lara die Lippen aufeinander und atmete tief durch. Nein. Owl war ihr Freund. Sie war ihm aufgezwungen worden, und er würde wahrscheinlich sehr erleichtert sein, wenn sie ging. Sie würde allen erzählen, dass sie zurück nach D. C. geht, obwohl sie diesen Ort auf keinen Fall wiedersehen wollte. Stattdessen würde sie woanders hingehen. Vielleicht nach Übersee. Sie wusste es nicht.

Sie wusste nur, dass sie sich nie wieder hilflos fühlen wollte. Sie wollte nicht, dass Carter Grant sie fand und sie in einen dunklen, gruseligen Keller sperrte, damit er für den Rest ihres Lebens seine kranken Fantasien mit ihr ausleben konnte.

Sie musste sich mehr anstrengen, um alle davon zu überzeugen, dass sie wieder wie früher war. Zu den Mahlzeiten in die Lodge gehen. Mit den anderen hier in der *Zuflucht* interagieren. Auch wenn das eigentlich das Letzte war, was sie tun wollte. Sie wollte hierbleiben. Versteckt. In Sicherheit bei Owl. Aber niemand würde ihr glauben, dass sie bereit war, zurück nach D. C. zu ziehen und ihr Leben fortzusetzen, wenn sie nicht anfing, sich so zu verhalten.

Also spielte sie eine Rolle. Lara hatte das Gefühl, dass sie die Männer, die hier wohnten, leicht austricksen konnte. Sie kannte sie nicht, und sie kannten sie nicht.

Aber Cora würde viel schwieriger zu täuschen sein.

Der Gedanke an ihre beste Freundin trieb Lara ein wenig die Tränen in die Augen. Sie hatte von Owl gehört, was Cora alles für sie getan hatte. Was sie alles getan hatte, um jemanden davon zu überzeugen, dass Lara in Gefahr war. Dass sie nach Phoenix gefahren war, um selbst zu sehen, ob es Lara gut ging.

Wie sie über *Die Zuflucht* recherchiert, auf der Junggesellenauktion für Pipe geboten, dieser Schlampe Eleanor die Stirn geboten, *buchstäblich* all ihr Hab und Gut verkauft und sich selbst in große Gefahr begeben hatte, indem sie zu Ridge gekommen war.

Lara würde ihr das nie zurückzahlen können, auch wenn Cora darauf bestand, dass sie jetzt »quitt« waren. Aber die Freundschaft mit Cora, als sie noch auf der Highschool waren, war *nichts* im Vergleich zu dem, was Cora für sie getan hatte.

Cora wusste allerdings nicht, dass Lara damals in der Highschool, als sie sich kennengelernt hatten, genauso dringend eine Freundin gebraucht hatte wie Cora. Ihre Eltern waren nicht gewalttätig, aber sie interessierten sich einfach nicht so sehr für ihre Tochter. Die anderen Kinder hielten Lara für hochnäsig, weil ihre Familie so viel Geld hatte und weil Lara nie ein Gespräch initiierte. Sie war klug, zu klug, um zu den meisten anderen Kindern zu passen, und sie hatte kein Interesse an einer Beziehung.

Cora war das Beste, was Lara je passiert war. Sie war aufgeschlossen und hatte keine Angst zu sagen, was sie dachte. Sie war das genaue Gegenteil von Lara, und sie liebte sie.

Jahre später, als Cora kurz davor war, obdachlos zu werden, hatte sie Cora die Vollmacht für ihr Bankkonto gegeben und sie gezwungen zu versprechen, ihr Geld zu verwenden, falls sie jemals wieder in eine solche Situation geraten würde. Da Cora nun mal Cora war, weigerte sie sich natürlich, auch nur einen Cent anzurühren.

Die Wahrheit war, dass Lara Cora viel mehr brauchte, als ihre Freundin sie jemals gebraucht hatte.

Es verging kein Tag, an dem Lara sich nicht im Geiste dafür schimpfte, dass sie nicht auf Cora gehört hatte, als sie ihr sagen wollte, dass Ridge Michaels nicht authentisch war. Sie hatten sich wegen des Mannes heftig gestritten, was dazu geführt hatte, dass Lara impulsiv zugestimmt hatte, mit ihrem damaligen Freund nach Arizona zu fahren. Wenn sie nur auf Cora gehört hätte, wäre sie nicht in Carters Fänge geraten.

Der Gedanke daran, was der Serienmörder ihr angetan hatte, ließ Lara vor Angst und Abscheu erschaudern.

Einen Moment später spürte sie, wie Owl sich regte, dann wurde eine zweite Decke über sie gelegt.

»Ich kann die Heizung aufdrehen, wenn dir kalt ist«, erklärte er leise.

Lara schloss die Augen und versuchte, ihre aufgewühlten Gefühle zu kontrollieren. Selbst im Schlaf hatte Owl ihr Erschaudern gespürt ... und es falsch gedeutet. Hatte ihr schon einmal jemand so viel Aufmerksamkeit geschenkt? Die Antwort war einfach. Nein.

»Danke«, sagte sie zu ihm.

Dann stand er auf und Lara sah ihm nach, wie er in Richtung des Badezimmers am Ende des Ganges ging. Sie hatte keine Ahnung, wie spät es war, aber draußen war es noch dunkel. Als sie hier ankam und Owl herausgefunden hatte, dass sie Angst vor der Dunkelheit hatte, war er in die

Stadt gefahren und hatte ein Dutzend Nachtlichter gekauft. Sie waren an jede verfügbare Steckdose angeschlossen und gaben genügend Licht ab, damit sie sehen konnte, waren aber nicht so grell, dass sie nicht schlafen konnte.

Die ersten Tage schlief sie hier auf dem Sofa, mit Owl zu ihren Füßen. Dann zwang sie sich, ins Gästezimmer zu gehen, aber an Schlaf war nicht zu denken. Dann begann Owl, auf dem Stuhl neben dem Bett zu schlafen. Jedes Mal wenn sie aufwachte, riss sie erschrocken die Augen auf und sah dann ihren persönlichen Leibwächter neben sich. Meistens war er wach und versicherte ihr schnell, dass alles in Ordnung war. Dass sie in New Mexico sicher sei.

Sie hatte oft ein schlechtes Gewissen, weil sie so abhängig war. So angewiesen auf Owl. Aber er gab ihr nie das Gefühl, dass sie ihm zur Last fiel. Er beschwerte sich nie, dass er keine Zeit für sich selbst hatte, weil sie ausflippte, wenn er länger als ein paar Minuten außer Sichtweite war.

Cora und Owl hatten ihr das Leben gerettet. Und Lara war sich immer noch nicht sicher, ob sie dafür dankbar oder sauer auf sie war. An manchen Tagen hatte sie das Gefühl, dass es für alle – auch für sie selbst – besser wäre, wenn sie weg wäre. Wenn sie tot wäre, hätte sie nicht mit der lähmenden Angst und den Depressionen zu kämpfen, unter denen sie jetzt litt.

Owl kam mit einer weiteren Decke zurück ins Zimmer. Er hatte offensichtlich einen Umweg gemacht, nachdem er auf der Toilette gewesen war. Er ließ sich wieder in der Ecke des Sofas nieder und starrte sie an.

Laras Muskeln spannten sich bei seinem Gesichtsausdruck an. Entschlossenheit. Hartnäckigkeit. Sie war auf alles gefasst, was er sagen würde.

»Du musst mit Henley reden.«

Noch bevor er seinen Satz beendet hatte, schüttelte sie den Kopf. »Mir geht es gut«, beharrte sie. Sie wollte auf keinen Fall, dass jemand in ihren Kopf eindrang. Dass jemand herausfand, wie verkorkst sie *wirklich* war.

Und herausfand, dass sie vorhatte, zu gehen und für immer zu verschwinden.

»Das denkst du, aber dem ist nicht wirklich so. Glaub mir, ich weiß es.«

»Das kannst du *nicht* wissen«, erklärte Lara, wobei die Bitterkeit in ihrem Tonfall klar zu erkennen war.

»Doch, das tue ich«, erwiderte Owl mit Nachdruck.

»Weißt du, wie es ist, wenn du dich nach den Drogen sehnst, zu denen du gezwungen wurdest, weil sie deine Sinne betäuben, damit du nicht spüren musst, was mit dir gemacht wird? Gegen deinen Willen berührt zu werden? Wenn dir gesagt wird, dass du nie wieder davon loskommst und jahrelang das Spielzeug von jemandem sein wirst?«

Woher die Worte kamen, wusste Lara nicht, aber sie konnte nicht aufhören.

»Wirklich, Owl? Weißt du, wie es ist, wenn du dich jedes Mal, wenn du nach draußen gehst, so fühlst, als würdest du geschnappt und in einen Kofferraum gestopft und entführt werden? Wenn du jede Minute des Tages Angst hast, weil du weißt, dass der Verbrecher, der dich misshandelt hat, immer noch da draußen ist? Dass er nur auf den perfekten Zeitpunkt wartet, um dich wieder zu schnappen, dich in den Keller zu stecken, dich nackt auszuziehen und sich beim Anblick deiner Angst einen runterzuholen?«

Als sie aufhörte zu reden, kam Laras Atem keuchend, jeder Muskel in ihrem Körper war angespannt und ihr Kopf pochte. Ihre Hände zitterten vor Adrenalin, während vor ihrem geistigen Auge all die schrecklichen Erinnerungen aufgetaucht waren.

»Ich weiß, wie es ist, gegen meinen Willen berührt zu werden. Aus Spaß fast zu Tode geprügelt zu werden ... auf ein rot blinkendes Licht zu blicken und festzustellen, dass meine Erniedrigung gefilmt wird, um sie im Internet für Millionen von Menschen zu veröffentlichen. Ich kann die Angst, wieder gefasst und in die gleiche Situation gebracht zu werden, aus der ich gerade entkommen war, gut verstehen.

Ich weiß auch, wie es ist, wenn mein bester Freund gefoltert wird, nur um mich noch mehr zu verletzen. Seine Schmerzensschreie zu hören und zu wissen, dass ich nichts tun kann, um ihm zu helfen. Und ja, meine Entführer sind noch da draußen. Einige wurden bei unserer Rettung getötet, aber andere nicht. Dutzende von Männern, die sich an jedem Schlag, jedem Messerstich erfreut haben. Ich weiß genau, dass sie nicht zögern würden, mich wieder zu ihrem Gefangenen zu machen, wenn sie die Möglichkeit hätten, mich wieder in die Hände zu bekommen.«

Owls Blick war intensiv, aber sein Tonfall war nicht vorwurfsvoll. Er war fast ... sanft. Und Lara konnte nicht anders, als sich für ihren Ausbruch zu schämen. Aber Owl war noch nicht fertig.

»Ich weiß auch, wie es sich anfühlt, in einem Moment glücklich zu sein und im nächsten so deprimiert, dass ich mich nur mit Mühe aus dem Bett quälen kann. Ich hasste die mitleidigen Blicke von Leuten, die mich von diesen verdammten Videos kannten. Ich wollte keinen Therapeuten aufsuchen. Ich war schließlich ein Mann – ich konnte mit dem ganzen Mist in meinem Kopf auch ohne Hilfe fertigwerden. Aber als ich eines Abends in meiner Küche saß, mit einem Messer in der einen und einer Flasche Schmerzmittel in der anderen Hand, wurde mir klar, dass es Zeit war. In der ersten Sitzung mit meinem

Therapeuten weinte ich wie ein Baby ... und verdammt, das hat geholfen.

Ich mache mir Sorgen um dich, Lara. Ich kann dir zuhören, dir zur Seite stehen und dir versichern, dass ich alles in meiner Macht Stehende tun werde, um für deine Sicherheit zu sorgen, aber ich habe nicht die Ausbildung, die Henley hat. Ich schwöre dir, dass sie ihren Job gut macht. Und alles, was du ihr sagst, wird streng vertraulich behandelt. Versuche es wenigstens. Bitte. Nur eine Therapiestunde.«

Lara schloss die Augen. Sie war durcheinander ... und schämte sich. Was mit ihr passiert war, war schrecklich. Entsetzlich. Lebensverändernd. Aber sie war nicht der einzige Mensch, der etwas Schreckliches durchgemacht hatte. Owl war der Beweis dafür. Das waren alle Männer, die *Die Zuflucht* leiteten. Genauso wie alle Gäste.

Sie verhielt sich egoistisch. Und dadurch fühlte sie sich noch schlechter.

»Sieh mich an«, befahl Owl.

Zögernd hob Lara den Blick zu ihm.

»Ich habe vielleicht nicht dasselbe erlebt wie du, aber ich weiß, wie du dich fühlst. Und ich werde nicht einfach so wieder verschwinden. Du kannst so lange hierbleiben, wie du willst. Wenn du willst, dass ich mein Handgelenk an deins fessle, damit du dich sicher fühlst, dann werde ich das tun. Er wird nicht gewinnen, Lara. Das verspreche ich dir. Und wenn es den Rest meines Lebens dauert, ich werde alles tun, was nötig ist, damit er dir nicht mehr wehtun kann. Hast du das verstanden?«

Zum ersten Mal, seit sie in diesem Keller eingesperrt war, spürte Lara einen Funken ... Hoffnung.

Sie schluckte schwer und nickte Owl dann kaum merklich zu.

»Gut. Muss ich jetzt noch ein paar Handschellen ausgraben?«

Ihre Lippen zuckten amüsiert. »Wie verrucht«, entgegnete sie leise.

Auf Owls Gesicht erschien ein Grinsen. »Ich kann mir Schlimmeres vorstellen, als an dich gefesselt zu sein, Süße.«

Wenn er solche Dinge sagte, kam etwas von der alten Lara an die Oberfläche. Die Frau, die früher in Verzückung geraten wäre, wenn ein Mann so mit ihr gesprochen hätte. Aber sie war nicht mehr diese Frau. Sie war abgehärtet. Zynisch. Verängstigt.

Aber sie fühlte trotzdem, wie sie sich entspannte.

Owl schaute auf sein Handgelenk. »Es ist fünf. Willst du aufstehen und dir mit mir den Sonnenaufgang am Table Rock ansehen?«

Lara blinzelte überrascht. »Table Rock?«, fragte sie. »Aber das ist doch ... kilometerweit entfernt.«

Er zuckte mit den Schultern. »Es ist keine sonderlich schwere Wanderung.«

»Es ist kalt draußen.«

»So kalt auch wieder nicht. Der Frühling ist endlich da.«

Trotzdem zögerte sie. Vielleicht lauerte Carter im Wald, um sie zu entführen.

»Wir haben überall im Wald Kameras. Und ich sollte dir das eigentlich nicht sagen, aber egal – es gibt auch unterirdische Bunker im ganzen Wald. Wenn etwas passiert, wenn ich auch nur einen Moment lang das Gefühl habe, dass da draußen jemand ist, der da nicht sein sollte, bringe ich uns zu einem Bunker und wir können uns verstecken, bis die anderen das Gebiet durchsucht haben und sicher sind, dass wir nicht in Gefahr sind.«

Lara blinzelte ihn an. »Wirklich? Warum?«

»Warum haben wir Bunker? Also ... als wir diesen Ort

gebaut haben, war keiner von uns in einer guten mentalen Verfassung. Wir brauchten die Sicherheit, die diese Bunker uns gaben. Und sie haben sich bereits bewährt. Alaska hat sich in einem verkrochen, als der Menschenhändler sie holen wollte, und Jasna wurde vor dem Mistkerl gerettet, der sie entführt hatte, und in einen Bunker gebracht, um sie außer Gefahr zu bringen.«

»Oh«, machte Lara, weil sie nicht wusste, was sie sagen sollte. Sie hatte gehört, was den anderen Frauen in der *Zuflucht* passiert war, und war wieder einmal erstaunt, wie tapfer sie waren.

Nach einem Moment des Schweigens holte sie tief Luft und nickte. »Okay.«

»Okay?«, fragte er und zog überrascht eine Augenbraue hoch.

»Ja. Ich werde mit dir zum Table Rock wandern.«

Dann lächelte er. Und Lara wurde klar, wie sehr er sich ihr gegenüber zurückgehalten hatte. Sie war schon seit Monaten mit ihm zusammen und sie glaubte nicht, dass sie jemals einen so aufrichtigen Ausdruck der Freude in seinem Gesicht gesehen hatte. Er hielt sich zurück, weil er sich um sie sorgte.

Wieder einmal kribbelte es in ihrem Körper.

»Toll!«, entgegnete er schnell, weil er offensichtlich Angst hatte, dass sie ihre Meinung ändern würde. »Zieh dich um. Zieh dicke Socken an, die fleecegefütterten Leggings, die Henley für dich gekauft hat, ein langärmeliges Hemd, ein Sweatshirt, und ich hole meinen Parka, falls dir kalt wird.« Er stand auf und legte die Decke, die er gerade aus seinem Zimmer geholt hatte, auf das Sofa, dann hielt er ihr seine Hand hin.

Ohne nachzudenken, griff Lara danach.

In dem Moment, in dem seine Finger sich um ihre

schlossen, geriet sie in Panik. Es war so wie immer. Sie mochte es nicht, berührt zu werden. Sie mochte es nicht, die Haut eines anderen Menschen an ihrer zu spüren. Aber wie immer verflog die Angst fast augenblicklich. Das war Owl. Seine Hände waren warm, schwielig und sanft. Nicht kalt und gewalttätig wie die von Carter.

Er ließ sie los, sobald sie auf den Beinen war, blieb aber in ihrer Nähe. Lara wurde klar, dass er das ständig tat. Er blieb an ihrer Seite für den Fall, dass ihr schwindelig wurde, sie schwankte oder in Panik geriet.

Dieser Mann war definitiv ihr Fels in der Brandung und sie wollte ihm gefallen. Sie wollte ihm zeigen, wie sehr sie seine Anwesenheit und seinen Rat zu schätzen wusste.

Nachdem er sich vergewissert hatte, dass sie sicher auf den Beinen stand, drehte er sich um und ging in Richtung seines Schlafzimmers.

Da streckte Lara ihre Hand aus und berührte seinen Arm.

Owl erstarrte, drehte nur seinen Kopf und sah sie an. Beide verstanden, wie wichtig dieser Moment war.

Es war das erste Mal, dass sie seit ihrer Rettung Körperkontakt zu ihm aufnahm – oder zu überhaupt jemandem.

»Das, was du durchgemacht hast, tut mir leid«, erklärte sie sanft.

Owl sah sie mit seinen tiefgrünen Augen an. »Danke.«

»Und ... ich werde mit Henley reden.«

Sie sah, wie groß die Erleichterung in seinem Blick war.

»Danke«, bemerkte er erneut.

»Wirst du ...« Sie beendete den Satz nicht.

»Ja.«

Lara spürte, wie sie lächelte, obwohl an diesem Gespräch nichts lustig war. »Du weißt ja gar nicht, was ich fragen wollte.«

»Das spielt keine Rolle, Süße. Wenn du etwas von mir willst oder brauchst, werde ich alles in meiner Macht Stehende tun, um es dir zu geben.«

Das Kribbeln war wieder da.

»Wie wäre es, wenn ich dich bitten würde, ein Bigfoot-Kostüm anzuziehen und durch den Wald zu schleichen, damit die Kameras, von denen du behauptest, sie seien dort draußen, dich erwischen, nur damit alle anderen ausflippen?«

Das Lachen, das Owl von sich gab, vermittelte Lara das Gefühl, im Lotto gewonnen zu haben. Er war ein ernster Mann. Er lachte nicht oft. Deshalb war es ein tolles Gefühl, diejenige zu sein, die eine solche Reaktion hervorgerufen hatte. Es war das erste Mal seit Monaten, dass sie etwas anderes als Angst oder Sorge über ihre eigene Situation empfand.

»Das mache ich auf jeden Fall irgendwann. Ich kann es kaum erwarten, Tonkas Gesicht zu sehen, wenn er Bigfoot herumstapfen sieht«, versicherte Owl ihr.

»Nun, da die Idee schon mal da ist, würde ich auch gern das Bigfoot-Ding sehen. Vielleicht können wir zwei Kostüme besorgen und ich könnte mit dir zusammen herumlaufen.«

»Abgemacht«, erwiderte Owl lächelnd.

Der Moment fühlte sich spannungsgeladen an. Anders. Als seien sie einfach ein Mann und eine Frau und sie nicht das Opfer eines unglaublich schrecklichen sexuellen Übergriffs und er ihr Retter. Dieser Gedanke brachte die Frage zu ihr zurück, die sie ihm stellen wollte.

»Ich werde mit Henley reden ... aber kommst du bitte mit, wenn ich das tue?«, fragte sie.

Der lässige Ausdruck verschwand und stattdessen

erschien ein Stirnrunzeln auf seinem Gesicht. »Ich glaube nicht, dass das eine gute Idee ist.«

»Ich verstehe, wenn du nicht alles hören willst, was passiert ist«, begann sie unsicher.

Owl schüttelte den Kopf. »Das ist es nicht. Das darfst du *niemals* denken. Ich möchte nur, dass du dich so wohl wie möglich fühlst, wenn du dich Henley gegenüber öffnest, und das könnte unangenehm sein, wenn ich dabei bin. Du willst vielleicht nicht so ehrlich sein.«

»Wenn du *nicht* dabei bist, werde ich ihr wahrscheinlich gar nichts sagen«, entgegnete Lara. »Bei dir fühle ich mich sicher. Ich kenne Henley nicht. Ich meine, ich bin mir sicher, dass sie wundervoll ist, aber einer Fremden alles zu erzählen, was passiert ist, ist nicht ... ich weiß nicht, ob ich das kann.«

»Vielleicht wäre es besser, wenn Cora mitkommt«, erwiderte Owl.

»Nein. Auf keinen Fall. Sie ist meine beste Freundin. Sie würde wütend werden und Carter allein zur Strecke bringen wollen. Sie ist fantastisch und wundervoll, und ich weiß, dass ich die glücklichste Frau der Welt bin, dass sie meine Freundin ist, aber sie ist nicht gerade die Ruhe in Person.«

Owls Mundwinkel zuckten amüsiert, aber er blieb ernst, während er sie musterte.

Als das Schweigen unangenehm wurde, bereute Lara es, ihn gefragt zu haben. »Schon gut«, murmelte sie.

»Ich komme mit«, erklärte er schnell.

»Toll. Jetzt habe ich dir ein schlechtes Gewissen eingeredet«, bemerkte sie und senkte den Blick.

»Sieh mich an.«

Es war das zweite Mal innerhalb einer Stunde, dass er

ihr das befahl. Aber sie konnte neben dem Befehl die Besorgnis in seinem Tonfall spüren. Sie sah zu ihm auf.

»Ich fühle mich geehrt und bin überwältigt von deinem Vertrauen in mich, Süße. Ich würde lieber barfuß über ein Fußballfeld voller Glas laufen, als etwas zu tun, das dir Unbehagen bereiten könnte. Außerdem gibt es nichts, was ich lieber täte, als an deiner Seite zu sein, wenn du dich auf den Weg der Heilung begibst ... aber wenn du deine Meinung änderst, scheue dich nicht, es Henley oder mir zu sagen. Ich werde nicht verärgert sein. Ich werde es nicht persönlich nehmen. Wenn du etwas mit ihr besprechen willst, das ich nicht hören soll, kann ich auch spazieren gehen oder so. Okay?«

Für Lara gab es nichts, worüber sie reden wollte, was Owl nicht hören sollte. Aber eine kleine Stimme in ihrem Hinterkopf nannte sie eine Lügnerin.

Sie konnte nicht über ihre aufkeimenden Gefühle für diesen Mann sprechen. Nicht in seiner Gegenwart.

Es konnte nichts dabei herauskommen. Er half ihr als Freund von Cora. Als Freund von Pipe, da er und ihre beste Freundin eines Tages heiraten würden. Außerdem empfand sie nur etwas für den Mann, weil er sie gerettet hatte. Und sie in Sicherheit gebracht hatte.

»Okay«, stimmte sie schnell zu, da sie nicht wollte, dass er seine Meinung änderte.

Angesichts des zärtlichen Blicks in seinen Augen wurden ihr die Knie weich.

»Los, zieh dich um. Ich will den Sonnenaufgang nicht verpassen«, sagte Owl zu ihr und unterbrach damit die intime Atmosphäre, die sich um sie herum gebildet hatte.

Erst als sie angezogen war und sie und Owl draußen auf dem Pfad in Richtung Table Rock gingen, merkte Lara, dass sie keine Angst hatte.

Sie war draußen. In der Dunkelheit. Und sie hatte keine Angst. Es kam ihr wie ein Wunder vor.

Aber sie war nicht dumm. Sie wusste, dass es an dem Mann an ihrer Seite lag. Owl hatte ihre Hand ergriffen, sobald sie seine Hütte verlassen hatten, und sie nicht mehr losgelassen.

Nachdem sie so lange nichts gefühlt hatte, spürte Lara zum zweiten Mal an diesem Morgen Hoffnung.

Hoffnung, dass sie vielleicht, nur vielleicht, aus dem Nebel der Verzweiflung herauskommen würde, in dem sie seit Monaten steckte.

Und plötzlich schien ihr Plan, sich weit weg von ihrer besten Freundin und der *Zuflucht* zu verstecken, keine so gute Idee mehr zu sein. Sie fand es immer noch schrecklich, dass ihre Anwesenheit alle in Gefahr brachte, denn Carter würde zweifellos jedem wehtun, der sich seinen Wünschen in den Weg stellte.

Vielleicht war es dumm, aber Lara konnte nicht länger leugnen, dass sie den Rest ihres Lebens nicht allein verbringen wollte. Und sie wollte definitiv nicht in Angst leben. Und sie hatte das Gefühl, dass genau das passieren würde, wenn sie irgendwo allein lebte.

Mit der Hilfe von Owl, Henley und Cora wollte Lara glauben, dass dieser Funke Hoffnung bedeutete, dass die Möglichkeit, wieder ein normales Leben zu führen, in greifbarer Nähe war.

KAPITEL DREI

Owl hielt Laras behandschuhte Hand fest und starrte hinaus in die aufgehende Sonne. Er war erschöpft, was nichts Neues war, aber irgendwie fühlte sich dieser neue Tag anders an. Positiver. Als ob die aufgehende Sonne eine Veränderung des Status quo bedeutete.

Er war sehr erleichtert, dass Lara zugestimmt hatte, mit Henley zu reden, aber er war sich nicht sicher, ob er sie dabei begleiten sollte. Zum einen wusste er nicht, ob er nicht genauso reagieren würde, wie sie es von Cora behauptet hatte, wenn er alle blutigen Details über das erfuhr, was Carter Grant getan hatte. Das wenige, was er bereits wusste, war schon genug, um in ihm den Wunsch zu wecken, Grant in Stücke zu reißen. Wenn er noch mehr über die schrecklichen Misshandlungen erfuhr, würde er vielleicht die Fassung verlieren. Bei dem Gedanken, dass jemand Lara etwas antun könnte, schmerzte sein Herz. Am liebsten hätte er sie in eine schützende Luftblase gesteckt, um dafür zu sorgen, dass nichts und niemand ihr jemals wieder ein Haar krümmen konnte.

Aber so funktionierte die Welt nicht. Das wusste er

besser als jeder andere. Sie wäre viel besser dran, wenn sie lernen würde, mit dem Mist umzugehen, den das Leben so mit sich bringt. Das hieß aber nicht, dass er sie nicht trotzdem vor dem schlimmsten Mist schützen wollte.

Lara hatte seit dem Tag, an dem er sie aus dem Haus in Arizona getragen hatte, einige Fortschritte gemacht. Sie schlief immer noch schlecht, hatte Probleme, allein zu sein, war paranoid bei jedem fremden Geräusch und war weit davon entfernt, jemandem zu vertrauen. Aber angesichts der Fortschritte, die er gesehen hatte, wusste er, dass sie es schaffen würde.

Diese Frau war alles, was er sich je im Leben gewünscht hatte. Freundlich, sanft, klug. Und viel stärker, als sie dachte. Es war nicht so, dass er Probleme mit Cora oder den anderen Frauen hatte, mit denen seine Freunde zusammengekommen waren. Jede von ihnen war genau das, was die anderen Männer brauchten. Aber es war Lara, die die Ängste, mit denen er ständig zu kämpfen hatte, besänftigte.

Was sie jetzt taten, war ein gutes Beispiel dafür. Als sie am Table Rock ankamen, breitete er die Decke aus, die er mitgebracht hatte, damit sie sich darauf setzen konnten. Keiner von ihnen sagte ein Wort, während die Sonne langsam am Horizont aufging. Die meisten Frauen hätten das Bedürfnis, die Stille mit Geplauder zu füllen. Aber nicht Lara. Sie saß neben ihm, ihre Hand in seiner, und genoss einfach das Wunder des Augenblicks.

Vielleicht lag es an ihrem gemeinsamen Trauma. Sie waren beide so nahe dran gewesen, so etwas nie wieder zu erleben. Die Tatsache, dass sie es jetzt genießen konnten, bedeutete ... alles.

Als das leuchtende Orange und Rosa am Himmel verblasste, hörte Owl, wie Lara seufzte. Er drehte sich um und sah sie an.

Sie hatte ein kleines Lächeln auf dem Gesicht, als sie ihn anschaute. »Wunderschön«, bemerkte sie leise.

»Ja«, antwortete Owl und meinte damit mehr als den Sonnenaufgang. Ihr glattes blondes Haar hing unten aus der Strickmütze heraus und um ihre Schultern herum, und die statische Elektrizität ließ ein paar Strähnen ein wenig abstehen. Sie hatte eine seiner alten Jacken an, die mindestens zwei Nummern zu groß war. Cora hatte ihr in der Stadt ein paar warme Handschuhe und ein Paar Stiefel gekauft.

Ihre Wangen waren rosa von der kühlen Morgenluft und zum ersten Mal, seit sie in der *Zuflucht* angekommen waren, sah Owl mehr als nur Elend in ihren ozeanblauen Augen. Er konnte den Blick nicht abwenden.

»Was?«, fragte sie ein wenig verunsichert. »Habe ich etwas im Gesicht?« Sie wischte sich mit der Hand, die nicht mit seiner verschränkt war, über die Wange.

»Nein«, versicherte Owl ihr. »Es ... es gefällt mir nur, dich so zu sehen.«

»Mich wie zu sehen?«, fragte sie und legte den Kopf schief.

»Ruhig. Entspannt.«

Lara drehte sich um und blickte wieder auf die schöne Landschaft und Owl ärgerte sich über sich selbst, weil er die gute Stimmung ruiniert hatte. Lara saß jetzt wieder mit hängenden Schultern und verspannten Muskeln da.

»Als Stone und ich gerettet wurden, war ich dankbar. Natürlich war ich das. Aber ich habe eine lange Phase durchgemacht, in der ich auch nachtragend war«, erklärte Owl.

Daraufhin drehte Lara den Kopf so, dass sie ihn wieder ansehen konnte. Er wartete nicht auf ihren Kommentar, bevor er fortfuhr.

»Ein Teil von mir, ein großer Teil, wünschte sich, dass

ich in der Gefangenschaft gestorben wäre. Dann wäre ich als Held angesehen worden. Ein Hubschrauberpilot stürzt im feindlichen Gebiet ab, wird gefoltert und stirbt im Dienste seines Landes. Wahrscheinlich wäre eine Autobahn nach mir benannt worden oder so.« Er lachte, aber es steckte kein Humor darin. »Stattdessen kehrte ich gebrochen, verbittert und misstrauisch nach Hause zurück. Es war ätzend zu wissen, dass die ganze Welt mich an meinem Tiefpunkt gesehen hat. Selbst heute sind diese verdammten Videos noch da draußen. Wenn etwas einmal im Internet steht, verschwindet es nie wieder ganz. Wer weiß, wie viele Idioten diese Videos gespeichert und auf ihren Festplatten haben.

Nicht nur das, es schien unmöglich, wieder der Mann zu werden, der ich einmal war. Was mir damals nicht klar war und was ich erst nach vielen Therapien lernen musste, war, dass ich nie wieder der Mensch sein würde, der ich vorher gewesen war. Dieser Callen Kaufman war weg. Und ich musste herausfinden, wie ich mit diesem neuen Ich leben konnte.«

»Wie bist du über dieses Gefühl hinweggekommen? Das Gefühl, dass du dir wünschst, du seist gestorben?«, fragte Lara.

»Indem ich Dinge wie das hier tat. Indem ich still sitze und die Dinge um mich herum genieße, durch die ich mich klein fühle. Ich weiß, das klingt seltsam, aber ...«

»Das tut es nicht«, unterbrach Lara. »Wenn ich heute Morgen hier sitze und all das sehe«, sie deutete auf die beeindruckende Aussicht vor ihnen, »fühle ich mich klein. Unbedeutend. Bis heute Morgen konnte ich nur an den Keller denken und daran, was dort mit mir passiert ist. Dieser Sonnenaufgang hat mich daran erinnert, dass das Leben weitergeht. Es interessiert sich nicht für *mich* ... ein winziges Rädchen im großen Plan der Dinge. Weißt du, woran ich gedacht habe, als die Sonne aufging?«

Owl war so stolz auf sie, dass er kaum sprechen konnte. »Nein, woran?«

»Destiny Miller.«

Als sie nicht weitersprach, fragte Owl: »Wer ist das?«

»Sie ist eines der Kinder, die die Vorschule besucht haben, in der ich früher in Washington gearbeitet habe. Sie war vier, als es passierte ... sie ging mit ihrem Vater die Straße entlang und hielt seine Hand. In der anderen Hand hielt er ihren neun Monate alten Bruder in einem Autokindersitz. Offenbar waren sie auf dem Weg zum Laden an der Ecke, um Milch zu kaufen, denn die war ihnen ausgegangen. Er wollte ihrer Mutter eine kleine Pause von den Kindern gönnen. Sie war zu Hause und schlief ausnahmsweise aus. Jemand kam auf sie zu ... und hat ihren Vater einfach erschossen. Aber weißt du was?«

»Was?«, flüsterte Owl, zutiefst entsetzt über das, was dem kleinen Mädchen und ihrer Familie widerfahren war.

»Destiny kam am nächsten Tag in die Vorschule. Sie war am Boden zerstört, das konnte jeder sehen, aber am Ende hat *sie* uns getröstet. Als sie sah, dass ich um ihretwillen weinte, hat sie mir die Tränen weggewischt und mir gesagt, ich solle nicht traurig sein. Dass ihr Daddy jetzt ihr Schutzengel sei und er für den Rest ihres Lebens auf sie und ihren Bruder aufpassen würde.«

Lara drehte sich um und starrte wieder vor sich hin. »Schlimme Dinge passieren immer wieder. Menschen, die es nicht verdient haben. Wie Destiny und ihre Familie. Und sie ist nur eine von Hunderten, Tausenden ... Millionen von Menschen, denen etwas passiert, das nicht fair ist. Krebs, tödliche Verkehrsunfälle, Hausbrände, Raubüberfälle ... die Liste ist endlos. Doch das *Leben* geht weiter. Es hört nicht auf. Die Sonne geht immer noch jeden Morgen auf und jeden Abend unter.

Wenn Destiny es geschafft hat, mit vier Jahren eine positive Einstellung zu dem zu haben, was passiert ist, dann muss ich herausfinden, wie ich das auch schaffen kann.«

Owl war sprachlos. Seine Kehle war so zugeschnürt, dass er in diesem Moment nicht sicher war, ob er sprechen konnte. Er hatte diese Frau schon vorher bewundert, aber jetzt? Ihm wurde klar, dass sie die stärkste Frau war, die er je kennengelernt hatte. Ja, er war von starken Frauen umgeben, aber in seinen Augen stellte Lara sie alle in den Schatten.

»Ich weiß nur nicht ...«, fuhr sie fort, »wie ich das anstellen soll. Mir fällt nichts Positives ein an dem, was ich durchgemacht habe.«

Owl schluckte schwer, um den Kloß in seinem Hals zu lösen. »Cora hat Pipe getroffen. Deine beste Freundin hat bewiesen, wie wichtig du für sie bist und wie sehr sie dich liebt. Du bist heute Morgen hier und beobachtest diesen unglaublichen Sonnenaufgang. Deine Geschichte hat den Tatbestand gegen Grant noch einmal verstärkt und das Interesse und den Wunsch geweckt, ihn ein für alle Mal zu fassen. Brick hat hier in der *Zuflucht* mit Selbstverteidigungskursen begonnen, um anderen Frauen zu helfen.«

Lara schloss die Augen und packte seine Hand fester.

»Es ist nicht leicht«, erklärte Owl. »Ich wünschte, ich könnte dir sagen, dass es so ist. Dass du eines Tages aufwachen wirst und es dir einfach besser geht. Dass die negativen und zerstörerischen Gedanken in deinem Kopf – *puff!* – verschwinden. Aber das werden sie nicht. Es gibt Tage, an denen ich immer noch mit dem zu kämpfen habe, was ich durchgemacht habe.«

»Wie schaffst du es, damit umzugehen?«, fragte Lara, die die Augen immer noch geschlossen hatte.

»Ich schaue mir Sonnenaufgänge an. Ich helfe Tonka, Kuhmist zu schaufeln. Ich rede mit Stone. Ich löse Kreuzworträtsel. Ich sitze auf meinem Sofa, mache mir nicht die Mühe zu duschen und esse den ganzen Tag Unmengen von Junkfood. Ich erlaube mir, einen schlechten Tag zu haben. Ich bin nicht Superman, egal wie sehr ich es mir wünsche. Sei nicht so streng mit dir selbst, Lara. Niemand erwartet von dir, dass du sofort wieder in dein altes Leben zurückkehrst, nur du selbst.«

Sie seufzte und öffnete die Augen wieder. »Er wird nie aufhören«, sagte sie in einem kaum hörbaren Ton.

Jeder Muskel in Owls Körper verkrampfte sich, aber er zwang sich, tief durchzuatmen und ihre Worte nicht abzutun. »Dann müssen wir nur dafür sorgen, dass wir auf ihn vorbereitet sind, wenn er seinen Zug *macht*.«

Lara drehte sich um und starrte ihn mit großen Augen an. »Du bestreitest nicht, dass er versuchen wird, mich erneut zu kriegen? Dass ich hier nicht sicher bin?«

»Nein«, erwiderte Owl schlicht. Der Gedanke, dass Carter Grant sich dieser Frau bis auf drei Meter nähern könnte, brachte ihn um den Verstand. Aber für Lara war es extrem wichtig, dass er jetzt besonnen und ruhig blieb.

Sie biss sich auf die Lippe und zog die Stirn in Falten, bevor sie sagte: »Ich glaube, das ist das erste Mal, dass jemand zugibt, dass ich noch in Gefahr bin.«

»Carter Grant ist verrückt«, erklärte Owl. »Und er ist schlau. Er war früher bei den Spezialeinsatzkräften. Er hat die Fähigkeiten und die Geduld, zu warten und das erneute Interesse an seinem Fall abflauen zu lassen. Pipe hätte ihn töten sollen, als er die Möglichkeit dazu hatte, aber ich verstehe, warum er es nicht getan hat. Er war mehr darauf bedacht, uns alle lebend aus dem Haus zu bringen. Ich kann dir aber ein Versprechen geben.«

»Was?«

»Wenn ich diesem Dreckskerl gegenüberstehe, werde ich nicht zögern, ihn für dich zu töten.«

Laras Lippen zuckten amüsiert.

»Findest du das lustig?«, fragte Owl.

»Nein«, sagte sie sofort. »Ich amüsiere mich über meine eigene spontane Reaktion, als ich dich das sagen gehört habe. Die meisten Frauen wären entsetzt, wenn sie wüssten, dass ein Mann jemanden umbringen würde. Aber ich fühle mich dadurch einfach sicherer. So sicher, wie ich mich seit Monaten nicht mehr gefühlt habe. Gott, ich bin so kaputt.«

»Nein, das bist du nicht«, entgegnete Owl. »Du bist ein Mensch. Und ehrlich gesagt, ich glaube, dass es dir heute besser geht als je zuvor, seit du hier bist.«

»Ja«, stimmte Lara zu. »Ich habe das Gefühl, dass ich dir danken muss für ...«

»Nein«, unterbrach er sie.

Sie runzelte die Stirn. »Du weißt doch gar nicht, was ich sagen wollte.«

»Das spielt auch keine Rolle. Du brauchst mir für nichts zu danken.«

»Owl, ich weiche dir schon seit Monaten nicht von der Seite. Eine Zeit lang konntest du kaum pinkeln gehen, ohne dass ich völlig durchgedreht bin.«

Owl lehnte sich ein bisschen näher heran. Ihm lagen so viele Dinge auf der Zunge, die er ihr sagen wollte. Aber er begnügte sich mit: »Alles, was ich getan habe, war freiwillig.«

Die Luft zwischen ihnen knisterte, und Owl hätte sich am liebsten nach vorn gebeugt und sie geküsst. Aber das wäre in vielerlei Hinsicht falsch gewesen. Sie fing gerade erst an, ihr Selbstvertrauen wiederzuerlangen. Indem sie seine Hütte verlassen hatte, war sie nicht mehr wie versteinert, sondern befand sich im Anfangsstadium der Heilung. Er wollte nichts tun, was sie zurückwerfen könnte.

Irgendwann würde sie weiterziehen. Zu ihrem Leben zurückkehren. Sie würde sich wahrscheinlich mit gemischten Gefühlen an ihre Zeit in der *Zuflucht* erinnern. Sie würde dankbar sein für das, was er für sie getan hatte, und dafür, dass er und seine Freunde ihr erlaubt hatten, in New Mexico zu bleiben, aber dieser Ort würde auch schlechte Erinnerungen an eine Zeit wachrufen, in der sie sich verloren und verängstigt gefühlt hatte.

Lara leckte sich über die Lippen, und die Kraft, die Owl brauchte, um sich unter Kontrolle zu bekommen, war fast übermenschlich. »Ich habe gehört, wie Robert zu Cora gesagt hat, dass er heute Morgen Pfannkuchen mit Ahornsirup machen will. Hast du Lust, mit zur Lodge zu kommen und sie zu probieren?«

Lara blinzelte, als sei sie in Trance gewesen, aber wahrscheinlich projizierte er seine eigenen Gefühle auf sie. Er hoffte, etwas zu sehen, was einfach nicht da war.

»Kommst du auch mit?«, fragte sie.

»Natürlich«, erklärte Owl. Die Wanderung zum Table Rock war schon eine Leistung für einen Tag. Er würde sie nie dazu zwingen, allein zur Lodge zu gehen.

»Darf ich dir nachher bei deinem Simulationsspiel zusehen?«, fragte sie.

Owl stand auf ... und merkte, dass er grinste. Binnen weniger Minuten fühlten sich die Dinge zwischen ihnen so viel leichter an als während der vorangegangenen Monate. Die Bedrohung durch Grant war immer noch da. Er spürte sie, und er wusste eindeutig, dass auch Lara sie spürte. Aber im Augenblick konnte er so tun, als sei alles in Ordnung.

»Spiel? Ich sage dir, Frau, der Flugsimulator ist kein Spiel.«

»Es sieht aus wie ein Spiel. Du hast zwei Steuerknüppel und sogar Pedale, und wenn du das Headset aufsetzt, kannst du durch die Wüste, Städte, Stürme und andere gefährliche Situationen fliegen«, erklärte sie und sah ihn mit einem schiefen Blick an.

Er und Stone hatten sich vor ein paar Jahren Flugsimulatoren gekauft – dieselben, mit denen das Militär ihre Night-Stalker-Piloten trainierte und sie zwischen den Einsätzen auf Trab hielt –, weil sie beschlossen hatten, ihre Fluglizenzen auf dem neuesten Stand zu halten. Und jetzt, da Brick und die anderen ernsthaft darüber nachdachten, einen Hubschrauber für *Die Zuflucht* zu kaufen, war es noch wichtiger, ihre Fähigkeiten auf dem neuesten Stand zu halten.

»Willst du es auch mal versuchen?«, fragte Owl.

»Ich? Oh, das geht nicht. Ich würde abstürzen«, entgegnete Lara, als sie sich auf den Rückweg zur Hütte machten.

»Na und? Du stürzt ja nicht wirklich ab. Es könnte dir helfen, dich von anderen Dingen abzulenken«, erklärte Owl mit einem leichten Schulterzucken.

»Stimmt«, überlegte sie. Sie schaute zu ihm hinüber, während sie gingen.

Owl gefiel es, dass sie gleich groß waren. So musste er nicht nach unten schauen und sie musste sich nicht den Hals verrenken, wenn sie sich unterhielten. Außerdem hatte er mehr als einmal davon geträumt, wie gut sich ihre Körper auf andere, intimere Weise miteinander vereinen würden.

»Na gut. Dann kannst du mir beibringen, wie man ein Nightrider wird.«

Er lachte. »Night Stalker.«

»Wie auch immer«, erwiderte sie mit einem Grinsen, das sie nicht einmal zu verbergen versuchte.

Owl mochte diese Seite an ihr. Die Tatsache, dass sie ihn tatsächlich neckte, war ein gutes Zeichen. Sie war nicht wie ihre Freundin Cora. Schon vor ihrer Entführung war sie offenbar die Ruhigere von beiden. Sie war eher entspannt. Deshalb war ihre Neckerei eine angenehme Überraschung.

»Also gut, nach dem Frühstück bringe ich dir das Fliegen bei.«

»Ich kann es kaum erwarten.«

Und es klang so, als würde sie sich *tatsächlich* darauf freuen und nicht nur versuchen, ihm zu schmeicheln.

Wenn jemand Owl noch vor einem Monat gesagt hätte, dass sie heute an diesem Punkt sein würden, hätte er ihm nicht geglaubt. Aber er hatte Lara unterschätzt. Sie war stärker, als er es ihr zugetraut hatte – und er hielt sie ohnehin schon für verdammt stark. Sie hatte sich nicht nur bereit erklärt, mit Henley zu reden, sondern war auch außerhalb der Hütte auf eine Wanderung gegangen, hatte sich ihm gegenüber ein bisschen mehr geöffnet, hatte zugestimmt, in der Lodge zu essen, und hatte sogar mehr als einmal gelächelt.

Dies war ein guter Tag. Ein *großartiger* Tag.

Und auch wenn ihre Fortschritte auf dem Weg der Besserung bedeuteten, dass ihre gemeinsame Zeit früher enden würde, als ihm lieb war, würde Owl alles in seiner Macht Stehende tun, damit sie ihr Selbstvertrauen zurückgewinnen und ihr Leben wieder in den Griff bekommen konnte.

KAPITEL VIER

»Zieh hoch! Nach rechts! Höher! Oh, Mist!«

Lara tat ihr Bestes, um Owls Anweisungen zu befolgen, aber es war sinnlos. Der Hubschrauber geriet ins Trudeln und sie zuckte zusammen, als der Bildschirm rot wurde.

Sie schob die Brille auf die Stirn und lehnte sich auf dem Sofa zurück, wobei sie den Joystick auf das Kissen fallen ließ. »Machen wir uns nichts vor. Ich bin *nicht* gut darin. Meine Koordination ist nicht gut genug, um die Pedale, den Joystick und das andere Ding gleichzeitig zu benutzen.«

Owl lachte. »Du machst das doch erst seit einer Woche. Sei nicht so streng mit dir.«

Sieben Tage waren seit ihrem ersten Spaziergang zum Table Rock vergangen. Seitdem hatte sich in Laras Leben viel verändert.

Sie hatte immer noch große Angst, dass Carter Grant aus dem Nichts auftauchen und sie entführen könnte, aber sie wollte ihr Leben jetzt mehr denn je zurück. Sie vermisste ihr altes Ich. Nicht dass die alte Lara so aufregend gewesen wäre, aber wenigstens war sie keine Einsiedlerin, die sich weigerte, nach draußen zu gehen.

Was gab Carter das Recht, ihr Leben so durcheinanderzubringen, wie er es getan hatte? Warum fand er es in Ordnung, sie zu missbrauchen und ihr eine Heidenangst einzujagen? Das war nicht richtig und es war nicht fair. Und in dieser Woche war sie zum ersten Mal *wütend* geworden. Auf die Situation. Auf Carter. Darauf, wie ungerecht das Leben war.

Zusätzlich zu diesem ersten Anflug von Wut war sie jeden Morgen mit Owl wandern gegangen, hatte jeden Tag mindestens eine Mahlzeit in der Lodge zu sich genommen und war zu Pipes und Coras Hütte gegangen, um mit ihrer besten Freundin auf der Dachterrasse zu sitzen – während Pipe und Owl sich drinnen unterhielten.

Sie machte kleine Fortschritte, um ihr Leben wieder in den Griff zu bekommen.

Sie hatte sogar an einem Selbstverteidigungstraining teilgenommen, das Pipe leitete, aber das war nicht so gut gelaufen. Sie hatte frühzeitig abgebrochen, weil die Erinnerungen zu sehr an die Oberfläche kamen, als sie Pipe über den Nahkampf sprechen gehört hatte. Vielleicht war sie damals vor Angst und den Drogen, die ihren Körper durchströmten, nicht ganz bei Sinnen, aber sie hatte den brutalen Kampf zwischen Pipe, Owl und Carter mitbekommen.

Sie wollte den Selbstverteidigungskurs zu einem späteren Zeitpunkt wiederholen ... aber noch war es zu früh.

Sie hatte gehofft, sich von ihrer Abhängigkeit von Owl zu befreien, aber auch das ging nur langsam voran. Erst vor ein paar Tagen war er in die Scheune gegangen, um Tonka mit den Tieren zu helfen, und ein seltsames Geräusch an einem der Fenster der Hütte hatte Lara dazu gebracht, sich unter ihr Bett im Gästezimmer zu verkriechen, wo sie eine regelrechte Panikattacke bekommen hatte.

Owl war fast ausgerastet, als er zurückgekommen war und sie nicht finden konnte. Er war kurz davor gewesen, alle Jungs zusammenzutrommeln, um ihnen zu sagen, dass sie verschwunden war, als sie den Mut aufbrachte, ein Stück unter dem Bett hervorzukriechen und seinen Namen zu rufen. Es stellte sich heraus, dass es ein loser Ast war, der gegen das Fenster schlug und das Geräusch verursachte, aber es hatte Lara gezeigt, dass sie trotz einiger Fortschritte in dieser Woche mit ihrer Genesung noch nicht sehr weit fortgeschritten war.

Zu ihrer Erleichterung – und Verwirrung – schien es Owl nicht zu stören, dass sie ihn immer noch als Stütze benutzte. Er machte ihr nie ein schlechtes Gewissen, weil sie ihn in ihrer Nähe brauchte. Je mehr Zeit sie mit ihm verbrachte, desto mehr sanken Laras Schutzschilde gegenüber dem Mann. Er war all das, was sie sich immer gewünscht hatte: rücksichtsvoll, geduldig, aufmerksam, und er verwöhnte sie wirklich.

Nach der Panikattacke war sie gezwungen, sich einzugestehen, dass sie sich in ihn verliebt hatte. Aber sie wusste, dass eine tiefere Beziehung zum Scheitern verurteilt war. Er würde auf keinen Fall mit einer so hilfsbedürftigen Frau zusammen sein wollen. Er verdiente eine Frau, die ihm beistehen konnte, wenn das Leben aus den Fugen geriet. Nicht jemanden, der sich unter seinem Bett verkroch, weil ein verdammter *Ast* gegen das Fenster schlug. Er war ein echter Held und sie ... nicht.

Aber sie beschloss selbstsüchtig, jedes Quäntchen Freundschaft und Unterstützung aufzusaugen, das er zu geben bereit war, solange sie hier war. Irgendwann würde er es satthaben, ihre Stütze zu sein, und sie würde sich überlegen müssen, was sie tun wollte, aber im Moment wollte sie das Gefühl der Sicherheit genießen, das Owl ihr gab.

Nun, so sicher, wie sie sich eben fühlen *konnte*, während ein Serienmörder da draußen nach ihr suchte.

Es war buchstäblich nur eine Frage der Zeit, bis er zurückkam, und obwohl Lara ihn niemals wiedersehen wollte, musste sie sich auf diese Eventualität vorbereiten. Welche andere Wahl hatte sie denn? Sich auf den Rücken drehen und aufgeben? Sie hätte gern gesagt, dass sie kämpfen würde, aber ehrlich gesagt wusste sie nicht, *was* sie tun würde. Sie wusste nur, dass sie sich immer für Ersteres entscheiden würde, wenn es darum ging, ob Carter *sie* mitnehmen oder ihre neuen Freunde verletzen würde.

»Jetzt bist du wieder dran«, erklärte sie Owl, schob ihm die Controller zu und drückte die Pedale in Richtung seiner Füße. »Ich liebe es, dir beim Fliegen zuzusehen. Bei dir sieht es so leicht aus.«

»Es *ist* ganz einfach ... wenn man weiß, was man tut«, erklärte er mit einem kleinen Grinsen.

Lara verdrehte die Augen. Sie hatte ihm geglaubt, als sie das erste Mal den Simulator ausprobiert hatte. Aber als sie etwa zwei Sekunden nach dem Start des Hubschraubers abstürzte, wurde ihr klar, dass Owl einfach so gut war, dass es ihr mühelos erschien.

Er nahm ihr die Controller ab und reichte ihr sein Tablet. Darauf befand sich eine App, mit der sie sehen konnte, was er bei den Simulationen sah. Er setzte die Brille über seine Augen und stellte den Schwierigkeitsgrad von Anfänger auf Fortgeschritten ein, dann hob der Hubschrauber vom Boden ab.

Lara beobachtete ehrfürchtig, wie er über Berggipfel manövrierte, während er vom Boden aus beschossen wurde. Er schaffte es, ein Team von Navy SEALs aufzusammeln, das unter feindlichem Beschuss stand, und dann abzuheben und aus der Bergschlucht zu fliegen, als sei er auf einer Vergnügungsreise und nicht auf einem simulierten Flug um Leben und Tod.

Vor ein paar Nächten kam Stone mit seiner eigenen Ausrüstung vorbei und die beiden Männer flogen zusammen. Es war sogar noch beeindruckender, als wenn Owl allein die Simulationen durchflog. Ihre jeweiligen Hubschrauber flogen so nahe aneinander vorbei, dass sie sicher war, dass ihre Rotorblätter zusammenstoßen würden, aber sie flogen gekonnt und ohne Probleme nebeneinander her.

Sie hatten ein wenig über ihren Flug von Ridges Haus in Arizona gesprochen. Wie furchtbar die Bedingungen mit dem Wind und dem Sand gewesen waren. Es erinnerte sie an einige ihrer Einsätze im Nahen Osten ... nur dass sie damals nicht mit einem verdammten Hubschrauber zu kämpfen hatten.

Es dauerte einige Minuten, bis Owl sich mit einem besorgten Gesichtsausdruck an sie wandte. »Es tut mir leid. Wir haben nicht nachgedacht. Wir sollten das nicht vor dir besprechen.«

Sie konnte den beiden versichern, dass das Gespräch über den Flug keine schlechten Erinnerungen in ihr geweckt hatte, da sie zu diesem Zeitpunkt bewusstlos gewesen war.

Die Wahrheit war, dass es sie faszinierte, ihnen zuzuhören. Stone und Owl waren offensichtlich sehr gute Piloten und sie war dankbar, dass sie beide da gewesen waren, um sie aus dem Haus zu holen. Ohne sie wäre die Sache ganz anders verlaufen.

Lara beobachtete, wie Owl die Steuerknüppel mühelos mit den Händen bediente. Er hatte lange Finger, und sie liebte es, wie sie sich bei ihren morgendlichen Spaziergängen anfühlten, obwohl sie beide Handschuhe trugen. Der Frühling in den Bergen von New Mexico war dieses Jahr ungewöhnlich kühl, wie Owl feststellte.

»Sieh zu und lerne«, scherzte er und riss Lara aus dem Tagtraum, in den sie gefallen war.

Sie schaute auf das Tablet und sah, dass Owl seinen virtuellen Hubschrauber über den Ozean flog. Die Wellen sahen fies aus, aber Owl glitt ohne Probleme über die Oberfläche.

»Der Schlüssel ist, sich mit den Wellen zu bewegen«, erklärte er, während er den Hubschrauber geschickt manövrierte.

Lara schüttelte den Kopf, denn wieder einmal ließ er die Bedienung einer so großen Maschine wie ein Kinderspiel aussehen. Sie lächelte, als Owl den Flugsimulator weitersteuerte. Er war offensichtlich in seinem Element. Sie hatte zwar schon gewusst, dass er ein sehr guter Hubschrauberpilot sein musste und während seiner Zeit beim Militär an vielen gefährlichen Einsätzen teilgenommen hatte, aber *wie* gut er war, wurde ihr erst klar, als er den Simulator zum ersten Mal vorgeführt hatte.

Zwar war die Simulationsversion kein echter Hubschrauber, aber die Leichtigkeit, mit der er die Steuerknüppel bediente, und das kleine Lächeln auf seinem Gesicht, während er »flog«, machten Lara klar, dass dieser Mann zum Fliegen geboren war. Es machte ihn offensichtlich glücklich und beruhigte ihn. Sie hatte keine Ahnung, wie er als Kriegsgefangener überlebt hatte, ohne in der Luft zu sein.

Sie hatte keinerlei Anteil an dem, was in der *Zuflucht* geschah, aber sie war sehr froh, dass die Besitzer ernsthaft über den Kauf eines Hubschraubers nachdachten.

»... meinst du?«

Lara blinzelte – und merkte, dass sie Owls Frage nicht verstanden hatte.

»Tut mir leid, was?«

Der Hubschrauber auf dem Tablet blieb plötzlich in der Luft stehen und fiel wie ein Stein ins Meer. Als sie Owl anschaute, sah sie, dass er sich die Schutzbrille auf die Stirn geschoben hatte und einen besorgten Gesichtsausdruck machte. »Alles okay?«, fragte er.

»Äh ... ja? Owl, du bist abgestürzt.«

Das schelmische Lächeln, das er ihr schenkte, jagte ihr ein Kribbeln bis in die Zehenspitzen. »Gut, dass es nur eine Simulation ist, oder?«

Lara schüttelte verärgert den Kopf.

»Denkst du an deine Sitzung mit Henley nachher?«, fragte Owl sanft.

Ehrlich gesagt hatte Lara gar nicht so viel darüber nachgedacht. Aber jetzt, da Owl es angesprochen hatte, runzelte sie die Stirn. »Ich bin mir nicht sicher, ob es funktioniert, mit ihr zu reden.«

Noch bevor sie zu Ende gesprochen hatte, schüttelte er den Kopf. »Deine erste Sitzung ist wirklich gut gelaufen.«

Lara schnaubte. Sie schnaubte richtiggehend. Sie ignorierte die Art und Weise, wie Owls Lippen amüsiert zuckten. »Ja, genau«, erwiderte sie sarkastisch. »Ich war völlig durch den Wind. Henley hat die meiste Zeit geredet.«

»Das erste Mal, als ich im Krankenhaus in Deutschland eine Sitzung mit einem Psychologen hatte, nachdem ich gerettet worden war? Bevor ich angefangen habe zu heulen ... habe ich versucht, ihn zu schlagen«, erklärte Owl träge.

Lara schnappte nach Luft und machte große Augen. »Das hast du nicht!«, sagte sie nach einem Moment.

»Doch, habe ich«, antwortete Owl. »Ich war auf alles

und jeden wütend. Ich mochte es nicht, dass er nachgehakt hat und wollte, dass ich ihm jede Kleinigkeit erzähle, die mir passiert ist.«

»Hast du daraufhin Schwierigkeiten bekommen?«, fragte Lara besorgt.

»Nein. Ich war noch verdammt schwach von meiner Gefangenschaft und der Typ hat mich in kürzester Zeit überwältigt. Er hat mich sogar gelobt und gesagt, dass es gut ist, wenn ich meine Emotionen rauslassen kann, auch wenn es nur körperlich ist, und wenn ich gegen ihn antreten will, ist er gern bereit, mich im Fitnessstudio zu treffen, damit ich meine Gefühle beim Boxen rauslassen kann.«

»Wow.«

»Ja. Er war unglaublich. Er war schließlich der Katalysator für meine Genesung. Ich kannte ihn nur etwa zwei Wochen, bevor Stone und ich endlich in die Staaten zurückkehren durften, aber ich schreibe ihm immer noch ab und zu eine E-Mail und teile ihm mit, wie es mir geht. Worauf ich hinauswill, ist, dass die Dinge am Anfang meist unangenehm sind. Du musst lernen, dass du Henley vertrauen kannst, dass sie auf deiner Seite ist, und das braucht Zeit.«

Lara presste die Lippen aufeinander. Es war nicht so, dass sie dachte, Henley wolle ihr nicht helfen; es war mehr als offensichtlich, dass die andere Frau einfühlsam und wahrscheinlich sehr gut in ihrem Job war. Aber genau wie Owl wollte Lara auf keinen Fall wieder durchleben, was sie durchgemacht hatte. Was Carter ihr angetan und gesagt hatte, während sie wegen der Drogen, zu denen er sie gezwungen hatte, kaum noch bei Sinnen war.

Allein der Gedanke an die Drogen machte Lara nervös. Sie fuhr sich mit ihren plötzlich verschwitzten Handflächen die Oberschenkel rauf und runter.

Owl griff nach ihr und nahm eine ihrer Hände in seine.

Es war eines der wenigen Male, dass er sie berührte, ohne sie vorher um Erlaubnis zu fragen oder sie entscheiden zu lassen, ob sie seine Hand nehmen wollte oder nicht. Und das Gefühl seiner nackten Finger an ihren fühlte sich sofort beruhigend an.

»Sei nicht so streng mit dir, Süße. Es ist ja noch gar nicht so lange her. Aber ... wenn du deinen zweiten Termin mit Henley wirklich nicht wahrnehmen willst, werde ich dich nicht zwingen. Niemand wird dich zu etwas zwingen, das du nicht willst.«

Die Tatsache, dass er ihr einen Ausweg bot, sorgte dafür, dass Lara ihre Schultern straffte. Sie hatte in ihrem Leben noch nie aufgegeben und wollte auch jetzt nicht damit anfangen.

Dann dachte sie an ihre beste Freundin und daran, wie viel Cora in ihrem Leben durchgemacht hatte ... und wie sie sich immer wieder aufgerappelt hatte. Das war ein noch größerer Anreiz für sie, den Kopf zu schütteln. »Ich will es. Ich ... will gesund werden.« Das allein war schon eine Offenbarung für Owl, das wusste sie. Denn eine Zeit lang hatte sie sich gesträubt, irgendetwas zu tun. Sie hatte sich damit zufriedengegeben, sich zu verstecken und mit niemandem zu reden.

Aber sie musste zugeben, je mehr sie auf dem Gelände der *Zuflucht* unterwegs war, desto mehr *wollte* sie es. »Du kommst doch trotzdem mit mir, oder?«, fragte sie zögerlich.

»Natürlich«, erwiderte Owl und drückte ihre Finger, bevor er sie schließlich losließ.

Lara spürte den Verlust seiner warmen Hände bis in die Zehenspitzen, aber sie zwang sich, sich auf dem Sofa zurückzulehnen, als würde es ihr nichts ausmachen.

»Willst du es noch einmal versuchen?«, fragte Owl, nahm die 3-D-Brille ab und hielt sie ihr hin.

»Ich weiß nicht, ob ich das jemals hinbekomme«, erklärte sie mit einer Grimasse, aber sie griff trotzdem nach der Brille.

»Das wirst du«, erklärte er nachdrücklich. »Du musst nur etwas mehr üben.«

Sie sah zu, wie er den Schwierigkeitsgrad auf Anfänger zurückstellte, und nahm ihm seufzend die Controller ab.

»Also gut, langsam und gleichmäßig«, erklärte Owl.

Lara dachte, dass das wahrscheinlich ein Motto für ihr ganzes Leben sein könnte. Sie war immer vorsichtig gewesen – bis auf ein einziges Mal. Mit Ridge und ihrem Umzug nach Arizona. Und das hatte nicht besonders gut geklappt.

Sie zwang sich, ihre Gedanken von der kolossalen Fehlentscheidung, die sie getroffen hatte, abzulenken, und konzentrierte sich darauf, den virtuellen Hubschrauber nicht abstürzen zu lassen.

Sie hätte nicht so viel zu Mittag essen sollen.

So lautete der einzige Gedanke, den Lara hatte, während sie Henley gegenübersaß.

Nachdem sie den virtuellen Hubschrauber noch ein paarmal zum Absturz gebracht hatte, hatte Owl die Sache abgebrochen und sie waren zum Mittagessen in die Lodge gegangen. Sie saß an einem Tisch mit einer Frau, die monatelang von einem Arbeitskollegen verfolgt worden war. Er war vor Kurzem bei einer Konfrontation mit der Polizei direkt vor ihrer Haustür getötet worden. Die Frau gab zu, dass sie noch immer nicht in der Lage war, ihren normalen Tätigkeiten nachzugehen, ohne ständig über die Schulter zu schauen, und dass sie jedes Mal, wenn es an ihrer Tür klingelte, Flashbacks hatte.

Am Tisch saßen auch zwei ehemalige Soldaten, und obwohl Lara ihre Geschichte nicht kannte – da sie nicht darüber geredet hatten, warum sie in der *Zuflucht* waren –, bemerkte sie, dass sie alles um sich herum und jeden, der den Raum betrat, sehr aufmerksam beobachteten.

So ähnlich wie Owl und seine Freunde. Ihr war nicht entgangen, dass Owl ständig den Kopf drehte und jeden Gast, der die Lodge betrat, genau unter die Lupe nahm. Aus irgendeinem Grund beruhigte sie das. Wenn sie mit ihm in der Öffentlichkeit zusammen war, konnte sie ihre Vorsicht ein wenig ablegen. Deshalb hatte sie sich auch so verzweifelt an ihn geklammert, als sie das Haus in Arizona verlassen hatte. Selbst unter Drogeneinfluss wusste ein Teil von ihr, dass er nie zulassen würde, dass jemand ihr etwas antat.

Henley räusperte sich und Lara merkte, dass sie die andere Frau tatsächlich ausgeblendet hatte. Sie warf ihr einen verlegenen Blick zu. »Entschuldigung, wie bitte?« Henley schenkte ihr ein sanftes Lächeln. »Wenn du nicht an der Sitzung teilnehmen willst, musst du es nicht tun«, erklärte sie.

»Ich will nicht, dass er gewinnt«, platzte Lara heraus. Sie hatte keine Ahnung, woher dieser Gedanke kam, aber sobald die Worte ihren Mund verlassen hatten, wurde ihr klar, wie wahr sie waren.

»Wie sollte er denn gewinnen?«, fragte Henley.

»Es hat ihm gefallen, wie viel Angst ich hatte«, gab Lara zum ersten Mal laut zu. »Er hat es genossen. Am Anfang hat es ihm gefallen, wie sehr ich mich gewehrt habe. Er hat meine Handgelenke mit Handschellen ans Bett gefesselt, aber meine Beine frei gelassen. Ich habe nach ihm getreten, wenn er sich mir näherte. Das hat ihm so *richtig* gefallen. Er zog seinen Schwanz heraus und holte sich einen runter, wenn er sah, wie ich panisch um mich schlug.«

Lara atmete viel zu schnell und sie spürte, wie ihr Herz in ihrer Brust raste. Genau wie damals.

»Hat er dabei geredet?«, fragte Henley in einem kontrollierten, ruhigen Ton.

»Er hat nie *aufgehört* zu reden«, flüsterte Lara. »Er hat mir alles gesagt, was ihm durch den Kopf ging. Wie sehr meine Angst ihn erregte. Dass es ihm gefiel, wie rot und fleckig meine Haut wurde, wenn ich um mich schlug, wie sehr er es liebte zu sehen, wie sich meine Brüste bei jedem panischen Atemzug hoben, und je mehr meine Pupillen sich vor Panik weiteten, desto mehr erregte es ihn.«

Lara drückte die Augen zu, öffnete sie aber sofort wieder, als die Erinnerungen sie zu überwältigen drohten. Sie drehte den Kopf, ohne zu wissen, wonach sie suchte, aber sie wusste es in dem Moment, in dem ihr Blick auf Owl landete. Er saß in seinem Stuhl, den Blick auf sie gerichtet … und sofort beruhigte sie sich. Sie war nicht in diesem Keller. Hier war sie sicher. Owl würde niemanden an sie heranlassen.

»Wann hat er angefangen, dich unter Drogen zu setzen?«, fragte Henley.

Lara atmete ein und zwang sich, die andere Frau zu betrachten. Sie hatte eine Hand auf ihren Bauch gelegt und strich langsam darüber, als sei es eine unbewusste Handlung. Auch wenn man es Henley noch nicht ansah, wusste Lara, dass sie schwanger war. Sie hatte Geschichten darüber gehört, was mit ihrer Tochter passiert war, wie sie von einem jugendlichen Ex-Patienten entführt worden war. Diese Erfahrung musste sehr erschütternd gewesen sein, und doch war sie hier und half anderen. Sie machte mit ihrem Leben weiter.

Cora hatte die Hochzeitszeremonie von Henley und ihrem Mann Tonka in der Scheune vor ein paar Wochen live gestreamt. Damals war Lara noch nicht bereit gewesen, Owls Hütte zu verlassen. Sie erinnerte sich an Tonkas Gesichtsausdruck. Er hatte Henley angeschaut, als sei sie der wichtigste Mensch in seinem Leben. Und als er Jasna, seine Stieftochter, ansah, war sein Blick ganz ähnlich.

Owl hatte ihr ein wenig über Tonkas Situation erzählt. Was mit ihm passiert war, als er bei der Küstenwache gedient hatte. Wenn er und Henley nach den schrecklichen Dingen, die sie erlebt hatten, ein normales Leben weiterführen konnten, gab das Lara Hoffnung, dass sie es auch konnte.

»Er mochte es nicht, dass ich anfing, ihn anzuspucken«, gab Lara leise zu. »Wenn ich ihm ins Wort gefallen bin, damit ich nicht zuhören musste, was er zu sagen hatte. Am Anfang haben die Drogen alles noch schlimmer gemacht. Ich war so lethargisch, dass er mich anfassen konnte, während er ...« Laras Stimme brach ab, und sie demonstrierte mit ihrer Hand, wie ein Mann sich einen runterholt. Es war eine derbe Geste, aber sie schien besser zu passen, als die Worte laut auszusprechen.

»Hat er dich vergewaltigt?«

Henleys Frage war unverblümt und klang fast unfreundlich, aber Lara schätzte ihre Offenheit.

Sie schaute auf ihren Schoß. »Nein.«

»Und du fühlst dich deswegen schuldig?«

Überrascht schaute sie auf.

Henley schenkte ihr ein kleines, sanftes Lächeln. »Nur weil er dich nicht vergewaltigt hat, bedeutet das noch längst nicht, dass du nicht missbraucht wurdest. Du hast ihm nicht die Erlaubnis gegeben, dich zu berühren. Was er getan hat, war pervers und krank. Und oft können Worte genauso schmerzhaft sein wie eine tatsächliche physische Berührung.«

»Er mochte es, sein Sperma auf mir zu sehen. Es hat gejuckt. Ich kann es immer noch spüren. Es ist auf meiner Haut getrocknet und ich kann ihn immer noch an mir riechen. Es fühlt sich nicht so an, als könnte ich mich jemals davon freimachen. Von ihm.«

Henley beugte sich vor. »Das wirst du. Ich verspreche dir, Lara, du wirst es schaffen.«

»Wie?«

»Mit der Zeit. Und mit der Liebe und Akzeptanz deiner Freunde. Glaubst du, Cora hält weniger von dir, weil du so viel durchgemacht hast?«

»Sie weiß es nicht«, erklärte Lara.

»Glaubst du, wenn sie es wüsste, würde es ihr etwas ausmachen?«, drängte Henley.

Lara biss sich auf die Lippe. Wenn sie ehrlich zu sich selbst war, ja, sie ging davon aus, dass es ihr etwas ausmachen würde.

»Das würde es nicht«, versicherte Henley ihr mit Nachdruck.

»Als er mit den Drogen kam ... wollte ich sie irgendwann sogar haben. Ich habe sie gern genommen. Er hat mich auch damit verspottet. Sagte, ich sei süchtig. Nannte mich erbärmlich. Aber das war mir egal. Wenn ich die doppelte, dreifache oder vierfache Menge an Drogen hätte nehmen können, die er mir anbot, hätte ich es getan. Als er ... du weißt schon ... war ich weggetreten. Ich war ganz woanders. Zurück in D. C. Auf meinem Sofa. Vor dem Fernseher.«

»Schön, dass du einen Bewältigungsmechanismus hast.«

Wieder blinzelte Lara überrascht.

Henley lachte leise. »Dachtest du, ich würde dich dafür kritisieren? Niemals. Der Dreckskerl dachte vielleicht, er würde dich noch mehr quälen, indem er dich unter Drogen setzte und gefügig machte, aber eigentlich hat er dir damit einen Gefallen getan.«

»Aber es hat es ihm leichter gemacht, mich anzufassen«, beharrte Lara.

»Ja, aber es hat dir auch ermöglicht, dich zu distanzieren. Wenn er gewusst hätte, dass du ihm nicht zuhörst, dass du kaum mitbekommst, was vor sich geht, hätte ihn das wütend gemacht?«

Lara nickte, ohne zu zögern. »Ich lernte zu stöhnen, wenn er meine Brüste quetschte oder mich zwickte ... was er oft tat, weil er gern seine Spuren an mir sah. Wenn ich gar nicht reagierte, hat er mir nur noch mehr wehgetan.«

»Genau«, erklärte Henley. »Hör mir zu, Lara. Du denkst vielleicht, dass du ihm völlig ausgeliefert warst, aber in Wirklichkeit hattest du die Situation so gut unter Kontrolle, wie du es eben konntest. Du hast erkannt, was du tun musstest, um am Leben zu bleiben. Du hast ihn überlistet. Ich hoffe, das macht dir nichts aus ... aber ich habe den Bericht gelesen, den du der Polizei gegeben hast. Du hast gesagt, er hätte behauptet, du seist sein Liebling, richtig?«

Lara zitterte, nickte aber.

»Dann ist er ein Idiot. Denn er dachte, er hätte dich völlig unter seiner Fuchtel, aber in Wirklichkeit hast du *ihn* an der Nase herumgeführt. Ich habe keinen Zweifel daran, dass du irgendwann selbst einen Weg gefunden hättest zu entkommen, wenn unsere Jungs nicht gekommen wären.«

Lara schüttelte den Kopf.

»Doch, das hättest du. Du warst ja nicht mehr gefesselt, oder?«

Lara starrte Henley an und sagte nichts.

»Ich wette, du hattest schon über Möglichkeiten zur Flucht nachgedacht, obwohl du unter Drogen standest. Vielleicht wolltest du ihm sogar an den Schwanz fassen, während er sich einen runterholte, und ihm wehtun.«

Lara schluckte schwer. »Er hätte mir noch mehr wehgetan, wenn ich etwas versucht hätte.«

»Wahrscheinlich. Aber genau deshalb hast du gewartet. Bis er seine Deckung komplett aufgegeben hat. So konntest du sicher sein, dass du entkommen kannst.«

Laras Herz schlug wieder schnell, aber nicht, weil sie in Panik war. Woher wusste Henley, was sie vorgehabt hatte? Als sie gefunden wurde, war sie von den Drogen weitgehend weggetreten gewesen. Sie war vollkommen bewusstlos, bevor sie den Hubschrauber überhaupt erreicht hatten. Und sie hatte *niemandem* gesagt, was sie gedacht und geplant hatte. Nicht den Polizisten, nicht Owl. Und schon gar nicht der Frau, die ihr gegenübersaß.

»Ich verstehe dich, Lara Osler. Cora sagt, dass du die Nette in eurer Freundschaft warst.« Henley lächelte wieder. »Dass du immer höflich und ruhig warst. Aber ich sehe das Feuer hinter deinen Augen. Die Entschlossenheit. Nett zu sein bedeutet nicht, dass du nicht bereit bist, dir selbst zu helfen, wenn es hart auf hart kommt.«

»Ich bin eines Abends aufgewacht«, erklärte Lara leise. »Er war später dran als sonst. Ich weiß nicht warum. Aber das bedeutete, dass die Drogen, die er mir gegeben hatte, stärker nachgelassen hatten als sonst. Ich war nicht gefesselt, aber ich war lange genug dort gewesen, um zu wissen, dass ich nicht aus dem Keller herauskommen würde. Die Tür war verschlossen und das Fenster war zu hoch und zu klein, als dass ich es zur Flucht hätte benutzen können. Aber ich stieg aus dem Bett und ging trotzdem herum.

Im Badezimmer, unter dem Waschbecken, fand ich ein

Stück Metall. Es war fast einen Meter lang, an einem Ende scharfkantig und an einer Seite irgendwie gezackt und rau. Ich weiß nicht, wozu es diente oder warum es da war, aber ich habe es mitgenommen. Habe es unter der Matratze versteckt. Ich habe darüber nachgedacht, so ziemlich das zu tun, was du gesagt hast. Ich dachte, wenn er masturbiert, schneide ich ihm den Schwanz ab.

Er hat die Tür nie geschlossen, wenn er da war. Ich glaube, es hat ihn erregt, dass ein Mitarbeiter ihn dabei erwischen könnte, wie er mich quälte. Oder die Vorstellung, dass Ridge jederzeit nach unten kommen und genau sehen könnte, was er tut. Ich meine ... Ridge hat mich Carter einfach freiwillig überlassen, also bezweifle ich, dass es ihn interessierte. Er war zu sehr damit beschäftigt, mein Geld auszugeben, als sich darüber Gedanken zu machen, was ich durchmachen musste. Wie auch immer ... die Tür blieb offen. Und ich hatte Angst; ich wusste nicht, ob ich dieses Stück Metall tatsächlich jemals benutzen würde. Aber ich habe viel darüber nachgedacht.«

»Du bist nicht hilflos, Lara. Ganz und gar nicht. Nein, du warst nicht so stark wie dein Entführer und er konnte dich überwältigen. Aber das bedeutet nicht, dass du für immer sein Opfer gewesen wärst. Es ist klug, auf den perfekten Moment zu warten, um seinen Plan in die Tat umzusetzen. Du hast nicht darum gebeten, missbraucht zu werden. Du hast nichts getan, womit du diese Situation verdient hättest. Manchmal ist das Leben einfach ungerecht. Du kannst nur hoffen, dass du die Kraft hast durchzuhalten, und wenn die Zeit reif ist, dich zu erheben und die Widrigkeiten zu überwinden.«

Lara presste die Lippen zusammen. Henleys Worte hallten in ihrem Kopf nach.

Du hast nicht darum gebeten, missbraucht zu werden.

Du hast nichts getan, womit du diese Situation verdient hättest.

Nein, das hatte sie nicht. Sie war nur schuld daran, dass sie sich wünschte, geliebt zu werden. Dass sie Ridge hatte gefallen wollen. Das rechtfertigte nicht, was mit ihr geschehen war.

Und ... sie hatte *nicht* einfach auf dem Bett gelegen und sich mit ihrem Schicksal abgefunden. Nein, sie hatte sich vorgenommen, Carter den Schwanz abzuschneiden und von dort abzuhauen.

»Ich denke, damit hören wir für heute auf. Es versteht sich eigentlich von selbst, aber ich sage es trotzdem ... alles, worüber wir hier sprechen, bleibt unter uns. Und ich möchte deine Freundin sein, Lara, nicht nur deine Therapeutin. Aber wenn du dich damit nicht wohlfühlst, ist das okay.«

Lara war sich nicht sicher gewesen, ob ein Gespräch mit der Therapeutin irgendetwas bringen würde. Sie hatte auch bestimmt nicht geglaubt, dass sie sich dadurch sicherer fühlen würde – schließlich war Carter Grant immer noch da draußen und plante wahrscheinlich, sie zu entführen – aber überraschenderweise fühlte sie sich *tatsächlich* besser.

»Ich wäre auch gern deine Freundin«, sagte sie zu Henley.

Das Lächeln, das auf dem Gesicht der anderen Frau erschien, gab Lara ein gutes Gefühl. Ein richtig gutes Gefühl.

»Toll. Wie wäre es, wenn wir Roberts Vorrat an Weihnachtsbaumkuchen plündern?«

Lara runzelte die Stirn. »Was?«

»Oh, weißt du das nicht? Unser Chefkoch ist süchtig nach diesen Dingern. Du weißt schon, die supersüßen Little-Debbie-Kuchen, die es normalerweise nur zu Weihnachten gibt? Ryan, unsere neue Hauswirtschafterin – obwohl, so neu ist sie eigentlich gar nicht mehr, aber egal –, hat gute Verbindungen und kann Robert mehrere Packungen pro Monat liefern.«

»Machst du Witze? Ich *liebe* diese Dinger!«, rief Lara aus. »Cora schenkt mir jedes Jahr eine Menge Packungen zu Weihnachten, aber ich schaffe es nie, sie länger als ein paar Monate zu rationieren.«

»Ich wusste, du würdest hierherpassen. Komm, wir schauen mal, ob wir eine Packung klauen können. Wir setzen uns in eine Ecke und stopfen uns damit voll.«

Lara musste daraufhin tatsächlich grinsen. Dann fragte sie: »Wird er sauer sein?«

»Robert? Oh, er wird so *tun*, als sei er wütend, und vielleicht sogar ein paar seiner Schokokekse zurückhalten ... für etwa einen Tag. Er ist ein großes Weichei. Und da du es bist, wird er auf keinen Fall wütend bleiben können.«

»Nutzt du meine Situation aus, um keinen Ärger zu bekommen?«

»Auf jeden Fall«, erwiderte Henley grinsend.

»Na gut«, bemerkte Lara achselzuckend.

Beide Frauen standen auf und wandten sich der Tür zu. Doch Lara erstarrte, als sie Owl dort stehen sah. Schockierenderweise hatte sie ehrlich gesagt vergessen, dass er da war. Sie wusste nicht, ob sie deswegen ein schlechtes Gewissen haben sollte oder nicht.

»Kannst du uns einen Moment allein lassen?«, fragte Owl Henley.

»Natürlich. Ich bin draußen und rede mit Alaska«, entgegnete die andere Frau. Dann streckte sie die Hand aus und drückte Laras Arm. »Du wirst wieder gesund, Lara. Du bist so viel stärker, als du denkst. Und das ist großartig. Wir brauchen hier mehr starke Frauen. Ich möchte, dass so viele wie möglich Vorbilder für Jas und das Kleine sind.« Sie rieb sich mit der freien Hand den Bauch und schlüpfte dann durch die Tür aus dem kleinen Konferenzraum, den sie benutzt hatten.

Sie wusste nicht, worüber Owl mit ihr reden wollte, aber sie öffnete den Mund, um etwas zu sagen – sie wusste nicht genau was –, als er ihr zuvorkam.

»Alles in Ordnung?«, fragte er.

Anstatt sofort zu antworten, dachte Lara darüber nach. Sie fühlte sich ein wenig durcheinander von der Flut der Gefühle, die sie in der letzten Stunde erlebt hatte. Aber schließlich entschied sie, dass es ihr gut ging. Mehr als gut. »Ja.«

Owl betrachtete sie einen Moment lang. Es fühlte sich an, als könnte er in sie hineinsehen, all die Teile sehen, die sie verzweifelt versuchte, vor der Welt zu verbergen.

»Ja, es geht dir wirklich gut«, bemerkte er mit einem Nicken. »Damit du es weißt, ich war schon vorher stolz auf dich, aber jetzt? Ich platze praktisch aus allen Nähten vor Bewunderung.«

Lara spürte, wie ihre Wangen warm wurden, und wusste, dass sie errötete.

Owl gab ihr keine Chance, darauf zu antworten. »Komm schon, ich gebe dir Rückendeckung, während du und Henley Roberts Vorrat an Weihnachtsbaumkuchen ausraubt. Aber wenn er uns erwischt, werde ich alles abstreiten.«

»So viel zum Thema Rückendeckung«, murmelte Lara, aber sie lächelte, als sie es sagte.

»Hey, du hast ja keine Ahnung, wie sehr Robert an seinen Weihnachtsbaumkuchen gelegen ist. Glaub mir, er wird innerhalb weniger Stunden merken, dass etwas von seinem kostbaren Vorrat fehlt.«

»Vielleicht sollten wir nicht ...«

»Doch, das solltet ihr«, bemerkte Owl. »Denn so ein breites Lächeln habe ich auf deinem Gesicht noch nicht gesehen, seit du hier bist. Und wenn die Weihnachtsbaumkuchen dafür verantwortlich sind, dann sorge ich dafür, dass du so viele bekommst, wie du willst, solange du lebst. Vielleicht muss ich sogar mit Ryan reden und sehen, ob ich ihre Quelle für die Dinger herausfinden kann.«

Er griff nach der Tür, und als Lara hindurchging, spürte sie seine Fingerspitzen auf ihrem Rücken. Er ließ sie sofort los, aber sie spürte immer noch, wie ihre Haut von der kleinen Berührung kribbelte.

Owl war immer sehr rücksichtsvoll gewesen, wenn es darum ging, ihr Freiraum zu lassen ... und sie war überrascht, wie sehr sie sich *wünschte*, von ihm berührt zu werden. Nach allem, was sie durchgemacht hatte, war es eine Erleichterung zu wissen, dass sie die Berührung eines Mannes noch ertragen konnte.

Genauer gesagt die Berührung von *Owl*. Das war ein wichtiger Unterschied.

Es fühlte sich an, als hätte Laras Welt in den letzten sieben Tagen eine Dreihundertsechzig-Grad-Wendung vollführt, und das hatte sie nur Owl zu verdanken. Sie hatte sich vorgenommen, ihre Genesung vorzutäuschen, um alle davon zu überzeugen, dass es ihr besser ging, als es tatsächlich der Fall war. Aber die Fortschritte, die sie in dieser Woche gemacht hatte, musste sie *nicht* vortäuschen.

Sie fühlte sich wie ein neuer Mensch ... und das gefiel ihr. Und zwar sehr.

Sie war sich sehr bewusst, dass sich alles im Handumdrehen wieder ändern konnte. Die Bedrohung durch Carter Grant war immer noch da, auch wenn sie sich bemühte, diese Tatsache zu verdrängen. Die Zeit würde kommen, in der er seinen Zug machen würde, und Lara wusste nicht, wie sie darauf reagieren würde.

Aber so langsam begann sie zu glauben, dass sie vielleicht, nur vielleicht, nicht völlig zusammenbrechen würde, wie sie befürchtet hatte. Mit jedem Tag, der verging, fühlte Lara sich ein kleines bisschen stärker. Wie Henley schon gesagt hatte, hatte sie nicht darum gebeten, missbraucht zu werden. Sie hatte nicht verdient, was mit ihr geschah. Und nach diesen ermutigenden Worten ... wollte sie mehr. Sie wollte mehr Freunde wie Henley und Cora.

Sie wollte das, was ihre beste Freundin hatte – einen Partner. Keinen Märchenprinzen, sondern einen echten Mann, der zu ihr stehen würde, so wie sie zu ihm stehen würde.

Es gab nur einen Mann, den sie sich in dieser Rolle vorstellen konnte ... aber für so etwas war sie noch nicht bereit. Und Lara hatte keine Ahnung, ob er jemals eine Beziehung wollen würde, schon gar nicht mit ihr. Sie würde nie wie die alte Lara sein, die Romantikerin, die immer das Beste in den Menschen sah und ein bisschen naiv war, aber sie erkannte, dass, wenn *sie* damit leben konnte, Owl es vielleicht auch konnte.

Carter Grant zuckte zusammen, als sein Kopf pochte – schon wieder. Seit die Schlampe ihm mit ihrem Daumen das Auge ausgestochen hatte, litt er unter höllischer Migräne. Er hasste die Augenklappe. Sie juckte und der Phantomschmerz, der von der Verletzung seines Auges herrührte, war gar nicht lustig.

Nichts lief so, wie er es sich vorgestellt hatte. Er wusste jetzt mit Sicherheit, dass er nicht näher als dreißig Kilometer an *Die Zuflucht* herankommen konnte. Er wusste, dass alle Eigentümer ehemalige Soldaten der Spezialeinheit waren und in höchster Alarmbereitschaft bleiben würden. Er wusste, dass der Ort über Sicherheitsvorkehrungen verfügte, von denen die Gäste nichts wussten, einschließlich Kameras überall. Und mit der Augenklappe war er sowieso viel zu leicht zu erkennen.

Solange sich sein Eigentum – und Lara Osler war definitiv *sein* Eigentum – dort versteckte, konnte er nicht an sie herankommen.

Also musste er sie von der *Zuflucht* wegbringen. Aber wie? Das war die Frage. Er musste noch mehr Nachforschungen anstellen. Es musste einen Weg geben, sich an den Mistkerlen zu rächen, die sich für unantastbar hielten, und gleichzeitig Lara zurück in sein Bett zu bekommen.

Sie war in jeder Hinsicht perfekt. Er liebte es, seine Spuren auf ihrer cremefarbenen Haut zu sehen. Bei der Vorstellung, dass die blauen Flecke, die er ihr zugefügt hatte, wahrscheinlich längst verblasst waren, biss er vor Wut die Zähne zusammen.

Der Sex war nicht halb so angenehm – oder einfach –, seit sie ihm direkt vor der Nase weggeschnappt worden war ... und er hatte sich verdammt viel Mühe gegeben, einen Ersatz zu finden. Er hatte ein paar Prostituierte angeheuert, aber die waren viel zu abgestumpft. Sie waren geradezu gelangweilt, wenn er sich auf ihnen einen runterholen wollte.

Ohne ihre Angst konnte er keinen Ständer kriegen.

Erst wenn er sie an sein Bett fesselte, sie knebelte und ein Messer hervorholte, wurde ihr Entsetzen *annähernd* groß genug, dass sein Schwanz mitspielte. Aber sein Sperma auf ihrer Haut zu sehen war nicht dasselbe. Sie waren nicht Lara. Sie hatten Narben und blaue Flecke von jemand anderem, und ihre Titten und Körper waren zu sehr abgenutzt. Die Schlampen zu töten hatte keinen Reiz. Und die Tatsache, dass die Polizei ihn in Albuquerque fast erwischt hätte, machte ihn nur noch wütender. Das bedeutete, dass er umziehen musste, noch weiter weg von dem, was *ihm* gehörte.

Er musste sich einen Plan zurechtlegen. Und zwar schnell.

Dank Ridge Michaels hatte er eine Menge Geld. Seit dem Tag, an dem er eingestellt worden war, hatte er von ihm und seinen reichen Eltern Geld abgeschöpft, also war Geld kein Problem. Es ging um den Zugang und darum, unter dem Radar des FBI zu bleiben.

Irgendwie würde er herausfinden, wie er Lara zurückbekommen und dabei die Mistkerle von der *Zuflucht* ausschalten konnte. Wenn er ihnen das Geschäft vermasseln konnte, umso besser. Beim Militär hatte er mehr als nur ein paar Dinge gelernt. Die Regierung bildete ihre Elitesoldaten gern in allen möglichen Bereichen aus.

Er war nicht der beste Hacker der Welt, aber er wusste genügend, um vielleicht eine Spur zu finden, der er folgen konnte ... eine, die ihn zu seinem Ziel führen würde.

KAPITEL FÜNF

Drei Tage nachdem Lara das letzte Mal mit Henley gesprochen hatte, hallten die Worte der Therapeutin noch immer in Owls Kopf nach.

Du hast nicht darum gebeten, missbraucht zu werden.

Du hast nichts getan, womit du diese Situation verdient hättest.

Sie hatte mit Lara geredet, aber die Worte waren in sein Bewusstsein gesickert. In all den Jahren seit seiner Kriegsgefangenschaft hatte noch nie jemand diese Worte zu ihm gesagt. Kein einziger Therapeut. Sie hatten auch nicht gesagt, dass es seine Schuld war, dass er abgestürzt war, und doch war das die Schuld, die ihn jahrelang verzehrt hatte.

Wenn er jetzt zurückdachte, hatten er und Stone alles in ihrer Macht Stehende getan, um nicht abzustürzen ... ohne Erfolg. Und nur weil sie abgestürzt waren, gab das den Männern, die sie aus dem Hubschrauber gezerrt hatten, nicht das Recht, sie zu foltern.

So sehr die Worte *ihm* eine Last von den Schultern genommen hatten, so sehr hatten sie auch Lara geholfen. Sie hatte ihn ermutigt, Tonka heute Morgen dabei zu helfen, den Paddock zu erweitern ... eine Aufgabe, die Stunden dauern würde. Vorher ... verdammt, vor nicht einmal zwei Wochen wäre sie in Panik geraten, wenn sie gewusst hätte, dass er so lange nicht in der Hütte sein würde. Aber heute Morgen, als er mit dem Projekt anfing, schien sie völlig aufrichtig zu sein, als sie ihm sagte, dass sie während seiner Abwesenheit zurechtkommen würde.

Owl hatte versprochen, dass er jede Stunde nach ihr sehen würde, und sie hatte ihm versichert, dass das nicht nötig sei. Cora würde noch eine Weile bleiben, dann würden sie zu ihrer Hütte zurückkehren und Zeit mit einigen der anderen Frauen verbringen, die in der *Zuflucht* lebten und arbeiteten.

Er wusste nicht, was er dazu sagen sollte. Einerseits war er sehr stolz darauf, wie gut es Lara ging. Andererseits war er aber auch ein wenig traurig, dass sie ihn nicht mehr so sehr brauchte. Dass der Zeitpunkt, an dem sie ihn verlassen würde, immer näher rückte, während sie langsam gesund wurde.

Es war ein schrecklicher Gedanke, bei dem er sich wie ein selbstsüchtiger Idiot fühlte.

»Worüber denkst du da drüben so angestrengt nach?«, fragte Tonka, als er innehielt, um sich den Schweiß von der Stirn zu wischen. Der Sommer stand vor der Tür, aber im Moment hatten sie einen überdurchschnittlich kalten Frühling, sodass es nicht so warm war wie sonst, aber da sie Pfostenlöcher gruben und mit dem neuen Zaun kämpften, fühlte es sich fast angenehm an.

»Lara.« Owl machte sich nicht die Mühe, es zu leugnen. Das hier war Tonka. Er vertraute ihm mit seinem Leben. Außerdem war der Mann durch die Hölle gegangen. Eine andere Art von Hölle, als er oder Stone sie erlebt hatten, aber trotzdem eine Hölle.

»Es scheint ihr besser zu gehen.«

»Ja.«

»Kehrt sie irgendwann nach Washington zurück?«, wollte Tonka wissen.

»Ich weiß nicht, was sie vorhat«, gab Owl zu. »Aber ich würde sagen, ja … irgendwann.«

»Grant ist immer noch da draußen.«

Owl presste die Lippen aufeinander und nickte.

Tonka starrte ihn einen Moment lang an.

»Was ist?«, fragte Owl.

»Ich möchte etwas sagen, aber ich weiß nicht, wie du es aufnimmst.«

Owl drehte sich zu seinem Freund um. Tonka war nicht der Typ, der tratschte oder überhaupt viel redete. Seit er mit Henley zusammen war, hatte er sich zwar gebessert, aber er war immer noch nicht jemand, der bereitwillig Ratschläge erteilte. Er hielt sich meist zurück, beobachtete und sagte seine Meinung nur, wenn er gefragt wurde. Was immer er also sagen wollte, es musste wichtig sein.

»Raus mit der Sprache«, sagte Owl zu ihm.

»Männer wie Grant … geben nicht auf. Wenn sie das Gefühl haben, dass ihnen unrecht getan oder etwas weggenommen wurde, wird sie keine Ruhe haben, egal wohin sie geht. Zumindest nicht, bis er gefasst wird, und vielleicht nicht einmal dann. Das Einzige, was ihn aufhalten wird, ist der Tod.«

Owl wurde ganz flau im Magen. Tonka hatte die Lippen nach unten gezogen und klang ernster, als Owl ihn jemals gehört hatte. Er wusste nicht, ob es eine gute Idee war, den Namen des Mannes zu erwähnen, der Tonkas Gefährten und Partner, seinen Hund, getötet hatte, als er noch bei der Küstenwache war … aber er hatte das Gefühl, dass Tonka genauso über *diesen* Mann sprechen würde wie über Carter

Grant. »Pablo Garcia ist im Gefängnis. Er kann weder dir noch denen, die du liebst, jemals wieder etwas antun«, versicherte er ihm leise.

Tonka schnaubte. Es war ein verbitterter Laut. »Du weißt genauso gut wie ich, dass er wahrscheinlich wieder rauskommt. Er hat zwei Hunde getötet, keine Menschen. Das rechtfertigt keine so harte Strafe.«

Owl wusste es tatsächlich. Und das war verdammt übel.

»Garcia hat Rache an Raiden und mir geschworen. Es spielt keine Rolle, wie viele Kameras oder Männer ich im Rücken habe, oder wie viel Zeit vergeht. Ich weiß, dass er eines Tages auf irgendeine Weise zurückkommen wird. Das heißt nicht, dass ich in der Zwischenzeit nicht mein Leben leben werde. Es bedeutet nur, dass er immer da ist. In meinem Kopf. Er nimmt Platz in meinen Gedanken ein. Ich kann und will seine Drohungen nicht vergessen. Aber im Moment? Ich bin mir relativ sicher, dass ich in Sicherheit bin. Dass Henley und Jas in Sicherheit sind. Genauso wie ihr alle, meine engsten Freunde. Dass mein Baby geboren werden kann und dass es ihm gut gehen wird … vorerst. Aber sobald ich erfahre, dass er entlassen wurde oder geflohen ist, wird alles anders.«

Owl runzelte die Stirn. Das gefiel ihm nicht. Ganz und gar nicht.

»Wie auch immer, zumindest ist *mein* Feind hinter Gittern. Laras ist es nicht. Er ist da draußen. Beobachtet. Wartet. Er wird seinen Zug machen, daran habe ich keinen Zweifel … und Lara auch nicht. Männer wie Grant und Garcia sind durch ihren Hass so, wie sie sind. Sie sind wie kleine Kinder, denen man ein Spielzeug weggenommen hat und die deswegen wütend sind. Sei nicht unvorsichtig. Nicht eine Sekunde lang. Und Owl … wenn sie geht? Sie wird es nicht tun, weil sie es will oder weil sie sich in Sicherheit wähnt, sondern weil sie *dich* beschützen will. Und Cora. Und alle anderen hier. So wird er sie kriegen.«

Owl wurde schlecht bei diesem Gedanken. Es wäre dumm von Grant, weiter hinter Lara her zu sein. Aber Tonka hatte recht. Und ja, Lara wusste es. Das war einer der Gründe, warum sie so besorgt war, allein zu sein. Die Zeit in der *Zuflucht* und die Gespräche mit Henley trugen viel dazu bei, sie zu heilen, aber letztendlich war die Bedrohung immer noch acht von zehn auf der Skala.

Wenn Grant Lara wirklich wieder in die Finger bekommen wollte, würde er einen Weg finden.

»Wie kann ich ihr helfen, mit ihrem Leben weiterzumachen?«, fragte Owl seinen Freund. »Wie kann ich sie ermutigen, ihre Unabhängigkeit zurückzuerobern, wenn wir alle wissen, dass Grant immer noch da draußen ist und auf den richtigen Moment wartet, um sie wieder in die Finger zu bekommen?«

»Das Erste und Offensichtlichste, was du tun kannst, ist, sie zum Bleiben zu bewegen«, erwiderte Tonka, ohne zu zögern. »Hier. Bei dir. Sie ist nicht dumm. Sie weiß, dass sie in Gefahr ist, wenn sie geht. Was glaubst du, warum sie sich an dich geklammert hat? Finde einen Weg für sie, sich hier ein Leben aufzubauen. Gib ihr ein Ziel. Sie kann unabhängig sein, während sie bei dir lebt, Owl.«

Er starrte seinen Freund an. War es so offensichtlich, wie sehr er Lara liebte?

Tonka verzog amüsiert die Lippen. Als könnte er seine Gedanken lesen, sagte er: »Wenn du glaubst, dass keiner mitbekommen hat, wie sehr sie dir am Herzen liegt, liegst du falsch.«

»Verdammt«, fluchte er.

Tonka lachte. Der Mann *lachte* tatsächlich. Owl war so

überrascht, diesen Laut aus dem Mund seines stoischen Freundes zu hören, dass er ihn einfach anstarrte.

Er klopfte Owl auf die Schulter und gab ihm dann einen freundschaftlichen Schubs. »Wenn du glaubst, dass ich dir Ratschläge für dein Liebesleben geben werde, irrst du dich gewaltig. Ich bin der letzte Typ, von dem du Beziehungs- ratschläge annehmen solltest.«

»Du bist derjenige, der eine Frau hat und ein Baby erwartet«, entgegnete Owl trocken. »Meinst du, ich sollte Brick fragen, der immer noch nicht die Frau geheiratet hat, die er mehr liebt als das Leben selbst? Oder Stone, der, wie ich glaube, *allergisch* gegen Frauen ist? Oder vielleicht Tiny, der hier herumläuft und jeden angrinst?«

Tonka lachte erneut, und Owl befürchtete schon, dass die Hölle zugefroren war. Tonka, der zweimal in weniger als einer Minute lacht? Die Welt war definitiv aus dem Gleich- gewicht geraten.

»Also, vielleicht habe ich ja *doch* einen Rat für dich.«

Owl merkte, dass er fast den Atem anhielt. Er konnte jede Hilfe gebrauchen, denn es fühlte sich an, als würde er seit Monaten ertrinken. Er wollte Lara für sich gewinnen, aber er wusste auch, dass sie jemanden so viel Besseres bekommen konnte.

»Mach genauso weiter wie bisher.«

Owl blinzelte. Das war es? *Das* war Tonkas weiser Ratschlag? »Ich weiß nicht, ob mir das hilft«, sagte er zu seinem Freund.

»Der Unterschied, wie Lara war, als sie ankam, und jetzt ... ist fast wie ein Wunder«, erklärte Tonka in ernstem Ton. »Sie konnte dich keine Sekunde aus den Augen lassen. Ich wette, du konntest kaum pinkeln gehen, ohne dass sie im anderen Zimmer ausflippte«, fügte er hinzu und wieder- holte ironisch Laras eigene Worte, ohne es zu wissen. »Und jetzt? Du bist hier. Du hilfst mir mit diesem verdammten Zaun. Und wo ist sie? Bei Cora und ein paar anderen Mädchen? Das, mein Freund, ist ein Wunder. Also, was auch immer du tust ... mach weiter damit. Und damit das klar ist: Sie sieht *dich* anders an als mich oder die anderen Jungs. Du bist bei ihr gelandet. Sei einfach ihr Freund. Unterstütze sie. Hör ihr zu, wenn sie reden will. Und sei genau so, wie du bist. Denn, Owl, du bist ein verdammt guter Mann.«

Owl konnte seinen Freund nur noch verwundert anstarren. In all den Jahren, in denen er ihn kannte, hatte er ihn noch nie so ... er konnte es kaum in Worte fassen ... hilfsbereit? einfühlsam? ... erlebt.

Nein, das war nicht fair. Tonka war wahrscheinlich schon immer so gewesen, er hatte sich nur mit ziemlich viel Mist in seinem eigenen Kopf herumgeschlagen, genau wie alle anderen auch.

»Danke«, bemerkte er nach einem Moment.

»Nichts zu danken. Dieser Zaun baut sich nicht von selbst. Und ich weiß aus zuverlässiger Quelle, dass Frauen es mögen, wenn ihre Männer verschwitzt und testoteronisch sind.«

Owl brach in Gelächter aus. »Testosteronisch? Das ist doch kein Wort.«

Tonka zuckte mit den Schultern. »Na und? Es ist wahr. Das ist so eine Holzfäller-Fantasie oder so. Du kehrst schweißgebadet in deine Hütte zurück, vielleicht sogar mit freiem Oberkörper, und Lara wird dir nicht widerstehen können.«

Owl verdrehte die Augen. »Oh ja, nach Kuhmist zu riechen, völlig verdreckt zu sein und Körperflüssigkeiten auf den Boden zu tropfen ... das ist so unheimlich attraktiv.«

Tonka grinste. »Du musst noch eine Menge lernen.

Komm, hilf mir, den Pfosten einzusetzen, dann können wir mit dem nächsten Loch anfangen.«

Während Owl nach dem Pfosten griff, dachte er darüber nach, was sein Freund gesagt hatte. Über alles. Er wusste nicht, wo er und Lara am Ende landen würden … aber ausnahmsweise hatte er ein kleines Fünkchen Hoffnung, dass er vielleicht eine Chance bei der Frau haben könnte, in die er wahnsinnig verliebt war.

Doch dann fiel ihm wieder ein, dass Carter Grant immer noch auf freiem Fuß war, und solange er frei war, würde er versuchen, Lara in die Finger zu bekommen.

Das wollte Owl auf keinen Fall zulassen. Lara hatte schon genügend durchgemacht. Eher würde er sterben, als dass er zulassen würde, dass sie noch einmal so schrecklich misshandelt und gefoltert würde.

Lara lächelte ihre Freundin an. Sie hatten einen ruhigen und entspannten Vormittag in Owls Hütte verbracht und über unverfängliche Themen geplaudert, die Lara nicht aus der Ruhe gebracht hatten. Jetzt waren sie in der Hütte, in der Cora und Pipe wohnten, und erwarteten Alaska, Reese, Ryan und Luna, die in etwa fünfzehn Minuten eintreffen würden. Sie wollten sich auf die Dachterrasse setzen und den ersten halbwegs warmen Tag seit Langem genießen.

»Pipe und ich wollen hier eine einfache Hochzeitszeremonie abhalten. Oben auf unserer Terrasse. Nichts Ausgefallenes, nur wir und unser Trauredner.«

»Das klingt wunderschön. Ihr wollt nicht so etwas wie bei Henley und Tonka?«

»Nein. Ich meine, ihr Empfang in der Scheune war großartig, aber nein, so im Mittelpunkt zu stehen macht mich nervös. Weißt du noch, was für ein Nervenbündel ich war, als ich bei der Abschlussfeier nur über die Bühne gehen musste? Selbst *das* habe ich kaum ausgehalten.«

Cora hatte nicht unrecht. Sie hatte wirklich einen schlimmen Fall von Lampenfieber. Obwohl sie nur drei Stufen hinaufgehen, fünf Schritte gehen, die Hand des Schulleiters schütteln und ein paar Stufen zurück zu ihrem Sitz hinuntergehen musste, war es ein Wunder, dass sie nicht gestolpert und auf ihr Gesicht gefallen war.

»Stimmt«, erinnerte sich Lara mit einem breiten Grinsen an diesen Tag.

»Das habe ich vermisst«, bemerkte Cora.

»Was?«

»Dich. Die Tatsache, dass du so unbekümmert lächelst.«

Lara presste erschrocken die Lippen zusammen. »Es tut mir leid«, platzte sie heraus.

»Was tut dir leid?«, fragte Cora.

»Dass ich wütend auf dich war. Dass ich dich ange-schrien habe. Ich weiß, dass du nicht eifersüchtig auf mich warst, du warst noch nie in unserem Leben neidisch auf etwas, das ich hatte. Ich war dir eine schreckliche Freundin und habe dich nicht verdient. Was du getan hast ... deine Sachen zu verkaufen, zur Auktion zu gehen, Eleanor Vanlandingham zu beschimpfen – obwohl, ich wünschte, ich hätte diesen Teil gesehen. Das kann ich dir niemals vergelten.«

Cora ging zu Lara hinüber und zog sie sofort in eine feste Umarmung. Cora war knapp fünfzehn Zentimeter kleiner als Lara, aber sie zog sie einfach nach vorn in ihre Arme und hielt sie fest. »Du brauchst dich nicht zu entschuldigen. Wie immer hätte ich taktvoller sein müssen. Ich wusste, wie sehr du Ridge magst, ich habe ihm nur nicht vertraut.«

»Ich weiß. Ich hätte auf dich hören sollen. Und damit du es weißt, auch wenn es keine Rolle spielt, ich hatte schon meine Zweifel an unserer Beziehung. Meine rosarote Brille war am Verblassen. Ich dachte nur ... wenn ich mit ihm nach Arizona ginge, wenn wir aus Washington und dem ganzen Stress, unter dem er angeblich stand, wegkämen, würde er vielleicht merken, wie toll wir zusammen sind. Ich hatte nie vor, für immer zu gehen. Es sollte nur für eine Weile sein.«

Cora zog sich zurück und hielt sich an Laras Armen fest, während sie sie ansah. »Mir tut es leid.«

»Was um alles in der Welt muss *dir* leidtun?«, fragte Lara mit einem Stirnrunzeln.

»Dass es so lange gedauert hat, bis ich zu dir gekommen bin. Ich habe mich mit der Polizei und deinen Eltern getroffen, und sie haben mir nicht geglaubt. Ich habe sogar mit einigen Privatdetektiven gesprochen, aber offensichtlich habe ich nicht die richtigen Verbindungen, denn sie kamen mir alle wie Betrüger vor. Sie wollten eine Vorauszahlung ... und ich bin nicht leichtgläubig genug, um darauf hereinzufallen. Als ich von den Jungs von der *Zuflucht* gehört und mich über sie informiert habe, hatte ich das Gefühl, dass sie deine beste Chance sind. Es bestand immer das Risiko, dass sie sich nicht darauf einlassen wollten. Ich meine, es ist ja nicht so, dass sie sich verdingt hätten, um entführte Freundinnen aufzuspüren, aber ich war verzweifelt.«

»Das hast du gut gemacht«, versicherte Lara ihrer besten Freundin. »Aber ich bin immer noch sauer auf dich«, bemerkte sie so streng, wie sie konnte.

»Was? Warum? Weshalb?«

»Du hast eine Vollmacht für mein Bankkonto. Warum um alles in der Welt würdest du mein Geld nicht benutzen, um sie einzustellen? Du hast deine ganzen Sachen verkauft, Cora! Das war dumm.«

Anstatt sich aufzuregen, lächelte Cora einfach. »Ja, aber so war es viel einfacher, bei Pipe einzuziehen. Weißt du, ich musste nicht so viel hin- und hertragen. Ich glaube, es waren am Ende nur drei Kartons, die ich einpacken und hierherschicken musste.«

Lara verdrehte die Augen. »Wie auch immer.«

»Ich würde alles für dich tun, Lara. Ich habe dich so lieb, du hast ja keine Ahnung.«

»Ich dich auch«, erwiderte Lara und musste sich beherrschen, um nicht in Tränen auszubrechen.

»Also, wir haben nicht mehr viel Zeit, bis die anderen kommen, und ich möchte dich etwas fragen.«

»Ja«, sagte Lara.

Cora verdrehte die Augen. »Du weißt doch gar nicht, was ich fragen will.«

»Das macht nichts. Ich werde es tun.«

»Du gehst also mit mir Fallschirmspringen?«

Lara zuckte zusammen. »Hmmm.« Sie wussten beide, dass Lara kein Fan von Höhen war. Und aus einem Flugzeug zu springen? Das war ein klares Nein für sie.

Zum Glück lachte Cora. »Das war nur ein Scherz. Das würde ich nie von dir verlangen. Wirst du bei unserer Hochzeit meine Trauzeugin sein?«

Lara blinzelte überrascht. »Ich dachte, du hättest gesagt, du wolltest nur dich und Pipe und denjenigen, der euch verheiratet, dabeihaben.«

»Das habe ich. Aber du bist meine Familie. Der einzige Mensch, den ich an meiner Seite hatte, bis ich Pipe traf und hierhergezogen bin. Ich hatte buchstäblich niemanden sonst. Du hast mir Geld gegeben, einen Platz zum Leben und vor allem warst du meine Freundin. Dir war es egal, wie reserviert ich war, als wir uns kennenlernten, oder wie oft ich gekündigt oder einen Job verloren hatte. Du hast mich einfach um meiner selbst willen geliebt. Du wirst nie wissen, wie viel mir das bedeutet hat und wie viel es mir immer noch bedeutet. Ich kann mir nicht vorstellen zu heiraten, ohne dass du dabei bist.«

»Aber ... was denkt Pipe darüber? Ich meine, wird er einen seiner Freunde dabeihaben?«

»Was denkst du, wer vorgeschlagen hat, dass ich dich frage?«, erwiderte Cora.

Lara schloss die Augen und atmete tief durch.

»Bitte sag Ja. Und Pipe und ich haben darüber gesprochen, und wenn du Owl dabeihaben willst, wäre er auch damit einverstanden.«

Lara öffnete die Augen. »Eure schlichte Zeremonie mit nur euch beiden wird furchtbar schnell wachsen. Bald werden alle Jungs, Alaska, Henley, Reese und all die anderen Frauen, die hier arbeiten, dabei sein und die Zeremonie wird in der Lodge stattfinden, mit Robert, der eine fünfstöckige Hochzeitstorte backt, und tanzenden Holzfällern oder so.«

Cora lachte. »Auf keinen Fall. Nur der Mann, den ich liebe, meine beste Freundin und der Typ, der uns traut.«

»Ich bin verwirrt. Ich dachte, du hättest gerade gesagt, du seist einverstanden, dass Owl auch dabei ist.«

»Pipe dachte, dass Owl vielleicht ordiniert werden könnte. Oder zugelassen. Oder wie auch immer man das nennt. Dass *er* uns vielleicht verheiraten könnte. Er hat ein bisschen recherchiert, und in New Mexico kostet das nur fünfzig Dollar und er kann das alles online machen.«

»Habt ihr ihn schon gefragt?«

»Noch nicht. Ich wollte erst deinen Segen haben.«

»Meinen Segen?«, rief Lara aus. »Cora, es ist *deine* Hochzeit.«

»Und du bist meine beste Freundin. Und du bist der Grund, warum ich Pipe überhaupt kennengelernt habe. Der Grund, warum ich hier bin. Und … ich weiß, dass du dich in der Gegenwart von Owl wohler fühlst. Bitte?«

Lara war überwältigt. Sie liebte ihre Freundin so sehr. Sie verdankte ihr alles. Und der Gedanke, dass sie sie bei ihrer Hochzeit dabeihaben wollte? Das bedeutete ihr die Welt. Vor allem weil sie so kurz davor gewesen war, sie zu verlieren. *Alles* zu verlieren. »Natürlich werde ich da sein. Es wäre mir eine Ehre.«

»Juhu!«, entgegnete Cora mit einem breiten Lächeln. Sie beugte sich vor und umarmte Lara kürzer, aber nicht weniger herzlich, dann eilte sie zum Tresen, wo sie ihr Telefon liegen gelassen hatte.

»Ich schicke Pipe eine Nachricht und sage ihm, dass du zugestimmt hast.«

Lara spürte, wie Aufregung sie durchströmte. Es war ein ungewohntes Gefühl und gleichzeitig eine große Erleichterung. Sie hatte so lange nichts anderes als Angst und Schrecken empfunden, dass es sich fast so anfühlte, als sei sie wieder die Lara von früher. »Wann habt ihr das geplant?«

Cora lächelte, blickte aber nicht vom Handy auf, während ihre Daumen über den Bildschirm rasten. »So bald wie möglich. Owl muss noch das Online-Zertifikat organisieren und wir müssen unsere Hochzeitslizenz beantragen, aber dann kann es losgehen.«

»Werden die anderen Jungs verärgert sein? Sich ausgeschlossen fühlen? Oder die anderen Frauen?«, fragte Lara besorgt.

»Nein. Sie wissen bereits, dass wir etwas Kleines und Intimes planen. Solange wir Robert erlauben, ein besonderes Abendessen in der Lodge zu organisieren, und sie alle dabei sein können, ist es für sie in Ordnung. Ich habe schon mit Alaska darüber gesprochen.«

Lara biss sich auf die Lippe. »Bist du sicher? Ich meine, ich möchte nicht, dass jemand beleidigt ist.«

Als es an der Tür klopfte, zuckte Lara vor Überraschung und Angst zusammen und drehte sich zu dem Geräusch hin.

»Das sind sie. Und um dich zu beruhigen, werden wir erst einmal nachfragen«, erklärte Cora, während sie zur Tür ging. »Pipe hat gesagt, dass er heute mit Owl sprechen wird. Ich denke, es wird innerhalb der nächsten Woche sein.«

»So bald?«, rief Lara aus, mehr für sich selbst als für ihre Freundin.

Cora hielt inne, bevor sie die Tür öffnete, und sah Lara an. »Wenn du es weißt, weißt du es. Hast du das nicht immer gesagt? Pipe ist der richtige Mann für mich. Der einzige Mann, den ich je lieben werde. Es ist, als sei mein ganzes Wesen zum Leben erwacht, als ich ihn kennengelernt habe. Es wird alles gut werden. Für uns beide, Lara. Ich weiß es.«

Lara dachte über die Worte ihrer Freundin nach, während diese sich vergewisserte, wer an der Tür war, und sie dann öffnete, um die anderen Frauen zu begrüßen. Es war irgendwie lustig. Cora war die Nüchterne von beiden. Diejenige, die es hasste, romantische Filme zu sehen. Sie sagte immer, sie sei allergisch gegen Romantik. Und jetzt heiratete sie als Erste, obwohl sie immer gesagt hatte, dass sie gar nicht heiraten wollte. Und Lara freute sich riesig für sie.

Und jetzt war *sie* die Nüchterne. Diejenige, die vielleicht nicht mehr an ein Happy End glaubte. Und das, obwohl sie hier in der *Zuflucht* davon umgeben war. Mit Brick und

Alaska, Henley und Tonka, Reese und Spike. Und jetzt Cora und Pipe.

»Lara! Es ist so schön, dich zu sehen!«, begrüßte Alaska sie fröhlich und ging auf sie zu.

Sie begrüßte auch die anderen und freute sich über die ehrliche Zuneigung, die sie alle zeigten, als sie sie sahen.

Innerhalb von zehn Minuten saßen die sechs auf der Terrasse auf dem Dach des Hauses. Lara saß mit Cora auf dem Sessel, den Pipe gekauft hatte, damit seine Frau es bequemer hatte, wenn sie dort oben die Sterne beobachteten. Reese und Ryan saßen in Liegestühlen, und Reese scherzte, dass sie nie wieder aufstehen würde, so bequem war es. Alaska und Luna saßen auf dicken Decken, die auf dem Boden lagen, und lehnten sich mit dem Rücken an das Sofa.

Es fühlte sich intim an, nicht nur, weil die Terrasse nicht so groß war, sondern weil Lara, wenn sie die Hand ausstreckte, nicht nur Cora, sondern auch Alaska und Luna berühren konnte.

»Dies ist ein wunderbarer Ort«, erklärte Alaska, als ihr ununterbrochenes Geplauder nach etwa fünfzehn Minuten pausierte.

»Und man kann ihn von der Vorderseite der Hütte aus nicht einmal sehen«, stimmte Reese zu.

»Ich werde hier oben heiraten«, platzte Cora heraus.

»Wir wissen es, du hast es uns gesagt«, erklärte Alaska grinsend.

»Owl wird uns trauen, und Lara wird dabei sein. Danach gehen wir zur Lodge und nehmen ein riesiges gemeinsames Abendessen ein.«

»Klingt super.«

»Guter Plan.«

»Ich bin schon gespannt, was mein Vater für euch geplant hat.«

»Cool.«

Lara schaute zu Cora hinüber und musste lächeln, als diese flüsterte: »Habe ich dir doch gleich gesagt.«

»Lara hat sich Sorgen gemacht, dass ihr sauer sein würdet, weil ich sie gebeten habe, dabei zu sein«, erklärte Cora laut.

Lara warf ihrer besten Freundin einen bösen Blick zu, aber Cora sah sie nicht an.

»Ich verstehe nicht warum. Ihr seid doch die besten Freundinnen, ihr kennt euch schon ewig«, bemerkte Ryan. Lara schwor, dass sie einen Hauch von Wehmut im Tonfall der anderen Frau hörte, aber bevor sie weiter darüber nachdenken konnte, ergriff Reese das Wort.

»Owl wird euch trauen?«, fragte sie.

»Hoffentlich. Ich meine, Pipe hat ihn noch nicht gefragt, aber das wird er heute tun«, sagte Cora.

»Das ist cool«, erklärte Reese.

Und das war alles, was sie dazu zu sagen hatten. Keiner schien ein Problem damit zu haben, die eigentliche Trauung zu verpassen. Und es schien sie auch nicht zu stören, dass Lara und Owl dabei sein würden und sie nicht.

Das Gespräch drehte sich um Jasnas schnell voranschreitendes Schuljahr, einige von Ryans lustigen Haushaltsgeschichten und darum, für wie viele Monate *Die Zuflucht* derzeit im Voraus gebucht war.

»Wann erwarten wir die ersten Gäste mit Kindern?«, fragte Reese.

Lara schaute überrascht zu Alaska hinüber. Sie hatte noch nicht gehört, dass *Die Zuflucht* vorhatte, Kinder aufzunehmen.

»Wir haben in zwei Wochen unsere erste Probezeit. Und

weißt du was ... wir haben die freien Plätze in zwei Tagen vergeben. Das überrascht mich nicht im Geringsten, denn es gibt viele Menschen mit Kindern, die von einem Ort wie diesem profitieren könnten. Ich verstehe, warum die Jungs bisher keine Kinder zugelassen haben, aber ich bin auch gespannt, wie es läuft«, erklärte Alaska mit einem Lächeln.

»Ist etwas Besonderes geplant?«

»Nun, eigentlich nicht. Wir machen die Wanderungen wie immer und wir dachten, wir machen in dieser Woche zwei Lagerfeuer statt nur einem«, entgegnete Alaska.

Lara spürte Coras Blick auf sich und drehte sich zu ihrer Freundin um.

»Oh, oh, wofür ist dieser Blick?«, fragte Luna.

»Welcher Blick?«, fragte Reese und schaute Luna an.

»Cora hat Lara gerade so einen Blick zugeworfen ...« Luna ahmte Cora nach, indem sie ihre Augen weit öffnete und mit den Augenbrauen wackelte.

Alle lachten.

»Ernsthaft, was willst du damit sagen? Findest du das nicht gut?«, fragte Alaska.

»Nein, das ist es nicht ...«, erklärte Cora ausweichend.

»Spuck es aus. Du bist jetzt eine von uns. Wenn *Die Zuflucht* zusammenbricht, wirst du genauso obdachlos wie der Rest von uns«, stichelte Reese.

»Es ist nur so, dass Lara und ich mit vielen Kindern zu tun hatten. Zugegeben, sie waren alle im Vorschulalter, aber sie sind Energiebündel. Wir hatten praktisch für jede Minute des Tages, an dem sie in der Vorschule sind, Aktivitäten geplant. Ich glaube, man braucht mehr als nur eine Wanderung und ein Lagerfeuer, um sie zu unterhalten«, erklärte Cora zaghaft.

Lara stimmte ihr hundertprozentig zu. Der erste Tag auf dem Gelände der *Zuflucht* würde ein Novum sein, und die

Kinder würden sich sicher gut zurechtfinden und die Tiere in der Scheune besuchen. Aber danach würden sie unterhalten werden müssen. Vor allem wenn es sich um Alleinerziehende handelte, mit denen Henley Therapiesitzungen abhalten würde. Jemand musste auf die Kinder aufpassen.

»Schieß los. Ich meine, wir könnten uns schon etwas einfallen lassen«, entgegnete Alaska und sah Reese mit einem besorgten Gesichtsausdruck an.

»Sieh mich nicht so an«, erwiderte Reese sofort und hob abwehrend die Hände. »Ich meine, meine morgendliche Übelkeit hat sich gebessert, aber jetzt bin ich die ganze Zeit supermüde. Das ist nervig. Ich möchte nicht einschlafen, während ich die Kinder unterhalte, und sie dann Amok laufen lassen.«

»Ich könnte meinen Vater fragen, ob wir zusammen Plätzchen backen und verzieren können«, schlug Luna vor.

»Ich würde ja helfen, aber ich glaube, Carly, Jess und ich werden mit dem ganzen Hauswirtschaftskram, den wir mit mehr Leuten in jeder Hütte haben werden, sehr beschäftigt sein. Brick hat uns bereits gewarnt und uns gesagt, dass wir dadurch mehr pro Stunde verdienen werden, worüber sich keine von uns beschwert hat«, bemerkte Ryan achselzuckend.

»Quatsch. Also gut, ich werde mich heute Abend mit Brick treffen und sehen, was wir uns einfallen lassen können«, erklärte Alaska, aber ihre Stirn war gerunzelt und sie sah besorgt aus.

»Ich kann helfen«, erwiderte Cora. »Ich meine, bevor ich hierherkam, habe ich jeden Tag mit Kindern gearbeitet. Wenn du mir die Altersangaben der Kinder schickst, kann ich mir bestimmt ein paar Aktivitäten einfallen lassen. Allerdings brauche ich einen Raum in der Lodge. Und es könnte chaotisch werden. Und je nach Altersgruppe könnte es hektisch werden, weil ich alles altersgerecht gestalten möchte. Ich kann nicht zulassen, dass Zehnjährige Makkaroni-Halsketten basteln und Dreijährige sich an Diamond Painting versuchen.«

»Aber wir könnten die Größe der Steinchen, die wir zum Diamond Painting anbieten, variieren«, platzte Lara heraus. »Wir könnten kleine Steinchen für die älteren Kinder und größere für die Kleinen verwenden. Wir könnten sogar die gleichen Bilder verwenden, sie nur altersgerecht abändern.«

Lara spürte die Blicke aller fünf Frauen auf sich, aber sie hielt ihre Augen auf Cora gerichtet.

»Wenn Robert helfen würde, könnten wir Lebkuchen verzieren. Ich meine, nicht mit einem Weihnachtsmotiv, sondern ganz normale Designs«, stimmte Cora zu.

»Je nachdem, wie viele Kinder da sind, könnten wir auch in der Lodge übernachten, damit die Eltern eine Pause haben. Wir könnten Deckenzelte und Festungen bauen«, erklärte Lara.

»Ein Filmabend, obwohl das schwieriger sein könnte, wenn der Altersunterschied zwischen den Kindern zu groß ist«, überlegte Cora.

»Wir könnten sie den Film selbst aussuchen lassen, denn Kinder lieben es, wenn sie mitbestimmen können, was sie tun.«

»Eine Schnitzeljagd, bei der sie zum Beispiel ein perfektes Blatt finden, einen Abdruck machen oder einen besonderen Stein aufsammeln müssen.«

»Straßenkreide.«

»Ein Theaterstück für die Eltern aufführen.«

»Lesezeichen basteln.«

»Eine Tanzparty.«

»Poolnudel-Boote.«

»Glitzernde Elfenlichter.«

Die beiden Frauen bewarfen sich regelrecht mit Ideen. Alles Dinge, die sie schon in der Vorschule in Washington gemacht hatten.

»Ernsthaft? Ihr würdet uns helfen?«, fragte Alaska, als sie endlich zu Wort kam.

Lara merkte, dass sie in eine Art Tunnelblick geraten war. So viele Erinnerungen überfluteten sie. Sie hatte ihren Job geliebt. Sie hatte die Kinder geliebt, mit denen sie gearbeitet hatte. Es war so lange her, dass sie überhaupt an ihre Kinder gedacht hatte.

»Lara?«, fragte Cora leise.

Lara atmete tief durch und wandte sich an Alaska. »Ja, ich helfe gern mit.«

»Gott sei Dank!« Reese atmete auf.

»Du auch, Cora?«, hakte Alaska nach.

Cora verengte die Augen zu Schlitzen. »Warum habe ich das Gefühl, dass deine Gedanken rasen?«, fragte sie misstrauisch.

»Weil es so ist?«, sagte Alaska mit einem Lächeln. »Sei nicht böse, aber das Leben hier ist wie die kleinste Kleinstadt. Pipe hat etwas zu Spike gesagt, der hat es Tiny erzählt, der es Brick erzählt hat. Es heißt, dass du unruhig bist. Du weißt nicht genau, wo du hingehörst. Was du hier tun kannst, um deinen Lebensunterhalt zu verdienen. Aber die Sache ist die, dass du gar nichts tun musst. Wenn du jeden Tag auf deinem Hintern sitzen willst, kannst du das hier oben auf dieser tollen Terrasse tun. Niemand erwartet von dir, dass du arbeitest. Dieser Ort ist eine gut geölte Maschine. Ich hatte Glück, als ich hierherkam, denn die letzte Verwaltungsassistentin hatte gerade gekündigt. Ich habe zufällig genau das getan, was sie brauchten. Und Henley hat natürlich schon hier gearbeitet.«

»Ich springe ein und helfe, wo ich kann«, erklärte Reese.

»Ich nehme Spanischstunden, damit wir eine größere Gruppe von Menschen bedienen können. Die Frau meines Bruders hilft mir dabei. Sie ruft mich jeden Tag an und weigert sich, mit mir Englisch zu sprechen, also lerne ich es schneller, als ich es sonst tun würde.«

»Und natürlich haben wir schon Haushälterinnen, Landschaftsgärtner, eine Buchhalterin und Luna hilft ihrem Vater in der Küche«, fügte Alaska hinzu. »Es gibt also nicht viel, was wir hier brauchen, was nicht schon getan wird. Aber wenn wir ernsthaft in Erwägung ziehen, diesen Ort für bestimmte Zeiträume für Kinder zu öffnen, brauchen wir natürlich Hilfe, um Aktivitäten für die Kinder zu finden und sie durchzuführen. Ich habe natürlich nicht genügend darüber nachgedacht, also brauchen wir auch einen besser organisierten Plan. Ich habe mir gedacht, du könntest es dieses erste Mal ausprobieren. Mal sehen, ob es dir gefällt. Wenn nicht, ist das okay, dann können wir jemanden aus der Stadt als Kinderkoordinator einstellen. Aber *falls* es dir gefällt ...«

Alaskas Stimme verebbte voller Hoffnung.

»Ich kann zwar gut mit Kindern umgehen, aber ich bin nicht gut darin, die Verantwortung zu tragen. Das war ich noch nie«, bemerkte Cora. »Aber Lara ...«

Alle drehten sich zu ihr um, und Lara erstarrte. Sie war sich nicht sicher, was sie sagen oder tun sollte.

»Du machst ihr Angst«, bemerkte Ryan entschieden. »Sie hilft Cora mit der ersten Gruppe, aber das war's. Kein Druck, richtig, Alaska?«

»Genau«, entgegnete Alaska, ohne zu zögern. »Und ich bin mir sicher, dass Brick und die anderen euch beide bezahlen werden. Sie erwarten nicht, dass hier jemand umsonst arbeitet.«

»Aber *sie* alle tun es«, erwiderte Cora mit einem kleinen Lachen.

»Nein, das tun sie nicht«, entgegnete Reese. »Sie bekommen ihre Hütten, die Nebenkosten und die Nahrungsmittel. Das ist im Grunde ihre Bezahlung. Natürlich arbeiten sie hart, um diesen Ort zu einem Zuhause zu machen, nicht nur für die Gäste, die kommen, sondern auch für sich und ihre Familien.«

»Du hast recht«, bemerkte Alaska mit einem Nicken.

»Okay, gutes Argument«, gab Cora zu.

Lara fühlte sich ein wenig überwältigt. Sie war aufgeregt und erschrocken zugleich. Sie liebte *Die Zuflucht*. Sie war zu ihrem Rückzugsort geworden, auch wenn sie nie gedacht hätte, dass sie langfristig bleiben würde.

Aber tief im Inneren wusste sie, dass das eine Lüge war. Mit jedem Tag, der verging, konnte sie sich weniger vorstellen wegzugehen. Als sie angekommen war, hatte sie sich nichts sehnlicher gewünscht, als sich an einem abgelegenen Ort zu verstecken. Jetzt machte ihr der Gedanke, allein und verletzlich zu sein, eine Heidenangst. Und der Gedanke, zurück nach Washington zu gehen, gefiel ihr überhaupt nicht. Sie liebte ihren Job in der Vorschule, aber nicht genug, um in die Stadt zurückzukehren. Auch wenn sie nicht wollte, dass jemand anderes ihretwegen verletzt wurde, konnte sie nicht leugnen, dass es ein Trost war, andere Menschen um sich zu haben.

Und nicht nur irgendjemanden ... sondern Owl und seine Freunde. Sie hatten mehr als bewiesen, dass sie, wenn es hart auf hart kam, alles tun würden, um das Problem zu beseitigen. Mit Alaska und Jasna, als Reese an die Grenze gebracht wurde, mit Laras Situation in Arizona.

»Ich werde mich mit Lara zusammensetzen und wir werden einen Plan ausarbeiten«, sagte Cora zu den anderen.

»Wir werden eine Art Unterrichtsplan für die Woche erstellen und ihn Brick zur Genehmigung vorlegen. Geht das in Ordnung?«

»Auf jeden Fall«, erwiderten Alaska und Reese gemeinsam.

»Können wir jetzt darüber reden, was ihr euch für euer Hochzeitsessen wünscht?«, fragte Luna. »Ich weiß, dass mein Vater in Panik geraten wird, wenn er davon erfährt, und er wird so schnell wie möglich wissen wollen, was er kochen soll.«

Lara hörte den anderen nicht zu, als sie über die verschiedenen Gerichte sprachen. Sie schaute auf die Uhr und sah, dass es fast dreizehn Uhr war. Sie hatte Owl seit fünf Stunden nicht mehr gesehen ... und plötzlich begann ihre Haut zu kribbeln. Sie spürte, wie sich Unruhe in sie hineinschlich.

Als sie über das Geländer der Terrasse schaute und versuchte, sich wieder zu beruhigen, sah sie nur Bäume. In der Ferne bewegte sich etwas, und sie erstarrte. War das ein Schatten? War es Carter? Beobachtete er sie? Plante er etwas?

Die Angst stieg in ihr hoch und sie konnte nur noch daran denken, zu Owl zu gelangen. Er würde sie beschützen. Das hatte er schon in der Vergangenheit getan. Er hatte sich zwischen sie und das Böse gestellt, nämlich den Mann, der ihr wehgetan hatte.

»Lara?«

Sie hörte Cora wie aus weiter Ferne ihren Namen sagen, aber sie konnte sich nicht konzentrieren. Die Augen zu schließen half nicht. Die Dunkelheit machte alles noch unheimlicher. Sie öffnete die Augen wieder und sah sich hektisch in der Gegend um. War Carter jetzt schon auf dem Weg hierher?

Sie hasste das! Sie wusste, dass sie in Panik geriet, aber sie konnte sie nicht unter Kontrolle halten. Sie hatte gedacht, es ginge ihr so viel besser. Sie hatte sich so sicher gefühlt, als sie mit Cora in ihrem Haus war. Aber jetzt geriet sie völlig aus den Fugen und wusste nicht, wie sie die Abwärtsspirale aufhalten sollte. Im einen Moment ging es ihr noch gut, im nächsten nicht mehr.

Cora rutschte rüber und legte ihre Hand auf Laras Oberschenkel. »Es ist alles in Ordnung, Lara, ehrlich. Du bist in Sicherheit.«

Aber das war nicht der Fall! Dessen war Lara sich sicher. Carter war da draußen. Er wartete. Und er würde nicht zögern, jeden zu verletzen, der sich ihm in den Weg stellte.

»Er kommt.«

Lara hörte Ryan die Worte sagen, aber sie interpretierte sie ganz anders, als die Frau sie wahrscheinlich meinte.

Er würde kommen. Carter *war* auf dem Weg. Und der einzige Mensch, der sie beschützen konnte, war Owl. Und er war nicht hier! Sie war allein. *Wieder einmal.* Und es war nur eine Frage der Zeit, bis Carter sie anfassen und diese schrecklichen Dinge tun würde ...

Ohne nachzudenken, sprang Lara auf und schüttelte die Hände ab, die sie trösten wollten, zog sich in eine Ecke der Terrasse zurück, kauerte sich hin und legte die Arme über den Kopf. Sie versuchte ihr Bestes, um sich vor dem zu schützen, von dem sie wusste, dass es kommen würde.

Aber es war sinnlos. Sie konnte nicht entkommen!

»Verdammt! Ryan, du hast ihm eine Nachricht geschickt?«

»Er ist auf dem Weg. Er ist in zwei Minuten hier.«

»Was sollen wir tun?«

»Gebt ihr etwas Freiraum.«

»Sollen wir sie mit einer Decke zudecken?«

»Nein, fasst sie nicht an.«

»Ich wünschte, Henley wäre hier!«

»Ich auch.«

Lara hörte die Gespräche der Frauen um sie herum, aber es war, als stünde sie am Ende eines sehr langen, dunklen Tunnels. Sie konnte sich nicht konzentrieren. Sie konnte nichts tun, außer auf das Unvermeidliche zu warten. Ein kleiner Teil von ihr schämte sich dafür, dass sie sich so erbärmlich verhielt. Wollte aufstehen und kämpfen. Aber was hätte das gebracht? Carter war stärker. Er würde sie überwältigen, wie er es schon einmal getan hatte, und sie dabei verletzen. Es war besser, unterwürfig zu sein. Fügsam.

Ein Funke der Wut flammte in ihrem Bauch auf. *Warum nur?* Warum sollte sie es ihm so leicht machen? Sie sollte kämpfen! Wie Cora es getan hatte. Sie hatte dem Mann wehgetan – sehr weh. Sie hatte ihren Finger in sein Auge gesteckt. Warum konnte sie nicht wie ihre Freundin sein?

Die Gedanken schwirrten in ihrem Kopf herum und Lara wurde übel. Sie wollte sich bewegen, etwas tun, um sich selbst zu helfen, aber sie war wie erstarrt. Erstarrt vor Angst. Vor Unentschlossenheit.

»Ich bin hier.«

Zwei Worte. Aber anstatt *seine* Stimme zu hören … hörte sie die von Owl. Lara würde seine Stimme überall erkennen. Sie hob den Kopf, konnte sich aber immer noch nicht konzentrieren. Sie wimmerte vor Angst.

»Ich passe auf dich auf.« In dem Moment, in dem diese Worte gesprochen wurden, spürte Lara, wie sie auf Owls Schoß gehoben wurde. Sie schmiegte sich so eng an ihn, wie sie nur konnte – aber das war nicht genug. Sie wollte sich in ihm verlieren. Mit dem Mann eins werden. Bei ihm war sie in Sicherheit. Er würde dafür sorgen, dass Carter ihr nicht wieder wehtat.

»Wir wussten nicht, was wir tun sollten.«

»Geht es ihr gut? Soll ich Henley anrufen?«

»Vielleicht sollten wir einen Krankenwagen rufen.«

»Gebt uns eine Minute«, bat Owl und seine Stimme dröhnte durch Lara hindurch. Je mehr er sprach, desto mehr wich die Schwärze in ihren Augen. Desto mehr kehrte sie zu sich selbst und ihrer Umgebung zurück.

»Wir werden nach unten gehen. Aber wenn du uns brauchst, brauchst du nur zu rufen«, sagte Cora.

»Das werde ich. Danke.«

»Nein, ich danke *dir*«, konterte Cora. Dann sagte sie: »Kommt schon, Leute, lasst ihnen etwas Platz.«

Lara wollte sich bei ihrer Freundin bedanken. Für ihr Verständnis. Dafür, dass sie wusste, dass sie nicht wollte, dass alle sie anstarren.

»Es ist alles in Ordnung«, erklärte Owl mit beruhigender Stimme, während er mit Lara auf seinem Schoß hin- und herschaukelte. »Du bist in Sicherheit. Du bist hier in der *Zuflucht*. Ich beschütze dich.«

Seine Worte waren wie Balsam für ihre Seele. Und Lara war erleichtert und verlegen zugleich.

»Owl«, flüsterte sie.

»Genau. Ich bin's. Ich bin hier. Alles in Ordnung. Atme tief ein. Noch einmal. Gut.«

Mit jedem Atemzug entspannten sich Laras Muskeln. Die Demütigung verdrängte die Angst, die ihr durch die Adern floss. »Oh Gott, es tut mir leid. Ich habe nicht ...«

»Fünf Stunden«, fiel Owl ihr ins Wort.

»Was?«, fragte sie verwirrt, ohne den Kopf zu heben.

»Fünf Stunden. Du hast *fünf volle Stunden* ohne mich verbracht. Das ist erstaunlich, Süße.«

Sie schnaubte. »Fünf Stunden. Na und?«, entgegnete sie sarkastisch.

»Das ist ein ziemlicher Durchbruch«, erklärte Owl mit Nachdruck. »Vor nicht allzu langer Zeit waren es noch keine zwanzig Sekunden.«

»Du hast einen dicken Pickel am Hintern und bist froh, dass du ihn für schlappe fünf Stunden loswerden kannst«, beschwerte Lara sich.

Owl lachte und sie spürte, wie seine Brust sich unter ihr bewegte. Sie saß auf seinem Schoß, die Beine zur Seite gelegt, aber mit dem Oberkörper zu ihm gedreht, die Arme an seinen Oberkörper gepresst und den Kopf in seinem Nacken vergraben. Sie hatte den Gedanken, dass sie wahrscheinlich lächerlich aussah.

»Aber es ist *mein* Pickel und ich habe kein Problem damit«, erwiderte er.

Als sie noch einmal tief einatmete und noch mehr von Owls Duft einsaugte, stellte sie fest, dass er nicht gerade frisch geduscht war. Es war nicht so, dass sie sich an seinem Schweißgeruch gestört hätte, aber er war einfach neu. Als sie den Kopf hob, sah sie ihn zum ersten Mal an. Sein Haar war an den Schläfen nass, seine Wangen waren gerötet von der Arbeit in der Sonne ... und wenn sie sich nicht irrte, war sein Hemd verkehrt herum angezogen und feucht vom Schweiß.

Er hob eine Hand und legte sie ihr an die Wange, und Lara lehnte ihren Kopf in seine Handfläche. »Alles wieder in Ordnung?«, fragte er.

»Ja. Es tut mir leid.«

»Nein. Wie ich schon sagte. Fünf Stunden, Süße. Henley hat dir gesagt, dass es nicht so schnell gehen wird. Du wirst nicht eines Tages aufwachen und in deine eigene Wohnung ziehen wollen. Und damit habe ich kein Problem. Sei nicht so streng mit dir. Willst du über das reden, was passiert ist? Was war dein Auslöser?«

»Ehrlich gesagt? Ich weiß es nicht. Im einen Moment saß ich hier und unterhielt mich mit den anderen, und im nächsten sah ich Schatten in den Bäumen und das war's.«

Owl nickte ernst.

»Ich wollte dich nicht von dem ablenken, was du gerade tust.«

Owls Lippen zuckten amüsiert. »Um ehrlich zu sein, bin ich froh, dass du es getan hast. Pfostenlöcher zu graben und einen Zaun zu errichten ist nicht gerade meine Vorstellung von Spaß.«

Lara fand es gut, dass er sie aufmuntern wollte.

»Was hältst du von Coras und Pipes Hochzeitszeremonie?«

Sie blinzelte ihn an. »Du weißt schon davon?«

»Machst du Witze? Cora hat Pipe eine Nachricht geschickt, der dann in die Scheune kam und mir gesagt hat – *gesagt*, wohlgemerkt, und nicht gebeten –, dass ich meinen Hintern in Bewegung setzen und die Webseite besuchen soll, deren Adresse er mir per E-Mail zugeschickt hat, um mich zu qualifizieren, um die beiden zu trauen, damit er seinen Ring so schnell wie möglich an Coras Finger stecken kann.«

Es war schwer zu glauben, dass sie nach all den schrecklichen Dingen, die sie sich ausgemalt hatte, schon wieder lächeln konnte, aber wenn jemand sie dazu bringen konnte, dann dieser Mann.

»Und du wirst es tun?«

»Natürlich werde ich das.« Dann runzelte er die Stirn. »Was war das für ein Gedanke?«

»Du weißt, dass du wie Henley klingst, oder?«

Aber Owls Gesichtsausdruck entspannte sich nicht. »Das ist mir egal. Woher kommt dieser besorgte Gesichtsausdruck?«

»Ich ... machst du das nur, weil du denkst, dass ich wieder ausflippe, wenn du nicht hier bist? Ihre Zeremonie ruiniere?«

Wenn überhaupt, dann sah Owl nach ihrer Frage noch wütender aus. »Du wirst nichts ruinieren. Und ich werde einen meiner besten Freunde trauen, weil ich mich in meinem Leben noch nie so geehrt gefühlt habe, darum gebeten zu werden. Ich habe mich hier immer ein bisschen wie ein Außenseiter gefühlt. Stone hat das auch. Wir stehen uns alle nahe, aber Hubschrauberpiloten sind eine andere Kategorie als SEALs und Deltas. Wir sind so etwas wie die kleinen Streberbrüder. Zu wissen, dass Pipe mich genügend respektiert, um mich an seiner Hochzeit teilnehmen zu lassen? Das ist eine Ehre. Und dass du dabei bist, ist das Tüpfelchen auf dem i. Für mich und Cora.«

»Ich weiß nicht, was ich anziehen soll.« Das war das Erste, was Lara sicher sagen konnte, vor allem weil ihre Gefühle für diesen Mann plötzlich verwirrend und durcheinander zu sein schienen.

Owl lächelte. Dann lachte er plötzlich. »Ich bin mir sicher, dass uns da noch was einfallen wird.«

»Owl?«

»Ja, mein Schatz?«

»Als ich dachte, er würde kommen ... hatte ich solche Angst. Ich habe aufgegeben. Aber dann wurde ein Teil von mir verdammt wütend.«

»Das ist gut.«

Lara starrte ihm in die Augen. Sie wollte ihm glauben. So sehr. Aber sie war so verwirrt. Sie war sich nicht mehr sicher, *was* sie glauben sollte. Was sie denken sollte.

»Und Henley wird dir das Gleiche sagen, wenn du morgen mit ihr sprichst.«

Lara hatte vergessen, dass sie für den nächsten Tag eine weitere Sitzung mit der Therapeutin vereinbart hatte.

»Und weißt du, was noch?«

»Was?«, flüsterte Lara.

»Ich denke, es ist an der Zeit, dass du wieder an den Selbstverteidigungskursen teilnimmst. Aber vielleicht erst einmal nur mit den Mitarbeitern der *Zuflucht*. Du wirst dich wohler fühlen, wenn du Leute um dich hast, die du kennst.«

Lara machte die Augen zu. Sie hatte diesen Mann nicht verdient. Sie hatte dumme Entscheidungen getroffen und irgendwie hatten sie zu diesem Moment geführt. Es machte keinen Sinn, und ein Teil von ihr fühlte sich schuldig. Aber einem anderen Teil war das egal. Sie würde es genießen, solange es dauerte.

»Okay.«

»Okay«, bestätigte er mit einem Nicken. Dann tat er etwas, das Laras Welt für immer veränderte.

Er beugte sich vor und küsste sie auf die Stirn.

Seine warmen Lippen verweilten, als wollte er sich den Moment genauso verzweifelt einprägen wie Lara.

Da wurde ihr klar, dass sie schon so lange an diesen Moment gedacht hatte. In Owls Armen zu liegen. Er hatte sie in den vergangenen Monaten oft berührt, aber sie hatte sich danach gesehnt, mehr zu fühlen ... seine Arme um sich zu spüren, nicht in einer schnellen, platonischen Umarmung, sondern in einer innigen Umarmung. Auch wenn es nicht genau so war, wie sie es sich vorgestellt hatte, fühlte es sich toll an. So richtig toll.

Und seine Lippen auf ihrer Haut? Himmlisch.

So mit ihm zusammen zu sein, umgeben von seinem Duft, die Wärme seines Körpers an ihrem eigenen zu spüren ... sie hatte sich noch nie sicherer gefühlt.

Lara blickte schüchtern zu ihm auf und sah einen zufriedenen Ausdruck auf Owls Gesicht. Es schien, als sei er genauso glücklich, sie auf seinem Schoß zu haben, wie sie es war.

Er zog sich zurück und lächelte sie an.

»Komm, wir bringen dich nach unten. Du kannst allen versichern, dass es dir gut geht. Dann treten wir den Heimweg an, ich dusche und wir suchen uns etwas im Fernsehen aus. Hört sich das gut an?«

»Meinst du, wir können unterwegs etwas zu Mittag essen? Ich habe Hunger.«

Es war so banal, aber aus irgendeinem Grund fühlte es sich bedeutsam an. Wahrscheinlich weil sie in den letzten Monaten nie zugegeben hatte, dass sie hungrig war. Sie aß zwar, aber nur, wenn Owl oder jemand anderes ihr sagte, dass es Zeit dafür war.

»Ja, ich glaube, das können wir machen. Soll ich Robert um etwas bitten, oder soll ich gegrillte Käsesandwiches machen?«

»Mit Tomaten und Gurken?«, fragte sie mit einem kleinen Lächeln. Tief in ihrem Inneren herrschte noch immer die Schwärze und Hässlichkeit von Carter Grant, aber sie war fest entschlossen, ihn in den Hintergrund zu drängen. Eines Tages würde sie sich mit ihm auseinandersetzen müssen ... aber dieser Tag war nicht heute.

Owl rümpfte die Nase. »Wenn du willst.«

Lara lächelte. Er hasste Essiggurken, und sie auf ein Sandwich zu legen war seiner Meinung nach total eklig. Aber für sie würde er es tun.

»Ich will«, sagte sie zu ihm.

»Gut, dann bekommst du das auch. Kannst du stehen?«

»Natürlich.« Aber als sie aufstand, merkte Lara, dass sie ein bisschen wackelig auf den Beinen war. Owl legte ihr umgehend den Arm um die Taille und stützte sie. Er führte sie zur Treppe und bestand darauf, als Erster hinunterzugehen – und zwar rückwärts, wobei er sie die ganze Zeit über festhielt.

Lara war ein bisschen verlegen, als sie in Coras Hütte ging, um sich zu verabschieden, aber ihre Freunde beruhigten sie schnell wieder.

Erst später am Abend, als es draußen dunkel war und sie auf dem Sofa unter einer flauschigen Decke saß, die Füße in Owls Schoß, und sie eine Sendung über das britische Königshaus ansahen, dachte Lara über die Ereignisse des Tages nach.

Ihre beste Freundin heiratete und wollte Lara dabeihaben, sie war fünf Stunden unterwegs gewesen, ohne Owl in Sichtweite zu haben, sie hatte sich bereit erklärt, Cora bei der Betreuung der Kinder zu helfen, die in ein paar Wochen in der *Zuflucht* zu Gast sein würden, und sie hatte das Gefühl, dass sie den anderen Frauen, die auf dem Grundstück lebten und arbeiteten, immer näherkam. Und das waren nicht nur oberflächliche Freundschaften. Die Sorge in ihren Gesichtern, als Owl sie von der Terrasse heruntergeholt hatte, war echt gewesen.

Und es fühlte sich gut an. Verdammt gut.

Ja, sie hatte einen Flashback gehabt, und zwar einen schlimmen. Aber sie konnte das Gefühl der Wut nicht abschütteln, das tief in ihr aufgestiegen war. Auch wenn sie vorgehabt hatte, aufzugeben und Carter machen zu lassen, was er machen wollte, gab ihr dieser kleine Funke Wut Hoffnung. Es war dasselbe Gefühl, das sie gehabt hatte, als sie das Metallstück gefunden hatte, das sie unter der Matratze versteckt hatte.

Noch war sie nicht so weit, aber vielleicht würde sie in Zukunft in der Lage sein, mehr zu tun, als nur zu erstarren, wenn Carter schließlich zuschlug. Vielleicht würde sie nicht gewinnen, vielleicht würde sie nicht in der Lage sein, ihm zu entkommen oder ihn daran zu hindern, sie zu verletzen, aber allein das Wissen, dass ihre Psyche bereit sein würde, für das zu kämpfen, was sie hier in der *Zuflucht* aufgebaut hatte, gab ihr das Gefühl, ein anderer Mensch zu sein als die Lara Osler, die naiv mit einem Mann nach Arizona geflogen war, den sie nicht einmal geliebt hatte.

KAPITEL SECHS

»Zack! Zack! Zack! So ist es richtig. Fester. Hör auf, ihn zu schonen. Schlag ihn, als meintest du es ernst!«, befahl Pipe.

Owl hielt den Blick auf Lara gerichtet, während sie auf die Schlagpolster schlug, die er an seinen Händen trug.

Das war der zweite Selbstverteidigungskurs, an dem sie teilnahm, und alle Frauen waren mit Feuereifer dabei. Er dachte, sie würden es nicht allzu ernst nehmen, aber er hatte sich geirrt. Jede einzelne von ihnen hatte einen düsteren Gesichtsausdruck, als sie Pipes Anweisungen zum Schlagen und Boxen folgten. Sie meinten es ernst. Sie machten keine Scherze mit dem, was sie taten. Das machte auch Sinn, denn einige von ihnen hatten schon viel durchgemacht.

Laras Koordination war nicht besonders gut, aber jedes Mal, wenn sie eines der Pads traf, spürte er es bis in die Zehenspitzen.

Einige Minuten später war Pipe immer noch dabei, die Gruppe verbal zu ermutigen, als Lara plötzlich die Arme sinken ließ und einen Moment lang ins Leere starrte.

Dann drehte sie sich um und ging auf die Tür zu.

Owl folgte ihr, ohne zu zögern. Er warf die Polster ab und erreichte sie gerade, als sie die Tür aufriss.

»Lara?«

Sie sah zu ihm auf – und in ihren Augen standen die Tränen.

Sofort legte Owl besorgt einen Arm um sie und zog sie an sich. Mit einem leisen »Uff« lehnte sie sich an ihn ... aber sie erstarrte nicht. Sie tat sogar das Gegenteil. Sie schlang ihre Arme um ihn und senkte den Kopf, um ihr Gesicht an seiner Schulter zu vergraben.

»Lara? Alles in Ordnung?«, fragte Cora. Sie und Pipe hatten Laras Beinahe-Abgang offensichtlich bemerkt und waren gekommen, um zu sehen, was los war.

»Ich kümmere mich um sie«, versicherte Owl ihnen.

»Aber was ist denn los?«, wollte Cora wissen.

Zum Glück legte Pipe seinen Arm um ihre Taille und hielt sie davon ab, noch näher zu kommen. »Owl kümmert sich um sie«, murmelte er.

»Aber ...«

»Owl kümmert sich um sie«, wiederholte Pipe ein wenig bestimmter.

»Gut. Lara? Wenn du etwas brauchst, sag mir einfach später Bescheid, okay?«

Die Frau in seinen Armen antwortete nicht verbal, sondern nickte ihr nur zu. Owl nickte Pipe zu. Dankbarkeit für seinen Freund stieg in ihm auf. Er war erleichtert, dass Pipe genügend Vertrauen in ihn hatte, dass er ihm zutraute herauszufinden, was Lara bedrückte.

Er führte sie aus dem Raum und hörte, wie Pipe die Stimme erhob und die anderen aufforderte, weiterzumachen und ihren Angreifern die Stirn zu bieten. In jeder anderen Situation hätte er gelächelt, aber er musste herausfinden, was Lara so mitgenommen hatte.

Er hätte sie in einen der leeren Konferenzräume in der Lodge bringen können, aber er wollte, dass sie sich sicher fühlte. Und der sicherste Ort, der ihm einfiel, war seine Hütte. In den letzten Monaten hatten sie beide viel Zeit dort verbracht und dank ihrer Anwesenheit fühlte es sich wirklich wie ein Zuhause an.

Glücklicherweise trafen sie auf dem Weg aus der Lodge und zu seiner Hütte auf keine anderen Gäste. Owl brachte sie innerhalb weniger Minuten hinein und schloss die Tür hinter ihnen ab. Er lenkte Lara zum Sofa und setzte sich neben sie. Sie zog sofort die Beine an und rollte sich zusammen.

Owl schob sich so, dass er sich an die Kissen lehnte und Lara sich fest an ihn schmiegte. Er machte sich nicht die Mühe zu fragen, was los war; sie würde reden, wenn sie sich beruhigt hatte. Das hatte er bei ihr gelernt. Wenn sie einen Albtraum oder eine Panikattacke hatte, half es nicht, sie zu nerven und zu fragen, was los war. Sie brauchte den Freiraum, um die Dinge erst einmal im Kopf zu verarbeiten.

Also tat Owl das wenige, was er für sie tun konnte. Er hielt sie fest und sorgte dafür, dass sie wusste, dass sie in Sicherheit war.

»Alles in Ordnung, Süße. Atme tief durch. So ist es gut. Ich beschütze dich. Du bist hier sicher, die Türen und Fenster sind verschlossen, niemand kommt rein. Und wenn es doch jemand versuchen sollte, werde ich zwischen dir und ihm stehen, so wie ich es schon einmal getan habe, das weißt du.« Er sprach weiter beruhigend auf sie ein, ohne wirklich zu wissen, was er damit sagen wollte.

Owl legte seine Wange an ihr Haar, während er sanft ihren Arm auf und ab strich. Er hatte keine Ahnung, wie viel Zeit vergangen war, als sie sich seufzend an ihn schmiegte. Ihr warmer Atem strich über seine Brust und

Owl musste sich zusammenreißen, damit sein Schwanz nicht steif wurde. Sich mit seiner Erregung auseinanderzusetzen war das absolut Letzte, was diese Frau im Moment ertragen sollte. Allerdings wurde es immer schwieriger zu verhindern, dass sie merkte, welche Wirkung sie auf ihn hatte. Je länger er in ihrer Nähe war, desto mehr wollte er sie.

Aber das war es nicht, was sie von ihm brauchte. Sie brauchte das Gefühl der Sicherheit. Sie brauchte seine Freundschaft. Ohne irgendwelche Gegenleistungen.

Lara hob den Kopf und begegnete mutig seinem Blick. Er strich ihr mit der Hand die Haare aus dem Gesicht. »Besser?«, fragte er.

Sie nickte.

»Willst du darüber reden, was passiert ist?« Henley hatte ihn ermutigt, sie zum Reden zu bringen, nachdem sie sich von einer Panikattacke wieder beruhigt hatte. Sie hatte ihm gesagt, dass der Auslöser manchmal weniger beängstigend schien, wenn sie darüber sprach.

»Manchmal fühlt sich alles so sinnlos an«, erklärte Lara leise.

»Was meinst du?«

»Die Selbstverteidigung. Die Sicherheitsvorkehrungen. Immer auf der Hut zu sein.«

»Das ist es nicht«, erklärte Owl und schüttelte den Kopf. Als sie ihn skeptisch ansah, fuhr er fort: »Du weißt nie, was dir irgendwann im Leben nützlich sein wird. Wie das kleinste Detail einen Unterschied machen kann. Es könnte den *entscheidenden* Unterschied ausmachen.«

Er konnte sehen, dass sie ihm nicht glaubte. Sie dachte, er wolle sie nur aufmuntern. Und während er das zwar durchaus versuchte, wollte er trotzdem auch zu ihr durchdringen.

Er beschloss, ihr etwas zu sagen, was er noch nie jemandem erzählt hatte. Keinem seiner Therapeuten, nicht Stone und keinem seiner Freunde hier in der *Zuflucht*.

»Als ich gefoltert wurde, wurde es meinen Geiselnehmern einmal langweilig, mich zu verprügeln und zu sehen, wer mir die meisten Zähne ausschlagen kann. Sie beschlossen, mir die Knochen in den Händen zu brechen.

Du hast mich mit dem Flugsimulator gesehen und weißt, wie wichtig meine Hände für das Fliegen sind. Der Gedanke, dass sie mir das nehmen könnten, war unvorstellbar. Wenn sie es schafften, meine Hände zu verstümmeln, würden sie sich bei den Bedingungen, unter denen wir gehalten wurden, zweifellos entzünden, und die Wahrscheinlichkeit, dass ein Arzt sie wiederherstellen könnte, war gering bis nicht vorhanden.

Und bei *jeder* Foltersitzung wollten sie mich einfach nur dazu bringen zu betteln. Ich weigerte mich. Ich wollte ihnen nicht die Genugtuung geben. Aber an diesem Tag habe ich gebettelt, damit sie mir nicht die Knochen in den Händen brechen. Ich ging auf meine verdammten Knie und flehte sie um mein Leben an. Um Stones Leben. Dass sie uns gehen lassen. Dass sie aufhören, uns wehzutun.

Und das hat ihnen so richtig gefallen. Ich glaube, das war der Videoclip, der im Internet verbreitet wurde. Ich auf den Knien, weinend, wie ich versuche, sie von der Idee abzulenken, mir die Knochen in den Händen zu brechen.«

»Owl ...«, murmelte Lara.

»Ich erzähle dir das nicht, damit du Mitleid hast«, erklärte er, nachdem er tief durchgeatmet hatte. »Ich habe einen Grund dafür. Jedenfalls hat es funktioniert. Sie hatten es so eilig, das verdammte Video hochzuladen, dass sie mich zurück in meine Zelle warfen und mich und meine intakten Hände allein ließen. Am nächsten Tag wurden wir gerettet. Aber dabei wurde einer der Delta-Force-Agenten angeschossen. Er fiel zu Boden, gleich nachdem das Team meine Zellentür aufgesprengt hatte. Es kam zu einem Feuergefecht und seine Teamkameraden konnten ihn nicht verarzten. Während sie also mit den Entführern kämpften, leistete ich dem Mann, der bereit gewesen war, sein Leben für meines zu geben, Erste Hilfe.

Sein Herz hatte aufgehört zu schlagen. Ich weiß nicht, ob es ein Schock war, Blutverlust oder was auch immer. Aber mitten in dem Feuergefecht begann ich mit der Wiederbelebung. Die Bedingungen waren nicht ideal.« Owl schnaubte angesichts dieser Untertreibung. »Aber ich war damals die beste Hoffnung für den Mann. Wir hatten beide großes Glück. Nach nur etwa einer Minute Herzdruckmassage begann sein Herz wieder zu schlagen. Er war zwar noch nicht außer Gefahr, aber zumindest schlug sein Herz wieder.

Worauf ich hinauswill: Wenn meine Hände gebrochen gewesen wären, wenn meine Entführer getan hätten, was sie vorgehabt hatten, hätte ich auf keinen Fall eine Herz-Lungen-Wiederbelebung durchführen können. Die Schmerzen wären zu unerträglich gewesen, um die Herzdruckmassage so durchzuführen, wie es sich gehörte. Der Mann wäre direkt vor meinen Augen gestorben. Meine Entscheidung zu betteln, diese kleine, aber beschämende Sache, hatte also große Auswirkungen.«

Lara ließ ihn nicht aus den Augen.

»Wenn du lernst, wie man zuschlägt, bedeutet das vielleicht nicht, dass du jemanden mit einem rechten Haken k. o. schlagen kannst, aber es könnte jemanden so sehr überraschen, dass du genügend Zeit hast zu fliehen. Ich sage es also noch einmal. Unsere kleinsten Entscheidungen können weitreichende Folgen haben.«

Er konnte sehen, dass sie über seine Worte nachdachte, wodurch er sich noch mehr in sie verliebte. Sie hätte ihn ignorieren können. Sie hätte sich Alternativen zu der Situation einfallen lassen können, die sie gerade gehört hatte. Vielleicht hätte einer der Teamkameraden des Soldaten eine Wiederbelebung durchführen können. Vielleicht wäre Owl trotz seiner gebrochenen Finger in der Lage gewesen, die Herzdruckmassage zu machen. Aber stattdessen hörte sie mit ganzem Herzen und ganzer Seele zu.

»Es tut mir leid, dass dir das passiert ist«, erklärte sie schließlich.

Owl nickte. »Genauso wie es mir leidtut, was mit dir passiert ist.«

»Ich will mutig sein. Ich will mich ihm entgegenstellen. An manchen Tagen denke ich, ich bin bereit. Ich bin so wütend über das, was er getan hat, dass ich keine Zweifel habe, dass ich ihn besiegen kann, wenn ich ihn wiedersehe. Aber an anderen Tagen bin ich so verängstigt. Ich weiß, dass ich die gleiche verängstigte Frau sein werde, die diese Pillen bereitwillig geschluckt hat, und sei es nur, um den Schmerz und die Demütigung zu betäuben, die er mir zugefügt hat.«

Owl wollte sie korrigieren. Sie hatte gesagt, *wenn* sie ihn wiedersah, und nicht *falls*. Aber er war nicht so dumm zu glauben, dass Grant nicht alles tun würde, um Lara wieder in die Finger zu bekommen.

»Du kannst nicht mehr tun, als dich vorzubereiten. Ich wünschte, ich könnte hier sitzen und dir genau sagen, was du in jeder zukünftigen Situation tun sollst, in die du geraten könntest. Leider kann ich das nicht. Aber *eines* kann ich dir sagen: Du bist nicht mehr dieselbe Frau wie noch vor ein paar Monaten. Ich weiß genau, dass sich das, was passiert ist, nicht wiederholen wird. Und wenn ich wetten könnte, würde ich mein ganzes Geld auf dich setzen.«

Laras Augen füllten sich mit Tränen, aber Owl weigerte sich, den Blickkontakt zu unterbrechen.

»Und ich würde sogar noch weiter gehen und sagen, dass ich dich an meiner Seite haben möchte, sollte ich jemals wieder Kriegsgefangener sein. Denn ich habe nicht den geringsten Zweifel, dass du unsere Entführer vollkommen überraschen würdest. Du würdest einen Weg finden, sie zu überlisten, einfach weil du dich so entwickelt hast.«

»Owl, ich ... du ... Mist.«

Er lächelte, dann wurde er wieder ernst. »Deine Instinkte sind genau richtig, Süße. Meine Hände mit den Boxhandschuhen zu schlagen wäre nichts im Vergleich zu einer echten Leben-oder-Tod-Situation. Derjenige, den du zu schlagen versuchst, wird nicht stillstehen. Er wird keine Polsterung an den Händen oder im Gesicht haben. Es würde wehtun, wenn du denjenigen schlägst. Und zwar sehr. Es braucht mehr als einen kleinen Schlag, damit derjenige dich loslässt. Und er würde wahrscheinlich zurückschlagen. Es ist ein bisschen wie bei meiner Flugsimulation. Er erscheint dir real, weil du noch nie einen echten Hubschrauber geflogen bist. Aber das ist er nicht. Der Geruch ist anders. Das Gefühl der Instrumente ist anders. Hubschrauber sind laut, selbst wenn du die Kopfhörer aufhast. Während des Fluges hast du normalerweise das Geplapper deines Co-Piloten und der anderen am Boden im Ohr. Das heißt aber nicht, dass der Simulator keinen Wert hat. Er ist nur anders.«

»Du willst mir also sagen, dass die Selbstverteidigungskurse nicht nutzlos sind.«

»Ja, das sage ich dir. Und ich bin definitiv kein Experte für Nahkampf, aber Pipe schon. Er hat tolle Ratschläge.

Dinge, die du hier oben abspeichern kannst.« Owl tippte ihr sanft an die Schläfe.

»Zum Beispiel, wie man die Weichteile angreift«, bemerkte Lara trocken.

»Genau.«

»Cora war unglaublich«, flüsterte sie. »Ich war die meiste Zeit über bewusstlos, aber ich habe gesehen, wie sie Carter auf den Rücken gesprungen ist. Sie hat ihm wirklich wehgetan.«

»Das hat sie«, stimmte Owl ihr zu. »Und weißt du was? Er hat Pipe losgelassen.«

»Und hat sie verletzt, indem er sie durch den Raum geworfen hat«, erklärte Lara trocken.

»Stimmt. Aber ihre Aktion gab Pipe den nötigen Anstoß, um ihn so weit außer Gefecht zu setzen, dass wir von dort verschwinden konnten.«

»Wenn ich die Chance habe, bringe ich ihn um«, erklärte Lara grimmig und starrte Owl mutig an, als würde sie darauf warten, dass er schockiert war und ihr die Sache ausredete.

»Okay«, erklärte er.

»Okay?«, fragte sie, offensichtlich überrascht von seiner Reaktion.

»Ja. Und ich habe kein Problem damit.«

»Oh.«

»Willst du zurück zur Lodge und zum Training gehen?«, fragte er und wusste, dass sie genau das brauchte. Am liebsten hätte er hier auf seinem Sofa gesessen, während sie sich an seine Seite kuschelte, aber noch mehr wünschte er sich, dass sie wieder auf die Beine kam. Dass sie jeden Ratschlag, den Pipe ihr geben konnte, in sich aufnahm. Denn ein ungutes Gefühl in seinem Bauch sagte ihm, dass sie ihn brauchen würde.

»Ich denke schon. Owl?«

»Ja?«

»Danke.« Sie nahm eine seiner Hände und führte sie zu ihrem Mund, wo sie seine Knöchel küsste. »Ich bin froh, dass deine Hände in Ordnung sind.«

Ein Schock der Erregung schoss erneut durch Owl. Der Anblick ihrer Lippen auf seiner Haut ließ ihn an ihre Lippen an einem anderen Ort denken. Das war verdammt unpassend und er hasste sich selbst dafür, dass er so etwas Lüsternes dachte, aber er konnte nicht anders.

»Ich auch«, erklärte er unsicher.

Als sie dieses Mal den Blick zu ihm hob, hätte Owl schwören können, dass sich in ihren Augen dieselbe Erregung widerspiegelte, die er gerade spürte. Aber das war wahrscheinlich nur Wunschdenken.

»Komm schon, Faulpelz. Wenn wir uns beeilen, können wir vielleicht noch das Ende von Pipes Training mitmachen.«

Owl stand auf und zog Lara mit sich. Er hätte seine Hand um ihre Taille legen sollen, aber er brachte es nicht über sich, das zu tun. Schon bald würde sie stark genug sein, um ihn nicht mehr zu brauchen ... und er fürchtete sich immer mehr vor diesem Tag.

Lara war es nur ein bisschen peinlich, als sich alle umdrehten und sie ansahen, als sie den Konferenzraum wieder betraten, den Pipe für den Selbstverteidigungsunterricht nutzte. Aber zum Glück machte ihr niemand ein schlechtes Gewissen, weil sie nach der Hälfte der Stunde abgehauen war. Aber das hatte sie auch nicht wirklich erwartet. Die Frauen, die sie in der *Zuflucht* kennengelernt hatte, waren durch und durch gut.

Als sie dieses Mal an einem sehr geduldigen und vertrauensvollen Owl Tritte übte, dachte sie nicht daran, wie nutzlos das gegen Carter sein würde, der größer und stärker war, als sie es je sein würde, sondern sie stellte sich vor, wie sie ihm das Knie unterm Hintern wegtreten würde. Pipe sagte immer wieder, dass es nicht darum ging, einen Angreifer völlig zu überwältigen, sondern ihn nur lange genug außer Gefecht zu setzen, um zu entkommen.

Während einer Trainingspause, in der Cora Pipe demonstrierte, wo man jemanden verletzen konnte und wie man nicht nur Hände und Füße, sondern auch andere Körperteile einsetzen konnte – Ellbogen, Knie und sogar den Kopf als letzten Ausweg –, wurde Lara sich überdeutlich bewusst, dass Owl neben ihr stand.

Sie waren so nahe beieinander, dass sein Arm den ihren berührte. Sie konnte die Seife riechen, die er am Morgen in der Dusche benutzt hatte. Sie war sich bewusst, dass sie, wenn sie sich auch nur ein bisschen zur Seite bewegte, an ihn gelehnt wäre. Und sie hatte keinen Zweifel daran, dass er dann seinen Arm heben und um ihre Taille legen würde, damit sie sich noch besser an ihn schmiegen konnte.

Lara blinzelte überrascht über den plötzlichen Anflug von Erregung, der sie durchfuhr, und hielt den Atem an. Sie hatte gedacht, dass sie nach … nun, nach *allem* … nie wieder Erregung für einen Mann empfinden würde. Dass Carter jedes Verlangen nach Intimität zerstört hatte.

Aber im Moment verspürte sie definitiv Lust.

Sie dachte an die letzten Monate zurück. Owl war immer sehr vorsichtig mit ihr umgegangen. Er hatte ihr den nötigen Freiraum gelassen. Er hatte sie nur ab und zu berührt. Aber mit jedem Tag, der verging und an dem sie sich weniger ängstlich und bedürftig fühlte, wollte Lara den Mann noch näher bei sich haben. Und das nicht nur, weil sie ihn brauchte, um sich sicher zu fühlen. Das war natürlich auch etwas, wozu sie ihn brauchte, aber mehr noch, sie *mochte* ihn.

Als Mensch. Als Freund.

Als Mann.

Als sie ihn ansah, bemerkte sie, dass er dem, was Pipe sagte, genau lauschte. Sie erinnerte sich daran, dass er einmal erwähnt hatte, dass er sich wünschte, er hätte mehr Nahkampftraining absolviert. Jetzt war es offensichtlich, dass er seinen Freund respektierte und genauso viel von der Lektion profitierte wie die Frauen.

Er musste ihren Blick bemerkt haben, denn er drehte den Kopf und fing ihren Blick auf.

»Alles in Ordnung?«, fragte er und zog seine Augenbrauen besorgt zusammen.

Lara schenkte ihm ein kleines Lächeln und nickte.

Er griff um sie herum und drückte kurz ihren Oberarm, bevor er die Aufmerksamkeit wieder auf Pipe richtete.

Diese einfache Berührung ließ Funken an ihrem Arm hinunter und direkt zwischen ihre Beine schießen.

Verdammt! Wenn diese einfache Umarmung schon so ein Prickeln in ihr auslöste, wie würde es sich dann erst anfühlen, wenn ihre Körper sich Haut an Haut berührten?

Lara blinzelte, schockiert von der Vorstellung. Glaubte sie wirklich, dass sie mit Owl intim sein konnte? Nach allem, was sie durchgemacht hatte?

Ja. Sie ging tatsächlich davon aus.

Owl war nicht Carter. Er war nicht so, wie er war. Owl würde lieber sterben, als ihr in irgendeiner Weise wehzutun.

Und ganz plötzlich ... wollte Lara ihn.

Die Frage war nur, ob er sie auch so wollte. Vielleicht war er einfach der nette Mann, der er immer war. Vielleicht betrachtete er sie als eine Art Schwester. Vielleicht wäre er entsetzt, wenn er wüsste, dass sie ihn auf eine sexuelle Art und Weise begehrte.

»Lara? Bist du sicher, dass alles in Ordnung ist?«, fragte er.

Sie zuckte zusammen. Mist, er hatte sich wieder umgedreht, um sie anzusehen, und sie hatte es nicht bemerkt, weil sie daran dachte, wie es wäre, mit diesem Mann nackt im Bett zu liegen. Bei *diesem* Gedanken leckte sie sich vor Erregung über die Lippen. Er hatte sie ein paarmal geküsst, zärtliche Küsse auf ihre Schläfe oder Stirn, und plötzlich wollte sie wissen, wie sich seine Lippen auf ihren anfühlen würden.

Er würde fest, aber gleichzeitig sanft sein. Er würde sie nicht zwingen. Er würde sich nach ihrem Tempo richten.

»Lara?«, fragte er erneut.

Sie spürte, wie ihre Wangen heiß wurden, und versuchte verzweifelt, ihre Erregung zu verbergen. »Mir geht es gut.«

»Ich glaube, wir sind fast fertig. Willst du früher abhauen?«

Lara schüttelte den Kopf. Sie wollte unbedingt mit Cora reden. Sie brauchte die Meinung ihrer besten Freundin.

»Okay, aber wenn du etwas Abstand brauchst, sag mir Bescheid, dann verschwinden wir.«

Sie wusste nicht, womit sie diesen Mann an ihrer Seite verdient hatte, aber plötzlich wollte sie alles in ihrer Macht Stehende tun, um ihn bei sich zu behalten. »Danke.«

Owl hatte recht, Pipe war dabei, die Trainingsstunde zu beenden.

»Vergesst nicht, nur weil ihr Frauen seid, heißt das nicht, dass ihr hilflos oder unfähig seid. Ihr seid genauso fähig wie jeder andere, der euch oder den Menschen, die ihr liebt, etwas antun will, und wahrscheinlich doppelt so schlau. Wenn jemand größer oder stärker ist als du, bedeutet das nicht, dass er automatisch gewinnen wird. Ich glaube, meine Cora hat das sehr gut bewiesen. Der Schlüssel ist, nicht in Panik zu geraten. Nutzt, was euch zur Verfügung steht, und gebt niemals auf, verstanden?«

Lara schaute sich um und sah, dass Alaska, Henley und Reese zustimmend nickten. Henley hatte sich ihre Hand auf den Bauch gelegt und Tonka stand hinter ihr, die Hände in die Hüften gestemmt. Alaska stand neben Brick, seinen Arm um ihre Taille gelegt, und Reese blickte mit einem bewundernden Gesichtsausdruck zu Spike auf, den ihr Mann zehnmal so stark erwiderte.

Allein die Tatsache, dass sie in einem Raum mit diesen Frauen war – Frauen, die durch die Hölle gegangen waren und es geschafft hatten, auf der anderen Seite gebeutelt, aber nicht gebrochen, herauszukommen –, war für Lara eine Inspiration. In ihrer Nähe zu sein gab ihr das Gefühl, stärker zu sein. Sie wünschte sich, sie hätte es schon vor Wochen geschafft, aus Owls Hütte herauszukommen, aber sie wollte sich deswegen nicht schlecht fühlen. Sie hatte die Zeit gebraucht. Den Raum, um sich sicher zu fühlen.

Lara fühlte sich wie eine Raupe, die gerade aus ihrem Kokon geschlüpft war. Das Leben als Schmetterling war ganz anders als das einer Raupe, aber nicht weniger gefährlich. Sie musste nur lernen, sich in dieser neuen Welt zurechtzufinden, in der sie sich befand.

»War das nicht toll?«, fragte Cora, als sie sich Lara näherte.

»Ja, das war es. Tut mir leid, dass ich für eine Weile weg war.«

»Kein Problem. Geht es dir gut?«

»Ja, ich glaube schon«, erklärte Lara so zuversichtlich wie schon lange nicht mehr. Sie wusste nicht, ob es an der Geschichte lag, die Owl ihr erzählt hatte, oder an etwas anderem. Aber sie hatte den verrückten Gedanken, dass sie eigentlich *wollte*, dass Carter Grant sie findet. Sie wollte, dass ihr Kräftemessen ein für alle Mal vorbei war und sie mit ihrem Leben weitermachen konnte.

»Habt ihr Hunger? Ich bin am Verhungern!«, rief Henley, als sie mit einem breiten Lächeln auf die beiden zuging.

»Ja! Lasst uns nachsehen, was Robert zum Mittagessen macht. Vielleicht können wir ihn überreden, uns früher essen zu lassen«, schlug Alaska vor, als sie sich zu ihnen gesellte.

»Als müsstet ihr ihn überreden, euch irgendetwas zu erlauben«, bemerkte Brick und verdrehte die Augen. »Ihr habt ihn alle um euren kleinen Finger gewickelt.«

»Sei nicht eifersüchtig, Schatz«, sagte Alaska mit einem kleinen Lächeln und tätschelte seine Brust.

»Eifersüchtig? Wer ist derjenige, der dich zum Stöhnen gebracht hat mit ...«

Alaska griff nach oben und schlug ihm eine Hand auf den Mund, während sie knallrot wurde. »Ja, ja, ja«, sagte sie zu ihm.

Brick ergriff ihre Hand, zog sie herunter und küsste ihre Handfläche. »Lass dir Zeit. Ich werde Tiny an der Rezeption ablösen, bis du mit dem Essen fertig bist.«

»Danke.«

»Ist doch selbstverständlich«, entgegnete Brick. Dann beugte er sich hinunter und küsste ihre Lippen, bevor er zur Tür ging. Tonka und Spike waren bereits gegangen, sodass nur noch die Mädchen, Owl und Pipe übrig waren.

»Willst du mit ihnen gehen?«, fragte Owl Lara. »Wir

können auch zu Robert gehen und das Mittagessen mit in die Hütte nehmen, wenn du willst.«

»Ich glaube, ich würde heute gern mit den Mädchen essen.«

Der Stolz, den sie in seinen Augen sah, gab Lara ein gutes Gefühl.

»Okay. Klingt nach einem Plan.«

»Eine Gruppe hat sich angemeldet, um heute vor dem Mittagessen zum Table Rock zu wandern, willst du mitkommen?«, fragte Pipe Owl.

Als Antwort schaute er Lara an.

Sie mochte es, wie aufmerksam er ihr gegenüber war. Aber sie hatte auch ein schlechtes Gewissen. Weil sie Owl ständig im Blick haben musste, konnte er viele Dinge in der *Zuflucht* nicht tun, für die er normalerweise verantwortlich war. Es gefiel ihr nicht, dass sie der Grund dafür war, dass die anderen für ihn einspringen mussten.

»Ist schon gut. Nach dem Mittagessen möchte ich mit Cora einige unserer Pläne für die Kinder besprechen. Wir können hier in einem der Konferenzräume bleiben und nach dem Essen reden ... wenn das in Ordnung ist«, bemerkte Lara und sah Cora an.

»Das ist eigentlich perfekt. Ich hatte ein paar Fragen dazu, wie viel Zeit einige der Aktivitäten in Anspruch nehmen könnten, damit wir den Zeitplan für jeden Tag ausarbeiten und herausfinden können, wer mit welchen Altersgruppen arbeiten wird und wie wir die Aktivitäten aufteilen wollen«, erwiderte Cora.

Entschlossen umarmte Pipe Cora und Owl schob Lara ein bisschen weiter weg.

»Bist du dir sicher, dass du damit klarkommst? Ich kann in der Lodge bleiben, wenn du mich brauchst.«

»Ich weiß, und ich bin dir sehr dankbar dafür. Was du

vorhin gesagt hast ... du weißt schon ...« Sie blickte auf seine Hände herab. »Es hat geholfen. Sehr sogar.«

»Gut. Pipe und ich haben unsere Handys dabei, falls du etwas brauchst. Zögere nicht, dich zu melden.«

»Alles klar.«

Sie starrten sich ein oder zwei Momente lang an, bevor Owl lächelte. Er griff nach ihrer Hand und drückte sie, dann ging er mit Pipe zur Tür.

Einen Augenblick lang dachte Lara, er würde sie küssen. Sie hatte sich sogar ein wenig nach vorn gelehnt, weil sie damit gerechnet hatte.

Sie musste unbedingt mit Cora reden, und vielleicht auch mit den anderen. Das Gespräch könnte peinlich werden, aber sie brauchte einen Rat. Einen Rat in Bezug auf Männer.

KAPITEL SIEBEN

Fünfzehn Minuten später saßen Alaska, Henley, Reese, Cora und Lara um einen Tisch in der Küche und stopften sich die Sandwiches, das geschnittene Gemüse und die Plätzchen in den Mund, die Robert für die Gäste der *Zuflucht* vorbereitet hatte. Er hatte sich darüber beschwert, dass sie in seine Küche gestürmt waren und etwas zu essen verlangt hatten, bevor es überhaupt fertig war, hatte sie aber trotzdem umgehend bedient.

»Du siehst ... gut aus«, sagte Alaska etwas zögerlich zu Lara, als sie alle Platz genommen hatten.

»Ich fühle mich heute wirklich gut«, erwiderte Lara, »und ich habe das Gefühl, ich muss mich bei euch entschuldigen. Ich ...«

»Nein«, entgegneten Reese und Henley im Chor.

Henley streckte die Hand aus und legte sie kurz auf Laras Arm, bevor sie sich zurücklehnte. »Das musst du wirklich nicht. Erstens, weil wir es alle verstehen. Im Ernst, das tun wir. Und zweitens, weil du nur das getan hast, was du brauchst, um zu heilen. Und niemand hier wird jemals eine Entschuldigung dafür akzeptieren, dass du tust, was du tun musst. Wir verstehen das.«

Alaska beugte sich vor und fixierte Lara mit ihrem Blick. »Kleine Räume«, bemerkte sie leise. »Früher hatte ich nie etwas dagegen, aber es gibt Tage, an denen ich schon bei dem Gedanken daran, einen Schrank zu öffnen, ins Schwitzen gerate. Einen verdammten *Kleiderschrank*! Das ist blöd. Es ist lächerlich. Und trotzdem geht mein Gehirn manchmal zurück ... dorthin. Und dann ist alles zu viel. Aber weißt du was? Ich habe gelernt, dass ich an diesen schlechten Tagen nachsichtig mit mir sein muss. Ich bin durch die Hölle gegangen und hatte Glück, dass ich auf der anderen Seite wieder herausgekommen bin. Ich weiß es, Drake weiß es, und jeder hier weiß es. Niemand wird dich dafür verurteilen, Lara. Kein bisschen.«

»An manchen Morgen habe ich das Gefühl, dass ich Jasna nicht aus dem Wagen lassen kann, wenn ich sie zur Schule bringe«, fügte Henley hinzu. »Dann möchte ich sie am liebsten am Arm packen, sie in den Sitz zurückstoßen und wie von der Tarantel gestochen wegfahren. Es war so schrecklich, dass sie entführt wurde, weil ich keinerlei Kontrolle hatte. Und das war wirklich *schlimm*. Aber dann schaue ich mir ihr wunderschönes Lächeln an und stelle fest, wie toll, glücklich und gesund sie ist. Sie hat keine Angst vor der Welt, selbst nachdem sie entführt wurde, und dafür bin ich sehr dankbar.«

»Und es ärgert mich«, sagte Reese, wobei sie auf ihre typische, wunderbare Art die Nase krauszog, »aber ich habe keinerlei Bedürfnis, jemals wieder zu reisen. Ich bin allein nach Südamerika geflogen und habe nicht einmal darüber nachgedacht. Aber jetzt? Auf keinen Fall. Ich bin offiziell ein Stubenhocker.«

Cora zuckte mit den Schultern, als die anderen sie ansahen. »Ich hatte Angst«, gab sie zu, »aber ich wurde nur eine Stunde lang oder so gegen meinen Willen festgehalten. Die meiste Angst habe ich bei dem Gedanken, dass die Menschen, die ich liebe, verletzt werden. Das gilt für dich, Lara. Und Pipe. Und alle anderen von euch. Ich warte immer noch auf den Moment, in dem ihr alle zur Vernunft kommt und euch fragt, was ihr euch dabei gedacht habt, mit mir befreundet zu sein, aber in der Zwischenzeit werde ich es genießen, endlich zu den beliebten Leuten zu gehören.«

»Erstens sind wir *alles andere* als beliebt«, bemerkte Alaska mit einem kleinen Schnauben, »aber das ist keinem von uns wichtig. Und zweitens ... so schnell wirst du uns nicht mehr los, Cora. Mit dir ist alles in Ordnung. Absolut in Ordnung.«

Alle murmelten ihre Zustimmung.

Henley wandte sich wieder an Lara. »Also, siehst du? Wir alle haben Ängste und Dinge, mit denen wir zu kämpfen haben. Und das sind nur *wir*. Ich will gar nicht erst auf unsere Männer eingehen. Oder auf jeden einzelnen Gast, der in *Die Zuflucht* kommt. Und wenn du auch nur einen Moment lang denkst, dass eine von uns dir deine Handlungen übel nehmen wird, musst du lernen, damit aufzuhören. Ich möchte sogar so weit gehen zu sagen, dass du tolle Arbeit leistest. Es ist noch gar nicht so lange her, da«, sie gestikulierte um den Tisch herum, »wäre das für dich unmöglich gewesen. Also feiere die kleinen Erfolge, Lara. Wird es auch Rückschläge geben? Ja, natürlich. Aber das ist ein Teil der Heilung.«

»Ich bin stolz auf dich«, erklärte Cora, wobei ihre Worte vor Rührung etwas schroff klangen.

»Ich auch«, bemerkte Reese.

»Dann sind wir schon zu dritt«, sagte Alaska mit einem Lächeln.

»Zu viert«, stimmte Henley zu.

»Also«, entgegnete Lara und hatte einen Moment lang Mühe, ihre Emotionen unter Kontrolle zu bringen. »Also ... ich habe eine Frage, aber ich weiß nicht, wie ich sie stellen soll«, platzte sie heraus.

»Du kannst uns alles fragen«, versicherte Alaska ihr und ihre Worte klangen aufrichtig.

»Ich glaube, ich kann meinen Instinkten nicht mehr trauen, wenn es um Menschen geht. Ich hätte nie gedacht, dass Ridge mir das antun könnte, was er mir angetan hat ... mich Carters Willkür zu überlassen. Aber er hat es getan. Und einst dachte ich, ich könnte den Rest meines Lebens mit ihm verbringen. Und jetzt ... mache ich mir Sorgen, dass meine Gefühle ... aus Dankbarkeit entstanden sind. Oder dass ich dumm und verrückt bin, weil ich so fühle, wie ich fühle. Ich weiß es nicht.« Lara war sich bewusst, dass sie sich verzettelt hatte. Dass ihre Worte keinen Sinn ergaben. Plötzlich schien es keine gute Idee mehr zu sein, mit all diesen Frauen auf einmal zu sprechen. Sie hätte sich einfach mit Cora zusammensetzen sollen.

Alaskas Augen schienen zu funkeln. »Bitte sag mir, dass du das sagst, was ich denke. Redest du von Owl?«

Laras Wangen wurden heiß. Sie zuckte mit den Schultern. »Er war ... unglaublich. Er hat sich während der letzten Monate kein einziges Mal darüber beschwert, dass ich ihn nicht aus den Augen lassen kann. Er hat mir nie das Gefühl gegeben, eine Last zu sein, obwohl ich weiß, dass ich das bin. Und in letzter Zeit, ich ... er ... hatte er viele Freundinnen?«

Reese und Cora grinsten wie Honigkuchenpferde und Alaska sah ausgesprochen selbstzufrieden aus. Aber es war Henley, die das Wort ergriff. »Owl? Auf keinen Fall! Seit ich ihn kenne, hat er sich noch nie für eine Frau interessiert. Ganz und gar nicht.«

»Oh«, sagte Lara und zum ersten Mal kam ihr ein Gedanke. »*Steht* er denn auf Frauen?«

Alle lachten.

»Er mag vor allem eine Frau«, sagte Cora zu ihrer Freundin.

Lara blinzelte überrascht ... und versuchte, die Enttäuschung und den Schmerz, die auf diese Worte folgten, zu unterdrücken.

»*Dich*, du Dummerchen! Er mag *dich*!«, rief Alaska aus.

Erleichterung machte sich in Lara breit. »Ich bin mir da nicht so sicher«, entgegnete sie. »Ich glaube, er ist nur nett.«

»Ist er auch«, bemerkte Henley. Dann führte sie weiter aus: »Aber kein Mann, und ich meine, kein *einziger* Mann, würde tun, was er getan hat, wenn er nicht emotional involviert wäre. Er kann den Blick nicht von dir abwenden, wenn wir uns in unseren Therapiestunden unterhalten. Und ich meine, er lässt dich keine Sekunde aus den Augen, Lara. Wenn du auch nur den kleinsten Hinweis gibst, dass es dir unangenehm wird, würde er handeln. Daran habe ich keinen Zweifel.«

»Er hat immer ein Auge auf sie«, stimmte Alaska zu.

»Weil er darauf wartet, dass ich ... ausflippe«, gab Lara zu bedenken.

»Nein, das ist es kein bisschen«, erklärte Reese und schüttelte den Kopf.

»Er sieht dich so an, wie Pipe mich ansieht«, erklärte Cora sanft.

Lara schloss die Augen, als Hoffnung in ihr aufstieg. Sie hatte mit eigenen Augen gesehen, wie Pipe ihre beste Freundin anschaute. Als würde die Sonne mit ihr auf- und untergehen.

Sie spürte, wie jemand sie berührte, und öffnete die Augen. Cora hatte ihre Hand genommen.

»Ich kann verstehen, dass du Schwierigkeiten hast, deinen Gefühlen zu vertrauen. Aber Owl ist nicht Ridge. Die Männer hier ... sie sind anders. Sie würden eine Frau niemals an der Nase herumführen. Sie würden sie nie glauben lassen, dass es etwas Tieferes gibt, als es ist, wenn keine Gefühle vorhanden sind. Nach dem zu urteilen, was ich gesehen habe, und nach dem, was ich von Pipe gehört habe, ist Owl ein guter Mann. Magst du ihn?«

Lara leckte sich über die Lippen und nickte.

»Hast du es ihm gesagt?«

»Nein. Ich will nicht ... was, wenn er wirklich nicht so empfindet? Was ist, wenn es die Dinge zwischen uns kompliziert macht?«

»Und was, wenn nicht?«, entgegnete Cora.

»Carter ist immer noch irgendwo da draußen«, erinnerte Lara ihre Freundin. »Was ist, wenn er Owl oder einer von euch wehtut, um an mich heranzukommen?«

»Wenn er das tut, ist das nicht deine Schuld. Du hast das verdient, Lara. Du verdienst *ihn*«, erklärte Cora.

»Aber er verdient mich nicht. Ein paranoides, verängstigtes Opfer, das von einem Serienmörder gejagt wird«, gab Lara ein wenig verbittert zu bedenken.

»Jeder, der deine Liebe verdient hat, würde sich *glücklich* schätzen, dich zur Freundin zu haben«, sagte Alaska mit Nachdruck. »Wir haben deine Freundschaft mit Cora gesehen. Du würdest alles für sie tun, und wir alle wissen, wie weit sie für dich gehen würde. Wenn du glaubst, dass diese Art von Beziehung normal oder üblich ist, dann träumst du. Jeder, der diese Art von Loyalität und Liebe erfährt, würde alles tun, um sie zu erhalten. Um sie für sich selbst zu verdienen.«

Lara sah ihre neue Freundin an.

»Gib ihm eine Chance«, forderte Alaska. »Er wird dich nicht enttäuschen.«

»Er ist es«, erklärte Cora und lenkte Laras Aufmerksamkeit wieder auf sie. »Der Eine. Der Mann, nach dem du dein ganzes Leben lang gesucht hast.«

Lara schluckte schwer. Sie wollte das glauben. Aber sie hatte Angst. *Riesige* Angst.

»Vertraue ihm«, ermutigte Reese sie.

»Ich möchte es, aber ich weiß nicht, wie ich ihm zeigen kann, dass ich interessiert bin«, gab Lara zu und kam damit zu dem eigentlichen Grund, warum sie überhaupt mit den Frauen reden wollte.

»Küsse ihn«, sagte Cora entschieden.

»Das sehe ich auch so. Ich glaube nicht, dass du viele Worte brauchst. Es reicht schon das kleinste Zeichen, dass du dich für ihn genauso interessierst wie er sich für dich, und er wird die Sache in die Hand nehmen«, bemerkte Alaska.

»Wie geht es dir mit dem Gedanken an Intimität?«, fragte Henley sanft. »Du weißt schon, nach allem, was passiert ist.«

Lara dachte einen Moment darüber nach, bevor sie sagte: »Wenn es jemand anderes als Owl wäre, würde ich sagen, dass das ein klares Nein zur Intimität ist. Aber ... Owl wird mir nicht wehtun. Er wird behutsam vorgehen.«

Henley nickte zustimmend. »Das wird er. Aber wenn dir etwas unangenehm ist, musst du es sagen. Wenn er dir tatsächlich wehtun würde, auch wenn es nur aus Versehen ist, würde ihn das fertigmachen. Nach allem, was er durchgemacht hat, will er auf keinen Fall, dass du dich unwohl fühlst.«

Lara nickte.

»Davon abgesehen ... ich stimme Cora zu. Küsse ihn. Wenn du ihm *sagst*, was du fühlst und dass du Interesse hast, würde er dir das wahrscheinlich ausreden, weil er denkt, dass es nur zu deinem Besten ist. Dass du vielleicht nur interessiert bist, weil er dir geholfen hat, dich zu retten. Aber wenn du ihm deine Gefühle *zeigst* ...«

Ein Schauer durchlief Lara. Sie konnte Owls Lippen fast auf ihren eigenen spüren. Sie war sich nicht ganz sicher, ob sie so einen mutigen Schritt machen konnte, wie ihre Freundinnen vorschlugen, aber wenn er nicht interessiert war, würde sie es wenigstens sofort wissen.

»Hey! Wir feiern eine Party und ich bin nicht eingeladen?«, fragte Jess, als sie die Küche betrat.

Lara lächelte. Sie mochte die andere Frau. Sie war eine der drei Haushälterinnen, die in der *Zuflucht* angestellt waren.

»Worüber reden wir?«, fragte Jess.

»Lara war besorgt, dass sie zu seltsam für uns ist, aber wir haben sie vom Gegenteil überzeugt, und sie mag Owl und wollte wissen, wie sie es ihm beibringen kann«, fasste Cora zusammen.

»Cora!«, protestierte Lara.

»Was? Ich wollte sie nur aufklären«, bemerkte sie unschuldig.

Die meiste Zeit liebte Lara die unverblümte Art ihrer Freundin. Aber in diesem Moment musste sie zugeben, dass sie ein wenig verlegen war.

»Was habt ihr ihr geraten?«, fragte Jess, schnappte sich einen Apfel von der Küchentheke und nahm einen Bissen.

»Ihn zu küssen. Ich hätte vorgeschlagen, nachts in sein Zimmer zu schleichen und nackt in sein Bett zu kriechen, aber ich dachte, das sei ein bisschen übertrieben«, erklärte Cora lachend.

»Ich wusste vom ersten Moment an, dass Eric der Richtige für mich ist. Aber er war schüchtern. Wirklich schüchtern. Mir war klar, dass es ewig dauern würde, wenn ich nicht den ersten Schritt machen würde, weil er die kleinen Dinge, die ich sagte oder tat, um ihn zu ermutigen, nicht bemerkte. Wir hatten uns zu einer Wanderung außerhalb der Stadt getroffen und ein kleines Mädchen war auf dem Weg gestürzt und hatte sich das Knie aufgeschürft. Er war so nett zu ihr, dass meine Eierstöcke fast explodiert wären.

Nachdem er ihr ein Pflaster aufs Knie geklebt und sie zum Lächeln gebracht hatte, gingen das Mädchen und ihre Mutter. Ich konnte mich einfach nicht mehr beherrschen. Ich zog ihn vom Weg, drückte ihn mit dem Rücken an einen Baum, nahm seine Hand, schob sie unter meine Bluse auf meine Brust und küsste ihn auf den Mund.«

Lara starrte die Frau mit großen Augen an.

»Wow! Was ist passiert?«, fragte Reese.

Jess grinste. »Er hat es mir an den Baum gelehnt besorgt, dann habe ich die Nacht bei ihm zu Hause verbracht und bin nicht mehr gegangen. Ich sage dir, die Schüchternen sind *Monster* im Bett.«

Während die anderen Frauen grölten und lachten, spürte Lara wieder dieses Kribbeln zwischen den Beinen, als sie darüber nachdachte, was für ein Liebhaber Owl sein mochte. Die Tatsache, dass sie bei dem Gedanken an Sex nicht mehr durchdrehte, gab ihr mehr als alle bisherigen Fortschritte das Gefühl, dass sie sich tatsächlich von ihrer Tortur erholen könnte.

Alaska fächelte sich mit ihrer Serviette Luft zu. »Puh! Ist es heiß hier drin?«

»Glühend heiß. Ich glaube, ich muss meinen Mann suchen«, bemerkte Henley.

Alle lachten erneut.

»Lara?«, sagte Jess.

»Ja?«

»Küsse ihn. Owl ist bis über beide Ohren in dich verliebt. Ich habe noch nie jemanden gesehen, der jemanden so sehr beschützt. Und bevor du jetzt sagst, dass das kein Anzeichen dafür ist, dass er dich mehr als nur als Bekannte mag – du irrst dich. Es ist der *beste* Indikator. Eric ist nicht jähzornig, aber es reicht schon, wenn jemand ein abfälliges Wort über mich oder meinen Job sagt, damit er sich in meinem Namen aufregt. Du wirst keinen besseren Mann für dich finden als Owl.«

Lara war sehr froh, dass sie sich entschieden hatte, heute mit diesen Frauen zu Mittag zu essen. »Das werde ich«, platzte sie heraus.

»Wann?«, verlangte Cora.

»Ich weiß es nicht. Wenn die Zeit dafür reif ist.«

»Der Zeitpunkt wird nie der richtige sein«, gab Jess zu bedenken. »Ich meine, mitten im Wald an einem Baum unser erstes Mal zu haben war wahrscheinlich nicht der beste Zeitpunkt, aber es hat geklappt.«

»Du meinst also, ich soll einfach in die Hütte gehen und ihm einen Kuss verpassen?«, fragte Lara sarkastisch.

»Ja!«

»Das würde ich gern sehen!«

»Auf jeden Fall!«

Lara lachte ihre Freundinnen an. »Wie dem auch sei.«

Cora drückte Laras Hand, die sie immer noch festhielt. »Ich freue mich so für dich.«

»Freu dich noch nicht. Er will vielleicht nicht, dass die Dinge zwischen uns sich ändern«, gab Lara zu bedenken.

»Doch, das will er. Und das wird er«, entgegnete Cora zuversichtlich.

»In diesem Sinne muss ich nach draußen gehen und

Brick vom Schreibtisch ablösen. Er mag es nicht, dort zu sein«, bemerkte Alaska.

»Und du schon«, erwiderte Henley mit einem Lächeln.

»Das stimmt«, stimmte sie zu. »Ich weiß, ich bin merkwürdig.«

»Das sind wir alle«, erklärte Reese achselzuckend.

Als sei Alaskas Weggehen ein Startsignal, standen die anderen auf, räumten ihr Geschirr weg und verließen alle die Küche, bis nur noch Cora und Lara zurückblieben.

»Glaubst du wirklich, dass er mich ... so mag?« Lara konnte sich die Frage nicht verkneifen.

Cora griff wieder nach ihrer Hand. »Glaubst du wirklich, ich würde dich ermutigen, dich Owl gegenüber zu öffnen, wenn ich nicht bis in die Zehenspitzen davon überzeugt wäre, dass er dafür empfänglich wäre?«

»Nun, nein.«

»Da hast du es. Wie oft habe ich *Aschenputtel* mit dir angeschaut? Hundertmal? Tausendmal?«

»So oft war es nicht«, protestierte Lara, obwohl sie wusste, dass es wahrscheinlich irgendwo zwischen diesen beiden Zahlen lag.

»Er ist dein Märchenprinz. Er ist nicht reich, aber du brauchst auch kein Geld. Er kommt nicht aus einer königlichen Familie, aber ich habe das Gefühl, dass das auch eher nervig wäre. Er hat gekämpft und gelitten ... also weiß er, was du durchgemacht hast.«

Lara blinzelte überrascht. Cora wusste nicht, was Owl ihr erzählt hatte, aber mit dieser Bemerkung lag sie so richtig, dass es fast schon beängstigend war.

»Er ist dein Gegenstück, Lara. Du hast dein ganzes Leben lang nach ihm gesucht. Du hattest ein paar Hindernisse auf dem Weg, aber du hast es geschafft. Du hast ihn gefunden. Jetzt musst du nur noch den Mut finden, nach dem zu greifen, was du willst. Und ... ich glaube, ich muss es sagen. Halte durch. Mit allem, was du hast. Lass nicht los, egal was passiert.«

»Was ist, wenn er das will?« Lara konnte nicht anders, als zu fragen.

»Das wird er nicht.«

»Wie kannst du dir da so sicher sein?«

»Weil er dich braucht.«

»Ich glaube, es ist andersherum«, erklärte Lara trocken.

»Nein. Wenn du denkst, dass Männer ihre Frauen nicht brauchen, liegst du falsch. Ihr braucht euch gegenseitig. Owl ist perfekt für dich, genau wie du perfekt für ihn bist.«

»Das hoffe ich. Ich glaube, ich würde daran kaputtgehen, wenn er mich zurückweist.«

»Das wird er nicht«, erklärte Cora mit Nachdruck.

Lara lächelte. »Wie sind wir hierhergekommen? Du, die so positiv auf Männer zugeht, und ich, die so zögerlich ist?«

»Schicksal«, erklärte Cora mit einem kleinen Lächeln. Dann hakte sie ihren Arm in Laras Arm ein. »Komm, lass uns einen Aktivitäten-Plan für die Kinder aufstellen, die in *Die Zuflucht* kommen.«

Lara spürte, wie die Aufregung in ihr hochkam, und nickte. Sie war froh, dass sie helfen und das tun konnte, was sie liebte. Mit jedem Tag, der verging, fühlte sie sich mehr wie ihr altes Ich ... wenn auch mit ein wenig mehr Bedacht.

Sie konnte nicht vergessen, dass Carter Grant irgendwo da draußen war, aber ihre Entschlossenheit, ihr Leben zu leben, kehrte langsam zurück. Lara konnte die Zukunft nicht kontrollieren; sie konnte nur im Moment leben. Und genau das hatte sie vor.

KAPITEL ACHT

Nachdem Owl und Pipe von der Wanderung mit den Gästen zum Table Rock zurückgekehrt waren, machten sie sich auf den Weg zur Lodge. Brick hatte um eine Eigentümerversammlung gebeten und niemand hatte gezögert, diesem Wunsch nachzukommen.

Als er eintrat, wusste Owl nicht, was es mit dem breiten Grinsen auf sich hatte, das Alaska ihm zuwarf, aber er fragte sofort, wo Lara war. Nachdem er seinen Kopf in den kleinen Raum gesteckt hatte, von dem Alaska behauptet hatte, er könne sie dort zusammen mit Cora finden, und sich davon überzeugt hatte, dass es Lara gut ging, machte er sich auf den Weg in den größeren Konferenzraum, in dem seine Freunde versammelt waren.

Tonka war der Letzte, der sich zu ihnen gesellte, und sobald er Platz genommen hatte, ergriff Brick das Wort.

»Wir haben über die Möglichkeit gesprochen, einen Hubschrauber für *Die Zuflucht* anzuschaffen, nachdem Stone und Owl den Hubschrauber ausgeliehen hatten, um zur Grenze zu fliegen und Reese zu retten. Und nach den Ereignissen in Arizona wurde noch deutlicher, dass ein

Hubschrauber für uns eine gute Investition wäre. Wir könnten ihn bei der Suche nach vermissten Wanderern einsetzen und im Falle von Waldbränden vielleicht sogar Feuerwehrleute transportieren.

Ich habe mit Stone darüber gesprochen und wir sind uns einig, dass der beste Platz für einen Hangar und einen Hubschrauberlandeplatz in der Nähe seiner Hütte ist, wo wir eigentlich noch ein paar weitere Hütten bauen wollten. Aber das ist kein billiges Unterfangen. Wir müssten vorerst auf die zusätzlichen Hütten und auf mehr Personal für den Haushalt und die Verwaltung verzichten. Aber was noch wichtiger ist«, Brick sah Stone und Owl an, »ihr beide würdet die Verantwortung für den Kauf und den Unterhalt des Hubschraubers tragen. Ihr seid die Piloten und wisst alles über Wartung und Sicherheit und so ziemlich alles, was mit dem Besitz eines Hubschraubers zu tun hat. Was haltet ihr davon?«

In Owl machte sich Aufregung breit. Nachdem er und Stone abgestürzt und gefoltert worden waren, war er sich jahrelang nicht sicher gewesen, ob er jemals wieder fliegen wollte. Aber er hatte sein Training und die Lizenz aufrechterhalten, weil er es nicht lassen konnte. Und mit Stone zu fliegen, um Reese zu finden, hatte sich so richtig angefühlt. In den Pilotensitz zu steigen war wie nach Hause zu kommen.

Auch wenn die Umstände in Arizona nicht ideal waren und er den R66-Hubschrauber nicht wirklich gern flog, war der Adrenalinstoß, den er bei der Rettung bekommen hatte, eine Offenbarung gewesen.

Das Einzige, was er zweifellos besser konnte als jeder andere auf der Welt, war das Fliegen. In der Luft hatte er nicht das Gefühl, dass es ihm an etwas fehlte. Es spielte keine Rolle, wie gut er schießen konnte oder wie gut er im

Nahkampf war. Dort oben war er der Beste der Besten. Und er liebte es. Ein Night Stalker Pilot beim Militär gewesen zu sein war eines der Dinge, auf die er in seinem Leben am meisten stolz war. Und der Gedanke, weiterhin zu fliegen und anderen mit seinen Fähigkeiten zu helfen – und sich keine Sorgen machen zu müssen, von Terroristen abgeschossen zu werden –, klang wie ein wahr gewordener Traum.

Aber Brick hatte recht. Der Besitz eines Hubschraubers war mit vielen Risiken verbunden. Ganz oben auf der Liste stand die Sicherheit. Sie mussten Mechaniker finden, die ihnen bei der Reparatur von Problemen helfen konnten, die sie nicht selbst lösen konnten, sie mussten sich überlegen, wie sie Treibstoff beschaffen konnten, und obwohl *Die Zuflucht* Gewinne abwarf, waren sie keine Wohltätigkeitsorganisation, also mussten sie entscheiden, wann und wie viel sie den Leuten für ihre Dienste in Rechnung stellen wollten.

Vielleicht könnten sie ihren Gästen sogar Rundflüge anbieten, damit sie die wunderschöne Landschaft des nördlichen New Mexico sehen konnten ... gegen einen Aufpreis, wohlgemerkt.

Auch wenn der Bau eines Hangars und eines Landeplatzes ein hartes Stück Arbeit wäre, konnte Owl nicht umhin, begeistert von der Aussicht zu sein.

Er schaute zu Stone hinüber und versuchte herauszufinden, was er über all das dachte. Als ihre Blicke sich trafen, wusste Owl, dass sein Freund und Kollege auf der gleichen Wellenlänge war.

»Ja«, erklärte Stone mit Nachdruck, als er sich wieder Brick zuwandte.

»Auf jeden Fall, ja«, stimmte Owl zu.

Ihre Freunde grinsten alle.

»Kaufen wir wirklich einen verdammten Hubschrauber?«, fragte Tiny mit einem breiten Grinsen im Gesicht.

»Ich glaube, ja«, stimmte Brick zu. »Aber jetzt müssen wir erst einmal einen finden. Ich habe mit Tex gesprochen und er hat mir Kontakte vermittelt, die uns helfen können, das zu finden, wonach wir suchen.«

»Wir sollten einen Bell kaufen«, erklärte Stone. »Vielleicht einen 505. Der ist zuverlässig, viele Strafverfolgungsbehörden benutzen ihn. Das Avioniksystem ist erstklassig und leicht ablesbar, und die Flugkabine hat eine gute Größe. Es ist nicht der größte Helikopter auf dem Markt, aber für unsere Zwecke ist er sicher gut geeignet.«

»Einverstanden«, entgegnete Owl. »Und dieser Hubschrauber braucht nur einen Piloten, was sehr praktisch ist.«

Stone grinste seinen Freund an. »Was? Willst du nicht mehr mit mir fliegen?«

»Halt die Klappe. Du weißt, dass es niemanden gibt, den ich lieber auf dem Co-Piloten-Sitz hätte als dich.«

»Du meinst den Pilotensitz. *Du* kannst der Co-Pilot sein.«

Owl grinste über den Scherz. Die Wahrheit war, dass sie beide sehr wohl in der Lage waren und nichts dagegen hatten, Pilot oder Co-Pilot zu sein, aber es machte Spaß, darüber zu streiten.

»Okay, das wäre dann geklärt. Ich rufe einen Bauunternehmer in der Stadt an und bespreche mit ihm, wie wir ein Stück Land roden und die Pläne für den Hangar und die Landefläche erstellen können. Wenn wir vorher ein gutes Angebot bekommen, können wir wahrscheinlich einen Platz auf dem Regionalflughafen in Los Alamos mieten.«

»Wow, du verschwendest keine Zeit, was?«, fragte Spike.

»Seit wann verschwenden wir Zeit mit irgendetwas, wenn wir uns einmal entschieden haben?«, fragte Brick.

»Stimmt. Schau uns an. Verheiratet, Kinder sind unterwegs, wir lassen uns nicht lumpen«, witzelte Tonka.

Als ihr Gelächter verstummte, wandte Brick sich an Owl. »Ich möchte, dass ihr die Sache übernehmt. Das bedeutet, dass ihr alle potenziellen Hubschrauber unter die Lupe nehmt. Macht mit ihnen Testflüge und so weiter. Wir könnten ihn hierher in *Die Zuflucht* transportieren lassen, aber ich denke, ihr beide hättet nichts dagegen, ihn von dort, wo wir ihn kaufen, hierherzufliegen. Aber das bedeutet …« Seine Stimme wurde leiser.

»Lara«, bemerkte Owl und wusste, worauf sein Freund hinauswollte.

»Genau.«

Owls erster Gedanke war, dass er das auf keinen Fall tun konnte. Er konnte Lara nicht allein lassen, nicht solange sie noch so verletzlich war.

»Ich kann mich darum kümmern«, bot Stone, ohne zu zögern, an. »Owl kann hierbleiben.«

Aber die Sache war die, dass Owl nicht hierbleiben *wollte*. Er wollte mit seinen Händen über den Hubschrauber streichen. Eine gründliche Inspektion durchführen. Spüren, wie sich der Hubschrauber unter ihm anfühlte. Der Kauf eines Hubschraubers war zwar nicht mit dem Kauf eines Wagens zu vergleichen, aber in vielerlei Hinsicht kam er ihm sehr nahe. Er musste sich mit eigenen Augen davon überzeugen, wie das Flugverhalten des Hubschraubers war. Und jeder Pilot war anders; was er bei den Testflügen entdeckte, würde Stone nicht gleich auffallen. Es wäre klug, wenn sie beide zusammen die Entscheidung über eine so wichtige Anschaffung treffen würden.

»Lara geht es schon viel besser. Wir reden doch nicht

davon, dass wir morgen direkt losziehen, um einen Hubschrauber auszuprobieren, oder?«

»Nein«, erklärte Brick. »Ich meine, Tex ist auf der Jagd für uns, also wird es wohl nicht allzu lange dauern, aber wir müssen auch mit Savannah reden, um uns davon zu überzeugen, dass unsere Zahlen stimmen, damit wir uns die Sache auch leisten können. Ich glaube nicht, dass der Kauf sofort zustande kommt.«

»Ich werde mit Lara reden«, bemerkte Owl. »Ich denke, dass es ihr in ein paar Wochen wieder so gut geht, dass ich Stone begleiten kann.«

Stones Gesichtsausdruck verriet Owl, dass sein Freund sich da nicht so sicher war.

»Ich habe Vertrauen in Lara. Ich glaube, sie wird es schaffen«, versicherte Owl seinen Freunden.

»Und wenn sie mitkommt?«, schlug Tiny vor.

»Das ist eine tolle Idee«, bemerkte Stone sofort.

»Sie ist schon hier, seit wir sie dort rausgeholt haben. Es könnte ihr guttun, mal wegzukommen. Ein bisschen was Neues zu sehen«, stimmte Spike zu.

»Was ist mit Grant?«, fragte Pipe leise. »Wir alle wissen, dass die Gefahr noch nicht gebannt ist.«

Owl runzelte die Stirn. Er wusste, dass sein Freund sich immer noch Vorwürfe machte, weil er den Mann nicht getötet hatte, als er die Chance dazu hatte – und das fand er ziemlich schlimm. Keiner von ihnen hatte je leichtfertig ein Leben beendet. Aber der Mann war ein echter Serienmörder, und Pipe bedauerte es, ihn am Leben gelassen zu haben. Die Wahrscheinlichkeit, dass der Mann bereits wieder getötet hatte, seit sie Lara gerettet hatten, war überdurchschnittlich hoch. Genau darüber machten sie sich alle Sorgen.

»Es ist unmöglich, dass er weiß, wo sie sich befindet«,

erklärte Tiny. »Ich meine, er weiß wahrscheinlich, dass sie *hier* ist, aber es ist unwahrscheinlich, dass er weiß, wo Stone und Owl einen Hubschrauber abholen wollen. Bis er merkt, dass Lara nicht mehr in der *Zuflucht* ist – wenn er *überhaupt* so viel weiß –, ist sie schon zurück.«

Owl gefiel die Option, sie mitzunehmen. Er war nicht begeistert von dem Gedanken, Lara zu verlassen, aber sie mitzunehmen? Mit ihr teilen zu können, was er liebte? Ja, er war auf jeden Fall damit einverstanden.

Er weigerte sich, darüber nachzudenken, dass sie vielleicht nicht gern flog. Sie war bewusstlos gewesen, als sie das Haus in Arizona verlassen hatten, und konnte sich nicht an den Flug erinnern, was wahrscheinlich auch gut so war. Und Fliegen zum Vergnügen war etwas ganz anderes als in einer Situation, in der es um Leben und Tod ging.

»Ich denke, das wird funktionieren. Sie kann dir ihre Meinung aus der Laienperspektive sagen«, stimmte Spike zu. »Du weißt schon, ob die Sitze bequem sind, wie laut es ist und ob sie verstehen kann, was du über die Kopfhörer sagst. Das mag albern klingen, aber wenn wir Rundflüge machen und die Leute viel Geld dafür bezahlen, wollen wir keine schlechten Kritiken, weil die Sitze schlecht sind oder sie nichts verstanden haben.«

»Das ist allerdings wahr«, stimmte Brick zu. »Also ... Owl und Stone, seid ihr damit einverstanden? Wollt ihr, dass einer von uns mit euch kommt?«

Owl dachte einen Augenblick lang über das Angebot nach, bevor er den Kopf schüttelte. Er sah, dass Stone dasselbe tat. Er hatte nicht vor, Tonka oder Spike zu bitten, sie zu begleiten, weil ihre Frauen schwanger waren. Brick war das Herz und die Seele der *Zuflucht*, und niemand wollte ihn wegholen, wenn es nicht unbedingt nötig war.

Pipe und Cora begannen gerade ihr gemeinsames Leben, und Tiny hasste das Fliegen.

Ein kleiner Teil von Owl hatte eine Riesenangst davor, außerhalb des Geländes der *Zuflucht* zu sein und die volle Verantwortung für Laras Sicherheit zu übernehmen, aber *falls* etwas passierte, würde er mit Sicherheit alles tun, um sie zu beschützen.

Selbst wenn das bedeutete, sich selbst zu opfern.

Dieser Gedanke hätte ihn eigentlich verblüffen müssen. Dass er bereit war, sein Leben für sie zu opfern. Aber angesichts seiner Gefühle für sie war das nicht der Fall. Erst vor ein paar Wochen hatte er sich geschworen, dass er sein Leben opfern würde, wenn es um ihr Leben oder seins ginge. Und er war jetzt noch fester von dieser Entscheidung überzeugt.

Je mehr er darüber nachdachte, desto mehr wich seine Angst und desto größer wurde seine Vorfreude darauf, Lara von hier wegzubringen. Er wollte ihr zeigen, dass sie sich auch außerhalb der sicheren Blase, die *Die Zuflucht* bot, wieder in die Welt integrieren konnte. Er wollte nicht, dass sie ging, aber er wollte auch nicht, dass sie blieb, nur weil sie das Gefühl hatte, dass sie keine andere Wahl hatte.

»Ich habe kein Problem damit, wenn es für Owl in Ordnung ist«, sagte Stone.

»Und ich bin einverstanden, wenn Stone einverstanden ist«, konterte er und die beiden Männer lächelten einander an.

Nach weiteren zwanzig Minuten, in denen sie über die Finanzierung sprachen und einen vorläufigen Termin festlegten, an dem sich Owl und Stone später in der Woche mit dem Bauunternehmer treffen wollten, um das Gelände zu besichtigen und zu entscheiden, wo genau der neue Hangar stehen und was er umfassen sollte, wurde das Treffen beendet.

Owl blieb zurück, um mit Stone zu sprechen.

»Bist du sicher, dass du damit einverstanden bist? Das bedeutet, dass wir viel mehr zu tun haben werden«, gab Owl zu bedenken.

»Aber ja. Ich liebe diesen Ort und ich helfe gern bei den Wanderungen, der Landschaftsgestaltung und dem Säubern der Wege, aber wieder mit Hubschraubern arbeiten? Ich habe definitiv kein Problem damit, mehr zu tun zu haben. Was ist mit dir?«

»Ich bin auf jeden Fall dabei«, erklärte Owl mit einem Grinsen. Dann wurde er nüchtern. »Und es macht dir wirklich nichts aus, dass Lara mitkommt?«

»Ganz und gar nicht. Sie ist ...«

»Sie ist was?«, fragte Owl, besorgt darüber, was sein Freund sagen könnte.

»Gut für dich. Du scheinst dich in letzter Zeit besser mit dem Leben hier arrangiert zu haben.«

»Ja«, stimmte er zu. »Sie versteht mich auf eine Weise, wie es nicht viele Menschen können.«

Stone nickte. »Das freut mich für dich.«

Owl schnaubte. »Da ist nichts zwischen uns, Stone.«

»Noch nicht.«

Er grinste leicht. »Noch nicht«, stimmte er zu.

»Worauf wartest du noch?«, fragte Stone.

Er warf seinem Freund einen ungläubigen Blick zu. »Er hat sie an ein Bett gefesselt. Hat sie unter Drogen gesetzt. Hat sich auf ihr einen *runtergeholt*. Sie verarbeitet den Mist immer noch in ihrem Kopf. Ich denke, so schnell eine romantische Beziehung einzugehen ist wahrscheinlich nicht die beste Idee.«

»Was sagt Henley dazu?«

Owl zuckte mit den Schultern. »Ich weiß es nicht. Ich habe nicht mit ihr darüber geredet.«

»Das solltest du aber.«

»Da bin ich mir nicht so sicher. Ich glaube, Lara braucht einfach mehr Zeit.«

»Das Leben kann sich schnell ändern«, bemerkte Stone mit einem kleinen Stirnrunzeln. »Das wissen wir besser als die meisten. Im einen Moment lebst du deinen Traum und im nächsten wirst du fast totgeprügelt und weißt nicht, ob du den nächsten Tag überlebst.«

»Das verstehe ich. Du *weißt*, dass ich das tue. Aber ich möchte ihr auf keinen Fall wehtun, Stone.«

»Du lässt es also langsam angehen«, erklärte sein Freund.

»Ja. Und vielleicht wird die Tatsache, dass sie mit uns den Hubschrauber unter die Lupe nimmt, den Tex findet, der Auslöser dafür sein, dass sie in mir mehr als nur einen Freund sieht, der ihr hilft.«

»Wenn ich irgendetwas tun kann, um dabei zu helfen, sag einfach Bescheid. Ich meine, ein fünftes Rad am Wagen zu haben ist wahrscheinlich nicht das Beste, um dein Mädchen zu erobern.«

Owl lächelte nicht. »Du bist jetzt kein fünftes Rad am Wagen und wirst es auch *nie* sein. Ich habe es noch nie gesagt, aber ... du weißt, dass ich diese Hölle ohne dich nicht überlebt hätte, oder?«

»Ja. Mir geht es genauso.«

Ein paar Sekunden vergingen, bevor Stone den ergreifenden Moment unterbrach. »Du meine Güte, wir bekommen unseren eigenen Hubschrauber«, bemerkte er grinsend.

»Ich fühle mich, als sei es Weihnachten und mein Geburtstag an einem Tag«, gab Owl zu.

»Geht mir auch so«, stimmte Stone zu, klopfte Owl auf die Schulter und ging zur Tür.

Owl lächelte und folgte seinem Freund. Er musste mit Lara sprechen, um ihr vielleicht zu erklären, dass er *Die Zuflucht* verlassen wollte. Er wollte vorsichtig sein, um sie nicht zu verängstigen, aber er hoffte und betete, dass sie sich nicht nur über die Möglichkeit freuen würde, Zeit mit ihm außerhalb von New Mexico zu verbringen, sondern auch über die Chance, ihr Leben wieder ein bisschen mehr in die Hand zu nehmen.

KAPITEL NEUN

Lara hatte mehr als ein Dutzend Mal gekniffen, seit sie den Rat bekommen hatte, Owl einfach zu küssen, um ihm zu zeigen, was sie fühlte.

Vor einer Woche war er noch so aufgeregt gewesen, als er sie zu seiner Hütte begleitet und ihr von der Möglichkeit erzählt hatte, dass *Die Zuflucht* einen Hubschrauber bekommen würde. Sie freute sich für ihn und dachte im Nachhinein, dass dies der perfekte Zeitpunkt gewesen wäre, um ihn zu küssen und seine Freude zu teilen. Aber sie hatte es nicht getan.

Lara verbrachte mehr Zeit mit Cora, um die Pläne für die Familien, die in einer Woche ankommen würden, fertig-zustellen. Owl und Stone recherchierten alles, was mit dem Hubschrauber zu tun hatte, falls der Kauf zustande kam. Sie hatten sich mit einem Bauunternehmer getroffen und sie hatte aus kurzer Entfernung zugesehen, wie sie genau beschrieben, wo der Hangar stehen würde, wie er aussehen würde und wie viele Bäume gefällt werden müssten, um den Landeplatz sicher zu machen. Für Lara sah es nicht so aus, als würden *genügend* Bäume gefällt werden, aber sie vertraute darauf, dass die Männer wussten, was sie taten.

Aber tief in ihrem Inneren wuchs die Angst in ihr. Wenn *Die Zuflucht* einen Hubschrauber bekam, würden Owl und Stone ihn wahrscheinlich prüfen und möglicherweise kaufen. Das bedeutete, dass er *Die Zuflucht* verlassen würde.

Der Gedanke, dass er nicht mehr da war, machte sie unruhig. Carter war immer noch da draußen. Wenn Owl ging, wäre das der Auslöser für Carter, sie zu holen? Außerdem war Lara nicht sicher, ob sie es eine Woche oder länger ohne Owl an ihrer Seite aushalten würde.

Je mehr sie darüber nachdachte, desto mehr wurde ihr klar, *warum* sie nicht wollte, dass Owl ging ... und das hatte nichts mit möglichen Panikattacken zu tun.

Es war, weil sie ihn verzweifelt vermissen würde.

Monatelang hatte sie fast jede Minute eines jeden Tages in seiner Gegenwart verbracht. Sie hatte mit ihm geredet, mit ihm gelacht und sich sicher genug gefühlt, um sich schlafen legen zu können, weil sie wusste, dass er in der Nähe war.

Tatsache ist, dass sie es genoss, mit Owl zusammen zu sein. Und sie hatte sich noch nie so wohl mit einem Mann gefühlt. Noch nie.

Sie hatte gedacht, dass sie in der Vergangenheit verliebt gewesen war, und sie hatte definitiv eine Art kurzzeitige Verliebtheit für Männer empfunden. Aber was sie für Owl empfand, war etwas ganz anderes. Er gab ihr Halt. Er gab ihr das Gefühl, stark zu sein. Sie fühlte sich stark, als könnte sie alles bewältigen, was das Leben ihr in den Weg legen würde. Kein anderer hatte ihr jemals dieses Gefühl gegeben.

Umso frustrierender war es, dass sie nicht den Mut aufbringen konnte, ihn zu küssen. Die wenigen Male, die sie darüber nachdachte, passierte etwas, das sie zurückschrecken ließ. Jemand betrat den Raum. Sie nieste und schon war der Moment vorbei. Sie verlor einfach die Nerven.

Trotzdem verliebte Lara sich mit jedem Tag, der verging, noch mehr in ihn.

Heute Abend würden Cora und Pipe heiraten. Nach der Trauung würden sie zur Lodge gehen, um zu Abend zu essen. Robert hatte das Abendessen sorgfältig geplant und die Stimmung in der Lodge war feierlich und romantisch.

Niemand schien sich darüber aufzuregen, dass sie bei der eigentlichen Zeremonie nicht dabei sein konnten. Das war eines der besten Dinge an der *Zuflucht* und an den Menschen, die dort lebten und arbeiteten. Die Freundschaften, die hier geschlossen wurden, waren echt. Tief und ehrlich. Sie basierten nicht darauf, was jemand für einen anderen tun konnte. Wenn Cora und Pipe eine private und intime Zeremonie wollten, dann bekamen sie die auch, und niemand fühlte sich ausgeschlossen oder verärgert über ihre Entscheidung. Sie waren einfach nur froh, dass ihre Freunde zusammen waren.

Anfang der Woche hatte Alaska Lara nach ihrer Größe und Lieblingsfarbe gefragt und sie dann mit drei Outfits überrascht, die sie zu Coras Hochzeitsfeier anziehen konnte. Das war eines der aufmerksamsten Dinge, die jemals jemand für sie getan hatte, und Lara war fast überwältigt vor Dankbarkeit.

Obwohl die beiden Kleider, die Alaska ihr zur Anprobe mitgebracht hatte, wunderschön waren, fühlte Lara sich in dem dritten Outfit am wohlsten. Es war eine schlichte graue Hose, kombiniert mit einer wunderschönen zartrosa Bluse mit langen Ärmeln, die sich wie Seide anfühlte. Die untere Schicht der Bluse war eng anliegend, während die äußere Schicht fließend war und wie der Sand an einem windigen Strand flog, wenn sie sich bewegte. Lara hatte sich sofort in die Bluse verliebt, als sie sie in der Verpackung gesehen hatte.

Und das Beste war nicht einmal, wie bequem es sich anfühlte ... sondern der Blick von Owl, als er sie darin sah.

Er sah vollkommen verblüfft aus.

Einerseits war es Lara ein bisschen peinlich, dass er von ihrem Aussehen so überwältigt war, denn das bedeutete wahrscheinlich, dass er sich an die übergroßen T-Shirts und Sweatshirts gewöhnt hatte, die sie trug, seit sie ihn kannte. Andererseits konnte sie nicht leugnen, dass sie seinen bewundernden Gesichtsausdruck liebte, als sie den Raum betrat, um ihm und Alaska das Outfit vorzuführen.

Genauso beeindruckt war sie, als er aus seinem Zimmer schlenderte, um sie zu Pipes Hütte zu begleiten. Er hatte sich eine schwarze Hose und ein weißes, langärmeliges Hemd angezogen ...

Mit einer rosa Krawatte, die perfekt zu ihrer Bluse passte.

Das hätte ein bisschen kitschig sein müssen. Aber stattdessen war Lara hingerissen von seiner Entscheidung, sein Outfit an ihres anzupassen. Wie oft hatte sie schon gleich gekleidete Paare gesehen und darüber gelächelt, wie süß sie aussahen? Andere würden sich vielleicht über diese Leute lustig machen, die Augen verdrehen und es lächerlich finden, aber nicht Lara.

»Du siehst nett aus«, sagte sie zu ihm und zuckte innerlich zusammen, weil ihre Wortwahl nicht gerade schmeichelhaft war.

»Und du siehst wunderschön aus«, entgegnete Owl.

»Findest du nicht, dass ich eines der Kleider hätte wählen sollen?«, fragte sie nervös und fuhr sich mit der Hand über die Oberschenkel.

»Nein. Das ist perfekt. *Du* bist perfekt.«

Einen Moment lang schien die Luft zwischen ihnen aufgeladen zu sein. Er war so nahe bei ihr stehen geblieben, dass sie nur einen Schritt nach vorn machen musste, um in seinen Armen zu liegen. Sie wollte ihn küssen. Unbedingt. Sie wollte das tun, wovon sie schon seit einer Woche träumte.

In diesem Moment klingelte sein Handy mit einer eingehenden Nachricht.

Ein paar Sekunden vergingen und Owl bewegte sich nicht. Er griff nicht nach seiner Tasche, um zu sehen, wer ihm eine Nachricht geschickt hatte. Er starrte ihr einfach in die Augen. Lara leckte sich über die Lippen und fragte sich, ob er den ersten Schritt machen würde, um auf die offensichtliche Anziehungskraft zu reagieren, die sie beide spürten.

Als sein Handy erneut klingelte, seufzte er und griff nach seiner Tasche.

Er las die Nachricht und schaute dann noch einmal zu ihr auf. »Das ist Cora. Sie will wissen, wo zum Teufel wir sind, weil sie Pipe endlich heiraten will.«

Lara lachte. »Sie war noch nie besonders geduldig.«

Das Lächeln auf Owls Gesicht war lässig und entspannt, und Lara versuchte ihr Bestes, es sich einzuprägen. »Dann sollten wir besser gehen, bevor sie hierher marschiert, um uns zu holen.«

Und eine weitere Gelegenheit, diesem Mann zu zeigen, dass sie mehr als nur Freunde sein wollte, war verloren.

Owl ging zum Schrank, schnappte sich ihre Jacke und half ihr hinein, wobei er mit den Fingerspitzen über ihre Schultern strich. Lara fröstelte, als er seinen eigenen Mantel überzog. Der Frühling war immer noch kühler als normal für diese Gegend. Die frühen Morgenstunden und die

Nächte waren kühl, aber zumindest nicht kalt genug, um Handschuhe zu brauchen.

Schon gar nicht, wenn Owl sofort nach ihrer Hand griff, nachdem er die Tür zur Hütte abgeschlossen hatte. Sie verließen seine Veranda und Lara merkte, dass sie zufrieden war. Ihr Leben war nicht perfekt. Sie hatte immer noch Panikattacken und, was noch wichtiger war, Carter Grant war immer noch nicht gefasst worden.

Aber Lara ging es ... überraschenderweise gut. Vor ein paar Monaten hätte sie nie gedacht, dass sie emotional da sein würde, wo sie heute war. Sie war so kaputt gewesen. Sie hatte gedacht, sie würde nie wieder glücklich sein können. Aber die Menschen hier in der *Zuflucht*, vor allem Owl, hatten ihr geholfen zu erkennen, dass sie trotz der schlimmen Dinge, die passiert waren, darüber hinwegkommen und gestärkt aus der Sache hervorgehen konnte.

Die Gespräche mit Henley halfen ihr sehr. Aber am meisten half es ihr, an Owl und Stone zu denken und daran, was sie durchgemacht hatten und dass es ihnen heute so gut ging. Sie hatten nicht verdient, was ihnen widerfahren war. Und sie hatte keine weise Entscheidung getroffen, als sie nach Arizona gegangen war, aber das bedeutete nicht, dass *sie* das, was ihr passiert war, auch verdiente.

Die Schuld lag bei Carter. Niemand sonst. Er war ein böser Mann, der böse Dinge tat. Und obwohl Lara immer noch eine Riesenangst davor hatte, dass er auf freiem Fuß war und wahrscheinlich schreckliche Dinge mit ihr vorhatte, fühlte sie sich mit jedem Tag, der verging, weniger ängstlich. Mehr so, als sei sie der Lage gewachsen.

»Wenn dir heute Abend alles zu viel wird, sag mir Bescheid, dann gehen wir«, sagte Owl, als sie zu Pipes Hütte gingen.

Lara drückte seine Hand. »Mach ich. Danke.« Sie spürte

seinen Blick auf sich und drehte ihren Kopf, um ihn anzusehen. »Was ist?«

»Es ist nur ... in den letzten Wochen hast du unglaub-
liche Fortschritte gemacht. Ich bin so stolz auf dich.«

Sie lächelte. »Danke. Das Gespräch mit Henley hat mir
geholfen; ich kann dir gar nicht genug dafür danken, dass
du mich ermutigt hast, eine Therapie zu machen. *Deine*
Geschichte zu hören hat mir noch mehr geholfen. Und ...
ich weiß nicht ... hier bei dir zu sein, zu sehen, wie glücklich
Cora ist, zu beobachten, wie die anderen Frauen mit ihren
Männern umgehen, einige der Gäste zu beobachten und zu
sehen, wie hart sie daran arbeiten, ihre Dämonen zu überwinden ... das alles hat mir die Augen geöffnet und mir
geholfen, das, was mir passiert ist, in die richtige Perspektive
zu rücken.«

»Das freut mich. Aber ich glaube, du schätzt dich selbst
nicht hoch genug ein. Du bist unglaublich stark, Lara. Du
wärst nicht so weit gekommen, wie du heute bist, wenn du
nicht hier in der *Zuflucht* gewesen wärst. Daran habe ich
keinen Zweifel.«

Er hatte unrecht, aber es fühlte sich gut an, dass er das
dachte. Dass er dachte, sie sei stark. Es gab definitiv Tage, an
denen sie sich alles andere als stark fühlte, und er hatte
schon viel von ihr ertragen müssen. Ihre Anhänglichkeit,
ihre Panikattacken, ihre Unfähigkeit, mehr zu tun, als
wochenlang auf seinem Sofa zu hocken.

Ihr ganzes Leben lang hatte Lara sich einen Partner
gewünscht, der genauso viel gab, wie er nahm. Der sich um
sie genauso bemühte, wie sie sich um ihn. Und sie hatte
gedacht, sie hätte ihn in Ridge Michaels gefunden. Wer
hätte geahnt, dass er sie erst komplett zugrunde richten
musste, um das zu finden, wonach sie *eigentlich* die ganze
Zeit gesucht hatte?

Sie erreichten die Hütte von Pipe und Cora und die Tür ging auf, als sie sich näherten.

Lara zuckte zusammen, als sie ihre Freundin dort stehen sah, die ungeduldig signalisierte, dass sie sich beeilen und reingehen sollten.

Cora trug ein schwarzes, knielanges Kleid. Es brachte ihre Kurven zur Geltung und es sah absolut umwerfend an ihr aus. Es war sehr lange her, dass Lara sie so herausgeputzt gesehen hatte.

»Warum habt ihr so lange gebraucht?«, fragte Cora. »Wir warten schon ewig!«

»Es ist erst zwei Minuten nach der vereinbarten Zeit«, bemerkte Pipe, der hinter Cora auftauchte und seinen Arm um ihre Taille legte. Er trug eine Jeans und ein schwarzes kurzärmeliges Polohemd, das die Tattoos auf beiden Armen zur Geltung brachte. Er sah gut aus und die Art, wie er seine zukünftige Frau ansah, brachte Laras Herz zum Schmelzen.

»Ja, ja, ja«, sagte Cora, als sie zurücktrat, um Lara und Owl hineinzulassen. »Ich muss nur noch meine Schuhe holen, dann können wir auf die Terrasse gehen.«

»Brauchst du Hilfe?«, fragte Lara.

»Ja!«, rief Cora. Dann, nach einer langen Pause, grinste sie Owl an. »Du wirst sie loslassen müssen.«

Lara spürte, wie Owl ihre Finger drückte, bevor er genau das tat. Fast sofort vermisste sie das Gefühl seiner Hand in ihrer. Aber sie folgte Cora pflichtbewusst ins Schlafzimmer.

Cora schloss die Tür und drehte sich zu Lara um. »Hast du ihn schon geküsst?«

Laras Lippen zuckten, und sie schüttelte den Kopf über ihre Freundin. »Nein.«

»Warum nicht?«, fragte Cora.

»Weil jedes Mal, wenn ich daran denke, es zu tun, der Zeitpunkt falsch ist. Wie heute ... als ich dachte, dass er mich vielleicht küsst, hast du ihm eine Nachricht geschickt und den Moment zerstört«, erklärte sie ironisch.

»Verdammt!«, bemerkte Cora und zog die Augenbrauen zusammen.

Lara konnte sich ein Lachen nicht verkneifen. »Ist schon in Ordnung. Wenn wir später gekommen wären, wärst du durchgedreht. Wenn ich ihn schon geküsst hätte, wüsstest du es jetzt bestimmt schon. Und ich hoffe, dass es nicht dabei bleibt, *wenn* wir uns küssen.«

Cora legte den Kopf schief, als sie Lara musterte. »Du bist anders«, sagte sie nach einem Moment.

»Was meinst du damit?«

»Nun, als wir hier ankamen, war ich mir nicht sicher, ob du über das, was dir passiert ist, hinwegkommen kannst. Und das meine ich nicht böse; ich hätte es dir nicht verübelt. Ich hatte gehofft, dass du wieder zu dem Menschen wirst, der du einmal warst, dass du zu dir zurückfinden würdest. Aber jetzt ... ich glaube nicht, dass das passieren wird.«

Lara runzelte die Stirn.

»Du warst ruhig. Schüchtern. Du hast dich damit begnügt, in den Hintergrund zu treten. Und außer bei der Arbeit hast du nicht gern Entscheidungen getroffen. Du bist einfach mit dem Strom geschwommen.«

Lara erinnerte sich an den Menschen, der sie in Washington gewesen war, und wusste, dass ihre Freundin sie genau richtig eingeschätzt hatte. Sie hatte es nie gemocht, im Zentrum der Aufmerksamkeit zu stehen. Sie zog es vor, sich zurückzuhalten und sich vom Leben treiben zu lassen. Aber nach allem, was sie durchgemacht hatte, wollte sie sich nicht mehr an eine Mauer stellen und andere über ihr Schicksal entscheiden lassen. Der Mangel an Selbstbestimmung, den sie in dem Keller in Arizona erlebt hatte, hatte sie grundlegend verändert. Jetzt wollte sie mehr Kontrolle über ihr Leben haben.

»Du hast recht«, erklärte Lara.

»Ich weiß«, bemerkte Cora ohne einen Hauch von Überheblichkeit. »Ich bin so stolz auf dich, Lara. Ich habe mir solche Sorgen um dich gemacht. Ich wollte mehr tun, aber ich wusste nicht, wie ich helfen sollte. Und eine andere Frau, die dich nicht so sehr liebt wie ich, wäre vielleicht eifersüchtig oder sauer geworden, dass du dich stattdessen an Owl gewandt hast, aber nicht ich. Es wäre mir egal, wenn du nie wieder mit mir sprichst, solange das bedeutet, dass es dir gut geht.«

Laras Augen füllten sich mit Tränen. Manche Menschen hatten viele Freunde. Dutzende von Menschen, die sie ihre besten Freunde nannten. Aber Lara brauchte nur eine Freundin. Einen Menschen, der immer für sie da war, egal was passierte. Und Cora war genau das.

»Ich liebe dich«, platzte Lara heraus.

»Ich liebe dich auch, aber wenn du mich an meinem Hochzeitstag zum Weinen bringst, werde ich sauer«, erklärte Cora und blinzelte schnell, um zu verhindern, dass ihr die Tränen über die Wangen liefen.

Das war eine weitere Veränderung. Cora war noch nie eine Heulsuse gewesen. Aber offensichtlich hatten die Ereignisse von vor ein paar Monaten auch sie beeinflusst.

Ohne nachzudenken, trat Lara vor und zog Cora zu sich heran. Da sie so klein war, war das nicht allzu schwierig. Sie umarmte ihre beste Freundin fest.

Cora erwiderte die Umarmung ebenso heftig. Dann holte sie tief Luft und trat zurück. »So, die Kuschelzeit ist vorbei. Wie sehe ich aus?«

»Umwerfend. Wunderschön. Wie eine Prinzessin«, entgegnete Lara, ohne zu zögern.

Cora verdrehte die Augen. »Wie auch immer. Ich habe Pipe gesagt, dass ich kein weißes Kleid tragen werde, und ehrlich gesagt glaube ich, dass es ihm *egal* ist, was ich für unsere Hochzeit anziehe. Aber nachdem ich hundert verschiedene Kleider anprobiert und immer noch keins gefunden hatte, mit dem ich zufrieden war, schlug er dieses Kleid vor.« Sie fuhr sich selbstbewusst mit einer Hand über den Oberschenkel, während sie sich unruhig vor Lara hin- und herbewegte. »Das ist das Kleid, das ich auf der Auktion getragen habe. Ich war mir nicht so sicher ... ich meine, es ist ja nicht so, dass das Kleid so viel gekostet hätte, aber ich habe in den wenigen Kartons gekramt, die ich noch besaß und die Pipe eingepackt und von Washington hat hierherschicken lassen, und es gefunden. Als ich es angezogen habe, weißt du was?«

»Was?«, fragte Lara, der diese Geschichte gefiel.

»Es fühlte sich richtig an. Ich meine, es ist schwarz, also nicht typisch für eine Hochzeit, aber ich fühle mich wirklich schön darin.«

»Das solltest du auch, denn du bist es«, erwiderte Lara. »Welche Schuhe hast du an?«

Cora lächelte, ging zum Schrank und holte ein Paar schwarze Schuhe mit fünf Zentimeter hohen Absätzen heraus. »Die sind von Payless. Und ja, die habe ich an dem Tag auch getragen.«

Lara persönlich fand das Outfit ihrer Freundin perfekt. Und noch besser, da Pipe es vorgeschlagen hatte.

»Gut, dann zieh sie an, damit wir endlich loslegen können«, erklärte Lara lächelnd.

Cora stellte die Schuhe auf den Boden und zog sie an ihre Füße. Sie richtete sich auf und lächelte ihre Freundin an. »Ich kann nicht glauben, dass das passiert«, flüsterte sie.

Laras Lächeln wurde breiter. »Ich schon. Es ist an der

Zeit, dass jemand erkennt, was ich schon seit Jahren weiß. Dass du eine tolle Frau bist und eine ebenso tolle Partnerin abgeben würdest.«

»Danke«, flüsterte Cora.

»Komm schon. Lass uns gehen. Ich bin mir sicher, dass Pipe es kaum erwarten kann, seinen Ring an deinen Finger zu stecken.«

»Lara?«, bat Cora, ohne sich zu bewegen.

»Ja?«

»Ich hätte so lange gewartet, bis du in der Lage gewesen wärst, als meine Trauzeugin neben mir zu stehen.«

Jetzt hatte auch Lara Tränen in den Augen.

»Du wirst immer meine beste Freundin sein. Nur weil ich heiraten werde, heißt das nicht, dass unsere Beziehung sich ändern wird. Zumindest hoffe ich, dass sie das nicht tut. Und selbst wenn du nach Washington zurückgehst und ich hierbleibe ... glaube nicht, dass du mich so einfach loswirst.«

Lara lachte durch ihre Tränen hindurch. Aber die unmittelbare Reaktion, die sie bei dem Gedanken, *Die Zuflucht* zu verlassen, verspürte, war fast beängstigend. Sie hatte nicht daran gedacht, zurück an die Ostküste zu gehen. Kein einziges Mal. In einem der wenigen Telefonate, die sie mit ihren Eltern geführt hatte, hatten sie es zwar erwähnt, aber Lara hatte nie wirklich mit dem Gedanken gespielt. Sie konnte sich nicht vorstellen, dorthin zurückzukehren. Und das nicht nur, weil Owl hier lebte. Mit Washington verband sie zu viele schlechte Erinnerungen. Und wenn sie Eleanor Vanlandingham sehen würde, nachdem sie gehört hatte, wie sie Cora bei der Auktion behandelt hatte ... sie wusste nicht, was sie mit der Frau machen würde.

Sie atmete tief durch und beschloss, die Stimmung aufzulockern. Cora würde es hassen, wenn sie jetzt tatsächlich anfangen würde zu weinen. Denn dann würde sie in den anderen Raum gehen, Pipe würde fragen, was passiert sei und ob es ihr gut ginge, und das würde ihre Zeremonie verzögern. Also sagte sie: »Wenn du versuchen würdest, mich abzuwimmeln, würde dir das Ergebnis nicht gefallen.«

Zu ihrer Erleichterung lachte Cora. »Stimmt. Ich zittere vor Angst«, erklärte sie und ging zur Tür, wobei sie Lara am Arm festhielt. »Komm schon. Ich will meinen Mann heiraten, etwas essen gehen und dann hierher zurückkommen, um die ganze Nacht mit ihm Liebe zu machen.«

»Als sei das anders als jede andere Nacht«, stichelte Lara.

Cora blieb stehen und starrte Lara einen Moment lang an, bevor sie grinste und den Kopf schüttelte. »Ich glaube, ich mag diese neue Lara. Du ziehst mich mit Sex auf? Ich kann es kaum *erwarten*, bis du und Owl im Bett landen und wir über Sexstellungen und die Qualität unserer Männer im Bett reden können.«

Lara gab keinen Kommentar ab, sondern ging einfach brav mit, während Cora wieder zur Tür ging.

Die Sehnsucht, die sie tief in sich verspürte, tat fast weh. Sie wollte genau das, was ihre Freundin beschrieben hatte. *Mehr* als sie in Worte fassen konnte. Sie wollte sich hinsetzen und mit ihrer besten Freundin über Sex und Beziehungen reden. Aber ehrlich gesagt wusste sie nicht, was in Zukunft passieren würde. Owl könnte in ihr nur die gebrochene Frau sehen, die die beste Freundin der Frau eines *seiner* Freunde war. Sie glaubte nicht, dass das der Fall war, aber sie hatte sich schon einmal völlig geirrt, wenn es um ihr Liebesleben ging.

Zum Glück hatte sie nicht allzu viel Zeit, darüber nachzudenken, denn sobald sie das Wohnzimmer betraten, kam Pipe auf sie zu und zog Cora in seine Arme. Er küsste sie lange und intensiv und ging dann ohne ein Wort zur Haustür.

»Ich schätze, es wird Zeit«, scherzte Lara, die sich ein bisschen wie das fünfte Rad am Wagen fühlte.

»Meinst du, sie würden es überhaupt merken, wenn wir nicht mit auf die Dachterrasse kämen?«, bemerkte Owl lachend.

Lara hätte überrascht sein sollen, dass Owl auf der gleichen Wellenlänge war und sich ebenfalls wie das fünfte Rad am Wagen fühlte, aber sie war es nicht. Nicht, nachdem sie so viel Zeit miteinander verbracht hatten.

Owl griff noch einmal nach ihrer Hand und führte sie hinter ihren Freunden aus dem Haus. Ehe sie sichs versah, waren sie auf der Terrasse. Lara sah sich um und war beeindruckt. Es war genau das, was Cora sich gewünscht hatte: eine intime Zeremonie bei Sonnenuntergang. Pipe hatte seine bunten Lichterketten gegen weiße ausgetauscht und weitere Lichterketten entlang des Geländers angebracht, und die Sonne stand tief genug am Himmel, um den Lichtern einen himmlischen Glanz zu verleihen. Cora war wunderschön, und Pipe sah so stark und imposant aus. Er ließ den Blick nicht von der Frau weichen, die vor ihm stand.

Owl stand neben seinen Freunden, zog einen Zettel aus seiner Tasche und räusperte sich, bevor er zu sprechen begann.

Leider hörte Lara kein einziges Wort. Sie konnte nicht aufhören, Cora und Pipe anzustarren. Ihre emotionale Verbindung war unübersehbar. Ihr ganzes Leben lang war Cora diejenige gewesen, die der Liebe skeptisch gegenübergestanden hatte. Sie hatte sich über Lara wegen ihrer romantischen Seite lustig gemacht, unzählige Male *Aschenputtel* mit ihr angesehen und konnte die Hallmark-Filme zu

Weihnachten nicht ausstehen. Sie hielt sie für kitschig und unrealistisch.

Und doch war sie hier. Ihre Hände in denen von Pipe und sie sah zu ihm auf, so wie die Frauen in den Hallmark-Filmen ihre Männer ansahen.

Lara schloss die Augen. Wenn sie nicht diese dumme Entscheidung getroffen hätte, mit Ridge nach Arizona zu gehen, wenn sie nicht das Objekt der Besessenheit eines Serienmörders gewesen wäre, wenn Cora nicht zu dieser Auktion gegangen wäre, um auf Pipe zu bieten ... dann wäre ihre beste Freundin jetzt nicht da, wo sie war.

Sie hätte nicht den einzigen Menschen auf der Welt gefunden, der für sie bestimmt war. Sie würde jetzt nicht die Liebe ihres Lebens heiraten.

Zufriedenheit machte sich in Lara breit. Sie hatte die Hölle durchgemacht. Sie hatte gedacht, sie würde sterben. Sie hatte Dinge ertragen, die niemand erleben sollte. Und doch ... wusste sie plötzlich, dass sie nichts ändern würde. Eines der Dinge, die sie sich seit Jahren gewünscht hatte, war eingetreten ... *ihret*wegen. Ihre beste Freundin war glücklich. Wahrhaftig und zutiefst glücklich.

Das war es alles wert.

»Cora ... du kannst dein Ehegelübde ablegen.«

Lara richtete die Aufmerksamkeit wieder auf das, was vor ihr geschah. Cora und Pipe hatten beschlossen, ihre eigenen Gelübde zu schreiben, und sie wollte sie nicht verpassen.

»Mein ganzes Leben lang war ich ein Außenseiter. Ich habe durch Fenster geschaut und wollte das, was ich drinnen sah. Aber je mehr ich mich bemühte, desto mehr entzogen sich diese Träume. Mit der Zeit wurde mir klar, dass ich anders war. Irgendetwas stimmte nicht mit mir. Das musste so sein, denn niemand schien mich je zu wollen.

Meine Liebe wurde immer wieder zurückgewiesen. Bis zu Lara.«

Cora drehte den Kopf und lächelte ihre Freundin an.

Lara schluckte schwer und versuchte, nicht in Tränen auszubrechen.

»Sie hat mich so akzeptiert, wie ich war. Frech, unverblümt und verbittert. So verbittert. Und dann ist sie verschwunden. Und ich geriet in Panik. Wenn der einzige Mensch, der mich wirklich mochte, mich verlassen konnte, was bedeutete das? Und dann warst du da, Pipe. Auf dieser Bühne. Ich konnte den Blick nicht von dir abwenden. Du warst anders. So wie ich. Ich sah, wie die Leute dich anschauten. Wie ihre Blicke von deinen Tattoos zu deinen langen Haaren und deinem Bart wanderten ... und wie sie dich verurteilten. Oh, wie sie dich verurteilt haben. Ich glaube, ich habe mich in diesem Moment in dich verliebt, aber ich wollte es nicht zugeben. Denn es zuzugeben bedeutete, mich der Ablehnung auszusetzen, genau wie damals, als ich ein Kind war.

Aber du hast alle meine Schutzwälle durchbrochen. Du hast mich verstehen lassen, was Liebe wirklich bedeutet – den anderen so zu akzeptieren, wie er ist. Ich liebe dich, Pipe. Mehr als du je wissen wirst. Aber eines *solltest* du wissen: Du wirst nie so loyal geliebt werden, wie ich dich lieben werde. Du wirst dich nie fragen müssen, ob deine Frau treu ist. Du wirst dich nie fragen müssen, ob ich dein Bestes im Sinn habe. All die Zurückweisungen, die ich als Kind erlebt habe, haben meine Liebe nur noch größer gemacht. Ich werde dich bei allem unterstützen, was du tun willst, und ich werde jeden verprügeln, der es wagt, dich wegen deines Aussehens schief anzusehen. Du bist perfekt für mich und ich werde mich immer fragen, wie das Leben es geschafft hat, dich ausgerechnet dann zu mir zu schicken, als ich dich am meisten brauchte.«

Es war unmöglich, die Tränen zurückzuhalten. Lara wischte sich mit der Hand über die Wangen und schenkte Owl ein kleines Lächeln, als er eine Augenbraue hochzog und sie offensichtlich fragte, ob es ihr gut ginge.

»Bin ich dran?«, fragte Pipe und riss Owl aus seiner Mitgerissenheit.

Er lachte und wandte die Aufmerksamkeit wieder dem Paar zu. »Entschuldigung, ja. Pipe, dein Gelübde?«

»Ich liebe dich, Cora. Und die Idioten, die dich abgewiesen haben, als du noch klein warst, waren diejenigen, die etwas verpasst haben. Nicht du. Ich werde dich immer ehren und wertschätzen. *Immer.* Du bist mein Ein und Alles, und es ist mir verdammt egal, wenn andere mich anglotzen, aber wenn sie es wagen, auch nur ein Wort über dich zu sagen, ist alles aus. Wenn wir Kinder haben, wird es keinen Tag geben, an dem sie nicht wissen, dass sie geliebt und gewollt sind. Und das gilt für die, die wir adoptieren, genauso wie für die, die wir selbst bekommen.«

»Pipe«, flüsterte Cora, die sichtlich überwältigt war.

Pipe ließ ihre Hände los und zog sie in seine Umarmung. Sie legte ihre Hände auf seine Brust, während er einen Arm um ihre Taille schlang und die andere Hand auf ihre Wange legte.

»Du gehörst mir, Cora. Schon in dem Moment, in dem ich dich zum ersten Mal auf der Bühne sah, war ich fasziniert. Aber als ich in deiner leeren Wohnung stand und erkannte, was du alles getan hast, um deiner besten Freundin zu helfen, da habe ich mich verliebt. Unwiderruflich, auf der Stelle verliebt. Ich wollte diese Art von Loyalität für mich selbst. Ich brauchte sie. Ich bin ein anstrengender Kerl, und das wird dir wahrscheinlich auf die Nerven gehen, aber das ist mir egal. Du gehörst mir, genauso wie ich dir gehöre. Für immer.«

Nachdem sie die Ringe ausgetauscht hatten, grinsten Cora und Pipe sich an, und Owl beendete die Zeremonie.

»Mit der mir vom Staat New Mexico verliehenen Vollmacht erkläre ich euch nun zu Mann und Frau«, sagte er mit einem breiten Grinsen.

Pipe drehte den Kopf und starrte seinen Freund an. »Und?«, fragte er.

»Und was?«, erwiderte Owl.

»Du vergisst den besten Teil«, knurrte Pipe. Er knurrte tatsächlich.

Cora lachte, während sie ihre Arme nach oben schlängelte und ihrem neuen Ehemann um den Hals legte.

Owl grinste. »Oh, du meinst den Teil mit dem Küssen?«

»Ja, Mistkerl. Den Teil mit dem Küssen«, beschwerte sich Pipe.

»Ich dachte, du brauchst keine Erlaubnis, um deine Frau zu küssen.«

»Dies ist unsere Hochzeit. Du sollst es sagen. Also sag es schon, verdammt noch mal!«

Es war lustig zu sehen, wie die Freunde sich gegenseitig neckten, und Lara fand es irgendwie niedlich, dass Pipe die traditionellen Worte hören wollte.

»Also gut. Pipe, du darfst die Braut jetzt küssen.«

»Das wurde aber auch Zeit«, murmelte er, bevor er den Kopf senkte.

Der Kuss, den ihre beste Freundin und ihr neuer Mann sich gaben, war tief, lang und so voller Liebe, dass es Lara schwerfiel, den Blick abzuwenden. Die Art, wie Pipe Cora hielt. Wie er mit seiner Hand über ihren Rücken strich. Wie sie sich auf die Zehenspitzen stellte, um ihm näher zu kommen. Es war alles so verdammt schön, dass Lara vor Zufriedenheit und Freude seufzen musste.

»Alles in Ordnung?«

Lara zuckte überrascht zusammen, als sie Owls Hand auf ihrem Rücken spürte und er sich zu ihr beugte. Sie hatte nicht bemerkt, dass er sich ihr genähert hatte; sie war zu sehr damit beschäftigt, sich über das Glück ihrer besten Freundin zu freuen.

»Mir geht es großartig«, versicherte sie ihm mit einem breiten Lächeln.

Die Zeit schien stillzustehen, während sie einander anstarrten.

Dann, so gefangen von der Schönheit des Augenblicks und der Freude über ihre Freundin, bewegte Lara sich, ohne nachzudenken.

Sie beugte sich vor und küsste Owl.

Es war ein kurzer Kuss, nicht mehr als zwei Münder, die sich trafen. Und kaum war er vorbei, zweifelte Lara an sich selbst. Sie zog sich zurück und sah ihm in die Augen, ohne zu wissen, was sie dort sehen würde.

Emotionen schwangen in seinem Blick mit, und für einen Moment drückte er seine Hand fester auf ihren Rücken. Was dachte er gerade? Sie hatte keine Ahnung. Aber sie tröstete sich mit der Tatsache, dass er nicht entsetzt aussah. Oder angewidert. Er sah vielmehr ... ehrfürchtig aus. Was wiederum dazu führte, dass Lara sich entspannte.

Sie hatte es nicht vermasselt, als sie ihn geküsst hatte. Gott sei Dank.

»Ich bin so glücklich!«, rief Cora neben ihnen aus.

Lara wandte den Blick von Owl ab und drehte sich zu ihrer besten Freundin um. Owl wich zurück, und dann warf Cora sich auf Lara.

Lachend fing Lara sie auf und sie wiegten sich in einer Umarmung hin und her.

»Schau!«, befahl Cora und hielt ihre Hand vor das Gesicht ihrer besten Freundin.

Lara lachte erneut, griff nach Coras Hand und hielt sie fest. Pipe hatte sie mit dem Ring überraschen wollen und ihr nichts davon gesagt, bis er ihn ihr an den Finger gesteckt hatte.

Er war edel und wunderschön und so perfekt für Cora, dass Lara innerlich wieder dahinschmolz. Der Ring war aus Platin und hatte einen Diamanten im Smaragdschliff, der von zwei Diamanten im Prinzessinnenschliff flankiert wurde.

»Ich finde ihn so wahnsinnig schön!«, rief Cora freudig aus.

»Er ist perfekt«, stimmte Lara zu.

Cora umarmte ihre Freundin noch einmal, bevor sie sich wieder ihrem neuen Mann zuwandte.

Lara spürte, wie Owl seine Hand wieder auf ihren Rücken legte. »Wir machen uns schon mal auf den Weg zur Lodge«, sagte er zu dem Paar.

»Cool. Wir kommen gleich nach«, erwiderte Pipe, ohne den Blick von Cora abzuwenden.

Lara lächelte. Sie hatte das Gefühl, dass es ein bisschen länger als »gleich« dauern würde, und sobald sie und Owl weg waren, würde Cora es erst mal von ihrem neuen Mann besorgt bekommen.

Sie freute sich so sehr für Cora, dass sie sich kaum zurückhalten konnte.

»Warte! Bevor wir gehen, brauchen wir noch ein Foto!«, rief Lara und holte ihr Handy aus der Tasche. Sie hatte sich ein neues kaufen müssen, als sie in der *Zuflucht* ankam, denn sie hatte keine Ahnung, wo ihres geblieben war.

Sie konnte sich ein Lächeln nicht verkneifen, als sie ein Bild von Cora und Pipe anklickte. Sie sahen perfekt zusammen aus, und es war nicht zu übersehen, wie glücklich sie waren.

Dann bestand Pipe darauf, ein Foto von ihr und Cora zu machen. Dann wollte Cora ein Bild von Lara und Owl. Dann mussten sie ein Selfie von allen vier machen ...

Als Lara und Owl die Treppe von der Dachterrasse hinuntergingen, war es bereits dunkel.

»Zwingt mich nicht, Jasna zu schicken, um euch zu suchen«, rief Owl, nachdem er hineingegangen war, um ihre Jacken zu holen, und traf sie am Fuß der Treppe.

»Wage es ja nicht!«, brüllte Pipe von oben. »Wir wollen sie doch nicht fürs Leben zeichnen.«

Alle lachten. Lara hatte das Gefühl, dass ihre beste Freundin alle anderen im Nu vergessen würde. Und sie konnte es ihr nicht verdenken. Wenn sie gerade den Mann ihrer Träume geheiratet hätte und allein auf einer romantischen Terrasse mit Lichterketten unter einem Sternenhimmel wäre, würde sie an nichts anderes denken, als ihn endlich auszuziehen.

Ihr Blick wanderte wie von selbst zu Owl. Er sah so gut aus und die Freude, die er ausstrahlte, nachdem er an der Zeremonie ihrer Freunde teilgenommen hatte, war deutlich zu sehen.

Ausnahmsweise war Lara sich ihrer Umgebung nicht übermäßig bewusst. Sie hatte keine Angst vor der Dunkelheit, die hinter den Bäumen lauerte. Sie dachte nicht daran, dass jemand da draußen sie jagte. Sie dachte nur an das kurze Gefühl von Owls Lippen auf den ihren und daran, was das für sie beide bedeuten würde, wenn überhaupt etwas.

Auf halbem Weg zur Hütte zerrte Owl an ihrer Hand

und brachte Lara zum Stehen. Es war schon fast zu dunkel, um noch etwas zu sehen, aber sie fühlte sich sicher mit diesem Mann an ihrer Seite.

»Was ist los?«, fragte sie mit einem kleinen Stirnrunzeln.

Aber Owl antwortete nicht. Er zerrte noch einmal fester an ihrer Hand und Lara fiel mit einem kleinen »Aua« gegen ihn. Da sie gleich groß waren, brauchte sie den Hals nicht zu verrenken, um ihn anzusehen.

»Owl?«, fragte sie.

»Du hast mich geküsst«, bemerkte er in einem tiefen, brummigen Ton.

Lara leckte sich nervös über die Lippen. »Ja«, gab sie zu.

Sein Blick brannte fast, als er ihr in die Augen sah. »War das ein ›Ich habe mich von der Stimmung mitreißen lassen und bin dankbar für alles, was du getan hast, um mir zu helfen‹-Kuss? Oder war es etwas mehr?«

Laras Herz schlug wie eine Trommel in ihrer Brust. Sie konnte ihn nicht einschätzen. Wollte er das Erste oder das Zweite? Die schüchterne Frau, die sie einmal war, kämpfte darum, die Kontrolle zu übernehmen. Sie wollte ihm sagen, dass sie sich übernommen hatte. Sie wollte nicht das Risiko eingehen, zurückgewiesen zu werden.

Aber die neue Frau, die die schrecklichen Dinge, die ihr passiert waren, überlebt hatte und sich danach sehnte, so geliebt zu werden wie ihre beste Freundin, rebellierte.

»Mehr«, flüsterte sie.

»Du musst dir dessen sicher sein«, warnte Owl sie. »Denn wenn du nur versuchst, ein paar Dämonen loszuwerden oder sie auszuschalten, bin ich nicht der Richtige.«

»Ich bin mir sicher«, erklärte sie und spürte, wie ihr Selbstvertrauen immer stärker wurde. Owl würde sie nicht warnen, wenn er einfach nur Sex wollte. Außerdem war er nicht diese Art von Mann. Sie musste es wissen, sie hatte mehr Zeit mit ihm verbracht als mit jedem anderen Mann, mit dem sie sich in ihrem Leben eingelassen hatte. Und sie wollte diesen Mann mehr als alle anderen zusammen.

Jetzt war Owl derjenige, der sich über die Lippen leckte. Er legte einen starken Arm um ihre Taille, und schon berührten sie sich von der Hüfte bis zur Brust. Sie konnte den warmen Hauch seines Atems auf ihren Lippen spüren. Jeder einzelne Nerv kribbelte. Und doch zögerte er immer noch. Als wollte er sie nicht verletzen. Als sei er sich nicht sicher, ob sie ihn wirklich wollte.

Das war inakzeptabel.

Lara schlängelte ihre Hände nach oben und umfasste sein Gesicht. Dann küsste sie ihn erneut. Diesmal presste sie ihre Lippen verzweifelt auf die seinen. Sie musste ihn wissen lassen, dass sie keine Zweifel hatte. Dass sie es mehr wollte, als sie mit Worten ausdrücken konnte.

Ein paar Augenblicke lang bewegte Owl sich nicht. Er stand ganz still, während Lara ihn küsste.

Gerade als die Enttäuschung sie zu übermannen begann, machte Owl ein Geräusch tief in seiner Kehle und seine Lippen öffneten sich. Seine Zunge kam heraus und stieß in ihren Mund. Lara stöhnte auf, als sein Geschmack sich auf ihren Geschmacksknospen entfaltete. Offensichtlich hatte er sich vor seinem Amt bei der Trauung ein Pfefferminz in den Mund gesteckt, denn sie konnte es schmecken.

Sein Griff wurde fester, als er sie zurückschob, bis sie an einem Baum lehnte. Dann strich er ihre Hände von seinem Gesicht und griff nach ihrem Hinterkopf, um ihn in die gewünschte Richtung zu bewegen. Die andere Hand ließ er unter ihre Bluse gleiten und legte sie auf die nackte Haut ihres Rückens. Seine Finger waren kühl, aber sie fühlten sich wunderbar auf ihrer fast überhitzten Haut an.

Sie umklammerte sein Hemd an der Taille und hielt sich fest, während er sie bis zur Besinnungslosigkeit küsste.

Als er sich schließlich zurückzog, atmeten sie beide schwer.

»Das ändert die Dinge«, sagte er nachdrücklich.

Lara konnte nur nicken.

Er beugte sich vor und küsste sie auf die Stirn. Dann ihre Schläfe. Er hatte seine Hand noch immer in ihren Haaren und drückte sie fest an den Baum. Aber Lara fühlte sich nicht gefangen. Wenn sie auch nur die kleinste Bewegung machen würde, um zu entkommen, würde er sie loslassen. Daran hatte sie keinen Zweifel.

Sie wollte nicht, dass er sie losließ. Sie liebte es, in seinen Armen zu liegen. Sie fühlte sich dort sicher. Beschützt.

Sein Blick suchte den ihren, und Lara tat ihr Bestes, um Selbstvertrauen und Sexyness auszustrahlen. Sie wollte, dass dieser Mann sie genauso begehrte wie sie ihn.

Owl schüttelte den Kopf. »Du bist die mutigste Frau, die ich kenne.«

»Ich wusste nicht, ob du den ersten Schritt gemacht hättest, wenn ich es nicht getan hätte«, gab sie leise zu.

»Du hast recht. Ich würde auf keinen Fall etwas tun, was dich an ihn erinnern würde ...«

»Das tust du nicht«, versicherte Lara ihm mit einem leichten Kopfschütteln. »Nicht einmal annähernd. Du wirst mir nicht wehtun. Mit dir zusammen zu sein ist nicht wie das, was er getan hat. Wenn du mich berührst, sehne ich mich nach mehr. Wenn du mich ansiehst, sehe ich nur Sorge, keine perverse Lust. Ich ... ich habe mich neulich mit Henley getroffen.«

»Tatsächlich?«, fragte Owl.

Lara nickte. Es war das erste Mal, dass sie sich mit der

Therapeutin ohne Owl an ihrer Seite hatte treffen wollen. Vor allem weil sie über Sex reden wollte. Sie war die Leidtragende von Carters verzerrter Vorstellung von Intimität. Sie war einseitig gewesen und es hatte ihn überhaupt nicht interessiert, was sie dachte oder fühlte. Es machte ihn sogar an, sie wie ein Objekt zu behandeln. Ein Ding. Ein Gefäß, an dem er sich austoben konnte.

Henley half ihr, ein für alle Mal zu erkennen, dass es bei dem, was ihr angetan worden war, überhaupt nicht um Sex ging. Es ging um Kontrolle. Carter musste tun, was er getan hatte, um sich mächtig zu fühlen. Es war abartig und verdorben.

Nach der Sitzung fühlte sie sich so stark wie seit Monaten nicht mehr. Sie war noch entschlossener gewesen, Owl zu zeigen, dass sie mit ihm intim sein wollte.

»Was Carter getan hat, hatte nichts mit Anziehung oder Bedürfnissen zu tun. Oder gar Lust. Ich habe keine Angst davor, mit dir zusammen zu sein, Owl. Ich will das. Ich will dich. Und ich will nicht mehr nur eine abhängige Frau sein, der du helfen willst. Ich will ich sein. Lara.«

»Eine hilfebedürftige Frau bist du schon nicht mehr, seit ich dich in der ersten Nacht in mein Gästezimmer gesteckt habe«, erwiderte Owl.

Erstaunlicherweise glaubte Lara ihm. Damals hatte sie es vielleicht noch nicht bemerkt, aber während der letzten Monate war ihr mehr als bewusst geworden, dass er sie immer weniger mit Samthandschuhen anfasste. Sie merkte, wie er sie auf kleine, intime Weise berührte. Wie er sich verrenkte, um ihr alles zu geben, was sie sich wünschte. Und ihre Freunde hatten recht – sein Blick folgte ihr überall hin, und das nicht nur, weil er darauf wartete, dass sie durchdrehte.

All das und noch viel mehr hatte ihr den Mut gegeben,

ihn zu küssen. Hätte sie auch nur einen Augenblick lang gedacht, dass er sie für einen lästigen Hausgast hielt, für jemanden, von dem er kaum erwarten konnte, dass er endlich zurück nach Washington, D. C. zog, wäre sie nicht so mutig gewesen.

Sie starrten einander an, gefangen in der Magie des Augenblicks.

Dann kam eine Brise auf und Lara fröstelte.

»Komm schon, ich muss dich aus der Kälte holen«, bemerkte Owl mit Nachdruck. Er ließ seine Hand langsam aus ihren Haaren gleiten, so als wollte er sich nicht bewegen, sondern nur, weil sie fror.

Als sie zur Lodge gingen, hielt er dieses Mal nicht ihre Hand. Er hatte seinen Arm um ihre Taille geschlungen und drückte sie an seine Seite, während sie zusammen gingen.

Lara lächelte, als sie sich an ihn lehnte. Sie wünschte sich, sie müssten nicht zur Lodge. Sie wollte sofort zu ihrer Hütte zurückkehren und erkunden, was sie dort im Wald begonnen hatten. Aber die Vorfreude war aufregend. Außerdem wollte sie unbedingt Coras Hochzeit feiern. Ihre Freundin hatte eine große Party verdient, die Lara auf keinen Fall verpassen wollte.

Carter Grant lächelte, als er sich in seinem Stuhl zurücklehnte.

Er hatte es geschafft. Es hatte zwar viel zu lange gedauert, bis er die Informationen bekommen hatte, die er brauchte, aber Geld regiert die Welt. Und er hatte sich mit einem Mann zusammengetan, den er vor ein paar Jahren kennengelernt hatte. Jemand, der genauso abartig war wie er ... auf eine andere Art und Weise. Sein Bekannter war nicht darauf aus, Frauen zu verletzen und zu benutzen, wie Carter. Sein Laster war Geld. Er konnte nie genug davon bekommen. Er würde seine eigene Mutter verkaufen, um sein Bankkonto aufzubessern.

Und da Carter das hatte, was der Mann wollte – kaltes, hartes Geld –, hatte er kein Problem damit, mit ihm zu arbeiten.

Nach Monaten harter Arbeit, in denen er sich das Hirn zermartert hatte, um einen Weg zu finden, Lara Osler zurück in sein Bett und unter seine Kontrolle zu bekommen, hatte er endlich einen Weg gefunden.

Die Idioten, denen *Die Zuflucht* gehörte, die Männer, die sie in ihrer gesicherten Anlage beherbergt hatten, würden ihr zum Verhängnis werden.

Sie wollten einen Hubschrauber kaufen, und Carters neuer Bekannter hatte zufällig gute Hackerkenntnisse – und einen Pilotenschein. Er wusste auch, wo genau er den Hubschrauber finden konnte, den die Idioten von der *Zuflucht* wollten.

Die E-Mails, die wegen des Hubschraubers hin- und hergeschickt wurden, deuteten darauf hin, dass Carter bald sein Eigentum zurückhaben würde. *Seine* Lara könnte die beiden ehemaligen Night Stalker begleiten, um sich den Hubschrauber anzusehen, den sie zu kaufen hofften. Der Hubschrauber, den sein Komplize extra für diese Gelegenheit gefunden hatte.

Dass Lara einen Schritt weg von New Mexico machte, war die Gelegenheit, die er brauchte. Es war seine Chance. Seine Chance, sie dorthin zurückzubringen, wo sie hingehörte, unter seine Fittiche, seiner Gnade ausgeliefert. Er konnte es kaum erwarten.

Mit der Hilfe seines Bekannten und einem Haufen Geld – was sich auf jeden Fall lohnen würde – würde Lara Osler wieder ihm gehören und zwei der Mistkerle, die es gewagt hatten, sie von ihm wegzubringen, würden beseitigt werden. Eine Win-win-Situation für alle.

Na ja ... außer vielleicht für Lara.

Sie würde herausfinden, was mit denen geschah, die sich ihm widersetzten. Wenn sie dachte, dass das, was er vorher getan hatte, schlimm war, würde sie bald merken, dass sie sich getäuscht hatte. Er hatte sie geschont. Aber jetzt nicht mehr.

Carters Lächeln wurde breiter und er griff nach unten, um seine Hose aufzuknöpfen, während seine Erektion anschwoll. Jetzt, da er einen Plan hatte und wusste, dass sie wieder ihm gehören würde, wollte er sich unbedingt einen runterholen. Er brauchte keine gefesselte und geknebelte Prostituierte. Sein Schwanz war so steif, dass es wehtat.

Es dauerte weniger als eine Minute, bis Carter sich erleichtert hatte, und er schloss die Augen, als er sich vorstellte, wie sein Samen sein Eigentum wieder verzierte.

Er schloss den Reißverschluss seiner Hose und machte sich nicht die Mühe, die Schweinerei zu beseitigen, die er auf dem Boden seines Hotelzimmers hinterlassen hatte. Er hatte noch mehr Pläne zu machen. Und er brauchte einen sicheren Ort, an dem Lara niemals entkommen konnte.

Nichts würde ihn von der Frau fernhalten, die entkommen war. Nichts und niemand.

KAPITEL ZEHN

Owl rutschte unruhig auf seinem Stuhl hin und her, während er Lara mit Cora beim Tanzen zusah. Nach dem Abendessen waren die Stühle im Essbereich der Lodge zur Seite geschoben worden und jemand hatte einen tragbaren Lautsprecher herausgeholt und Musik angemacht. Sie war nicht sehr laut, es gab keine blinkenden Lichter und keine spezielle Tanzfläche, aber das schien niemanden zu stören.

Die Gäste, die mit ihnen zu Abend gegessen hatten, waren inzwischen in ihre Hütten zurückgekehrt und es waren einfach nur die Männer und Frauen, die in der *Zuflucht* lebten und arbeiteten, um zu feiern, dass zwei weitere Mitglieder ihrer Gruppe den Bund der Ehe geschlossen hatten.

Owl hätte sich den Feierlichkeiten auf der Tanzfläche angeschlossen, aber erstens konnte er nicht tanzen. Und zweitens war sein Schwanz so steif, dass er der Welt nicht verkünden wollte, dass er sich kaum beherrschen konnte.

Es war immer noch fast unfassbar, dass Lara ihn geküsst hatte. Als sie auf der Terrasse ihre Lippen auf die seinen gepresst hatte, war er so erschrocken gewesen, dass er nichts sagen oder tun konnte. Ein Teil von ihm hatte gedacht, es sei ein Traum.

Als er dort stand und seine Freunde traute, hatte er irgendwann zu Lara hinübergeschaut und war sofort in einen Tagtraum gefallen, in dem es *seine* Hochzeit war. Seine und Laras.

Und dann hatte sie ihn geküsst. Es war so nahe an dem, was er sich erträumt hatte, dass es in diesem Moment schwer war, zwischen Realität und Fantasie zu unterscheiden. Er hatte keine Chance mehr, etwas zu tun oder zu sagen, bevor sie unterbrochen wurden.

Aber dieser kurze Kuss ließ all seine Hoffnungen und Träume in den Vordergrund rücken. Niemals hätte er es riskiert, das zu tun, was Lara getan hatte. Sie hatte durch die Hand eines anderen Mannes die Hölle durchgemacht und er konnte nicht vergessen, wie oft sie bei dem kleinsten Geräusch in Panik geraten war oder bei dem Gedanken, allein und verletzlich zu sein.

Die Lara, die heute Abend mit ihm und ihren Freunden auf der Terrasse stand, war nicht mehr dieselbe verängstigte Frau. Sie hatte in so kurzer Zeit enorme Fortschritte in Bezug auf ihre geistige Gesundheit gemacht.

Owl gab sich keinen Illusionen hin, dass sie völlig geheilt war. Genau wie er es nicht war. Es würde Auslöser geben, die sie wieder in den Keller in Arizona zurückschicken würden. Aber sie würde sie besiegen, daran hatte er keinen Zweifel.

Dass sie ihm zu verstehen gab, dass sie mehr als nur Freundschaft wollte – auf die einzige Art und Weise, die ihn dazu brachte, ihr tatsächlich zu glauben –, war mehr, als er sich jemals hätte erhoffen können. Und Owl hatte keinen Zweifel daran, dass ihr Interesse echt war. Er konnte an ihrer Halsschlagader sehen, wie heftig ihr Herz schlug. Er konnte es daran spüren, wie sie sich an ihn geschmiegt hatte. Er konnte praktisch das Verlangen auf ihrer Zunge schmecken.

Sie sah ihn so an, wie er es sich immer erträumt hatte. Und er wollte sie. Mehr als ihm lieb war.

Natürlich hatte Lara keine Ahnung, dass er sie bereits liebte ... aber das konnte warten. Owl wollte sie auf keinen Fall verschrecken. Ein Teil von ihm befürchtete immer noch, dass sie ihn nur als Sprungbrett benutzte, um ihr Leben zurückzubekommen. Dass sie eine sexuelle Beziehung wollte, nur um zu beweisen, dass sie nach dem ganzen Mist, den Grant ihr angetan hatte, eine haben *konnte*, und dann würde sie feststellen, dass sie es besser treffen konnte.

Aber nach dem Kuss im Wald, bei dem sein Herz stehen geblieben und sein Schwanz steifer und härter war als ein verdammter Felsen, hoffte Owl, dass sie genauso in ihn verliebt war wie er in sie.

Er war kein Frauenheld, aber er war schon mit vielen Frauen zusammen gewesen. Und dieser Kuss heute Abend hatte etwas, das anders war als alle anderen Küsse, die er je erlebt hatte. Er war intensiver, und es ging nicht nur um Lust. Er und Lara hatten eine Verbindung, die tiefer ging, als nur ein sexuelles Bedürfnis zu befriedigen. Er hatte es in diesem Kuss gespürt ... und jetzt konnte er es kaum erwarten, mit ihr allein zu sein.

Owl hoffte, dass er Lara eines Tages davon überzeugen konnte, dass niemand sie jemals so sehr lieben würde wie er. Dass sie sich bei niemandem so wertgeschätzt und sicher fühlen würde. Er würde alles tun, was sie brauchte, um die Entscheidung zu treffen, bei ihm zu bleiben. Jetzt und für immer.

Er wollte, was Pipe hatte. Was alle seine Freunde hatten. Und das war Lara als seine Frau, mit einem Babybauch, in dem sie sein Kind trug. Sie lachte und lächelte ihn vom Sofa aus an, während er über ihr stand.

»Sie sehen glücklich aus«, erklärte Tiny, während er sich einen Stuhl neben Owl heranzog.

Owl zwang seine Gedanken weg von der Frau, die er unbedingt in seinem Bett haben wollte, und wandte sich an seinen Freund. »Ja.«

»Ich dringe wahrscheinlich in deine Privatsphäre ein, aber egal. Ich tue es, weil mir etwas an dir liegt. Bist du sicher, dass es eine gute Idee ist, etwas mit Lara anzufangen?«

Owl sah seinen Freund an und überlegte, ob er den Dummen spielen sollte, verwarf diese Idee aber nach einem Augenblick wieder. *Tiny* war nicht dumm, ganz im Gegenteil. Die Leute mochten vielleicht nach einem Blick auf ihn urteilen, dass er nichts weiter sei als ein muskelbepackter Idiot, oder sogar annehmen, dass er zu attraktiv war, um kritisch zu denken, aber sie würden sich irren. Tiny war gut aussehend ... aber er war ein Navy SEAL, einer der Besten der Besten.

Leider war er von allen Männern, die *Die Zuflucht* leiteten, auch der misstrauischste und zynischste. Derjenige, der in jeder Situation am ehesten das Schlimmste annahm. Owl vermutete, dass das etwas mit seiner Vergangenheit zu tun hatte, und er konnte es ihm nicht verdenken, sollte das der Fall sein. Sie alle hatten mit ihrem persönlichen Schicksal zu kämpfen.

»Ja«, entgegnete Owl deshalb einfach.

Tiny zog als Antwort eine Augenbraue hoch.

»Aus irgendeinem Grund scheint sie mich zu wollen. *Mich.* Den Typen, den jeder ansieht und eine Version eines beliebten Musikers sieht. Oder den Mann, dessen Gesicht überall im Internet zu sehen war, wie er bettelt und weint, während er gefoltert wird. Sie sehen mich als weich oder schwach an. Aber wenn Lara mich ansieht, sieht sie jemand ganz anderen. Einen Mann, der sie beschützen kann. Einen Mann, der in der Lage ist, mit dem Trauma umzugehen, das sie durchgemacht hat, weil er etwas Ähnliches durchgemacht hat. Es gibt mehr Dinge, die wir gemeinsam haben, als Dinge, die wir nicht gemeinsam haben.«

»Ich glaube nicht, dass das der beste Grund ist, eine Beziehung mit jemandem einzugehen«, gab Tiny leise zu bedenken.

»Vielleicht. Oder auch nicht. Aber ich liebe sie, Tiny.« Owl sagte diese Worte fast trotzig. Er war bereit, von seinem Freund zu hören, dass es noch zu früh sei. Dass er sie nur beschützen wolle, weil so viel passiert sei. Das waren alles Dinge, über die er schon nachgedacht hatte, aber Owl war das egal. Er wusste, wie er sich fühlte und dass das, was er für Lara empfand, so anders war als alles, was er mit anderen Frauen erlebt hatte, dass es nicht einmal in der gleichen Größenordnung lag.

Tiny schockierte ihn, indem er einfach sagte: »Alles klar.«

»Alles klar?«, wiederholte Owl.

»Ja. Du bist ein erwachsener Mann. Wenn du sagst, dass du sie liebst, liebst du sie. Und ich sage dir, dass sie keinen besseren Mann als dich finden wird.«

Owl schluckte schwer. Es tat gut, von dem wortkargen und etwas strengen Tiny Anerkennung zu bekommen. »Was ist mit dir?«

»Was ist mit mir, was?«, fragte Tiny.

»Jemand, an dem du interessiert bist?«

Sein Freund schnaubte. »Nein.«

Owl legte den Kopf schief und musterte den Mann

neben sich. Es schien ihm, dass Tiny ein bisschen zu schnell protestiert hatte. »Luna ist Single.«

»Machst du Witze? Sie ist ein *Kind*. Außerdem würde Robert mir die Eier abschneiden, wenn ich seine Tochter auch nur zweimal anschaue.«

Tiny hatte nicht unrecht. »Was ist mit Savannah? Sie ist nicht oft da, weil sie die Buchhaltung im Homeoffice machen kann, aber sie ist hübsch.«

»Wie wäre es, wenn du aufhörst, mich verkuppeln zu wollen?«, knurrte Tiny. »Nur weil alle hier heiraten und Babys bekommen, heißt das nicht, dass wir das *alle* müssen.«

»Willst du das nicht?«, fragte Owl. »Und ich verurteile dich nicht. Ich meine, es ist in Ordnung, wenn du es nicht willst.«

Tiny brauchte fast eine ganze Minute, um zu antworten. Gerade als Owl dachte, er würde gar nicht mehr antworten, sprach er.

»Ich will es. Wenn ich mir Brick und die anderen anschaue und sehe, wie glücklich sie sind, will ich es noch mehr. Aber ...« Er brach den Satz ab und starrte auf die Tanzfläche, ohne sie wirklich zu sehen.

»Aber?«, fragte Owl.

Tiny zuckte mit den Schultern. »Ich habe Probleme damit, anderen zu vertrauen«, erklärte er schließlich.

»Haben wir das nicht alle?«, gab Owl zu bedenken.

Tiny musterte ihn eindringlich. »Bist du schon mal aufgewacht, als die Frau, die du zu heiraten gedachtest, dir ein Messer in die Brust gerammt hat?«

Owl machte große Augen. »Ähm ... *nein*.«

»Ja. Das kann ich nicht empfehlen. Der Gedanke, neben einer anderen Frau einzuschlafen, reicht aus, damit ich nie wieder schlafe. Ich bin mir nicht sicher, ob es eine Frau gibt, die es mit meiner Paranoia und meinen Vertrauensproblemen aufnehmen könnte.«

»Du würdest dich wundern«, erklärte Owl.

»Ich mag keine Überraschungen«, brummte Tiny.

Er konnte sich ein Lachen nicht verkneifen.

»Halt die Klappe«, entgegnete Tiny und stieß Owl mit seiner eigenen Schulter an.

Owl lächelte immer noch, als ein neues Lied zu spielen begann. Sein Grinsen wurde noch breiter, als er beobachtete, wie sich die Frauen der *Zuflucht* auf der Pseudo-Tanzfläche versammelten. Sie waren alle da. Jess, Carly, Ryan, Luna und sogar Savannah. Und natürlich Alaska, Henley, Reese, Cora, Lara und die kleine Jasna.

»Y M C A!«, riefen sie alle und machten mit ihren Armen die entsprechenden Buchstaben, während sie sangen.

Der Raum war erfüllt von Glück und Freude, und wenn jemand Owl vor einem Jahr gefragt hätte, ob er gewusst hatte, dass sie alle hier sein würden, hätte er sich schlapp gelacht. Er und seine Kameraden waren zwar keine Unholde, aber sie waren auch nicht gerade das, was man als fröhlich bezeichnen würde.

Irgendwann legte Cora den Arm um Laras Taille und gemeinsam machten sie mit je einem Arm die Bewegungen, um die einzelnen Buchstaben zu bilden, und grinsten dabei über beide Ohren.

Owl hatte einen Kloß im Hals, als eine Welle der Emotionen über ihn kam. Die Freundschaft zwischen den beiden Frauen war unzerbrechlich und so verdammt stark, dass sie wunderschön war. Wenn er daran dachte, was Cora alles getan hatte, um sich davon zu überzeugen, dass Lara wohlauf war, war das etwas, das er selten gesehen hatte.

Das Lied endete, und Cora drehte sich zu Lara um und

umarmte sie fest. Sie wechselten ein paar Worte auf der Tanzfläche, bevor Cora sie anlächelte und dann auf ihren neuen Mann zuging.

Ein weiteres Lied begann, und als Owl sah, wie Lara sich verlegen umsah, war er sofort zur Stelle. Es war nicht hinnehmbar, dass sie auch nur einen Moment des Zweifels oder der Sorge verspürte. Nicht nach der puren Freude, die er gerade erlebt hatte.

Im Nu war er an ihrer Seite. »Hast du Durst?«, fragte er, obwohl er wusste, dass dies nur ein Vorwand war, um sich zu vergewissern, dass es ihr gut ging.

»Ein bisschen«, entgegnete sie und lächelte zu ihm hoch.

Owl führte sie weg von den anderen, die noch tanzten, hinüber zu einem Tisch, an dem Robert eine Getränkestation aufgebaut hatte. Es gab Softdrinks in einem Eimer mit Eis, verschiedene Säfte, Wasserflaschen und sogar eine Bowle, die er lustigerweise als »Punsch zum Babymachen« bezeichnet hatte. Es war einfach nur Fruchtpunsch und Sprite, aber alle hatten ihren Spaß daran.

Lara griff nach einem Wasser und hielt es ihm hin.

»Mir geht's gut«, sagte er mit einem Achselzucken.

Sie grinste. »Machst du es für mich auf?«

»Oh! Ja, natürlich«, erklärte Owl. Er drehte den Deckel ab und reichte ihr die Flasche zurück.

»Ich meine, ich hätte sie auch selbst öffnen können, aber meine Hände sind ein bisschen verschwitzt«, erklärte sie.

»Es sah so aus, als hättest du Spaß«, sagte Owl zu ihr, nahm ihren Ellbogen und schob sie ein wenig vom Tisch weg, damit andere auch herankommen konnten.

»Ja«, erklärte sie ein wenig wehmütig. »Das letzte Mal ist schon eine Weile her.«

Owl konnte sich nicht davon abhalten, sich zu ihr zu beugen und ihre Schläfe zu küssen.

»Wofür war das?«, fragte sie mit einem kleinen Lächeln.

»Um dir zu sagen, wie hübsch du heute Abend aussiehst. Wie sehr ich es liebe zu sehen, wie du mit deinen Freundinnen entspannst. Um dir zu sagen, wie wertvoll ich deine Freundschaft mit Cora finde. Sie verlässt sich sehr auf dich, und dich heute Abend hier zu haben, in einem der glücklichsten Momente ihres Lebens, bedeutet ihr mehr, als du wahrscheinlich weißt. Und ... weil ich es wollte.«

Laras Wangen erblühten rosa und Owl konnte den Blick nicht von ihr abwenden.

Sie leckte sich über die Lippen und schaute sich dann um. Cora und Pipe waren jetzt auf der Tanzfläche und wiegten sich mehr hin und her, als dass sie wirklich tanzten. Tonka hatte Jasna an den Händen und wirbelte sie im Kreis herum, während Spike mit Reese an einem Tisch saß, seine Hand auf ihrem Bauch, während er ihr ins Ohr flüsterte. Alaska und Brick standen an der Seite und unterhielten sich mit Ryan und Jess. Stone war vor nicht allzu langer Zeit gegangen und Tiny unterhielt sich mit Robert.

»Du siehst müde aus«, bemerkte Lara schließlich, als sie sich wieder zu Owl umdrehte. »Ich weiß, dass du immer noch nicht durchgeschlafen hast.«

Owl zuckte mit den Schultern. »Daran bin ich gewöhnt, Süße. Ich wache mitten in der Nacht auf und egal, was ich tue, ich kann nicht wieder einschlafen. Das ist nichts Neues.«

»Hmmmm, vielleicht brauchst du einfach jemanden, der dich ins Bett bringt.«

Und schon kam die Erregung, die Owl den ganzen Abend über verspürt hatte, mit voller Wucht zurück.

Seine Lippen zuckten. »Willst du mich ins Bett bringen,

Lara?«

Ihre Wangen wurden noch rosiger, als sie ihr Kinn anhob und »Ja« sagte.

Owl war voller Ehrfurcht vor dieser Frau. Sie fühlte sich offensichtlich nicht ganz wohl in ihrer Haut, weil sie so forsch war, aber sie machte es trotzdem. Sie hatte es irgendwie geschafft, wieder zu sich selbst zu finden. Und obwohl er sich sicher war, dass er die alte Lara gemocht hätte ... die, die Cora ihm und Pipe vor Monaten beschrieben hatte, als sie versuchten, sie davon zu überzeugen, bei der Suche nach ihr zu helfen ... war diese neue Lara absolut unwiderstehlich. »Willst du dich von Cora verabschieden?«

»Ich werde sie morgen sicher wiedersehen«, entgegnete Lara mit einem leichten Kopfschütteln.

Owl zwang sich, den Blickkontakt mit Lara zu unterbrechen, und schaute zu Tiny hinüber. Als er seinen Blick auffing, hob er sein Kinn leicht an und deutete dann mit dem Kopf in Richtung Tür.

Tiny lächelte und nickte.

Nachdem das erledigt war, legte Owl, ohne zu zögern, seinen Arm um Lara, zog sie an seine Seite und drehte sie in Richtung Eingangstür der Lodge. Er glaubte, sie neben sich lachen zu hören, aber er war zu sehr darauf konzentriert, sie zu seiner Hütte zu bringen.

»Holen wir jetzt unsere Jacken?«, fragte Lara, als er gerade nach der Klinke der Tür griff.

Fluchend drehte Owl sie in Richtung des kleinsten Konferenzraumes, in dem alle vor dem Abendessen ihre Jacken abgelegt hatten.

Schnell fand er ihre Jacken in dem Stapel und half Lara, in ihre zu schlüpfen. Er warf seine Jacke über, packte dann Laras Hand und zog sie praktisch zur Tür.

Aber sie wurden von Alaska aufgehalten, die ihr noch Gute Nacht sagen wollte. Dann kam Jasna angerannt und wollte eine Umarmung. Und plötzlich stand Owl allein da, während alle rüberkamen, um sich von Lara zu verabschieden.

Ihm entging nicht, dass sie sich nicht für *ihn* interessierten; stattdessen wollten alle *Lara* zeigen, wie froh sie waren, dass sie gekommen war. Jetzt, da sie wieder mehr sie selbst war, war die Frau ein Magnet. Sie schien die Menschen mit ihrer Freundlichkeit anzuziehen und gab jedem, mit dem sie in Kontakt kam, das Gefühl, der wichtigste Mensch der Welt zu sein.

Owl hatte das Gefühl, dass sie deshalb in ihrem Job in Washington so beliebt war. Warum die Kinder in Scharen zu ihr strömten. Sie hatten offensichtlich ein Gespür dafür, dass sie sie genau so mochte, wie sie waren. Sie mussten nicht vorgeben, etwas zu sein, was sie nicht waren, um das Gefühl zu haben, dass sie wichtig und wertvoll waren.

Zehn Minuten waren vergangen, bis alle ihr erzählt hatten, wie viel Spaß sie heute Abend mit ihr gehabt hatten … und Henley vergewisserte sich im Stillen, dass sie nicht wegen einer Panikattacke ging.

»Es tut mir leid«, erklärte Lara ein wenig verlegen, als sie sich endlich wieder zu ihm umdrehte.

»Was tut dir leid?«

»Wir wollten gerade gehen«, erklärte sie mit einem kleinen Achselzucken.

»Wenn du denkst, dass ich deinen Freundinnen die Chance verwehren würde, sich zu verabschieden und sich davon zu überzeugen, dass es dir gut geht, dann kennst du mich nicht so gut, wie du glaubst.«

»Ich kenne dich«, erklärte sie leise. »Du hast mich den ganzen Abend lang nicht aus den Augen gelassen. Ich konnte deine Blicke spüren. Du hast darauf geachtet, dass es mir gut geht. Ich wusste ohne den geringsten Zweifel, dass du da bist, wenn es mir schlecht geht, und das gab mir das Gefühl, dass ich loslassen kann ... nur ein bisschen. Ich brauchte mir keine Sorgen zu machen, wer mich vielleicht beobachtet oder im Schatten lauert.«

»Ganz genau«, murmelte Owl.

»Danke«, sagte Lara und in ihrer Stimme schwangen Emotionen mit. »Bei dir fühle ich mich wie die Frau, die ich schon immer sein wollte. Hübsch, sorglos, beliebt.«

»Du bist all das und noch viel mehr, Süße«, bemerkte Owl.

»Ich bin es nicht, aber du gibst mir das Gefühl, so zu sein.«

Und wenn es das Letzte war, was Owl in seinem Leben tat, er würde dieser Frau zeigen, was sie wert war.

»Bringst du mich nach Hause?«, fragte sie.

Nach Hause. Auf jeden Fall. Er fand es toll, dass sie so über seine Hütte dachte. Ohne ein Wort zu sagen, griff er nach ihrer Hand und sie gingen zur Tür. Diesmal hielt niemand sie auf und Owl hielt die Tür offen.

Der Abend war jetzt ruhig und es war sehr dunkel. Aber er konnte den Weg zu seiner Hütte mit verbundenen Augen finden und führte sie selbstbewusst den Weg entlang. Mit jeder anderen Frau hätte er die Gelegenheit ergriffen, in der Dunkelheit zu knutschen. Um vielleicht die Vorfreude auf das zu steigern, was passieren würde, wenn sie in der Hütte ankamen. Aber das hier war Lara. Und obwohl Owl sich zu fünfundneunzig Prozent sicher war, dass sie allein waren, wollte er nicht riskieren, dass sie es zu fünf Prozent nicht waren. Seine Lara mochte die Dunkelheit nicht, und das konnte er ihr nicht verübeln. Auch er zog es vor, seine Umgebung zu sehen.

Er führte sie zu seiner Hütte, schloss schnell die Tür auf und brachte sie hinein. Er nahm Laras Jacke und hängte sie neben seine eigene in den vorderen Kleiderschrank. Dann drehte er sich zu ihr um. »Willst du etwas zu trinken?«

»Nein. Ich will *dich*.«

Owl blinzelte. Er hatte sich immer noch nicht daran gewöhnt, dass sie die Führung übernahm, wenn es um Intimität ging. »Ich gehöre dir«, antwortete er, ohne zu zögern.

Sie schenkte ihm ein kleines Lächeln, als sie im Flur standen und sich einen langen Moment anschauten. Dann nahm Owl noch einmal ihre Hand in seine und ging leise in Richtung seines Schlafzimmers.

Er führte sie an die Seite seines Bettes, ließ ihre Hand los und trat einen Schritt zurück, um ein wenig Abstand zwischen sie zu bringen. »Wenn wir das machen, bist du die Chefin«, erklärte er.

Lara blinzelte.

»Ich würde mich lieber bei lebendigem Leib kochen, als dir wehzutun. Und obwohl ich so stolz auf dich bin, was deine psychischen Fortschritte angeht, werde ich *nicht* der Grund sein, dass du einen Rückfall erleidest. Wenn du irgendwann aufhören willst, werden wir aufhören. Was auch immer zwischen uns passiert, wird geschehen, weil wir es beide wollen, und nicht, weil du dir selbst etwas beweisen willst, okay?«

Owl sah, wie sich ihre Schultern ein wenig entspannten, und war erleichtert, dass er das Richtige gesagt hatte.

»Okay«, entgegnete sie mit einem Nicken. »Ich möchte mich umziehen.«

Er nickte. Sein Schwanz war so steif, dass er so heftig gegen den Reißverschluss seiner Hose drückte und er schon befürchten musste, dieses Muster würde sich für immer dort eingraben, aber er würde ihr alle Zeit der Welt lassen, die sie brauchte. »Wir treffen uns dann wieder hier. Oder willst du, dass ich in dein Zimmer komme?«

»Wir treffen uns hier«, entgegnete sie, ohne zu zögern.

Owl trat wieder auf sie zu und zog sie an sich. Er umarmte sie fest und genoss das Gefühl, ihren Körper an seinem zu spüren.

Sie umarmte ihn genauso heftig, wobei sie mit den Händen gegen seinen Rücken drückte, während sie sich umarmten.

Dann zog sie sich zurück und er ließ sie sofort los. »Ich bin gleich wieder da. Schlaf nicht ein«, warnte sie ihn.

Owl schnaubte und lachte. »Das ist höchst unwahrscheinlich.«

Sie wich zurück, ohne ihn aus den Augen zu lassen, während sie ging. Im letzten Moment drehte sie sich um und verschwand durch die Tür, und erst dann ließ Owl den Atemzug heraus, den er angehalten hatte.

Er war verdammt nervös wegen dieser Sache. Er befürchtete, dass es zu früh war. Egal was sie sagte, Lara wollte sich selbst beweisen, dass Grant ihr nicht lebenslang den Spaß am Sex verdorben hatte. Er wollte der Mann sein, der ihr zeigte, dass sie immer noch absolut begehrenswert war. Aber er wollte sie auch vor sich selbst schützen ... und vor ihm, wenn nötig.

Owl machte sich auf den Weg in sein Badezimmer, um sich die Zähne zu putzen. Er wollte im Bett sein, wenn sie zurückkam, und sei es nur, um so unbedrohlich wie möglich auszusehen. Er hatte nicht gelogen. Sie würde für alles verantwortlich sein, was sie heute Abend tun oder nicht tun würden.

Es war ein seltsames Gefühl, gleichzeitig so erregt zu sein, wie er es nicht für möglich gehalten hätte, und gleichzeitig so unheimlich nervös zu sein.

KAPITEL ELF

Lara schluckte schwer. Sie wollte das. Wollte Owl. Aber sie musste zugeben, dass sie nervös war. Eigentlich wollte sie niemandem etwas beweisen, aber jetzt, da er es angesprochen hatte, fragte sie sich, ob das vielleicht zumindest teilweise mit hineinspielte.

Bei dem Gedanken, vor Owl nackt zu sein, krampfte sich ihr Bauch vor Aufregung zusammen. Sie konnte nicht anders, als sich an Carters lüsternen Blick zu erinnern, wenn er sie angefasst und ihre nackte Haut mit blauen Flecken übersät hatte.

Lara schloss die Augen und zwang sich, tief einzuatmen. Owl war nicht Carter. Und sie konnte das hier durchziehen. *Wollte* es durchziehen.

Sie zog sich das übergroße T-Shirt an, das sie im Bett getragen hatte, und ließ ihre Unterwäsche an. Das hatte sie jeden Abend zum Schlafengehen getragen, seit sie hier in der Hütte angekommen war, nur ohne die Leggings, die sie normalerweise trug. Es fühlte sich komisch an, mit nackten Beinen herumzulaufen, aber sie weigerte sich, in Owls Bett aufzutauchen, wenn fast jeder Zentimeter ihres Körpers verhüllt war.

In der Tür zu Owls Zimmer blieb sie stehen und starrte hinein.

Das Licht in seinem Badezimmer war an, ebenso wie eine Lampe neben dem Bett. Owl lag auf der Matratze und hatte überraschenderweise fast das Gleiche an wie sie. Ein T-Shirt und Boxershorts. Das Licht im Zimmer war nicht extrem hell, aber auch nicht schwach. Es war eigentlich perfekt.

Er hatte immer gewollt, dass alle Lichter an waren, damit er die blauen Flecke sehen konnte, die er auf ihrer Haut hinterließ. Aber er ließ sie auch gern im Dunkeln liegen, wenn er fertig war, und manchmal schlich er sich heimlich in ihr Zimmer und erschreckte sie noch mehr, indem er plötzlich aus dem Nichts auftauchte.

Owl schien instinktiv genau zu wissen, was sie brauchte.

Lara atmete tief durch und machte sich auf den Weg zum Bett.

Sie erreichte die Bettkante und legte sich, ohne nachzudenken, sofort neben Owl. Sie kuschelte sich an seine Brust, während er seinen Arm um ihren Rücken legte und sie an sich drückte.

Einen langen Moment sprachen beide nicht. Dann sagte Lara: »Du hättest dein T-Shirt nicht für mich anbehalten müssen.«

»Habe ich nicht«, versicherte Owl ihr.

Daraufhin hob Lara den Kopf. In seiner Stimme lag ein seltsamer Ton, den sie nicht verstand.

»Normalerweise schlafe ich in meinem T-Shirt und meiner Jogginghose«, erklärte er achselzuckend. »Nackt zu sein ... das erinnert mich an ... unsere Entführer haben uns als Erstes ausgezogen. Sie wollten uns demütigen. In unseren Zellen war es kalt, wirklich verdammt kalt, und nackt zu sein, das war … schrecklich.«

Es war fast beängstigend, wie sehr ihre Erfahrungen sich ähnelten. »Er hat mir auch meine Kleider weggenommen«, entgegnete Lara leise. »Und er hat mich zwar nicht nackt gelassen, aber er hat mich in dieses kratzige Nachthemd gesteckt. Er hat es immer ganz hochgeschoben, wenn er da war, und obwohl es locker saß, hatte ich das Gefühl, es würde mich strangulieren. Manchmal hat er es mir über das Gesicht gezogen. Dann, bevor er ging, zog er es über das Sperma, das er auf meinem Körper hinterlassen hat, herunter. So war es immer feucht. Ungemütlich. Ich habe das verdammte Ding *gehasst*.«

Sie stützte sich auf einen Ellbogen und sah zu Owl hinunter. »Also … dann lassen wir unsere T-Shirts an?«

Er lächelte sie an und nickte. »Das klingt perfekt.«

Lara entspannte sich. Sie hätte wissen müssen, dass Owl es ihr leicht machen würde. »Und wie geht's jetzt weiter?«, flüsterte sie.

»Jetzt machst du, was du willst.«

Lara runzelte die Stirn. »Aber ich möchte, dass du es auch genießt.«

Owl lachte. »Süße, ich kann mir nichts Schöneres vorstellen, als dich in meinen Armen zu halten. Es macht nichts, wenn wir nichts weiter tun als das. Ehrlich.«

»Aber *willst* du mehr?«, musste sie unbedingt wissen.

»Ich will alles«, gab Owl zu. Er sah ihr fest in die Augen. Die Aufrichtigkeit in seinen Worten grub sich in ihr Herz. »Ich will deinen Mund. Deinen Körper. Dein Herz. Deine Seele. Ich möchte mit dir in meinen Armen einschlafen und genau so wieder aufwachen. Ich will, dass du glücklich bist, dass du sicher bist und dass du dein Leben so lebst, wie du es willst. Es gibt noch so viel mehr, was ich will, aber wenn ich dir das jetzt sagen würde, würdest du wahrscheinlich aus dem Bett springen und schreiend aus dem Haus laufen.«

Das bezweifelte sie. Wenn dieser Mann etwas wollte, würde sie alles tun, was sie tun musste, um es zu verwirklichen. »Im Moment will ich einen Kuss«, flüsterte sie.

»Dann nimm dir, was du willst«, befahl er.

Lara beugte sich langsam herunter und tat genau das. Sie strich mit ihren Lippen über seine und hob den Kopf, als er sich nicht bewegte.

»Owl?«

»Ja, mein Schatz?«

»Ich möchte, dass du den Kuss erwiderst.«

Er grinste. »Dann komm wieder runter und küss mich noch einmal, und dann tue ich es.« Das tat sie. Und dieses Mal zögerte Owl nicht, das zu nehmen, was sie ihm anbot. Er ließ die Hand, die auf ihrem Rücken geruht hatte, nach oben wandern und schob sie erneut in ihr Haar, um ihren Kopf dort zu halten, wo er ihn haben wollte. Er neigte den Kopf und küsste sie lange, intensiv und leidenschaftlich. Ihre Lippen fühlten sich wund und geschwollen an, als sie sich zurückzog, um zu Atem zu kommen und ihn anzustarren.

Plötzlich war es nicht mehr genug.

Sie war wie ausgehungert. Und so hatte sie sich noch nie gefühlt. Als würde sie in tausend Stücke zerbrechen, wenn sie nicht mehr von diesem Mann bekam. Sie hatte schon früher Sex gehabt, aber noch nie hatte sie es sich ... so verzweifelt gewünscht. Es so nötig gehabt.

Mit einer entschlossenen Bewegung setzte Lara sich auf Owl. Er legte seine Hände auf ihre Hüften und hielt sie fest, während sie sich bemühte, wieder zu Atem zu kommen. Langsam bewegte sie sich, ließ dabei ihre Hände unter sein

T-Shirt wandern und berührte seinen nackten Bauch. Er war warm, und sie spürte, wie seine Muskeln sich anspannten, als sie ihn streichelte.

Lächelnd, die Macht genießend, die sie spürte, wenn sie oben war, ließ Lara ihre Hände höher gleiten. Sie konnte nicht sehen, was sie berührte, aber sie spürte, wie seine Brusthaare ihre Handflächen kitzelten, und als sie seine Brustwarzen erreichte, wurde ihr Grinsen breiter, als er sich ihrer Berührung entgegenwölbte. Sie spielte einen Moment lang mit seinen sensiblen Brustwarzen.

»Gefällt dir das?«, fragte sie.

»Ja«, versicherte Owl ihr. Seine Augen waren jetzt Schlitze, als würde es ihm schwerfallen, sie offen zu halten. Sie konnte seinen Schwanz unter ihr spüren, aber das beunruhigte sie nicht. Schließlich handelte es sich hier um Owl. Jedes Molekül in ihrem Körper wusste, wo sie war und mit wem sie zusammen war. Sie war in Sicherheit. Owl würde sie beschützen.

Ein Bild tauchte in ihrem Kopf auf, während sie seine Brust streichelte ... wie er neben dem Bett in diesem verdammten Keller in Arizona gestanden hatte.

Er war wild entschlossen gewesen, dafür zu sorgen, dass niemand sie berührte. Jeder Muskel in seinem Körper war angespannt, seine Hände zu Fäusten geballt, als er sich zwischen sie und Carter gestellt hatte. Seine Bereitschaft, sie, eine Fremde, zu beschützen, war schon damals in ihr Bewusstsein vorgedrungen. Und in der ganzen Zeit, in der sie mit ihm zusammen war, hatte sie diesen Mut und diese Selbstlosigkeit immer wieder gesehen.

Und sie sah es auch jetzt wieder. Er lag unter ihr, jeder Muskel angespannt, erregt, und doch gab er ihr die Zügel in die Hand. Ließ sie das Tempo bestimmen. Es bedeutete ihr die Welt. Es bedeutete alles.

Lara beugte sich zu ihm und küsste ihn erneut. Energisch. Und er ließ sie sich nehmen, was sie brauchte. Aber die Sache war die, dass sie alles wollte. Sie wollte Owl verschlingen. Das nehmen, was er ihr immer wieder angeboten hatte. Seine Stärke. Seine Zuversicht. Es war egoistisch, aber im Moment war es Lara egal.

Sie löste ihren Mund von seinem und nahm sich einen Moment Zeit, um zu genießen, wie unscharf sein Blick war und wie schwer er atmete. Langsam bewegte sie sich seinen Körper entlang und grub dabei ihre Fingernägel ein wenig in seine Brust. Er öffnete seine Schenkel, um ihr mehr Platz zu geben. Lara schob sein T-Shirt hoch, nur ein wenig, damit sie an den Bund seiner Boxershorts kam.

Sie schaute an seinem Körper hinauf und beobachtete, wie Owl seine Fäuste im Kissen vergrub, wobei er seinen Kopf etwas anhob, damit er einen besseren Blick auf das hatte, was sie tat.

Grinsend zog Lara ihm langsam die Boxershorts über seinen Schwanz herunter. Sie zog sie nicht ganz aus, aber er hob seinen Hintern an, sodass sie den Stoff bis zu seinen Schenkeln ziehen konnte. Sie konnte es gar nicht abwarten, ihn so lange zu berühren, bis sie sie noch weiter herunterziehen konnte.

Als sie seinen steifen Schwanz in die Hand nahm und ihn drückte, hörte sie, wie Owl zischte. Er war nicht übermäßig lang, aber er war dicker als bei allen anderen Männern, mit denen sie bisher zusammen gewesen war. Die violette Spitze seines Schwanzes zuckte, als sie ihn packte.

»Meine Güte, Schätzchen. Bitte.«

»Bitte was?«, fragte sie mit einem kleinen Grinsen.

»Alles. Alles, was du willst«, entgegnete er.

Diese Macht war berauschend. Ihr war auf die brutalste Weise die Wahl genommen worden. Sie hatte weder Ja noch

Nein sagen können. Sie hatte nichts weiter tun können, als die kranken Launen eines Psychopathen zu ertragen. Owl gab ihr die Macht zurück, und sie hatte noch nie jemanden so geliebt wie ihn.

Lara festigte ihren Griff und bewegte ihre Hand erst nach oben und dann wieder nach unten an seinem Schaft.

»Ja ...«, zischte Owl.

Wenn man sich sein Gesicht ansah, hätte man nicht gedacht, dass es ihm gefiel, was sie tat, aber als sich ein Lusttropfen an der Spitze seines Schwanzes bildete, war es offensichtlich. Seine Hände waren zu Fäusten geballt, während er unter ihr lag und ihr völlig ausgeliefert war.

Sie zögerte nur einen Moment, als der Duft seiner Lust sie traf. Der Moschusgeruch erinnerte sie an die Zeit in dem Keller, aber sie atmete tief ein und konzentrierte sich auf das Hier und Jetzt.

Sie sah nach unten und beobachtete, wie sie ihn streichelte. Wie sich die weiche Haut seines Schwanzes mit ihrer Hand bewegte. Wie seine Hoden sich bei ihren Streicheleinheiten zusammenzogen. Lara schob ihre andere Hand noch einmal unter sein Hemd und zwickte seine Brustwarze, während sie seinen Schwanz fester packte.

Daraufhin hob sich seine Hüfte, aber er schien sich zu erinnern, wo er war und mit wem er zusammen war, und ließ sie wieder auf die Matratze sinken. »Ich bin kurz davor, zum Orgasmus zu kommen«, warnte er sie. »Und ich bin mir nicht sicher, ob du das willst oder nicht.«

Selbst jetzt, von seinem eigenen Verlangen getrieben, beschützte er sie. Ihre Liebe zu ihm wuchs noch mehr. Wollte sie, dass er kam? Ja. Auf jeden Fall. Aber auf diese Weise? Wahrscheinlich nicht. Sie konnte Henley fast in ihrem Kopf hören, wie sie sie warnte, lieber kleine Schritte zu machen, als mit den Füßen voran ins kalte Wasser zu springen.

»Das tue ich«, versicherte sie ihm. »Aber ... ich will nicht, dass etwas davon auf mich kommt.«

Weil sie ihre Hand um seinen Schwanz gelegt hatte, spürte sie, wie er bei ihren Worten ein wenig nachgab, und das gefiel ihr nicht.

»Komm her«, befahl Owl, ohne dass sie sich mit ihren Dämonen befassen musste.

Lara ließ ihn widerwillig los und bewegte sich nach oben.

»Höher«, bat Owl und legte sanft seine Hände auf ihre Hüften.

Sie bewegte sich noch einen Zentimeter höher.

Er grinste. »Noch höher«, erklärte er etwas nachdrücklicher und nutzte seine Kraft, um sie ganz nach oben zu ziehen, sodass sie rittlings auf seiner Brust saß. Ihre Muschi war jetzt nur noch wenige Zentimeter von seinem Gesicht entfernt und Lara spürte, wie sie bei dem Gedanken an seinen Mund feucht wurde. Das war definitiv nichts, was in ihrer Gefangenschaft passiert war. Alles, was ihr Freude bereitete, war ausgeschlossen gewesen. Es war immer nur um *ihn* gegangen.

Sie zuckte überrascht zusammen, als Owl seine Hände unter ihr T-Shirt gleiten ließ.

»Ist das okay?«

Sie nickte schnell.

Sein Blick blieb auf ihrem Gesicht haften, als er seine Hände nach oben bewegte. Mit den Händen streichelte er sanft ihre Brüste und mit den Daumen zwickte er in ihre Brustwarzen.

Wieder wurde sie in den Keller zurückversetzt, aber als sie in Owls Gesicht hinunterblickte, verblassten diese Erinnerungen. Dies war ganz anders als damals. Owls Hände waren sanft und fühlten sich gut auf ihrer Haut an.

»Du bist perfekt«, murmelte er. »Du passt in meine Hände, als seist du für mich gemacht.«

Er berührte sie sanft, und es tat nicht weh. Nicht im Geringsten. Lara wölbte sich instinktiv in seiner Berührung.

»So ist es gut. Lass mich dir ein gutes Gefühl geben. Denn so fühle ich mich bei dir. Du hast keine Ahnung, wie sehr du mich jetzt gerade anmachst. Du bist stark und kompetent und hast das Sagen.«

Jedes Wort aus seinem Mund sollte ihr die Kontrolle geben, und je länger Owl sie berührte, desto mehr wollte sie, dass er weitermachte.

Sie hob ihre Hände und legte sie durch das Hemd hindurch über seine. Sie ermutigte ihn, sie noch fester zu drücken.

»Ganz langsam, mein Schatz. Wir kommen schon noch an den Punkt. Lass mich dich einfach sanft lieben.«

Keuchend ließ Lara ihre Hände sinken und stützte sich auf seinen Schultern ab. Wie lange er sie streichelte, wusste sie nicht. Aber plötzlich war es nicht mehr genug. Sie war völlig durchnässt. Ihre Brustwarzen waren steinhart und sie brauchte mehr. Sie wollte zum Orgasmus kommen.

Mit einer schnellen Bewegung, bei der sie sich seiner Hände entledigte, drehte sie sich zur Seite und riss sich ihr Höschen vom Leib, bevor sie ein Bein wieder über seine Brust hob.

»Bring mich zum Orgasmus«, forderte sie, während sie ihn fast trotzig anstarrte.

»Mit Vergnügen. Komm näher, Lara. Leg deine Muschi auf meinen Mund.«

Seine Worte ließen das Verlangen durch ihren Körper

schießen. Sie war noch nie ein Fan von Verbalerotik gewesen, aber bei diesem Mann? Da gefiel es ihr.

Sie rutschte nach vorn und beobachtete, wie Owl sich erwartungsvoll über die Lippen leckte. Sie war inzwischen so feucht, dass sie quasi tropfte. Er hob eine Hand und schob das Kissen wieder unter seinen Kopf, um etwas höher zu kommen, und dann streichelte er mit der anderen Hand eine ihrer Pobacken.

Lara stieß einen Schrei aus, als er sich nach vorn beugte und seinen Kopf zwischen ihren Beinen vergrub.

Schon als er mit seiner Zunge über ihren Schlitz leckte, fühlte es sich wunderbar an, aber als er sich an ihrer Klitoris festsaugte, als hinge sein Leben davon ab, hörte ihr Herz auf zu schlagen.

»Owl«, murmelte sie und versuchte, sich von seinem intensiven Liebesspiel loszureißen.

Aber er packte ihren Hintern fester und drückte sie an sich, während er jedes Quäntchen Lust, das aus ihrem Körper tropfte, leckte und aufsaugte.

»Du bist so wunderschön«, murmelte er, bevor er sie noch einmal leckte.

Lara sah an sich herunter und konnte kaum glauben, dass dies geschah. Der Liebesakt, den sie in der Vergangenheit erlebt hatte, war sehr banal gewesen. Sie hatte auf dem Rücken gelegen, während ihre Freunde in sie eingedrungen waren. Es hatte sich gut angefühlt, aber es war nie so ... intensiv gewesen.

Sie begann, ihre Hüften zu bewegen, ohne dass ihr Gehirn etwas dazu tat. Sie ritt auf Owls Gesicht und versuchte, so viel Stimulation wie möglich an ihre Klitoris zu bekommen.

»Genau so. Reite mein Gesicht«, ermutigte er sie.

In jeder anderen Situation hätte Lara sich wahrscheinlich geschämt. Aber sie war so kurz vor einem Monsterorgasmus, dass sie nicht die Kraft aufbringen konnte, an etwas anderes zu denken als an ihre eigene Befriedigung.

Sie schob eine Hand zwischen ihre Beine, um sich selbst zu befriedigen, aber Owl ließ das nicht zu. Er schob ihre Finger weg. »Das ist mein Job«, erklärte er grimmig, bevor er den Kopf hob und seine Lippen auf ihre Klitoris senkte.

Lara erstarrte für einen Moment – bevor sie plötzlich in tausend Stücke explodierte. Der Orgasmus war so stark, dass es fast wehtat. Auf eine gute Art. Es war so lange her, dass sie so etwas gefühlt hatte, aber gleichzeitig war *dieses* Gefühl völlig neu.

Owl hatte sie von innen nach außen gekehrt, und während sie bebte und zitterte, fühlte sie sich sicherer als je zuvor in ihrem Leben.

Selbst als noch Nachbeben durch ihren Körper zuckten, zog Owl sich zurück und starrte zu ihr auf. »Bitte ... besorg es mir, Lara. Ich brauche dich. So verdammt dringend.«

Sie setzte sich in Bewegung. Und sie dachte nur daran, das Verlangen zu stillen, das sie in seiner Stimme hören konnte. Sie rutschte an seinem Körper entlang, bis sie über seinem Schwanz war. Er war steinhart. Aus der Eichel quoll eine Lustperle, und Owl biss die Zähne zusammen, als sie nach ihm griff.

Er atmete scharf ein, als sie seinen Schwanz packte und ihn zwischen ihre Beine führte.

Dann zögerte sie, zögerte den Moment hinaus. Lara wusste nicht warum. Sie fühlte sich gut, *wirklich* gut, und es war offensichtlich, dass Owl Schmerzen hatte.

»Es ist okay«, erklärte er mit zitternder Stimme. »Das hast du so gut gemacht, Süße. Ich werde dich für den Rest meines Lebens auf meiner Zunge schmecken. Wir können aufhören. Es ist alles in Ordnung.«

Lara wurde plötzlich klar, was sie da tat.

Sie wollte ihn testen. Wollte sehen, ob er wirklich aufhören würde, wie er es versprochen hatte.

Und das war blöd. Denn sie vertraute Owl. Mehr als sie jemals jemandem vertraut hatte. Und jetzt war sie hier und quälte ihn. Er war nur Augenblicke davon entfernt, zum Orgasmus zu kommen, und sie zögerte. Sie ließ ihn glauben, dass sie sich nicht sicher war, was ihn betraf. *Ihre Beziehung* betraf.

Ohne weiter darüber nachzudenken, ließ sie sich auf ihm nieder und nahm seinen Schwanz bis zum Anschlag in sich auf.

Sie keuchten beide auf.

Es tat ein wenig weh, aber Lara spürte den Schmerz kaum. Sie spürte nur Vollkommenheit. Sie war voll, so verdammt voll, und zum ersten Mal fühlte sie sich, als sei sie eins mit einem Mann geworden.

Owl hatte die Hände auf ihre Hüften gelegt und hielt sie mit einer festen, aber sanften Berührung fest. Er starrte mit einem Ausdruck der Ehrfurcht auf die Stelle, an der sie vereint waren.

Lara würde diesen Moment nie vergessen. Niemals. Für den Rest ihres Lebens würde sie ihn immer und immer wieder durchspielen. Wie Owl ihr die Kontrolle über ihr Liebesspiel gegeben hatte. Er hatte sie tun lassen, was sich richtig anfühlte. Nur das geben lassen, was sich richtig anfühlte. Und im Moment wollte sie ihm alles geben.

Er gehörte ihr. Sie wollte ihn nicht aufgeben. Die Beschützer- und Besitzansprüche, die sie ihm gegenüber hegte, waren neu. So hatte sie noch nie für etwas empfunden. Aber dieser Mann? Sie würde bis zum Tod um ihn kämpfen.

Sie versuchte, mit den Hüften zu wippen, aber Owl hielt sie fest.

»Owl«, jammerte sie, »ich will mich bewegen.«

»Ich kann dich nicht beschützen«, erklärte er in einem gequälten Tonfall.

Lara erstarrte.

Owl hatte noch nie etwas so Erstaunliches gespürt wie Laras Muschi, die seinen Schwanz umschloss. Er war geboren, um in ihr zu sein. Sie war total feucht, ihre Säfte tropften seinen Schaft entlang bis zu seinen Eiern. Er hatte sie geleckt, als würde sein Leben davon abhängen, und er dachte, dass das vielleicht dafür verantwortlich war.

Und er wäre fast vor Stolz geplatzt, als sie ihn genommen hatte. Aber als er auf die Stelle starrte, wo sein Schwanz tief in ihrem Körper steckte, bekam er Panik.

Er trug kein Kondom.

»Ich kann dich nicht beschützen«, platzte er heraus.

»Was?«, fragte sie und klang verletzt.

»Kondom. Ich trage keins«, presste er zwischen zusammengebissenen Zähnen hervor. Er spürte jede Bewegung, die sie machte. Ihre inneren Muskeln umschlangen seinen Schwanz, als wollten sie ihn nie wieder loslassen. Nicht dass er irgendwo anders sein wollte. Er könnte genau hier bleiben, so wie jetzt, für den Rest seiner Tage. Aber er weigerte sich, etwas zu tun, das sie verletzen könnte. Etwas, das sie dazu bringen könnte, es zu bereuen, mit ihm zusammen zu sein.

Sie starrte ihn mit gerunzelter Stirn an.

»Ich will auf keinen Fall, dass wir etwas tun, das bei dir einen Flashback auslöst. Und Sex kann schmutzig sein,

Schätzchen. Besonders ohne Kondom. Ich weiß, was er dir angetan hat, und ich will dich davor bewahren, dass du mein Sperma siehst.«

Lara setzte sich aufrechter hin, und die kleine Bewegung ließ ihn aufstöhnen. »Warte, lass mich sehen, ob ich dich richtig verstehe. Du machst dir keine Gedanken darüber, wie du mich vor einer Schwangerschaft schützen kannst. Du machst dir keine Gedanken darüber, welche Krankheiten ich mir von einem verrückten Serienmörder eingefangen haben könnte. Du denkst, dass der Anblick deines *Spermas*, das Ergebnis deiner Lust in mir, bei mir eine Panikattacke auslösen könnte?«

Sie klang verwirrt. Owl fuhr schnell mit seiner Erklärung fort. »Ja. Damit das klar ist: Ich *will* dich schwängern. Ich kann mir nichts Schöneres vorstellen, als zu wissen, dass mein Sohn oder meine Tochter in deinem Bauch wächst. Und nein, ich mache mir keine Sorgen über Krankheiten, denn ich war dabei, als der Arzt dir die Ergebnisse der Tests mitteilte, die er im Krankenhaus in Arizona durchgeführt hat, weißt du noch? Also ja, wenn der Anblick meines Spermas zwischen deinen Beinen auch nur eine einprozentige Chance hat, die Dinge zwischen uns zu versauen, dann will ich das nicht riskieren. Steh mal kurz auf und ich hole ein Kondom aus der Schublade. Sie sind zwar schon älter, und vielleicht ist das Haltbarkeitsdatum auch schon abgelaufen, aber sie sind immerhin besser als nichts.«

Dieses Gespräch war alles andere als sexy, aber Owls Schwanz hatte nichts von seiner Standfestigkeit verloren. Wie könnte er auch, wenn er in der heißesten und feuchtesten Muschi steckte, in der zu sein er je das Vergnügen und das Privileg gehabt hatte?

»Du ... Owl ... du kannst nicht.«

»Ich kann was nicht? Das Kondom holen? Natürlich kann ich das. Du musst dich nur ein bisschen aufsetzen, damit ich an die Schublade komme.«

Als Antwort beugte Lara sich nach unten und stützte sich auf seiner Brust ab. Das ließ seinen Schwanz in ihr zucken und er spürte, wie sich ein kleiner Lusttropfen aus seiner Schwanzspitze löste. Er biss die Zähne zusammen und betete, dass er nicht vorzeitig in ihr abspritzen würde, und schlang seine Arme um sie.

»Nein ... du kannst nicht *wollen*, dass ich schwanger werde«, beharrte sie und sah ihm in die Augen.

»Warum nicht?«

»Darum! Das ist doch verrückt. Kerle mögen es nicht, wenn man sie in dieser Hinsicht unter Druck setzt.«

»Ich schon. Setz mich unter Druck, Lara. Bitte.«

»Du bist komisch.«

»Ja, das bin ich«, erklärte Owl ohne einen Hauch von Sorge. »Sieh mal, ich habe auf die harte Tour gelernt, wie kostbar das Leben ist. Wie kurz es sein kann. Ich weiß nicht, warum oder wie ich überlebt habe, aber ich will verdammt sein, wenn ich mir das Beste, was mir je passiert ist, durch die Lappen gehen lasse.

Ich liebe dich, Lara Osler. Du bist *die Eine* für mich. Ich will dich heiraten, Kinder mit dir haben und glücklich bis ans Ende unserer Tage leben, entweder hier in der *Zuflucht* mit unseren Freunden oder, wenn dir das lieber ist, in Washington, damit du deinen Job zurückbekommst und diesen Kindern zeigst, was du draufhast. Es ist mir egal was. Solange du mit mir zusammen bist, bin ich glücklich. Und wenn du nichts davon willst, solltest du von meinem Schwanz runterklettern und zurück in dein Zimmer gehen. Wir können uns etwas anderes für deine Wohnsituation ausdenken. Vielleicht kannst du bei Cora und Pipe wohnen.

Was immer dir angenehm ist. Aber ich kann den Mund nicht mehr halten.«

Owl keuchte fast, als er fertig war, und sobald er die Worte ausgesprochen hatte, bereute er sie. Nicht nur, weil er wusste, wie viel Druck das auf die Frau in seinen Armen ausüben würde, sondern auch, weil er nicht wollte, dass sie ging, um bei ihrer Freundin zu wohnen. Er wollte sie genau da haben, wo sie war. In seinem Bett, in seiner Hütte, wo er weiterhin dafür sorgen konnte, dass sie sich von dem Mist, den das Leben ihr angetan hatte, erholte.

Daraufhin setzte Lara sich langsam wieder auf und Owl versuchte verzweifelt, die Schilde um sein Herz wiederaufzubauen, die er für diese Frau heruntergelassen hatte. Es würde ihn umbringen, aber er würde sie gehen lassen und es ihr nicht unangenehm machen.

Innerlich schnaubte er. Nicht unangenehm ... na klar. Er hatte ihr gerade gesagt, dass er sie schwängern wollte. Wie konnte das nicht unangenehm sein?

Gerade als er sich darauf gefasst machte, die kühle Luft an seinem Schwanz zu spüren, als sie sich zurückzog, überraschte sie ihn, indem sie nach dem Saum ihres Hemdes griff.

Sie zog es sich über den Kopf und saß rittlings auf ihm, völlig nackt.

Und. Sie. War. Einfach. Nur. Perfekt.

Ihre Brüste bebten mit jedem ihrer Atemzüge. Ihre Brustwarzen waren lang und aufgerichtet und bettelten, von ihm in den Mund genommen zu werden. Sie hatte ein kleines Bäuchlein, und zu sehen, wie sie ihre Beine spreizte, als sie auf ihm saß, war das Erotischste, was er je gesehen hatte.

Und dann bewegte sie sich. Nicht von ihm weg, wie er erwartet hatte, sondern auf und ab auf seinem Schwanz.

»Ich liebe dich auch«, erklärte sie, als ihr Blick mit dem seinen verschmolz. Sie grub ihre Fingernägel in seine Brust, und er konnte sie sogar durch das T-Shirt, das er immer noch trug, spüren. »Ich bin allein zu Henley gegangen, weil ich über *dich* reden wollte. Ich habe zugegeben, dass ich dich liebe, und ich habe ihr gesagt, dass ich mir Sorgen mache, dass es eine Art Kurzschlussreaktion auf alles ist, was passiert ist. Wir haben lange darüber gesprochen ... und mir wurde klar, dass ich dich nicht liebe, weil ich gerettet oder beschützt werden muss. Es geht um den Mann, der du bist. Ich habe mein ganzes Leben lang nach dir gesucht, Owl ... frag einfach Cora. Sie wird es dir sagen. Und es ist fast unglaublich, dass ich dich genau in dem Moment gefunden habe, in dem ich aufgegeben hatte.«

Owl konnte sich kaum auf das konzentrieren, was sie sagte. Das Gefühl ihrer Muschi, die seinen Schwanz umklammerte, während sie sich über ihn hob und senkte, lenkte ihn höllisch ab. Er griff nach ihr und packte ihre Taille. Er stoppte ihre Bewegung.

»Liebst du mich?«, fragte er, um den wichtigen Teil noch einmal zu hören.

»Ja.«

»Sag es«, befahl er.

Sie grinste. »Ich liebe dich.«

Owl schloss die Augen und ließ die Worte in seine Seele sinken.

»Du bist dran«, drängte sie.

Er öffnete die Augen und starrte zu ihr auf. »Ich liebe dich. So sehr, dass es fast beängstigend ist.«

Sie nickte, als hätte sie das genau verstanden. »Du willst wirklich ein Kind?«

»Mit dir? Ja«, erklärte Owl ihr.

»Dann lass mich los, damit ich mich bewegen kann, und wir können sehen, wie wir das hinbekommen.«

»Du willst Kinder?«

»Mit dir?«, wiederholte sie seine Worte. »Oh ja.«

Mehr brauchte Owl nicht, um zum Orgasmus zu kommen.

Er hatte es nicht geplant. Er wollte nur dafür sorgen, dass seine Frau wieder befriedigt wurde. Aber als er sie sagen hörte, dass sie von ihm ein Baby haben wollte, war das mehr, als er kontrollieren konnte. Grunzend spürte Owl, wie sein Schwanz in ihr zuckte, als er sich entleerte.

»Verdammt«, beschwerte er sich, als er wieder sprechen konnte.

Lara grinste auf ihn herab.

Ohne sich zurückzuziehen – denn ehrlich gesagt, Owl liebte es, in ihr zu sein –, streckte er die Hand nach ihrer Klitoris aus. Er hielt sie mit einer Hand fest und bearbeitete mit der anderen ihr sehr empfindliches Nervenbündel.

»Ich ... dachte ... ich hätte ... das Sagen«, keuchte Lara, während sie sich auf ihm wand.

»Das hast du«, beruhigte Owl sie, während er sie immer näher an den Rand des Orgasmus brachte.

»Fühlt sich aber nicht so an«, bemerkte sie mit einem kleinen Lächeln.

»Alles, was du willst, bekommst du«, sagte Owl.

»Ich will dich«, sagte sie.

»Dann gehöre ich dir. Mit Haut und Haaren. Und jetzt komm für mich zum Orgasmus. Lass mich spüren, wie du an meinem Schwanz kommst.«

Bevor er zu Ende gesprochen hatte, kam sie schon wieder zum Höhepunkt. Sie umschloss seinen Schwanz so fest und er hatte noch nie etwas Erotischeres empfunden als das, was er in diesem Moment erlebte.

Erstaunlicherweise, oder vielleicht auch nicht so sehr, fühlte Owl, wie er in ihr erneut steif wurde.

Er hätte sie am liebsten umgedreht und sie heftig und schnell genommen, aber wie er versprochen hatte, hatte sie das Sagen. Und er wollte nichts tun, was sie aus dem Lustrausch, in dem sie sich gerade befand, herausbringen würde. Er wippte mit den Hüften und stieß in ihren Körper.

Sie stöhnten beide auf.

»Mehr«, flehte sie.

Er würde diese Frau nie um etwas betteln lassen. Er hob sie leicht an, damit er mehr Platz zum Agieren hatte, dann stieß er wieder in sie hinein, wieder und wieder. Nach einer Weile begannen seine Bauchmuskeln zu ermüden, aber er hörte nicht auf. Der Anblick ihrer vereinten Säfte auf seinem Schwanz, als er sich zurückzog, machte ihn nur noch heißer. Sie machten eine Sauerei auf dem Laken, aber das war Owl völlig gleichgültig. Er würde gern für den Rest ihres Lebens jede Nacht auf dem nassen Fleck schlafen.

»Ich werde wieder in dir kommen«, warnte er. »Ich werde mein Sperma so weit in dich reinschießen, dass meine Schwimmer auf jeden Fall an deine Eier kommen.«

»Halt die Klappe, Owl. Das ist nicht sexy«, beschwerte sie sich.

Sie hatte unrecht. Der Gedanke, sie zu schwängern, war verdammt sexy.

Er war kurz davor zu kommen, als Lara die Kontrolle übernahm und sich auf ihn setzte – und zwar heftig. Dann spannte sie ihre inneren Muskeln so fest an, wie sie konnte, und besorgte es ihm von innen.

Owl hatte das Gefühl, als würde es im Raum dunkler werden, als er explodierte.

Als er wieder zu sich kam, lag Lara wieder auf seiner Brust. Sein Schwanz war immer noch in ihr, aber er wusste, dass es nur eine Frage der Zeit war, bis er herausrutschen würde. Er setzte sich, so gut es ging, auf, griff nach der Decke und zog sie über sie beide.

Dann tat er etwas, was er sich bei ihrem ersten Mal zusammen nicht hätte vorstellen können ... wenn überhaupt jemals. Er bewegte sich und zappelte herum, bis er sein Hemd ausgezogen hatte. Seine Boxershorts hingen noch um seine Oberschenkel, aber das war ihm egal. Das Gefühl, Haut an Haut mit Lara zu sein, war himmlisch.

Das musste sie auch so gesehen haben, denn sie seufzte schwer und kuschelte sich fester an ihn.

Sie schwiegen einen Moment lang, bevor sie fragte: »Glaubst du, du kannst jetzt einschlafen?«

Owl lachte. »Ja, mein Schatz. Ich kann einschlafen.«

»Gut.«

Er erwähnte nicht, dass das Einschlafen nicht sein Problem war. Das Problem war, mitten in der Nacht aufzuwachen und nicht *wieder* einschlafen zu können. Aber mit einer nackten Lara in seinen Armen würde es nicht gerade eine Strafe sein, wenn er den Rest der Nacht wach blieb.

»Ist das komisch?«, flüsterte sie nach einem Moment.

»Nein«, erklärte Owl ohne den geringsten Zweifel.

»Das glaube ich auch nicht. Aber manche Leute denken das vielleicht.«

»Die können mich mal.«

Sie lachte an seiner Brust. »Nein danke.«

Owl stieß einen Atemzug aus und spürte, wie sein Schwanz aus ihrem Körper glitt.

»Oh ... das hat sich komisch angefühlt!«, rief Lara aus.

Eigentlich fühlte es sich furchtbar an. Aber Owl verschob Lara einfach in seinen Armen, sodass sie größtenteils auf der Matratze lag, was bequemer sein musste, als auf ihm zu liegen, und nutzte die Gelegenheit, um seine Boxershorts auszuziehen. Er zog sie aus, und es war ihm egal, dass sie unter der Bettdecke verloren gehen könnten. Das Bett würde er morgen in Ordnung bringen.

Sie lagen ein oder zwei Minuten so da, bevor Lara den Kopf hob. »Wärst du beleidigt, wenn ich mein T-Shirt wieder anziehe?«, fragte sie.

Owl atmete erleichtert aus. »Nein. Das wollte ich dich auch gerade fragen.«

Sie lächelten gemeinsam, während sie nach ihren T-Shirts griffen. Dann legten sie sich wieder in die gleiche Position, in der sie zuvor gelegen hatten. Obwohl Owl das Gefühl von ihrer Haut an seiner geliebt hatte, konnte er nicht leugnen, dass er sich in dem T-Shirt viel wohler fühlte.

»Ich liebe dich«, flüsterte Lara nach einer Weile.

»Ich liebe dich auch«, erwiderte Owl und spürte wieder dieses überwältigende Gefühl in seiner Brust. »Schlaf jetzt. Die neuen Gäste mit den Kindern kommen, bevor du es merkst, und ich weiß, dass du und Cora noch mehr Dinge zu planen habt.«

»Ja.«

Owl dachte, sie würde noch etwas sagen, aber das Nächste, was er hörte, waren ihre tiefen Atemzüge, als ihr Körper sich völlig an seinem entspannte.

Das Verantwortungsgefühl, das er gegenüber dieser Frau empfand, war fast überwältigend. Aber es fühlte sich auch so an, als sei es so gewollt. Das Leben mit ihr würde komplizierter sein als das Leben allein, aber er hatte es in den letzten Monaten getan, und er freute sich auf seine Zukunft. Und das war neu für ihn, denn seit seiner Rettung hatte er das Leben nur noch auf Sparflamme gelebt.

Owl küsste Lara auf die Stirn und lächelte, als sie im Schlaf etwas murmelte und sich enger an ihn kuschelte. Als er die Augen schloss, musste er daran denken, dass das Leben endlich wieder gut zu ihm war. Er hatte eine Frau, die er liebte und die ihn auch liebte, *Die Zuflucht* florierte, seine Freunde waren glücklich, sie bekamen einen Hubschrauber und er würde wieder fliegen können, und die Möglichkeit von Kindern war am Horizont zu sehen.

Das Leben war gut, und er würde alles dafür tun, dass es so blieb.

Drei Stunden später wachte Owl auf. Einen Moment lang war er verwirrt darüber, wo er war und mit wem er zusammen war, dann kam alles wieder zurück. Lara schlief friedlich neben ihm. Sie hatte sich im Schlaf auf die Seite gedreht, und er lag nun an ihrem Rücken und drückte sie an seine Brust.

Er seufzte und drehte sich um, um auf die Uhr zu sehen. Schlaflosigkeit war ätzend. Er litt schon seit seiner Kriegsgefangenschaft darunter. Alle sagten, dass es nachlassen würde, dass er, wenn er körperlich und geistig geheilt war, in der Lage sein würde, die Nacht durchzuschlafen, aber hier war er nun, Jahre später, und wachte immer noch nach nur wenigen Stunden Schlaf auf. Egal was er tat, welche Mittel er ausprobierte, sobald er aufwachte, war es vorbei. Er war wach.

Wie er schon früher gedacht hatte, konnte er dieses Mal wenigstens mit Lara in seinem Bett liegen. Das machte seine Schlaflosigkeit erträglich. Es fühlte sich an wie ein Traum, dass er endlich die Frau im Arm hielt, die er seit Monaten begehrte. Er respektierte sie, bewunderte sie, machte sich Sorgen um sie, und ja, er liebte sie über alles. Und sie liebte ihn auch.

Dann geschah etwas Überraschendes. Als er mit Lara im Arm dalag, den schönsten Sex seines Lebens noch einmal vor seinem geistigen Auge Revue passieren ließ, über Babynamen nachdachte und sich fragte, was für eine schwangere Frau Lara wohl sein würde ... spürte er, wie er schläfrig wurde.

Owl hatte keine Erwartungen. Das war in der Vergangenheit nur selten vorgekommen. Er hatte das Gefühl, gleich wieder einzuschlafen, aber dann lag er noch stundenlang da und war deprimiert, wenn es nicht passierte.

Als Nächstes drückte Lara ihn auf den Rücken und grinste ihn an.

»Guten Morgen«, begrüßte sie ihn.

»Guten Morgen«, murmelte Owl – und erstarrte.

Lara, die wie immer mit ihm im Einklang war, runzelte die Stirn. »Was? Was ist denn los?«

»Ich habe geschlafen«, bemerkte er völlig verblüfft.

»Was?«

»Ich bin mitten in der Nacht aufgewacht, wie ich es immer tue ... aber dann ... bin ich wieder eingeschlafen.«

»Das freut mich«, erklärte sie und lehnte sich an ihn.

»Nein, du verstehst das nicht. Seit mehr als fünf Jahren bin ich jede Nacht aufgewacht und konnte nicht wieder einschlafen. Ich leide an Schlaflosigkeit, seit ich gerettet wurde. Aber letzte Nacht ... bin ich aufgewacht und dann wieder eingeschlafen.«

Lara verlor etwas von der Schläfrigkeit in ihren Augen. »Das ist großartig.«

»Das habe ich dir zu verdanken«, erklärte Owl ehrfürchtig.

»Ich glaube, es liegt an den beiden Orgasmen, die du hattest«, entgegnete sie mit einem kleinen Lächeln.

»Nein, es liegt an dir«, beharrte er. »Als ich dich in den

Armen hielt und wusste, dass du in Sicherheit warst, hörten meine Gedanken endlich auf, sich im Kreis zu drehen.«

Sie starrte ihn mit einem merkwürdigen Ausdruck in den Augen an.

»Was?« Jetzt war Owl an der Reihe zu fragen.

»Es ist nur so, dass ich dich so lange verzweifelt an meiner Seite gebraucht habe, und jetzt ...« Sie verstummte.

»Der Spieß ist umgedreht. Ich brauche dich zum Schlafen«, bemerkte Owl, ohne zu zögern.

»Du brauchst mich«, flüsterte Lara.

»Hundertprozentig.«

»Ich ... ist es falsch, dass ich das mag?«

Owl schüttelte den Kopf. »Nein. Aber du weißt doch, was das bedeutet, oder?«

»Was?«

»Dass wir nicht getrennt schlafen können. Niemals.« Und das sagte er nur halb im Scherz.

»Geht für mich in Ordnung«, entgegnete sie ohne Umschweife. Dann wurde sie ernst. »Ich habe so lange gedacht, ich sei kaputt. Ich habe es gehasst, dass ich dich nicht aus den Augen lassen konnte. Dadurch fühlte ich mich schwach. Und jetzt, da ich weiß, dass ich dir etwas zurückgeben kann ... fühlen wir uns ein wenig ausgeglichener.«

»Dies ist kein Wettbewerb«, bemerkte Owl.

»Ich weiß. Und wahrscheinlich drücke ich mich nicht besonders gut aus. Aber zu wissen, dass ich dir helfen kann, wenn auch nur auf diese kleine Art und Weise, und auch wenn ich nicht glaube, dass ich es wirklich war, die dir gestern Abend beim Einschlafen geholfen hat, fühlt es sich trotzdem gut an.«

Sie war es wirklich. Daran hatte Owl keinen Zweifel. Er hatte es aufgegeben, jemals wieder durchzuschlafen, und in der ersten Nacht, in der er Lara in seinen Armen gehalten hatte, hatte er wie ein verdammtes Baby geschlafen. Sie war es wirklich. Sie war das, wonach er die ganze Zeit gesucht hatte. Mit ihr in der Nähe schaltete sein Gehirn ab, hörte auf, all die schlimmen Dinge zu durchleben, die ihm widerfahren waren. Und ... er musste zugeben, dass die Orgasmen wahrscheinlich auch nicht geschadet hatten.

»Hast du Hunger?«, fragte er, plötzlich begierig darauf, aufzustehen und den Tag zu beginnen. Er fühlte sich fantastisch nach dem zusätzlichen Schlaf.

»Ich könnte etwas essen.«

»Soll ich dir ein Omelette mit Schinken und Eiern machen, das du so gern magst?«, fragte er.

»Das wäre toll«, erklärte sie mit einem kleinen Lächeln.

»Bist du wund?«

Sie errötete. »Ein bisschen.«

»Warum nimmst du dann heute Morgen nicht ein langes Bad? Bis du damit fertig bist und dich angezogen hast, ist dein Omelette fertig.«

»Okay. Owl?«

»Ja, mein Schatz?«

»Ich liebe dich.«

Gott, diese Frau. »Ich liebe dich auch.« Dann küsste er sie schnell auf die Lippen und schwang seine Beine über die Bettkante. Er machte sich auf den Weg ins Bad, um sein Geschäft zu verrichten, und blickte einmal zurück. Lara lag auf dem Rücken in der Mitte der Matratze, die Arme über dem Kopf, und streckte sich, ein breites Lächeln im Gesicht.

Ja, Owl könnte sich daran gewöhnen ... an sie gewöhnen. Und eigentlich hatte er das bereits getan.

KAPITEL ZWÖLF

Lara wischte sich über die Stirn, als sie im Eingangsbereich der Lodge in einen Stuhl sank, und drehte sich um, um Cora anzugrinsen. Ihre Freundin war auf dem Stuhl neben ihr zusammengesunken und sah genauso erschöpft aus. Sie hatten sich gerade von der letzten Familie verabschiedet, die an dem viertägigen Probelauf teilgenommen hatte, und aus ihrer Sicht war die Einladung von Familien zum Aufenthalt in der *Zuflucht* ein voller Erfolg gewesen.

Sie hatte gar nicht bemerkt, wie sehr sie das Unterrichten und das Zusammensein mit Kindern vermisst hatte. Sie hatten eine Art, einen die eigenen Probleme vergessen zu lassen und den Moment zu genießen. Und in der letzten Woche hatte es eine Menge schöner Momente gegeben. Natürlich fühlte Lara sich auch, als sei sie einen Marathon gelaufen. Sie hatte vergessen, wie viel Energie Kinder haben.

»Das hat Spaß gemacht«, bemerkte Cora.

»Allerdings«, stimmte Lara mit einem Nicken zu.

Im Moment waren die beiden Freundinnen allein, und

Lara nahm sich einen Moment Zeit, um die Verschnaufpause zu genießen.

»Ich bin stolz auf dich«, fügte Cora hinzu.

Lara sah zu ihr hinüber.

»Ich meine es ernst. Du hast in so kurzer Zeit einen weiten Weg zurückgelegt. Du bist so stark und widerstandsfähig, und selbst nach allem, was passiert ist, bist du immer noch die Lara, die ich kenne und liebe, und ich weiß nicht, wie du das schaffst.«

Sie sprach schnell, als müsste sie ihre Gedanken schnell loswerden, aber ihre Worte sorgten dafür, dass sich in Laras Bauch eine wohlige Wärme ausbreitete. »Willst du wissen wie?«, fragte sie.

Cora sah Lara in die Augen. »Ja«, erklärte sie.

»Dank dir. Als ich in diesem Keller war, zu Tode verängstigt und verletzt, wusste ich, dass du nicht aufhören würdest, nach mir zu suchen. Als Ridge reinkam und mich zu diesem Videotelefonat mit dir zwang, wollte ich so sehr damit herausplatzen, dass es mir nicht gut ging, dass ich gefangen gehalten wurde. Aber Carter war da, ich wusste, dass er ein Messer hatte, und wenn ich etwas gesagt hätte, hätte er mir noch mehr wehgetan, als er es ohnehin schon getan hatte. Also habe ich das Blaue vom Himmel heruntergelogen ... aber ich habe dir unser Signal gegeben. Erinnerst du dich?«

»Natürlich kann ich mich noch daran erinnern!«, rief Cora aus. »Dieses blöde Am-Ohrläppchen-Kratzen.«

»Ja. Später in der Nacht, als Carter mich endlich in Ruhe gelassen hatte, schloss ich die Augen und stellte mir vor, was du alles tun würdest. Welche Schritte du unternimmst, um an mich heranzukommen.«

»Es tut mir leid, dass es so lange gedauert hat«, entgegnete Cora leise.

Aber Lara schüttelte den Kopf. »Nein, tu das nicht. Du bist gekommen. Als es sonst niemanden interessierte, dass ich plötzlich verschwunden war, wusstest du, dass etwas nicht stimmte. *Dadurch* habe ich es überlebt. Weil ich wusste, dass meine beste Freundin da draußen ist und wahrscheinlich die Kavallerie zusammentrommelt, um mich zu holen. Und ich habe recht behalten.«

»Ich liebe dich so sehr, Lara. Wenn ich dich verloren hätte ...« Cora verstummte.

»Mir geht es genauso, und niemand verliert hier irgendjemanden«, erwiderte Lara entschlossen. »Und der andere Grund, warum ich mich nicht immer noch unter meinem Bett verstecke und mit zitternden Knien herumlaufe, ist Owl. Und Henley. Und Brick, Tonka, Spike, Pipe, Stone, und Tiny. Und Melba. Chuck auch. Bubba das Pferd, Scarlet Pimpernickel. Alle, die hier arbeiten. Die Gäste, die eine Inspiration sind. Es ist dieser *Ort. Die Zuflucht* hat etwas an sich, das es mir leichter macht, nicht immer nur an das zu denken, was passiert ist, und an dem teilzunehmen, was um mich herum geschieht. Ich *möchte* mitmachen. Ich *möchte* die wunderschönen Panoramablicke sehen. Und ich *möchte* sehen, wie meine beste Freundin ihr Leben lebt.«

Cora schniefte. »Du bringst mich zum Weinen, und das ist *nicht* in Ordnung«, beschwerte sie sich.

»Cora Rooney weint?«, stichelte Lara. »Ist die Hölle zugefroren?«

»Ich heiße Cora Clark, nur damit du es weißt, und ja, wenn die Leute sich einen Dreck darum scheren, ob man weint oder nicht, ist das keine große Sache«, entgegnete Cora.

»Weißt du was, ich bin *froh,* dass Ridge ein Trottel war. Und dass ich in diesem Haus festsaß.«

»Wie bitte?«, fragte Cora mit einem Stirnrunzeln.

»Ich meine, die neueste Obsession eines Serienmörders zu werden ist alles andere als toll, aber die Tatsache, dass ich das durchgemacht habe, hat dich *hierher*geführt. Zu Pipe. Sieh dich an, Cora. Du bist *verheiratet*. Und du bist entspannt genug, um verdammt noch mal zu weinen. Ich kann an einer Hand abzählen, wie oft ich bis jetzt Tränen in deinen Augen gesehen habe. Ich freue mich so sehr für dich.«

Cora stand auf und ließ sich auf den Stuhl plumpsen, auf dem Lara gerade saß. Sie waren so eng aneinandergepresst, dass Lara ihren Arm um ihre Freundin legen musste, damit sie beide Platz hatten.

»Ich bin *nicht* froh«, entgegnete Cora grimmig. »Wenn du glaubst, dass ich froh bin, dass du entführt und gefoltert wurdest, bist du verrückt. Und es ist mir egal, ob ich glücklicher bin, als ich es je in meinem Leben war. Wenn ich ein fantastisches Sexleben habe und mit dem Mann meiner Träume verheiratet bin ... nicht dass ich jemals davon geträumt hätte, einen Mann zu finden. Und es ist mir egal, dass ich die Familie gefunden habe, die ich in meiner Kindheit nie hatte. Ich würde alles zurückgeben, wenn es bedeutet, dass du nicht das durchmachen musst, was du durchgemacht hast.«

Lara schüttelte den Kopf. »Nein.«

»Doch«, beharrte Cora. Sie ergriff Laras Hand. »Die schlimmsten Wochen meines Lebens waren die Wochen, nachdem wir dich hierher in *Die Zuflucht* gebracht hatten. Dich so ... gebrochen zu sehen. Das fand ich schrecklich. Ich hätte *alles* dafür getan, dass du diese Art von Angst nicht erleben musst. Aber jetzt bist du ...«

»Mir geht es gut«, versicherte Lara ihr leise.

»Ja, das tut es«, stimmte Cora zu. Dann lächelte sie. »Und glaube nicht, dass ich nicht bemerkt habe, wie du und

Owl euch in den letzten Tagen gegenseitig mit den Augen ausgezogen habt.«

Lara bemühte sich, eine ernste Miene zu bewahren, aber sie konnte das kleine Lächeln nicht unterdrücken, das auf ihrem Gesicht erschien.

»Ich wusste es!«, rief Cora aus. »Du und Owl, ihr treibt's miteinander! Bitte, bitte, *bitte* sag mir, dass dieser Mann gut im Bett ist!«

»Pssst«, schimpfte Lara und sah sich um.

»Es ist niemand da. Sie sind alle draußen, um sich zu verabschieden. Raus mit der Sprache, Lara. Ganz im Ernst.«

»Owl ist ... er ist unglaublich.«

Das Lächeln auf Coras Gesicht war so breit, dass sie wie ein kompletter Trottel aussah. Ihre Stimme wurde sanfter. »Und es ist ... okay? Ich meine, gefühlsmäßig? Nach allem, was passiert ist?«

»Erstaunlicherweise ja. Mit Owl zusammen zu sein ist nicht wie in diesem Keller. Er achtet sehr darauf, nichts zu tun, von dem er glaubt, dass es auch nur die geringste schlechte Erinnerung wachruft. Er überlässt mir das Sagen.«

»Ooooh, das hätte ich nicht gedacht«, entgegnete Cora mit einem Grinsen. »Ich liebe es, wenn Pipe im Bett die Kontrolle übernimmt. Ich würde es leugnen, wenn jemand anderes als du hier sitzen würde, aber es hat etwas so Befreiendes, wenn ich mich von ihm herumkommandieren lasse.«

Lara grinste ihre Freundin an. »Ich bin froh, dass du das erleben darfst.«

»Nein, es geht in diesem Gespräch nicht um mich. Ich möchte mehr über dich und Owl erfahren.«

»Da gibt es nicht viel mehr zu erzählen. Ich hatte in den letzten Tagen sehr viel mit den Kindern zu tun gehabt, und wenn ich in die Hütte zurückkomme, bin ich erschöpft. Aber ...«

»Aber was?«, fragte Cora, als Lara nicht weitersprach.

»Ich bin froh, dass ich alle Ratschläge befolgt und den ersten Schritt gemacht habe. Aber jetzt ...« Sie machte wieder eine Pause, weil sie nicht wusste, wie sie ihre Gefühle erklären sollte, ohne völlig verrückt zu klingen.

»Du wünschst dir, dass er die Führung übernimmt«, beendete Cora den Satz für sie.

»Ja. Er war bis jetzt immer so vorsichtig mit mir. Und ich liebe es, oben zu sein und die Kontrolle über unser Liebesspiel zu haben. Aber ich glaube, ich möchte, dass er ein bisschen mehr ... die Kontrolle übernimmt.«

»Du machst dir keine Sorgen, dass du das emotional nicht verkraften könntest?«, fragte Cora jetzt ernst.

»Ein bisschen«, entgegnete Lara ehrlich. »Aber ich kenne Owl, und wenn ich anfange, in meine bösen Erinnerungen abzugleiten, wird er mich davon abhalten.«

Coras Augen füllten sich erneut mit Tränen.

»Ach du meine Güte, warum weinst du denn *jetzt* schon wieder?«, stichelte Lara, froh über die Gelegenheit, das Gespräch ein wenig aufzulockern.

»Ich bin so froh, dass du einen Mann hast, wie du ihn dir immer gewünscht hast.«

»Vielleicht wird es nicht halten«, warnte Lara. »Was hat Sandra Bullock in dem Film *Speed* gesagt? Beziehungen, die unter extremen Bedingungen entstehen, sind nie von Dauer? Und extremer als meine kann eine Bedingung ja eigentlich gar nicht sein.«

»Wie dem auch sei«, erwiderte Cora und wedelte abweisend mit der Hand in der Luft. »Ich weiß, wie sehr du diesen Film liebst, denn du hast mich gezwungen, ihn eine Million Mal mit dir anzuschauen, und das liegt nicht daran, dass du

Actionfilme liebst. Es ist ein Film über eine Heldin in Gefahr.«

Lara grinste daraufhin. Sie hatte einmal ein langes Gespräch mit Cora darüber geführt, dass sie den Begriff »Jungfrau in Nöten« nicht mochte, weil er negative Assoziationen und den Eindruck erweckte, dass die Frau nur herumsaß und auf einen Mann wartete, der sie »retten« würde. Heldin in Gefahr schien nicht ganz so schlimm zu sein.

»Ich liebe diesen Film«, gab Lara zu.

»Und Owl ist dein Jack«, erklärte Cora mit einem Seufzer.

»Ich glaube, das ist er«, flüsterte Lara.

»Also musst du ihm sagen, dass du willst, dass er die Kontrolle übernimmt«, sagte Cora entschieden. »Nach allem, was ich über den Mann weiß und was ich in den Monaten, die wir hier verbracht haben, gesehen habe, wird er es nicht riskieren, die Kontrolle im Schlafzimmer zu übernehmen, wenn er glaubt, dass du dadurch Flashbacks bekommst oder er dich emotional verletzt. Du wirst ihm also sagen müssen, dass du wirklich willst, dass er die Kontrolle übernimmt. Dass er den Sex zwischen euch beiden initiiert.«

»Du hast recht.«

»Natürlich habe ich das.« Cora richtete sich ein wenig auf und schaute zum Fenster, dann wandte sie sich wieder Lara zu. »Und sie winken zum Abschied, wir haben also nur noch wenig Zeit, bis alle zurückkommen und Owl wieder deine ganze Aufmerksamkeit fordert. Freust du dich darauf, mit Owl und Stone den Hubschrauber zu begutachten? Bist du nervös, weil du *Die Zuflucht* verlassen musst?«

Lara runzelte die Stirn. »Was?«

»Was meinst du mit was?«, fragte Cora und klang verwirrt.

»Ich habe keine Ahnung, wovon du sprichst«, entgegnete sie. »Owl und Stone *gehen weg*? Und sie schaffen sich einen Hubschrauber an?«

Cora starrte sie einen Moment lang an, dann versuchte sie abrupt, aus dem Stuhl aufzustehen. »Ähm ... kann schon sein. Ich muss nach ... Henley sehen. Ich meine, sie ist schwanger und so, und ...«

Sie kam nicht dazu, den Satz zu beenden, denn Lara packte den Stoff ihres T-Shirts und zerrte daran.

Cora fiel zurück auf den Stuhl. Oder besser gesagt ... auf Laras Schoß.

Lara rang mit ihrer Freundin, als diese versuchte, sich zu befreien, und es fühlte sich fantastisch an. Wie in alten Zeiten. Cora mochte zwar ihre beste Freundin sein, aber sie trieb Lara ziemlich oft in den Wahnsinn, und mit ihr zu ringen fühlte sich an, wie nach Hause zu kommen.

Sie rang Cora auf den Boden und setzte sich auf ihren Rücken, sodass sie nicht mehr aufstehen konnte.

»Cora Clark – wow, ich liebe den Klang deines neuen Namens –, sag mir sofort, was du gemeint hast. Owl und Stone ziehen los, um sich einen Hubschrauber anzuschauen? Ich wusste, dass die Jungs davon gesprochen haben, einen zu kaufen, aber ich wusste nicht, dass sie tatsächlich einen *gefunden* haben. Fahren sie bald los? Und was meinst du damit, dass ich mit ihnen gehe?«

»Es ist nicht fair, dass du größer bist als ich! Sich auf mich zu setzen ist echt gemein, Lara«, beschwerte Cora sich lachend. Aber so sehr sie sich auch anstrengte, sie konnte sich nicht befreien.

»Raus mit der Sprache.«

»Na schön, Herrgott! Ich dachte, du wüsstest es. Ja, sie

haben einen Hubschrauber gefunden, den sie kaufen wollen, aber Owl und Stone müssen ihn sich erst einmal ansehen. Einen Testflug machen. Aus offensichtlichen Gründen müssen sie diejenigen sein, die das tun. Der Hubschrauber ist anscheinend in Seattle. Sie sollen nächste Woche aufbrechen, aber Owl wollte dich nicht allein lassen, und da war es, glaube ich, Brick, der vorgeschlagen hat, dass du sie begleitest.«

Lara war fassungslos. Owl hatte von all dem kein Wort gesagt. Sie wusste nicht genau, ob sie sich für die beiden freuen sollte, dass sie tatsächlich den gewünschten Hubschrauber gefunden hatten, ob sie sich für Owl und Stone freuen sollte, dass sie etwas tun konnten, was sie liebten – nämlich regelmäßig zu fliegen –, oder ob sie sich darüber ärgern sollte, dass Owl nichts über die bevorstehende Reise gesagt hatte.

»Ich bin sicher, er wollte dich nicht beunruhigen«, sagte Cora, die jetzt nicht mehr herumzappelte, unter Lara.

Lara war stolz auf die Fortschritte, die sie gemacht hatte. Sie hatte Owls Zärtlichkeiten genossen. Sie hatten einander gesagt, dass sie sich liebten, um Himmels willen. Und doch hatte er ihr das verheimlicht. Was hatte er vor? Am Tag seiner Abreise einen gepackten Koffer vor sich hertragen und ihr mitteilen, dass sie mit ihm kommen würde?

Oder … vielleicht hatte er sich dagegen entschieden, sie zu fragen, ob sie mitgehen wolle, weil er nicht glaubte, dass sie damit zurechtkam.

Könnte sie damit zurechtkommen? Lara wäre gern davon überzeugt gewesen, aber der Gedanke, den sicheren Hafen der *Zuflucht* zu verlassen, jagte ihr sofort einen Schreckensschauer über den Rücken. Carter Grant war immer noch da draußen. Das wussten sie alle. Es war nur eine Frage der

Zeit, wann er versuchen würde, das, was er für sein Eigentum hielt, wieder in Besitz zu nehmen.

»Lara?«, fragte Cora besorgt.

Lara atmete tief durch und versuchte, ihre plötzlich überbordenden Emotionen in den Griff zu bekommen.

»Was zum Teufel ist hier los?«, fragte plötzlich eine tiefe Stimme amüsiert.

Als Lara aufblickte, sah sie, wie Tiny, Owl, Pipe und Brick in der Tür der Lodge standen und sie anstarrten. Sie saß immer noch auf Cora.

»Wir führen ein Gespräch von Frau zu Frau«, erwiderte Cora mit einem kleinen Lachen.

Lara war es peinlich, dass sie dabei erwischt worden war, wie sie auf ihrer besten Freundin saß, und versuchte sofort aufzustehen. Bevor sie sich zu weit bewegen konnte, war Owl bei ihr und hielt ihr eine Hand hin.

Kindischerweise wollte sie seine Hilfe nicht annehmen. Wollte die Hand wegschlagen. Sie war sauer, weil sie von Cora von der Reise erfahren hatte ... und egoistischerweise wollte sie, dass es ihm auch wehtat. Aber weil sie erwachsen war und das Gespräch, das sie mit ihm führen musste, vor den anderen vermeiden wollte, nahm Lara seine Hand.

Und in dem Moment, in dem ihre Haut seine berührte, kribbelte es. Funken schossen bis zu ihren Zehen. Es war aufregend und ein wenig ärgerlich, weil sie immer noch sauer auf ihn war.

Seit der Ankunft der Familien hatten sie keinen Sex mehr gehabt, weil sie am Ende eines jeden Tages immer so erschöpft war. Und abgesehen von den energiegeladenen Kindern war es mental anstrengend, sich zum ersten Mal seit Monaten mit so vielen Menschen zu beschäftigen. Aber sie waren intim gewesen. Owl hatte sie in seinem Bett in die Arme genommen und sie waren aneinandergekuschelt eingeschlafen. Und er hatte durchgeschlafen. Jede Nacht. Das war ein berauschendes Gefühl für Lara. Er half ihr, sich sicher zu fühlen, und sie half ihm, jede Nacht durchzuschlafen. Die Tatsache, dass er sie genauso brauchte wie sie ihn, fühlte sich an, als sei die Waage zwischen ihnen ein wenig ausgeglichener.

Jetzt fühlte sie sich verunsichert. Warum hatte er ihr nicht gesagt, dass sie einen Hubschrauber gefunden hatten, den sie kaufen wollten? Das war eine große Sache für ihn. Einen echten Hubschrauber zu haben, den er jederzeit fliegen konnte, anstatt sich mit dem Simulationsprogramm begnügen zu müssen? Das war fantastisch!

Und die Tatsache, dass er und die anderen darüber gesprochen hatten, dass sie ihn und Stone nach Seattle begleiten würde, wenn sie sich dort umsehen würden, aber er hatte es ihr gegenüber nicht erwähnt? Das tat weh.

»Ihr wart unglaublich«, erklärte Brick mit einem Grinsen.

»Oh mein Gott!«, rief Alaska aus, die gerade den Eingangsbereich aus dem kleinen Büro im hinteren Bereich betrat. »Ich habe bereits zwei E-Mails von den Familien erhalten, die vorhin abgereist sind, und sie waren voll des Lobes über *Die Zuflucht* und, was noch wichtiger ist, über euch! Sie sagten, ihre Kinder hätten geweint, als sie abreisen mussten, weil sie so viel Spaß hatten. Ich hätte nie tun können, was ihr getan habt!«

Brick streckte seinen Arm aus, und Alaska schmiegte sich an ihn. Alle lächelten sie und Cora an, und das war für Lara überwältigend. Ihre Gefühle waren bereits völlig durcheinander, und das half ihr nicht gerade. Sie brauchte Raum. Musste nachdenken.

»Danke«, erwiderte sie. »Ich gehe zurück in die Hütte«,

informierte sie die Gruppe und ging zur Tür, ohne sich umzudrehen.

»Habe ich etwas Falsches gesagt?«, hörte Lara Alaska fragen. Aber sie blieb nicht stehen. Was sie tat, war unhöflich, aber im Moment war ihr einziger Gedanke, in die Hütte und weg von allen zu kommen.

KAPITEL DREIZEHN

»Was ist denn jetzt los?«, murmelte Owl, während er auf Laras Rücken starrte. Er machte einen Schritt auf sie zu, als er spürte, wie ihn jemand am T-Shirt zog. Als er sich umdrehte, sah er Cora neben sich stehen, die besorgt aussah.

»Ich habe Mist gebaut«, gab sie zu. »Ich wusste nicht, dass du noch nicht mit ihr gesprochen hast. Ich habe ihr das mit dem Hubschrauber verraten und sie gefragt, wie sie sich dabei fühlt, *Die Zuflucht* zu verlassen. Ich wusste nicht, dass du ihr noch nichts von der Reise erzählt und sie nicht gefragt hast, ob sie mitkommen will.«

Owl wurde ganz flau im Magen.

»Du hast ihr noch nicht von der Reise erzählt?«, fragte Tiny.

»Wir haben den Hubschrauber an dem Tag gefunden, an dem alle Familien angekommen sind. Sie war sehr beschäftigt und müde. Wenn sie abends nach Hause kam, war sie völlig fertig. Ich wollte ihr das nicht noch zusätzlich zu all dem aufbürden, was sie für *Die Zuflucht* getan hat«, entgegnete Owl ein wenig defensiv.

»Das verstehe ich«, bemerkte Pipe und legte einen Arm um seine Frau. »Cora ist jeden Abend wie ein Zombie. Sie murmelt etwas von Buntstiften und Bastelarbeiten und schläft, zwei Sekunden nachdem sie sich zum Fernsehen hingesetzt hat, ein.«

»Es ist schon eine Weile her, dass wir mit Kindern gearbeitet haben«, gab Cora zu bedenken. »Und damals in Washington waren wir nur tagsüber dort. Wir mussten die Kinder nicht während des Abendessens oder danach unterhalten, wie heute hier.«

»Ich muss mit ihr reden«, bemerkte Owl und presste die Lippen zusammen.

»Gib ihr einen Moment Zeit zum Nachdenken«, bat Cora ihn.

Aber Owl schüttelte den Kopf. »Nein, sie wird *zu viel* nachdenken.«

»Vielleicht ist es doch keine gute Idee«, gab Brick zu bedenken. »Sie kann hier bei uns bleiben. Wir werden auf sie aufpassen. Darauf achten, dass es ihr gut geht.«

Owl hatte keinen Zweifel daran, dass seine Freunde sich gut um seine Frau kümmern würden. Aber tief im Inneren rebellierte etwas gegen den Gedanken, sie zu verlassen. Sie war vielleicht diejenige, die Angst hatte, ihn aus den Augen zu lassen, aber jetzt war er derjenige, der *sie* nicht verlassen wollte. Er hatte sich sehr daran gewöhnt, sie fast immer bei sich zu haben. Er liebte die Gespräche, die sie führten. Er genoss es, sie auf seinem Sofa sitzen zu sehen.

Er war total süchtig nach Lara Osler, und der Gedanke, eine Woche ohne sie zu verbringen, verursachte ihm ein ungutes Gefühl.

»Ich weiß es wirklich zu schätzen«, erklärte er seinen Freunden, »aber sie braucht das. Sie muss rauskommen. Um zu sehen, dass es nicht alle auf sie abgesehen haben.«

»Was ist, wenn etwas passiert?«, fragte Tiny.

»Dann werden wir uns darum kümmern«, erwiderte Owl entschlossen. Im Hinterkopf war er genauso besorgt wie wahrscheinlich Lara selbst, dass sie von ihrer Vergangenheit eingeholt werden würde. Aber ein anderer Teil von ihm wünschte sich irgendwie, dass Carter Grant seinen Zug machte. Er würde lieber sterben, als etwas zu tun, was Lara schaden könnte, aber diese Ungewissheit war ätzend. Das Wissen, dass der Serienmörder irgendwo da draußen war ... das war es, was Lara letztendlich fertigmachen würde. Wenn der Dreckskerl also irgendetwas versuchen wollte, dann wünschte Owl sich, dass er es so bald wie möglich tat. Er würde einen Fehler machen, das FBI würde ihn schnappen, und sie könnten ein für alle Mal mit ihrem Leben weitermachen.

Lara ging es erstaunlich gut. Sie hatte immer noch ihre Rückschläge, und mit Grant da draußen konnte sie sich nie ganz entspannen ... und jeder wusste das. Diese Reise nach Seattle würde der erste Schritt sein, um sich ihre Unabhängigkeit zurückzuholen. Sie würde beweisen, dass sie zwar eine schreckliche Erfahrung hinter sich hatte, aber kein Opfer war.

Owl musste sie nur davon überzeugen, dass er kein unsensibler Idiot war, weil er ihr nicht schon früher von der möglichen Reise erzählt hatte. Dass er offensichtlich hinter ihrem Rücken mit seinen Freunden über Lara gesprochen hatte, wenn auch ohne jeglichen Hintergedanken, und dass er ihr nicht mehr als eine Woche Zeit gegeben hatte, um über die Möglichkeit nachzudenken, das Anwesen verlassen zu müssen.

»Sag uns Bescheid, wenn ihr etwas braucht«, sagte Brick.

»Owl?«, sprach Cora ihn an, bevor er gehen konnte.

Owl musste sich beherrschen, nicht verärgert zu sein, da

er einfach nur endlich zu Lara gehen wollte, und wandte sich um.

»Lass dich nicht von ihr abwimmeln. Du bist ihr Jack.«

Er hatte keine Ahnung, was das zu bedeuten hatte, aber er nickte einfach und sagte: »Werde ich nicht.« Dann drehte er sich um, bevor noch jemand beschloss, sich mit ihm unterhalten zu wollen, und ging zur Tür. Er musste die Sache in Ordnung bringen und wusste nicht wie. Er hasste den Schmerz und die Verwirrung, die er auf Laras Gesicht gesehen hatte, bevor sie gegangen war. Er hatte es vermasselt, und irgendwie, irgendwie musste er die Dinge in Ordnung bringen.

Lara holte tief Luft, als die Tür zur Hütte sich hinter ihr schloss. Der Weg durch den Wald war ihr länger und aus irgendeinem Grund unheimlicher vorgekommen. Draußen war es noch nicht ganz dunkel, aber es war bewölkt, und das machte alles noch ein bisschen unheimlicher.

Sie ging in das Gästezimmer, da sie einen neutralen Raum brauchte, um ihre Gefühle zu verarbeiten.

Am meisten schmerzte, dass es *Owl* war, der ihr etwas verheimlicht hatte. Laras Kopf pochte vor Kopfschmerzen … und ihre Brust schmerzte vor Liebeskummer. Vielleicht hatte er eine gute Erklärung, aber sie konnte sich nicht vorstellen, was das sein könnte. Er hatte genügend Zeit gehabt, ihr zu sagen, dass sie einen Hubschrauber gefunden hatten, und, was noch wichtiger war, dass sie mit ihm und Stone mitfliegen konnte, um ihn zu überprüfen.

Sie rollte sich auf dem Bett zusammen und starrte ausdruckslos in das schummrige Zimmer hinaus. Wollte er nicht, dass sie mitkam? War das der Grund, warum er es nicht angesprochen hatte? Das tat weh, aber ehrlich gesagt würde sie es ihm nicht verübeln. Was wusste sie schon über Hubschrauber? Gar nichts. Und wenn sie eine Panikattacke hätte, müsste er sich damit befassen und nicht mit dem Hubschrauber. Denn sie wollte ihm auf keinen Fall zur Last fallen.

Und sie war für Owl schon seit geraumer Zeit mehr als nur eine Last. Verdammt, monatelang war er nicht in der Lage gewesen, irgendetwas zu tun, ohne dass sie ausflippte, wenn er außer Sichtweite war. Sie war zwar längst nicht mehr die Frau, die sie direkt nach ihrer Rettung gewesen war, aber keiner von ihnen wusste, wie sie in der realen Welt reagieren würde. Hier in der *Zuflucht* fühlte sie sich sicher. Aber sobald sie das Gelände verließ, war sie Freiwild. Und sie hatte das Gefühl, dass das auch jeder wusste.

Das Geräusch der sich öffnenden und schließenden Eingangstür ließ Lara zusammenzucken. Doch als sie Owls tiefe Stimme hörte, entspannte sie sich sofort.

»Ich bin's!«, rief er, wie er es immer tat, wenn er zu Hause eintraf.

Zuhause.

Diese Hütte war jetzt Laras Zuhause. Es war ihr sicherer Ort. Ihr persönliches Refugium. Und die letzten anderthalb Wochen waren himmlisch gewesen. Ja, sie war müde gewesen, weil sie den ganzen Tag mit den Kindern gearbeitet hatte, aber nach Hause zu Owl zurückzukehren war wie ein wahr gewordener Traum. Und jetzt stellte sie alles daran infrage. Sie war schon einmal betrogen worden, und obwohl sie nicht glaubte, dass Owl auch nur annähernd in der gleichen Liga wie Ridge spielte, konnte sie nicht umhin, sich zu fragen, ob sie wieder einmal ihre übermäßig romantischen Hoffnungen und Träume über ihren gesunden Menschenverstand gestellt hatte.

Sie war nicht wirklich überrascht, als Owl einen Moment später in der Schlafzimmertür erschien. Er kam nicht zu ihr ans Bett, was sie zu schätzen wusste.

Er lehnte sich an den Türpfosten und verschränkte die Arme.

»Es tut mir leid.«

Lara blinzelte überrascht. Sie wusste nicht, was sie erwartet hatte, aber aus früherer Erfahrung hatte sie gedacht, dass er mit einer Art defensiver Erklärung beginnen würde, weil er ihr nichts von dem Hubschrauber oder der Reise erzählt hatte. Sie war nicht überrascht, dass Cora ihm gesagt hatte, sie hätte alles ausgeplaudert.

Sie ging nicht auf seine Entschuldigung ein.

»Als du hier ankamst, hast du immer so geschlafen«, bemerkte er leise.

Verwirrt hob Lara nicht den Kopf, aber sie konnte nicht leugnen, dass sie ihm ihre volle Aufmerksamkeit widmete.

»Zusammengerollt zu einem kleinen Ball. Um dich vor der Welt zu schützen. Und die Tatsache, dass du das wieder tust, bringt mich um. Weil *ich* dafür verantwortlich bin. Ich habe dir das Gefühl gegeben, dass du dich vor mir schützen musst.« Die Qual in seiner Stimme brachte Lara fast dazu, sich aufzusetzen und ihn in die Arme zu schließen. Aber sie blieb, wo sie war. Sie beobachtete ihn. Wartete ab.

Owl schob sich mit dem Rücken zur Wand in den Raum, dann rutschte er langsam nach unten, bis er saß. Er hob seine Knie an, stützte seine Arme darauf und starrte sie weiter an.

»Als du vor einigen Monaten hierherkamst, waren die Leute überrascht, dass es mir überhaupt nichts ausgemacht hat, dass du mich nicht aus den Augen lassen wolltest. Meine Freunde boten mir immer wieder an, mich abzulösen. Cora flehte mich an, eine Pause einzulegen und sie bei dir bleiben zu lassen. Aber ich weigerte mich. Willst du wissen warum?«

Lara versuchte, ihre Neugierde zu zügeln, aber es gelang ihr nicht. Sie nickte ihm leicht zu.

»Weil ich dich genauso gebraucht habe, wie du mich gebraucht hast. Hast du jemals eine dieser Militärsendungen im Fernsehen gesehen?«

Sie runzelte die Stirn. Es schien ein abrupter Themenwechsel zu sein, aber sie nickte ihm noch einmal kurz zu.

»Ja, die Navy-SEALs-Sendungen sind großartig. Sie sind Alphamänner, Beschützer, mutig und so knallhart, wie es nur geht. Das ist das Ideal einer jeden Frau, wenn es darum geht, was sie sich von einem Partner wünscht. Die Feuerwehrsendungen? Die sind auch so. Diese Männer laufen in brennende Gebäude, wenn alle anderen weglaufen. Im wahren Leben sind sie Helden. Die, über die in den Nachrichten berichtet wird, die verfilmt werden, über die Bücher geschrieben werden.

Und dann bin da ich. Wie oft hast du den Mann, der in diesen Sendungen *am Steuerknüppel sitzt,* schon zweimal angesehen? Den Typen, der den Hubschrauber fliegt, der Panzerfäusten, Bergen, Maschinengewehrfeuer und jedem Terroristen im Umkreis von fünfzehn Kilometern ausweicht, der ihn ausschalten will? Oder den Mann, der das Feuerwehrauto fährt? Den Menschen, der diese Flugzeuge über die Waldbrände fliegt, durch den Rauch und die Flammen, um entweder Schutzmittel abzuwerfen oder die Feuerwehrleute zu unterstützen?

Nie«, erklärte er und beantwortete damit seine eigene Frage.

Lara runzelte die Stirn, denn sie verstand, worauf er hinauswollte ... und es gefiel ihr ganz und gar nicht.

»Stone und ich waren keine SEALs. Wir waren keine

Delta-Force-Soldaten. Wir sind Piloten. Verdammt gute Piloten. Aber nur Piloten. Wir wussten nicht mal, ob das Militär jemanden schicken würde, um uns zu retten, als wir abgestürzt sind. Zumindest nicht so schnell, wie es nötig gewesen wäre. Denn es gibt immer weitere Piloten. Letztendlich haben sie dann doch Hilfe geschickt, aber wir sind uns ziemlich sicher, dass es an den Videos lag, die im Internet verbreitet wurden. Dass wir in den Fängen der Terroristen waren, war eine schlechte PR für das Militär. Also haben sie eines dieser knallharten Teams geschickt, um uns nach Hause zu holen.

Selbst damals wurden wir nicht als Helden behandelt. Wir waren nicht in den Nachrichten oder wurden für das *People Magazine* interviewt. Unsere Retter waren sehr gefragt für Interviews. Für ihre Perspektive auf das, was passiert war. Wegen dieser verdammten Videos *schämten* sich die Leute für Stone und mich. Unsere mageren, blassen, nackten Hintern waren nicht die Art von muskulösem Körperbau, die für gute Unterhaltung sorgten. Wir verschwanden im Hintergrund. Wir waren lediglich eine Fußnote im Krieg gegen den Terror. Unsichtbar, was in gewisser Weise genau das war, was wir brauchten ... aber es tat auch ein bisschen weh.

Aber du, Lara, du hast mich *gesehen*. Für dich war ich nicht nur der Pilot. Ich war wichtig. Wurde gebraucht. Und es fühlte sich *gut* an. So verdammt gut. Es machte mir nichts aus, dass es für dich unheimlich wichtig war, dass ich immer in deiner Nähe war. Es war falsch von mir, das weiß ich, aber ich habe mich so lange danach gesehnt, für jemanden wichtig zu sein. So sehr, dass ich mich nicht gegen deine Abhängigkeit von mir gewehrt habe.

Und als du anfingst, dich zu erholen? Als du mich nicht mehr ständig um dich brauchtest ... war ich stolz. Ich war so beeindruckt, dass du deinen Weg aus deiner Panik und Angst gefunden hast. Und ich muss zugeben, dass mir gefallen hat, wie unsere Beziehung sich veränderte. Du brauchtest mich nicht mehr so sehr, aber du schienst es immer noch zu genießen, mit mir zusammen zu sein. Zu reden. Zu kochen. Normale Dinge zu tun.

Ich habe dir nicht von der Reise zum Kauf des Hubschraubers erzählt, *nicht* weil ich es dir vorenthalten wollte, sondern einfach, weil das Fliegen nicht mehr das Wichtigste in meinem Leben ist, Lara. Sondern *du*.

Ich glaube, ich habe dich von dem Moment an geliebt, in dem wir das Krankenhaus in Arizona verlassen haben. Du warst so verängstigt, so traumatisiert, und trotzdem hast du versucht, deinen Eltern zu versichern, dass es dir gut geht ... obwohl das ganz und gar nicht der Fall war. Du hast Cora beruhigt, hast versucht, sie zu beruhigen, weil du entführt wurdest. In diesem Moment verliebte ich mich schnell und heftig. Jeder, der so nett sein konnte wie du, der an andere dachte, während er versuchte, mit einer so schrecklichen Tortur fertigzuwerden, war jemand, mit dem ich zusammen sein wollte. Jemand, den ich für immer in meinem Leben haben wollte.

Ich freue mich, einen Hubschrauber hier in der *Zuflucht* zu haben, aber diese Begeisterung wird von *dir* in den Schatten gestellt, Lara. Als du jeden Abend in diese Hütte kamst, dachte ich nicht an Pferdestärken oder Treibstoffvorrat, sondern wollte nur wissen, wie dein Tag war. Ich wollte die Geschichten über die Kinder hören, um die du und Cora euch gekümmert habt, und wie viel Spaß es euch gemacht hat, etwas zum normalen Tagesablauf beizutragen. Das war mein Hauptaugenmerk. Dann wachten wir morgens auf, und ich war so überwältigt und dankbar, dass ich die Nacht wieder durchgeschlafen hatte

... ich habe überhaupt nicht an den Hubschrauber gedacht.«

In Laras Kopf drehte sich alles. Sie war sich nicht sicher, ob sie Owl jemals zuvor so viel auf einmal hatte sagen hören. Sie war wie gebannt von allem, was er erzählte. Er sprach nicht viel über seine Zeit als Kriegsgefangener oder über das, was er nach seiner Rückkehr durchgemacht hatte ... aber jetzt seine Gedanken darüber zu hören, was andere über seinen Beruf dachten oder nicht, war herzzerreißend. Und schlimmer noch – er hatte nicht unrecht.

Die Filme, von denen er sprach? Die waghalsigen Piloten dieser Hubschrauber standen darin überhaupt nicht im Mittelpunkt. Sie zeigten die Hubschrauber, wie sie in die Berge hinein- und wieder hinausflogen, wie sie die Soldaten der Spezialeinheit aufnahmen und sie unter schwerem Geschützfeuer absetzten, aber Lara konnte sich nicht daran erinnern, dass die Piloten jemals im Mittelpunkt gestanden hätten.

»Und in den letzten Tagen warst du auch erschöpft. Und glücklich. Ich habe einen Blick auf den Menschen erhascht, den deine Kinder in Washington jeden Tag zu sehen bekamen. Dein inneres Licht leuchtete so hell, dass es mich fast geblendet hat. Ich wollte es nicht auch nur einen Augenblick lang trüben, indem ich dir wegen einer möglichen Abreise aus der *Zuflucht* Stress machte.

Es tut mir leid, mein Schatz. Ich hätte einen Weg finden sollen, dir von dem Hubschrauber zu erzählen. Tex hat einen Bell 505 gefunden. Er ist fast neu und der Preis ist unschlagbar. Brick hat mit dem Verkäufer und unserer Buchhalterin hin und her geschrieben, um zu verhandeln. Jetzt hat er für nächste Woche einen Termin für Stone und mich vereinbart, damit wir uns die Maschine vor dem Kauf ansehen können. Vor ein paar Wochen, als der Besitz eines

Hubschraubers in der *Zuflucht* eher eine Diskussion als eine beschlossene Sache war, hat Brick vorgeschlagen, dass du vielleicht mit uns kommen könntest, wenn wir ihn besichtigen. Das war, bevor es dir so gut ging wie jetzt. Aber schon damals wollte ich, dass du mitkommst, einfach weil mir der Gedanke nicht gefiel, für längere Zeit nicht in deiner Nähe zu sein.

Ich habe mich an dich gewöhnt, mein Schatz. Daran, wie du beim Kochen vor dich hin summst. An die Unordnung, die du im Bad hinterlässt, wenn du dich für den Tag fertig machst. Wie du dich nachts in meinen Armen anfühlst. Die Geräusche, die du machst, wenn ich tief in dir drin bin. Ich liebe dich, Lara. Und ich hasse mich für den Schmerz und die Unsicherheit, die du fühlst. Dass du dich auf dem Bett zusammengerollt hast, weil ich dich dazu gebracht habe, an meiner Liebe zu dir zu zweifeln.«

Als er aufhörte zu sprechen, herrschte eine große Stille im Raum.

Aber überraschenderweise fühlte Lara sich ... leicht.

»Ich bin nicht wirklich verletzt, weil du mir nichts über den Hubschrauber selbst erzählt hast. Ich bin verärgert, weil ich dachte, dass du vielleicht entschieden hast, dass du nicht willst, dass ich mitkomme, oder dass du denkst, dass ich nicht damit umgehen kann ... und deshalb hast du es mir gegenüber nicht erwähnt. Und auch, weil ich weiß, dass du dich wahrscheinlich sehr darüber gefreut hast, und du hast mich nicht an dieser Begeisterung teilhaben lassen.

Ich möchte auch an den Dingen teilhaben, die *du* liebst, Owl. Bisher ging es zu oft um mich, und ich habe es satt. Ich möchte meine Freude über die Schwangerschaften von Henley und Reese mit dir teilen. Ich möchte Geburtstage feiern. Ich bin es leid, dass alle auf mich Rücksicht nehmen. Mir geht es noch nicht richtig gut, aber ich mache täglich

Fortschritte. Henley hat mir geholfen zu erkennen, dass es im Leben darauf ankommt, wie man auf Erfahrungen reagiert. Und ich will nicht das Opfer von Carter Grant sein. Ich will lachen. Liebe machen. Mit meinen Freundinnen Spaß haben und an ihrem Leben teilhaben. Und ich kann nicht am Leben teilhaben, wenn jeder vorher überlegt, was er sagt, weil er Angst hat, ich könnte eine Panikattacke bekommen.«

Owl nickte. »Du hast recht. Ich verspreche dir, dass ich dir von nun an nichts mehr vorenthalten werde. Wenn ich glücklich bin, werde ich dich daran teilhaben lassen. Wenn ich wütend bin, darfst du mich bemitleiden und mir Mut machen. Wenn ich Angst habe, darfst du mich trösten. Ich hab's versaut, Lara. Ich weiß es, und es tut mir leid. Bitte lass nicht zu, dass uns das auseinanderbringt.«

Allein bei dem Gedanken, diesen Mann zu verlassen, hatte Lara einen Kloß im Hals. Langsam setzte sie sich auf. »Kommst du her?«, fragte sie zaghaft.

Owl sprang auf und war im Nu an der Bettkante. Sie rutschte rüber, um ihm Platz zu machen, und er ließ sich neben ihr auf das Bett sinken. Sie saßen sich gegenüber, und er strich mit einer Hand über ihr Haar und sah ihr in die Augen.

»Verzeihst du mir?«

»Ich glaube, ich würde dir alles verzeihen«, erklärte Lara, während sie einen Arm um ihn schlang. Der andere lag flach auf seiner Brust.

»Gott sei Dank«, hauchte er und machte die Augen zu.

Für Lara war klar, dass Owl genauso gestresst war wie sie selbst. Er hatte sich zwar nicht auf dem Bett zusammengerollt, aber er war über die Spannungen zwischen ihnen genauso verärgert gewesen.

»Fürs Protokoll: Ich *sehe* dich, Callen Kaufman. Und ich

sehe einen erstaunlichen Mann. Uneigennützig, großzügig und bereit, alles zu tun, was nötig ist, um andere glücklich zu machen. Ich sehe auch einen sexy, umwerfenden Mann, der mich dazu bringt, Dinge zu fühlen, die ich in meinem Leben noch nie gefühlt habe.«

»Zum Beispiel fühlst du dich sicher?«, fragte er.

»Das auch«, versicherte sie ihm. »Aber ich bin nicht in dich verliebt, weil ich mich bei dir sicher fühle. Weil du mich beschützt.«

Er zog eine Augenbraue hoch, und Lara konnte nicht anders, als es irgendwie süß zu finden, dass er so eine Bestätigung brauchte.

»Ich habe mich in dich verliebt, weil du mich nie als kaputten Menschen angesehen hast, auch wenn ich genau das war.«

»Du warst nie kaputt, mein Schatz. Ein bisschen gebeutelt vielleicht. Aber nicht gebrochen.«

Ja, sie liebte diesen Mann wirklich. »Und die Antwort ist übrigens ja.«

Er runzelte verwirrt die Stirn.

»Ich werde mit dir und Stone nach Seattle fahren.«

Seine Augen leuchteten vor Aufregung. »Ja?«

»Aha. Wie könnte ich mir die Chance entgehen lassen, dich hinter dem Lenkrad zu sehen ... warte ... es ist kein Lenkrad, oder? Dem Steuerknüppel?«

Owl lachte. »Ja.«

»Die Chance verpassen, dich hinter dem Steuerknüppel eines echten Hubschraubers zu sehen? Ich meine, der Simulator ist großartig, aber ich glaube, in der Realität ist es ganz anders.«

»Einerseits schon, andererseits nicht. Stone und ich haben den besten Simulator gekauft, den es gibt. Die Fußpedale fühlen sich in der Realität ein wenig anders an und in der Simulation spürt man den Wind nicht, der den Hubschrauber umweht, aber die Steuerung ist ziemlich genau.«

Lara lächelte ihn an.

Er zog eine Grimasse. »Tut mir leid. Ich bin ein wenig aufgeregt. Und ich habe bereits mit Brick über die Sicherheit für dich während der Reise gesprochen. Wir übernachten an einem Ort, den Tex empfohlen hat, und wir werden nicht trödeln. Wir fahren hin, sehen uns den Hubschrauber an und kommen zurück. Und wir werden unseren Flugplan erst in letzter Minute einreichen, damit niemand uns aufspüren kann, falls jemand da draußen uns beobachtet. Ich werde nicht zulassen, dass dir etwas zustößt. Nie im Leben.«

»Okay.«

»Okay?«

Lara nickte.

»Hast du Hunger?«, fragte er.

Bei der Erwähnung von etwas zu essen knurrte Laras Magen. Und zwar lautstark.

Owl lachte. Er beugte sich vor und küsste sie, wobei er seine Lippen einen langen Moment auf ihren ruhen ließ. Dann zog er sich zurück. »Ich habe noch eine Frage. Wer zum Teufel ist Jack?«

Lara musste grinsen.

»Im Ernst, Cora hat mir gesagt, ich sei dein Jack, aber ich weiß nicht, was das bedeutet.«

»Es bedeutet, dass du mir gehörst«, sagte sie mit einem kleinen Lächeln.

»Verdammt richtig«, erwiderte er, bevor er seine Beine von der Matratze schwang und ihr eine Hand hinhielt.

Lara nahm seine Hand und sie spürte ein Kribbeln in sich, als er sie nicht losließ, als er zur Tür ging.

Sie war glücklich ... aber im Hinterkopf musste sie trotzdem daran denken, was Sandra Bullock in dem Film gesagt hatte. Die Zeile über Beziehungen, die unter extremen Umständen beginnen und nicht funktionieren.

Sie hoffte, dass sie sich irrte. Denn wenn sie Owl verlor, würde sie niemals darüber hinwegkommen. Sie wusste instinktiv, dass er ihre einzige Chance auf eine tiefe, wahre, ewige Liebe war, und sie würde alles in ihrer Macht Stehende tun, um an ihrer Beziehung, an *ihm* festzuhalten, mit allem, was sie hatte.

Carter Grant konnte sich ein Grinsen nicht verkneifen.

Es war fast so weit!

Alles war an seinem Platz.

In weniger als einer Woche würde er sein Eigentum wieder dort haben, wo es hingehörte. Und dieses Mal würde er dafür sorgen, dass sie nicht entkommen konnte.

Er hatte so viele Details wie möglich geplant. Er wusste nicht genau, wann sie und die Mistkerle von der *Zuflucht* in Seattle ankommen würden, oder mit welchem Flug, aber das war egal. Er hatte seinen Komplizen gründlich gebrieft, und der Mann würde Lara in sein neues Versteck bringen. Es war abgelegen, und selbst wenn es ihr gelingen sollte, aus dem von ihm vorbereiteten Raum zu entkommen ... sie würde nicht von der Insel herunterkommen können.

Er brauchte fast sein gesamtes Geld, das er gespart – okay, der Familie Michaels gestohlen – hatte, um das Haus zu sichern und seinen Komplizen auszuzahlen, aber es würde sich lohnen. Er hatte sich eine neue Identität zugelegt und sein Aussehen verändert. Trotz der Augenklappe, die er trug, würde niemand sofort vermuten, dass er ein berüchtigter Serienmörder war, der vom FBI gejagt wurde. Sein blonder Kurzhaarschnitt war in den letzten Monaten herausgewachsen und nun fast schwarz gefärbt. Eine farbige Kontaktlinse verdeckte sein haselnussbraunes Auge.

Außerdem war er schlauer als all seine Feinde. Er würde den Rest seines Lebens auf der Insel leben, die er gekauft hatte, mit seinem besonderen Spielzeug.

Bei dem Gedanken, dass Lara ihm erneut ausgeliefert war, wurde sein Schwanz sofort steif. Er ignorierte es. Er hatte Wichtigeres zu tun und wollte sich für das, was kommen würde, schonen.

Carter schmunzelte über das Wortspiel und lehnte sich auf seinem Stuhl zurück, während er die Pläne für die nächste Woche noch einmal durchging. Lara und die beiden Idioten würden in Seattle ankommen und dort die Nacht verbringen. Dann sollten sie sich mit seinem Komplizen treffen, der sich als der Besitzer des Hubschraubers ausgab. Er würde dem Trio erlauben, einen Testflug mit dem Hubschrauber zu machen, sie würden die finanziellen Details klären ...

Und nachdem er sein Geld bekommen hatte, würde der Komplize die beiden Idioten töten und Lara direkt auf die Insel fliegen.

Dann würde der Spaß beginnen.

Carter konnte es kaum erwarten.

KAPITEL VIERZEHN

Morgen war der Tag, an dem sie nach Seattle aufbrechen sollten, und Owl musste zugeben, dass er um Laras willen nervös war. Ja, es ging ihr so gut, sie hatte seit Wochen keine Panikattacke mehr gehabt, aber *Die Zuflucht* zu verlassen würde für sie stressig werden.

Heute Abend verbrachten die beiden einen ruhigen Abend in ihrer Hütte. Sie hatten ein paar Stunden lang am Flugsimulator geübt und Owl war beeindruckt, wie gut Lara geworden war, obwohl sie noch nie in einem Hubschrauber gesessen hatte. Na ja … zumindest, während sie bei Bewusstsein war. Sie war noch nicht bereit, dem Militär beizutreten und sich zur Night Stalkerin ausbilden zu lassen, aber es gefiel ihm, die Freude in ihrem Gesicht zu sehen, wenn sie einen ganzen Flugsimulator-Flug – auf der Anfängerstufe – ohne Absturz überstanden hatte. Sie war nicht die Beste bei Starts und Landungen, aber Owl hatte keinen Zweifel daran, dass sie diese bald beherrschen würde.

»Was geht dir gerade durch den Kopf?«, fragte sie, als sie sich zusammen auf das Sofa kuschelten. Er tat so, als würde er lesen, und er hatte gedacht, sie sei in die Sitcom im Fernsehen vertieft. Owl hätte sich nicht wundern sollen, dass sie wusste, dass er nachdachte, anstatt sich zu entspannen. Er war ihre Reisepläne immer wieder durchgegangen und hatte versucht, sich Szenarien auszudenken, wie er im schlimmsten Fall reagieren würde.

»Nicht viel«, log er. Auf keinen Fall wollte er Lara noch mehr Sorgen aufbürden.

»Bist du aufgeregt?«

»Ja«, gab Owl mit einem kleinen Lächeln zu. Und das war er tatsächlich. Er hätte sich nie träumen lassen, dass er eines Tages Mitbesitzer eines eigenen Hubschraubers sein würde. Und dass Stone an seiner Seite sein würde, machte es noch besser. Fliegen zum Vergnügen wäre eine willkommene Abwechslung zu den zahllosen stressigen Einsätzen, die sie beim Militär hinter sich gebracht hatten.

Während der letzten Tage hatte er sich mit den Einzelheiten ihrer Reise beschäftigt, E-Mails an den Verkäufer geschrieben und allgemein versucht, alles für den Flug von ihm, Stone und Lara nach Seattle vorzubereiten. Er hatte Zeit mit Brick, Pipe und den anderen verbracht und ihre Ratschläge zu ihrer Sicherheit entgegengenommen, Vorschläge, die er gern annahm. Er wollte nämlich auf keinen Fall, dass Lara unter seiner Aufsicht etwas zustieß. Das würde er sich nie verzeihen.

»Bist du dir immer noch sicher, dass du mitkommen willst?«, fragte Owl.

»Ja.« Ihre Antwort kam sofort und aus tiefstem Herzen. Owl spürte, wie sich erneut Stolz in ihm regte. Seine Lara war zäh.

Sie drehte sich zu ihm um. »Willst *du* immer noch, dass ich mitkomme?«

»Natürlich will ich das«, entgegnete Owl und legte die

Stirn in Falten. »Wie kommst du darauf, dass das nicht der Fall sein könnte?«

»Seinetwegen. Mich dabeizuhaben macht alles noch stressiger.«

Owl wandte sich an die Frau, die er liebte, und streichelte ihr Gesicht. »Nein, tut es nicht. Ich wäre ohnehin gestresst. Und weißt du, was noch? Ich würde nicht schlafen. Und das würde die Reise noch gefährlicher machen. Denn wer will schon einen Piloten, der nicht genügend Schlaf bekommen hat?«

Lara verdrehte die Augen. »Was auch immer.«

»Ich meine es ernst«, bemerkte Owl ohne einen Hauch von Humor in der Stimme. »Für einen Mann, der seit über fünf Jahren keine Nacht mehr durchgeschlafen hat, bist du ein Wunder.«

»Du bist also mit mir zusammen, weil ich dir beim Schlafen helfe«, neckte sie ihn.

»Nein, ich bin mit dir zusammen, weil du mich glücklich machst. Du gibst mir das Gefühl, dass ich der Mann sein kann, der ich immer sein wollte. Du bringst mich dazu, mich nach etwas zu sehnen, von dem ich dachte, dass ich es nie finden würde ... eine Familie. Ich bin mit dir zusammen, weil du *du* bist, Lara. Ich liebe dich.«

»Ich liebe dich auch.«

Owl küsste sie. Er hätte sie gern nach hinten gedrückt und sie auf der Stelle genommen. Heftig und schnell. Um ihr ohne Worte zu zeigen, wie wichtig sie für ihn war. Aber er zwang sich, den Kuss leicht und locker zu halten. Lieber würde er seinen Schwanz in eine Steckdose stecken, als etwas zu tun, das das Trauma, das sie erlebt hatte, wiederaufleben lassen würde.

Lara packte sein Hemd und drückte sich noch fester an ihn. Er liebte es, wenn sie die Kontrolle übernahm. Nicht nur, weil es bedeutete, dass sie ihn genauso wollte wie er sie, sondern auch, weil es ihn von der Sorge befreite, wie viel zu viel war, was Intimität betraf.

Doch viel zu schnell hielt sie inne, zog sich zurück und starrte ihn an. Owl konnte ihren Blick nicht deuten. Er runzelte die Stirn und war plötzlich besorgt. »Was? Was ist denn los?«

»Nichts«, versicherte sie ihm schnell und biss sich auf die Unterlippe.

»Sprich mit mir, Lara. Muss ich Henley anrufen?«

»Nein! Ich meine, es geht mir gut. Ich meine nur ... magst du es, wenn ich die Kontrolle über unser Liebesspiel übernehme?«

Owl zog eine Augenbraue hoch. »Willst du damit sagen, dass du nicht weißt, ob meine Orgasmen echt sind oder nicht?«, scherzte er.

Daraufhin lächelte sie. »Nein, ich weiß definitiv, dass du sie nicht vortäuschst. Dein Sperma, das morgens aus mir tropft, bestätigt mir das.«

Owl konnte sein zufriedenes Lächeln nicht unterdrücken. Er liebte es, sie mit seinem Sperma zu füllen. Er liebte es, es aus ihr herausfließen zu sehen, wenn sie morgens aufstand. Es war eine typisch männliche Reaktion, für die er sich wahrscheinlich schämen sollte, aber es war so verdammt erotisch, dass er sich deswegen einfach nicht schlecht fühlen konnte. Am ersten Morgen hatte er sich Sorgen gemacht, wie sie reagieren würde, aber sie hatte ihm nur ein verlegenes Lächeln geschenkt, bevor sie ins Bad gegangen war.

Mit Verspätung erinnerte er sich an ihre Frage. »Ich liebe es, wenn du die Kontrolle übernimmst«, erklärte er ihr ehrlich.

»Ich auch, aber ...« Sie verstummte.

Owl gefror das Blut in den Adern. War sie mit ihrem Sexleben nicht zufrieden? Hatte er es irgendwie vermasselt? »Aber was?«, fragte er ein wenig schärfer, als er es beabsichtigt hatte.

Lara sah zu ihm auf. »Ich bin immer oben«, bemerkte sie.

Owl runzelte die Stirn. Er liebte es verdammt noch mal, sie auf seinem Schwanz reiten zu sehen. Zu sehen, wie sein Schwanz in ihrem Körper verschwand, wenn sie sich auf ihn sinken ließ. Wie ihre Brüste wippten, wenn sie ihn nahm. Es gab nicht eine Sache, die ihm *nicht* gefiel, wenn sie rittlings auf ihm saß, während sie Liebe machten.

»Und?«, fragte er nach.

»Ich hätte nur nichts dagegen, wenn du manchmal oben wärst.«

Owl erstarrte. Das Bild, das ihm durch den Kopf schoss, war so heiß, dass er fast vergessen hätte zu atmen. »Ich will keine schlechten Erinnerungen in dir heraufbeschwören«, flüsterte er.

»Das ist nicht der Fall ... ich meine, er hat sich gern auf mich gesetzt und sich selbst befriedigt, aber du bist nicht *er*, Owl. Wenn ich mit dir zusammen bin, denke ich nicht an ihn. Ich vertraue dir, und ich weiß, dass du dich manchmal zurückhältst, wenn es um mich geht. Ich möchte, dass du das, was wir zusammen tun, genauso genießt, wie ich es tue. Und wenn es offensichtlich ist, dass du alles in deiner Macht Stehende tust, um sanft mit mir umzugehen, dann denke ich, dass du nicht so viel Freude am Sex hast wie ich.«

Owl war hin- und hergerissen zwischen extremer Erregung und Wut auf sich selbst. Er liebte definitiv alles, was er und Lara zusammen gemacht hatten, aber er hasste es, dass sie gemerkt hatte, dass er seine Reaktionen kontrollierte.

Er stand auf und ergriff ihre Hand. Er zog sie auf die Beine und schleppte sie dann in Richtung Schlafzimmer.

»Owl? Bist du sauer?«

Daraufhin forderte er sie sanft auf, sich auf die Matratze zu setzen und in die Mitte zu rutschen. Sie tat es, ohne den Blick von ihm zu nehmen. Als sie lag, kroch er zu ihr und schwebte über ihr.

»Ich bin nicht sauer«, versicherte er ihr, während er sich über ihr abstützte. »Ich finde es toll, dass du stark und mutig genug warst, den ersten Schritt zu machen, was uns betrifft. Alles an dir macht mich an. Dein Verstand, dein gutes Herz und vor allem dein Körper. Ich war noch nie so glücklich wie mit dir in meinem Bett. Zu sehen, wie du dir die Kontrolle zurückholst, die dir dieser Dreckskerl gestohlen hat, gehört zu den besten Erfahrungen in meinem Leben.« Er zögerte.

»Aber?«, fragte sie.

Owl verzog die Lippen zu einem Lächeln. Seine Lara war so verdammt scharfsinnig. »Aber«, fuhr er fort, »wenn du mir etwas von dieser Kontrolle abgeben willst, nehme ich sie gern an. Unter einer Bedingung.«

»Was?«

»Sobald du ein Gefühl des Unbehagens verspürst, sagst du es mir. Ich meine es ernst, mein Schatz. Es würde mich umbringen, wenn ich irgendetwas täte, was dir Unbehagen bereitet.«

»Abgemacht.«

Owls Arm zitterte, als er sich über die Liebe seines Lebens beugte. Sein Gehirn schrie: *Tu es! Nimm sie!* Aber sein Herz mahnte ihn zur Vorsicht. Es langsam angehen zu lassen.

Lara lächelte ihn an, und er konnte sehen, wie sich die Muskeln in ihrem Körper entspannten. Er ärgerte sich, dass er nicht früher bemerkt hatte, dass sie etwas von der Kontrolle aufgeben wollte, die er bereitwillig abgegeben hatte. Aber er würde es wiedergutmachen.

Owl kniete sich hin und zog sich das T-Shirt über den Kopf. Das Lächeln sorgte dafür, dass sein Schwanz steif wurde. Im Geiste sagte er sich, dass er sich verdammt noch mal beherrschen sollte, und ließ sich noch einmal hinab, bis er zwischen ihren gespreizten Beinen lag. Er zerrte an ihren Leggings und war erleichtert, als sie den Hintern anhob, um ihm zu helfen.

Während er sich um ihre Leggings und Unterwäsche kümmerte, schälte sie sich aus ihrem T-Shirt. Sie lag völlig nackt unter ihm und Owl fragte sich einmal mehr, wie er so viel Glück hatte haben können. Wie diese wunderbare, schöne, leidenschaftliche Frau ganz ihm gehörte.

Owl senkte den Kopf, schob ihre Beine weiter auseinander und begann, sie zu lecken.

Lara stöhnte, während sie Owls Kopf festhielt. Es war nicht das erste Mal, dass er sie leckte, aber heute Abend schien er anders zu sein. Natürlich war er das. Sie hatte ihm freie Hand gegeben, die Kontrolle zu übernehmen. Und er zögerte nicht. Er leckte sie, als sei er ein Verhungernder und sie ein Vier-Gänge-Menü. Er hörte nicht auf, als sie sich unter ihm wand. Er benutzte seine Lippen, seine Zunge und sogar seine Finger, um sie immer wieder an den Rand des Höhepunkts zu bringen, aber er ließ sie nicht zum Orgasmus kommen.

»Owl«, jammerte sie, als er zum gefühlt hundertsten Mal seinen Mund von ihrer Klitoris nahm.

»Willst du etwas?«, neckte er sie.

»Ja! Dich!«, rief sie aus.

Owl sprang praktisch vom Bett, aber bevor Lara blinzeln konnte, war er wieder da. Er hatte seine Jogginghose ausgezogen und schwebte über ihr, eine Hand an seinem Schwanz, mit der er sich streichelte, die andere drückte er auf ihren Bauch.

Für den Bruchteil einer Sekunde war Lara wieder dort. In diesem Keller. Sie sah zu, wie ihr Entführer über ihr masturbierte. Aber dann blinzelte sie und sah nur noch Owl.

Aber natürlich sah er ihre Reaktion. Er erstarrte und lehnte sich auf seinen Fersen zurück.

»Nein!«, rief Lara und griff nach ihm. »Bitte, Owl, ich brauche dich!«

»Bist du sicher?«

»Ja! Ich liebe dich. Ich bin hier bei dir, und du würdest mir nie wehtun.«

»Verdammt richtig«, erwiderte er, dann biss er die Zähne entschlossen zusammen, beugte sich vor und drückte ihre Schenkel auseinander, um Platz für sich zu schaffen.

»Du bist so schön. Du bist schon so wunderbar feucht für mich«, erklärte er in einem heiseren Ton.

»Ja«, ermutigte sie ihn. Seine Stimme zu hören half ihr sehr, im Hier und Jetzt zu bleiben.

»Berühre mich«, befahl Owl. »Leg deine Hände auf meine Brust. Ich will, dass du mein Herz spürst, das nur für dich schlägt.«

Sie tat gern, was er verlangte, und er hatte nicht unrecht, sein Herz pochte heftig in seiner Brust. Sie konnte eine seiner vielen Narben unter ihrer Handfläche spüren, und das gab ihr noch mehr Halt. Owl hatte seine eigenen Dämonen, und sie wollte für ihn da sein, so wie er für sie da war.

Sie spürte, wie die Spitze seines Schwanzes ihre empfindlichen Falten berührte, und keuchte.

Dann drang er in sie ein. Er zögerte nicht, was sie zu schätzen wusste. Er vergrub sich so tief in ihrer Muschi, wie er nur konnte, und nichts hatte sich jemals in ihrem Leben so gut angefühlt. Und es fühlte sich anders an, wenn er auf ihr war. Erstaunlich.

»Ist das in Ordnung?«, fragte er und hielt über ihr inne.

»Es ist perfekt«, hauchte Lara. »Und jetzt beweg dich.«

Und das tat er. Zuerst langsam, aber mit jedem Stoß wuchs seine Gewissheit, dass er ihr nicht wehtat, dass sie genoss, was er tat, und er wurde schneller.

Bald stieß er in sie hinein, beanspruchte sie für sich. Er ruinierte sie für jeden anderen Mann – nicht dass das nicht ohnehin schon passiert war.

»Ich gehöre dir«, rief er jedes Mal, wenn er bis zum Anschlag in ihr steckte.

Lara konnte sich ein Lächeln nicht verkneifen. Er beanspruchte sie nicht für sich; er gab ihr immer noch die Macht, indem er behauptete, dass sie *ihn* besaß. Es war nur eine Frage der Semantik, denn sie hatte das Gefühl, dass sie ihm gehörte, aber sie liebte es, wie sensibel er auf all das reagierte, was sie durchgemacht hatte.

Owl griff nach unten, hielt ihr Knie fest und zog es hoch. Dann machte er das Gleiche mit dem anderen. Er hakte ihre Beine über seine Arme ein und stützte sich auf der Matratze ab, während er über ihr lag.

Er stieß zu und sie keuchte, weil er jetzt so tief in ihr war. Viel tiefer, als wenn sie auf ihm gesessen hätte.

»Ich gehöre dir«, erklärte er wieder, während er in sie eindrang.

»Mir«, stimmte sie zu.

Er starrte ihr in die Augen, als er sie nahm. Sie war

ihm hilflos ausgeliefert, aber anstatt sich ängstlich und klein zu fühlen, fühlte sie sich stark. Als sie mit ihren Händen über seine Brust fuhr, erschauderte er, als sie seine Brustwarzen streichelte. Als sie eine Hand in seinen Nacken legte, konnte sie spüren, wie sich eine Gänsehaut auf seiner Haut bildete. Er mochte zwar im Moment in der dominanten Position sein, aber sie hatte genauso viel Macht über ihr Liebesspiel. Es war ein berauschendes Gefühl.

»Das gefällt dir«, keuchte sie.

»Verdammt, ja, es gefällt mir«, erklärte er ihr.

»Du bist so tief in mir drin.«

»Ich werde dich bis zum Rand füllen«, stieß er hervor. »Ich werde dir ein Baby machen. Wenn du das nicht willst, musst du es jetzt sagen.«

Lara lächelte. Sie wusste nicht, warum es heute Abend anders war als bei den anderen Malen, an denen er in ihr gekommen war, aber sie widersprach nicht. Sie wollte ein Kind von diesem Mann. Sie sehnte sich mit jeder Faser ihres Wesens danach.

»Dann mach das«, forderte sie.

Entschlossenheit leuchtete in Owls Augen auf und er hielt sich nicht mehr zurück. Er stieß in sie hinein und stöhnte jedes Mal, wenn er seinen Höhepunkt erreichte. Lust durchströmte Laras Körper. Alles kribbelte. Sie schob eine Hand zwischen ihre Beine.

»Oh verdammt, das ist so verflucht sexy«, bemerkte er und sein Blick war nun auf die Stelle gerichtet, an der sie miteinander verbunden waren.

Sie streichelte ihre Klitoris, während er es ihr weiter besorgte. Die Lust stieg schnell und stark an, und Lara verlor sich in den exquisiten Empfindungen.

»Tu es«, flehte Owl. »Komm zum Orgasmus, Lara. Ich

kann mich nicht länger zurückhalten. Du fühlst dich zu gut an. Du bist zu eng und heiß.«

Ihre Finger bewegten sich schneller und sie benutzte ihren kleinen Finger, um Owls Schwanz jedes Mal zu streicheln, wenn er sich aus ihr herauszog. Sie versuchte, ihre Hüften nach oben zu schieben, aber sie hatte keine Hebelwirkung. Sie war Owl völlig ausgeliefert – und diese Erkenntnis reichte, um sie zum Orgasmus zu bringen.

Ein lang gezogenes Stöhnen verließ ihren Mund, als sie in Owls Armen zu zucken begann.

Noch bevor sie aufhörte zu zittern, drang er ganz in sie ein und stieß ein sexy Stöhnen aus. Er bewegte eine Hand, sodass sie ihr Bein senken konnte, und packte eine ihrer Pobacken, zog sie näher heran und schob seinen Schwanz noch tiefer in ihren Körper.

Ihre Hand war zwischen ihren Körpern, sie war verschwitzt und fühlte sich, als sei sie von innen nach außen gekehrt worden, aber Lara war noch nie in ihrem Leben so befriedigt gewesen.

Owl bewegte sich langsam, damit sie ihr anderes Bein abstellen konnte, aber er behielt seine Hand auf ihrem Hintern, während er sich über sie schob. Er drückte seine Hüften näher und legte seinen Körper auf ihren. Ihre Haut glitt sinnlich aneinander, während er mit seiner freien Hand ihr Haar nach hinten strich. Dann umfasste er ihren Hinterkopf und hielt sie fest, während er seine Stirn an ihre legte.

Sie keuchten beide, und sie konnte seinen Herzschlag an ihrer Brust spüren. Sie hätte sich erdrückt fühlen müssen. Aber Owl auf sich liegen zu haben fühlte sich erstaunlich ... richtig an.

»In neun Monaten werden wir unser Baby kennenlernen«, flüsterte er.

Lara lachte. »Bist du sicher, dass du mich geschwängert hast?«, scherzte sie.

Owl hob den Kopf und sie sah absolut keinen Humor in seinem Gesichtsausdruck, als er sagte: »Ja. Es ist unmöglich, dass ich dich nicht geschwängert habe, nachdem ich gerade so heftig zum Orgasmus gekommen bin.«

Lara hatte das Gefühl, dass sie sich in diesem Moment hätte unwohl fühlen müssen. Das Ganze hier war nicht normal. Kerle waren nicht so besessen davon, ihre Freundinnen zu schwängern. Verdammt, sie hatte noch nicht einmal wirklich entschieden, was sie mit ihrem Leben anfangen wollte. Ihre Eltern erwarteten, dass sie irgendwann nach Washington zurückkehrte, und ihre Chefin hielt ihr immer noch ihren Job frei.

Aber stattdessen fühlte sie nur ... Erleichterung. Es war ihr Traum, mit einem Mann verheiratet zu sein, der sie über alles liebte, und mit ihm eine Familie zu haben. Owl *war* dieser Mann, daran hatte sie keinen Zweifel. Und wenn sie das Glück hatte, mit ihm Kinder haben zu können, würde sie nie wieder um etwas bitten.

Viele Leute würden das nicht verstehen, aber Lara war das egal. Sie bewegte sich, bis ihre Füße flach auf der Matratze lagen, presste die Schenkel zusammen und hielt Owl in einer Ganzkörperumarmung fest. »Ich kann es kaum erwarten, ihn oder sie kennenzulernen«, erklärte sie feierlich.

Er starrte sie einen Moment lang an, bevor er langsam lächelte.

»Und fürs Protokoll ... ich übergebe dir offiziell die Zügel unseres Sexlebens. Du kannst das Kommando übernehmen.«

Daraufhin spürte sie, wie sein Schwanz in ihr zuckte.

»Tatsächlich?«, fragte er.

»Tatsächlich.«

Sein Griff in ihrem Haar wurde fester, und das kleine Ziehen an ihrer Kopfhaut ließ ihr eine Gänsehaut über die Arme laufen. »Ich habe dir nicht wehgetan?«

»Nein. Nicht einmal ansatzweise.«

Sein Schwanz zuckte erneut.

Dann bewegte er sich, rutschte auf die Knie und zwang Lara, die Beine zu senken, um ihm Platz zu machen. Er setzte sich auf seine Fersen und zog ihren Hintern auf seinen Schoß. Die Position fühlte sich für Lara etwas unangenehm an, aber als er seine Hände auf ihre Brust legte und in ihre Brustwarzen zwickte, war ihr das egal.

»Nur um sicher zu sein, dass ich dich geschwängert habe, werde ich noch einmal in dir kommen. Und dann noch mal. So oft ich kann«, schwor er.

Diese dominante Seite ihres Mannes überraschte sie ein wenig, auch wenn das eigentlich nicht der Fall hätte sein sollen. Er war vielleicht kein Navy SEAL oder Delta, aber er war es gewohnt, die volle Kontrolle zu haben, wenn er einen Multimillionen-Dollar-Hubschrauber steuerte. Und die Art und Weise, wie er im Simulator flog, gleichzeitig konzentriert und ein wenig rücksichtslos, hätte Lara durchaus als Hinweis darauf dienen können, dass ihr Mann sich in der Öffentlichkeit vielleicht nicht dominant verhielt, aber hinter verschlossenen Türen war er hundertprozentig Alpha.

»Deine Muschi wird noch tagelang tropfen. Ich möchte, dass du mich die ganze nächste Woche dort spürst, während wir weg sind.«

»Owl«, stöhnte sie.

»Aber du zuerst«, erklärte er mit einem kleinen Lächeln und führte eine Hand zu ihrer Klitoris.

Es würde eine lange Nacht werden, aber Lara beschwerte sich nicht. Nicht im Geringsten.

KAPITEL FÜNFZEHN

Am nächsten Morgen kamen alle in die Lodge, um sich zu verabschieden. Lara fühlte sich wie ein Zombie; sie hatte nicht annähernd genügend Schlaf bekommen, da Owl unersättlich gewesen war. Er hatte genau das getan, was er versprochen hatte, sie dreimal mit seinem Sperma gefüllt und sie mindestens doppelt so oft zum Orgasmus gebracht. Sie fühlte sich wie eine Gummi-Nudel, und obwohl es vielleicht nicht seine Absicht war, war sie zu müde, zu befriedigt, um an diesem Morgen Bedenken zu haben, *Die Zuflucht* zu verlassen.

Owl hatte fast immer eine Hand an ihr. Als könnte er es nicht ertragen, sie nicht zu berühren. Er berührte ihren Rücken, sein Arm streifte den ihren und er hielt ihre Hand. Sie hatte von einem Mann wie ihm geträumt, aber ehrlich gesagt jede Hoffnung verloren, ihn jemals zu finden. Und jetzt war sie hier. Lara musste sich kneifen, um sicher zu sein, dass sie nicht träumte.

Als alle sich verabschiedet hatten und Brick Owl und Stone eine letzte Liste mit Anweisungen und Informationen über den Hubschrauber und die Transaktion gab, zog Cora Lara zur Seite.

»Du siehst müde aus, geht es dir gut?«

Die Sorge ihrer besten Freundin um sie gab Lara ein gutes Gefühl. »Mir geht's gut. Ich habe letzte Nacht nur nicht viel Schlaf bekommen.«

»Hast du dir Sorgen gemacht?«, fragte Cora mit einem Stirnrunzeln.

Lara schenkte ihr ein schüchternes Lächeln. »Wohl kaum.«

So langsam dämmerte es ihr. »Oh!«, bemerkte sie mit einem Grinsen.

»Ja, *oh.*«

»Ich nehme an, Owl die Kontrolle zu übergeben hat sich für dich gelohnt?«

»Auf jeden Fall«, stimmte Lara zu.

Cora grinste dümmlich. Dann wurde sie ernst. »Ich bewundere dich. Von uns beiden warst du immer die Kluge, die Hübsche, die Elegante. Und jetzt bist du auch noch die Wonder Woman von uns beiden. Du kannst buchstäblich alles tun, was du dir in den Kopf setzt. Ich sollte höllisch neidisch sein, aber stattdessen bin ich einfach nur verdammt stolz.«

»Cora«, protestierte sie und wurde von ihren Emotionen überwältigt.

»Nein. Nicht weinen, das verbiete ich dir«, entgegnete Cora, während ihre Augen sich mit Tränen füllten.

Also tat Lara das Einzige, was sie in diesem Moment tun konnte: Sie zog Cora in eine Umarmung und hielt sie fest.

»Ich hab dich lieb«, murmelte Cora an Laras Schulter.

»Ich hab dich auch lieb«, erwiderte sie.

Sie standen einen Moment lang so da, bevor Lara eine

Bewegung auffiel. Sie blickte auf und sah Owl, Pipe, Stone und Brick, die sie anstarrten.

Sie ließ ihre Arme sinken und Cora drehte sich um.

»Was?«, fragte sie. »Dürfen zwei beste Freundinnen sich nicht umarmen?«

Pipe lachte. »Niemand hat etwas gesagt«, beruhigte er seine Frau.

»Schon klar«, murmelte sie.

Pipe zog sie in seine Arme. Cora lehnte sich an ihn und bedeckte seine verschränkten Hände mit ihren eigenen, die auf ihrem Bauch ruhten.

»Wenn ihr irgendwelche Fragen habt, zögert nicht anzurufen«, sagte Brick zu Owl und Stone. »Ich habe mir den ganzen Papierkram angesehen, also müsst ihr nur noch unterschreiben, wenn ihr den Hubschrauber nach dem Testflug absegnet. Sobald ich von euch höre, dass alles in Ordnung ist, lasse ich Savannah den Geldtransfer in die Wege leiten.«

Owl und Stone nickten.

»Ihr habt doch eure Pilotenscheine, oder?«

»Ja, Mommy«, scherzte Stone.

Brick zuckte zusammen. »Tut mir leid. Ich wollte euch nur noch mal dran erinnern.«

Owl hatte sich Lara genähert, während Brick noch sprach, und sich neben sie gestellt, wobei seine Fingerspitzen leicht auf ihrem Rücken ruhten. Diese Berührung erinnerte sie an den Abend zuvor, als sie auf allen vieren gewesen war und er hinter ihr und genau die Stelle streichelte, an der seine Finger jetzt ruhten, während er sie heftig und tief nahm.

Sie erschauderte.

»Wenn du das Gefühl hast, dass etwas nicht stimmt, dann sag es«, befahl Brick Lara mit fester Stimme.

Sie nickte.

»Und ihr zwei, wenn ihr ein schlechtes Gefühl bekommt, zögert nicht. Macht euch aus dem Staub. Ein Hubschrauber ist kein Menschenleben wert«, bemerkte Brick.

»Hast du etwas von Tex gehört?«, fragte Stone mit einem Stirnrunzeln.

»Nein. Grant ist noch flüchtig. Ich bin nur vorsichtig.«

»Lara wird nichts passieren. Ich gebe dir mein Wort«, schwor Owl.

»Gut. Aber sie ist nicht die Einzige, um die ich mir Sorgen mache«, erklärte Brick.

»Wir haben das im Griff«, sagte Stone.

»Carter soll es ruhig *wagen* aufzutauchen«, platzte Lara heraus. »Nicht dass er wüsste, wo ich bin oder was wir vorhaben, aber selbst wenn das der Fall wäre, wird er sofort erwischt. Er kann nirgendwo hingehen, ohne erkannt zu werden ... dank Cora.« Lara lächelte zu ihrer besten Freundin hinüber. »Er sticht aus der Masse heraus. Wir kommen schon klar.«

»Gut. Dann lasst uns aufbrechen. Ihr müsst euren Flug erwischen«, erklärte Brick entschlossen.

Lara umarmte Cora noch einmal und machte sich dann mit den anderen auf den Weg zu Bricks Rubicon. Stone saß vorn bei Brick, und Owl hielt Lara die hintere Tür auf. Er kletterte hinter ihr hinein, und nachdem sie sich angeschnallt hatte, griff Owl sofort nach ihrer Hand.

Sie schenkte ihm ein schüchternes Lächeln, als sie seine Finger drückte. Er lächelte zurück und strich mit dem Daumen über ihren Handrücken. Das brachte eine weitere Erinnerung an den Abend zuvor, an die Momente nach dem letzten Mal, als sie miteinander geschlafen hatten. Das Bettzeug war das reinste Chaos und sie war verschwitzt, aber sie war noch nie so zufrieden gewesen. Sie hatten nebeneinandergelegen, sich an den Händen gehalten und versucht, wieder zu Atem zu kommen, und Owl hatte seinen Daumen über ihre Hand gestrichen, so wie er es jetzt tat. Es waren keine Worte nötig, diese kleine Berührung sagte alles.

Dann waren sie nacheinander ins Bad gegangen, hatten T-Shirt und Unterwäsche wieder angezogen und waren fast sofort in den Armen des anderen eingeschlafen.

Owl war ihr perfekter Partner. In jeder Hinsicht. Er gab ihr das Gefühl, stärker zu sein. Unbesiegbar. Als sei sie zu allem fähig. Sie hatten noch nicht über eine Heirat gesprochen, aber Lara hatte keinen Zweifel, dass das kommen würde. Sie war nicht so altmodisch, dass sie das Gefühl hatte, verheiratet sein zu müssen, um ein Kind zu bekommen, aber ihre Eltern wären enttäuscht, wenn sie es nicht wäre. Sie lebte zwar nicht, um es ihren Eltern recht zu machen, aber da sie sich sicher war, dass sie und Owl das wollten, wäre es kein Problem, diesen Schritt zu tun.

Als sie zum Flughafen fuhren, hob Owl ihre Hand und küsste ihren Ringfinger, als könnte er ihre Gedanken lesen. Es war fast beängstigend, wie ruhig Lara war. Eigentlich sollte sie ausflippen. *Die Zuflucht* zu verlassen war ein großer Schritt, aber mit Owl an ihrer Seite konnte sie alles schaffen.

Lara war fest entschlossen, nicht zur Belastung zu werden, denn der Kauf dieses Hubschraubers war für Owl und seine Freunde wichtig. Sie konnte das durchziehen. Sie würden in den Norden fliegen, den Hubschrauber testen und dann die mehrtägige Heimreise antreten, mit Zwischenstopps in kleinen Städten auf dem Weg. Ein Kinderspiel.

An diesem Abend, nachdem sie in Seattle angekommen war und am Flughafen beinahe eine Panikattacke erlitten hatte, schwand Laras Optimismus in Bezug auf diese Reise. Es war leicht, mutig zu sein, während sie in der *Zuflucht* gewesen war. Aber hier draußen, wo so viele Menschen unterwegs waren, wo es so viele Orte gab, an denen ein Mann sich verstecken konnte, und so viele Möglichkeiten, wie er andere manipulieren konnte, um an sie heranzukommen, bereute Lara ihre Entscheidung, mit Owl und Stone zu kommen.

Als er ihre zunehmende Panik bemerkte, wich Owl nicht mehr von ihrer Seite und blieb unglaublich wachsam. Er versicherte ihr mindestens hundertmal, dass sie in Sicherheit war.

Lara hätte am liebsten geschrien, dass sie *nicht* sicher *war*. Dass sie *nicht* sicher sein *würde*, bis Carter Grant hinter Gittern war. Aber sie hielt den Mund. Sie hatte Angst, dass sie, wenn sie etwas sagte, nicht mehr aufhören konnte zu reden. Und sie wollte ihnen auf keinen Fall diese Reise vermasseln. Für Owl und Stone und all die anderen in der *Zuflucht*, die sich darauf freuten, einen Hubschrauber zur Verfügung zu haben.

Sie waren gerade im Hotel angekommen und Stone checkte sie ein, während Owl mit Lara auf einem der Sofas in der großen Eingangshalle saß. Sie saß praktisch auf seinem Schoß, an die Armlehne des Sofas gepresst, während Owl sich an ihre Seite drückte, aber so fühlte sie sich sicherer.

Stone ging zu ihnen hinüber, hockte sich vor sie und reichte Owl einen kleinen Umschlag, in dem sich, wie Lara vermutete, der Schlüssel befand.

»Ihr seid in Zimmer 412. Wenn ihr nach oben gehen wollt, werde ich mit Ricky Kontakt aufnehmen und euch dann Bescheid sagen, wann er morgen für uns bereit ist«, erklärte Stone.

»In welchem Zimmer bist du?«, fragte Owl.

Er zuckte mit den Schultern. »Es gab eine Verwechslung und das Zimmer war doppelt belegt. Aber das ist keine große Sache. Ich kann draußen im Leihwagen schlafen.«

Lara runzelte die Stirn, als ihr dämmerte, was er sagte. »Nein«, entgegnete sie und schüttelte den Kopf. »Auf keinen Fall.«

Stones Gesichtsausdruck wurde weich. »Es ist schon in Ordnung.«

»Das ist *nicht* in Ordnung«, erwiderte Lara, und wieder stieg Panik in ihr auf. »Du kannst nicht im *Wagen* schlafen. Es ist nicht sicher. Und das ist verrückt! Warum willst du nicht bei uns im Zimmer bleiben? Liegt es an mir? Ich weiß, dass ich etwas unruhig war, aber ich verspreche, dass ich mich bessern werde. Ich werde dir nicht auf die Nerven gehen.«

»Es liegt nicht an dir«, versicherte Stone ihr, ohne zu zögern, in dem Versuch, sie zu beruhigen.

Aber Lara ließ sich nicht besänftigen. »Nein! Wenn du im Wagen schläfst, schlafen wir *alle* im Wagen. Ich werde kein Auge zutun können, wenn ich weiß, dass du da draußen allein bist und ich in einem bequemen Bett liege. Wenn es dir unangenehm ist, das fünfte Rad am Wagen zu sein, dann hör auf damit. Und ich kann auf dem Sofa schlafen, damit du morgen ausgeruht bist. Ich nehme an, unser Zimmer hat eines, aber wenn nicht, kann ich auch auf dem Boden schlafen.«

»Wir haben ein Zimmer mit zwei Doppelbetten, Lara. Und selbst wenn das nicht der Fall wäre, würdest du nicht auf dem Boden schlafen«, erklärte Owl mit finsterem Blick.

»Doch, wenn es bedeutet, dass Stone im Wagen schlafen

muss!«, kreischte Lara fast. Ihre Stimme war zu laut, aber da ihre Panik seit der Abfahrt vom Flughafen stetig zugenommen hatte, stand sie kurz vor einem Nervenzusammenbruch.

»In Ordnung. Ich bleibe bei euch im Zimmer«, sagte Stone leise zu ihr.

»Ernsthaft! Ich verstehe nicht, warum du das gemacht hast. Ich hätte nicht mitkommen sollen. Du hättest nicht einmal daran *gedacht*, im Wagen zu schlafen, wenn ich nicht hier wäre!« Lara hatte sich in einen Zustand hineingesteigert, aus dem sie sich nicht mehr befreien konnte. »Ihr seid beste Freunde! Ihr seid durch die Hölle und zurück gegangen und jetzt willst du nicht einmal mit uns im selben Zimmer schlafen? Ich will mich nicht zwischen euch drängen!«

Stone beugte sich vor und nahm Laras Gesicht sanft in seine Hände – und sie hörte abrupt auf durchzudrehen. »Ich wollte nur höflich sein«, sagte er sanft, aber bestimmt.

»Nun ... hör auf damit«, brummte Lara.

Seine Lippen zuckten amüsiert. »Okay.«

»Okay«, stimmte sie zu.

»Geht es dir gut?«

»Ich weiß es nicht. Wirst du wirklich bei uns im Zimmer schlafen?«

»Ja.«

»Dann ist alles in Ordnung«, entschied Lara.

Stone hielt sie noch einen Moment lang fest, dann zog er sie nach vorn und küsste ihre Stirn, bevor er sie losließ und sich Owl zuwandte. »Sie ist ein echter Kracher. Das hätte ich nicht gedacht.«

Owl ließ seine Hand langsam in ihren Nacken wandern und drückte sie sanft. »Damit das klar ist: Wenn sie dich nicht zurechtgewiesen hätte, hätte ich es getan. Was zum Teufel hast du dir dabei gedacht, Stone?«

»Ich habe gedacht, dass ihr eure Ruhe wollt. Und du weißt ja, wie schlimm meine Albträume werden können. Ich will euch nicht mitten in der Nacht aufwecken, weil ich weiß, dass es für dich unmöglich ist, wieder einzuschlafen, wenn du einmal wach bist.«

»Damit habe ich keine Probleme mehr«, informierte Owl seinen Freund.

»Was? Ernsthaft?«

»Im Ernst. Offenbar ist das Heilmittel für meine Schlaflosigkeit, Lara im Arm zu halten.«

»Wow. Das ist fantastisch.«

»Das ist es. Aber ich bin sauer auf dich, weil du denkst, es würde mir etwas ausmachen, wenn du mich aufweckst. Und dass du mir nicht gesagt hast, dass du immer noch diese verdammten Albträume hast.«

Stone zuckte mit den Schultern und stand auf. »Die sind nichts Neues. Die kommen und gehen. Ich wollte euch nur nicht belästigen, wenn ich sie während unserer Reise habe.«

Owl stand auf und Lara tat es ihm gleich, indem sie ihren Arm um ihn legte, weil sie ihm nahe sein wollte, gleichzeitig aber auch ein schlechtes Gewissen wegen Stone hatte.

»Wenn du Albträume hast, ist das kein Problem«, erklärte Owl ihm.

»Lass sie nicht in meine Nähe, wenn ich einen Albtraum habe«, warnte Stone ihn.

»Das werde ich nicht«, versicherte Owl seinem Freund.

»Moment mal«, beschwerte sich Lara. »Wenn du glaubst, dass ich tatenlos dabei zusehe, wie er unter einem Albtraum leidet, liegst du falsch.«

»Vertrau mir, mein Schatz. Ich habe das im Griff. Ich

weiß, wie man mit ihnen umgeht. Und Stone hat recht. Du darfst nicht in seine Nähe kommen, wenn er einen Albtraum hat.«

»Ich werde ... gewalttätig«, erklärte Stone, als er den Knopf für den Aufzug drückte. »Ich würde mich hassen, wenn ich dir wehtun würde.«

Er tat Lara unglaublich leid. »Ich verstehe. In dem Fall soll Owl dir dann helfen. Aber ... wenn du wieder wach bist, darfst du dich nicht wundern, wenn ich dich bemuttere.«

Stone verdrehte die Augen. »Wie auch immer. Solange du mich nicht *erdrückst*, weil ich dich geweckt habe.«

»Sie braucht Übung im Bemuttern«, bemerkte Owl lässig, als sie im Aufzug waren.

»*Moment mal* – wie bitte? Bist du schwanger?«, fragte Stone ungläubig.

»Nein.«

»Ja.«

Sie und Owl antworteten wie aus einem Mund.

Stone zog verwirrt eine Augenbraue hoch.

»Er denkt, dass er Supersperma hat und dass er *weiß*, dass er mich gestern Abend geschwängert hat«, erklärte Lara, und diesmal verdrehte sie die Augen. Sie spürte, wie ihr die Hitze in die Wangen stieg, und wusste, dass sie rot wurde, fuhr aber fort: »Er geht also davon aus, dass ich seit einem Tag schwanger bin, aber bis ich die Linie auf dem Test sehe oder ein Arzt nach der Untersuchung meines Urins das bestätigt, sage ich Nein.«

»Äh ... okay. Dann gratuliere ich dir. Da ich der Erste bin, der es erfährt, wird mir die Ehre zuteil, ein Kind nach mir zu benennen?«, fragte Stone.

»Hast du gehört, was ich gerade gesagt habe? Ich weiß nicht einmal, ob ich schwanger bin«, gab Lara zu bedenken.

Die Tür ging auf und die drei traten in den vierten Stock hinaus.

»Ich habe dich gehört, aber ich kenne auch meinen Freund. Wenn Owl sagt, dass er dich geschwängert hat, dann hat er dich geschwängert«, sagte Stone. »Er ist einfach nur stur.«

»Ihr seid verrückt«, bemerkte Lara. Aber tief in ihrem Inneren erkannte sie, dass es ihr durch das Geplänkel mit Stone und Owl und die Beobachtung, wie nahe sich die beiden Männer standen, leichter fiel, sich nicht mit ihrer eigenen Situation zu beschäftigen.

»Und nein, wir werden unsere Tochter nicht Jack nennen«, sagte Owl zu ihm.

»Jacketta hört sich auch gut an. Außerdem bekommst du vielleicht einen Jungen.«

»Natürlich bekommen wir einen Jungen«, erklärte Owl. »Unser erstes Kind wird ein Sohn. Dann werden wir drei Töchter bekommen, dann noch einen Jungen.«

Lara drehte sich erstaunt zu ihm um. »Wir bekommen keine fünf Kinder!«, rief sie aus.

»Warum nicht? Du willst eine große Familie. Das hast du mir selbst gesagt.«

Das hatte sie. Aber fünf? Dann fiel ihr etwas ein. »Reden wir ernsthaft darüber, fünf Kinder zu bekommen, obwohl wir noch nicht einmal eins haben?«

»Ja«, bemerkte Owl mit einem kleinen Lächeln.

»Du meine Güte.«

»Stoney ist ein geschlechtsneutraler Name«, scherzte Stone, während er ihre Zimmertür öffnete.

Lachend entspannte sich Lara, als die Tür sich hinter ihnen schloss. Und nun endlich hinter einer geschlossenen, abgesperrten Tür mit Stone und Owl, fühlte sie sich zehnmal sicherer.

»Was machen wir zum Abendessen?«, fragte Stone. »Ich bin am Verhungern.«

»Wir können dir irgendwas bestellen«, entgegneten Owl und Lara gleichzeitig.

Sie lächelte ihn an.

»Dann bestellen wir eben etwas«, stimmte Stone zu, während er sich auf dem Bett neben der Tür auf den Rücken fallen ließ. »Sagt mir Bescheid, wenn das Essen da ist.«

Owl schüttelte den Kopf über seinen Freund. »Ich schätze, wir können die Pizza mit Ananas holen, die du so gern magst, Lara. Oder vielleicht das Nudelgericht mit Brokkoli, das du so vergötterst. Wir können ein Familiengericht besorgen, das groß genug für uns alle ist.«

Lara war verwirrt. Sie mochte keine Ananas auf Pizza und konnte sich auch nicht daran erinnern, mit Owl darüber gesprochen zu haben.

Aber als Stone sich aufsetzte und brummte: »Gut, *ich* kümmere mich um die Bestellung des Abendessens«, wurde ihr klar, dass Owl seinen Freund wieder einmal nur geneckt hatte.

Sie hatte schon einige Zeit mit Stone und den anderen Männern in der *Zuflucht* verbracht, aber dies war das erste Mal, dass sie die Dynamik zwischen den beiden besten Freunden so hautnah miterlebte. Sie waren ihr und Cora sehr ähnlich, wenn sie zusammen waren, und Lara gefiel das.

Sie ging zum Bett hinüber, wo Stone saß und mit seinem Handy herumspielte. Sie setzte sich neben ihn und spähte über seine Schulter. »Ich hätte Lust auf einen großen, saftigen Hamburger, aber die Lieferung dauert so lange, dass die Pommes frites meist schon matschig sind, wenn sie ankommen.«

»Wir könnten Italienisch bestellen. Wir haben hier eine Mikrowelle, und wenn die Nudeln nicht heiß sind, können wir sie aufwärmen.«

Lara rümpfte die Nase. »Steak?«, fragte sie.

Stone lächelte sie mit einem Nicken an. »Na klar.«

Nachdem sie das geklärt hatten und Stone alle Bestellungen aufgegeben hatte, sagte er ihnen, dass er in die Eingangshalle gehen würde, um auf die Lieferung zu warten.

»Das ist in Ordnung, solange du dich nicht zum Wagen schleichst«, sagte Lara ein wenig schnippisch.

Daraufhin nahm Stone Lara in einen sanften Schwitzkasten und gab ihr einen Kuss. Sie kreischte und lachte, als sie versuchte, sich von ihm zu befreien. Stone lachte, küsste sie auf den Kopf und ging zur Tür.

Owl saß die ganze Zeit über auf dem einzigen Stuhl im Raum und beobachtete sie mit einem Funkeln in den Augen.

»Bin gleich wieder da. Tut nichts, was ich nicht auch tun würde«, warnte er. Dann, kurz bevor er die Tür schloss, steckte er den Kopf noch einmal ins Zimmer und fügte hinzu: »Und da sie bereits schwanger ist, gibt es keinen Grund für einen Quickie ... wenn dieses Zimmer nach Sex riecht, wenn ich zurückkomme, schlafe *ich* wirklich im Wagen.« Er schloss die Tür, bevor Lara oder Owl etwas erwidern konnten.

»Komm her«, befahl Owl, sobald Stone weg war.

Lara ging auf ihn zu und stöhnte ein wenig überrascht auf, als er ihre Hand ergriff und sie auf seinen Schoß zerrte. Als sie sich gesetzt hatte, fragte er: »Wie geht es dir?«

»Mir geht es gut«, versicherte sie ihm.

»Im Ernst, geht es dir gut? Weil du dich in einer

Abwärtsspirale befunden hast, und das war ätzend, weil ich nichts tun konnte, um sie aufzuhalten.«

Lara legte ihre Hand auf seine Wange, um ihn zu beruhigen. Vor ein paar Minuten hatte er noch mit Stone gescherzt, aber jetzt konnte sie sehen, dass er ziemlich aufgewühlt war. »Ich will nicht lügen, die Reise war härter, als ich dachte. Aber jetzt geht es mir besser. Hier zu sein ... hier drinnen ... das ist besser.«

»Es tut mir leid«, begann Owl, aber Lara schüttelte den Kopf.

»Das muss es nicht. Bei dir und Stone bin ich so sicher wie nirgendwo sonst. Und ich kann mich ja nicht ewig verstecken. Das hier ist in Ordnung. Es ist gut so. Wir holen den Hubschrauber und sind im Handumdrehen auf dem Heimweg.«

»Zu Hause«, stimmte Owl zu. Er küsste sie sanft. Dann grinste er, als er sich zurückzog. »Wir haben mindestens zwanzig Minuten oder so ... wir *könnten* einen Quickie haben.«

Lara wusste, dass er einen Scherz machte. »Du und Quickie sind ein Widerspruch in sich. Du könntest keinen Quickie haben, selbst wenn dein Leben davon abhinge.«

»Da bin ich mir nicht so sicher, mein Schatz. Sobald ich meinen Schwanz in dir habe, verliere ich augenblicklich die Kontrolle.«

Bei dem Gedanken, dass er seinen Schwanz tief in ihr drin hätte, erschauderte Lara ein wenig. »Stimmt, aber du lässt dich ablenken, bevor du an diesen Punkt kommst. Glaubst du wirklich, du kannst mich nackt sehen und es nicht zu deiner Lebensaufgabe machen, mir zwei Orgasmen zu verschaffen, bevor du überhaupt in mich eindringst?«

Owl zog die Nase kraus. »Da hast du auch wieder recht.«

Lara lachte.

»Ich liebe das.«

»Was?«, fragte Lara.

»Dein Lachen. Seit ich dich kenne, hast du das nicht oft genug gemacht. Ich werde es zu meinem Lebensziel machen, dein Lachen öfter zu hören.«

»Mit dir und Stone zusammen zu sein ist ein guter Anfang«, bemerkte Lara. »Ihr steht euch wirklich nahe.«

»Zusammen abstürzen, gejagt und gefoltert werden ... das ist ein guter Weg, um sehr schnell enge Bindungen zu knüpfen«, erwiderte Owl trocken.

Lara fand es schrecklich, dass ihm das passiert war, aber gleichzeitig war sie plötzlich sehr froh, dass er bei dieser Tortur nicht allein gewesen war. »Sind seine Albträume wirklich so schlimm?«

»Schlimmer«, bestätigte Owl. »Es sind nächtliche Angstzustände. Er spricht nicht mit mir darüber, sagt mir nicht, worum es sich handelt, aber ich kann es mir denken. Ich dachte, es ginge ihm schon besser, aber offensichtlich leidet er immer noch darunter. Er hat es vorhin ernst gemeint, wenn er auf dieser Reise *doch* noch eine Panikattacke bekommt, werde ich mich darum kümmern. Du darfst ihn nicht anfassen. Er hat mich mehr als einmal quer durch den Raum geschleudert, und der Gedanke, dass er dir wehtun könnte ... damit käme keiner von uns beiden zurecht.«

»Ich werde nicht in seine Nähe gehen. Ich verspreche es.«

»Danke.«

»Können wir irgendetwas tun, um ihm zu helfen?«, wollte Lara wissen.

»Behandle ihn nicht anders.«

Lara verstand das. Sie hasste es, wenn Menschen sie mitleidig ansahen, obwohl das schon lange nicht mehr der Fall war, und sie wollte, dass es so blieb.

»Was kann ich tun, um *dir* zu helfen, wenn du dich unwohl fühlst?«, fragte Owl.

»Genau das, was du heute getan hast. Bleib in meiner Nähe. Berühre mich. Beides hilft sehr.«

»Das ist leicht. Und fürs Protokoll: Du hast dich heute viel besser geschlagen, als du denkst, mein Schatz. Und das sage ich nicht nur so. Der Rest der Reise wird ein Kinderspiel. Morgen fahren wir zu einem viel kleineren Regionalflughafen, wo wir diesen Ricky Norman treffen. Wir werden zuerst mit dem Hubschrauber fliegen und ihn auf Herz und Nieren prüfen. Dann kehren wir ins Hotel zurück, erledigen die geschäftlichen Dinge und fahren dann morgen zum Flughafen, um die Heimreise anzutreten.«

»Es dauert etwa fünf Tage, bis wir wieder zu Hause sind, oder?«, fragte Lara.

»Vier oder fünf. Je nachdem, wie wir uns fühlen.«

»Wir sind also so etwa in einer Woche wieder zu Hause«, entgegnete Lara mit einem tiefen Atemzug. »Das kann ich durchhalten.«

»Natürlich kannst du das. Du kannst alles, was du willst.«

»Da bin ich mir nicht so sicher. Ich kann keinen Hubschrauber fliegen«, scherzte sie.

»Sicher kannst du das. Ich habe dich bei den Simulationsflügen gesehen, du bist ein Naturtalent.«

Lara verdrehte die Augen. »Du hast es selbst gesagt, der Simulator ist nicht wie ein echter Hubschrauber.«

»Stimmt, aber ich weiß genau, dass du einen Hubschrauber fliegen könntest, wenn du es müsstest.«

»Hoffentlich muss ich das nie herausfinden«, erwiderte Lara mit einem Schaudern.

»Genug davon. Da ein Quickie nicht infrage kommt ...

hast du etwas dagegen, ein bisschen rumzuknutschen?«, fragte Owl.

»Mit dir?«, stichelte Lara.

Owl knurrte und grub seine Finger in ihre Seiten, um sie zu kitzeln.

Lara kreischte und versuchte, sich von ihm loszureißen, aber Owls Griff war zu fest. Zum Glück hörte er auf, sie zu kitzeln, und schlang stattdessen seine Arme um sie.

Sie küssten sich immer noch, als Stone zurückkam, und er seufzte dramatisch, als er eintrat und die beiden eng umschlungen auf dem Sessel sah.

»Soll ich gehen und später wiederkommen?«, scherzte er.

»Nein! Ich bin am Verhungern«, sagte Lara zu ihm.

»Ich auch«, bemerkte Owl leise und schob sie von seinem steinharten Schwanz weg, während er ihr half aufzustehen.

Lara grinste und merkte, wie sehr sie sich bereits beruhigt hatte. Sie war dankbar, dass ihre Panikattacke nicht stundenlang angedauert hatte. Diese Reise würde doch noch ein Erfolg werden. Sie wusste es einfach.

Sein Plan würde aufgehen. Davon war Carter Grant mit jedem Tag, der verging, mehr und mehr überzeugt.

In zwei weiteren Tagen würde er Lara endlich wiederhaben. Und er würde dafür sorgen, dass sie nie wieder ging ... bis er mit ihr fertig war. Und bis dahin würde es noch eine ganze Weile dauern.

Er hatte von seinem Komplizen die Nachricht erhalten, dass der Testflug morgen wie geplant stattfinden würde. Er wünschte, er könnte dabei sein. Er wünschte, er könnte ihr Gesicht sehen, wenn sie begriff, was mit ihr geschah.

Aber er konnte die Insel nicht verlassen. Er hatte beschlossen, dass er immer noch zu gut zu erkennen war, selbst mit den kleinen Veränderungen an seinem Aussehen. Im Moment war er wahrscheinlich der meistgesuchte Mann im Land, und da sein Ziel so nahe war, musste er sich bedeckt halten. Carter verließ sich nicht gern darauf, dass jemand anderes die Pläne ausführte, die er so sorgfältig ausgearbeitet hatte, aber er hoffte, dass das Geld, das er seinem Komplizen zahlte, ausreichte, um dafür zu sorgen, dass er in keiner Weise von seinen Anweisungen abwich.

»Bald«, murmelte Carter, als er sich das Zimmer ansah, in dem seine Lara wohnen würde. Es war perfekt. Die Ketten auf dem Bett, die ausgesuchten Dessous und die Tür, durch die sie nie entkommen würde. Diesmal gab es niemanden mehr im Haus, vor dem er sie verstecken musste. Sie würde völlig isoliert und ihm vollkommen ausgeliefert sein. Egal wie laut sie schrie, niemand würde sie hören.

Er musste nur noch zwei Tage überstehen. Dann würde er sein Eigentum zurückbekommen. Carter wurde fast schwindelig vor Freude. Er achtete nicht auf den Phantomschmerz seines fehlenden Auges. Er verspürte kein bisschen Reue für das, was er im Begriff war zu tun. Die beiden Vollidioten, die bei ihr waren, hatten den Tod verdient, weil sie ihm sein Eigentum vorenthalten hatten. Und Lara?

Sie würde bekommen, was sie verdiente. Und er konnte es kaum erwarten.

KAPITEL SECHZEHN

Lara krallte sich an der Kante des Sitzes fest, sowohl vor Nervosität als auch vor Aufregung. Endlich war es so weit. Nachdem sie sich an diesem Morgen mit Ricky Norman, dem Verkäufer, auf dem Regionalflughafen getroffen hatten, waren sie alle zu dem bereitstehenden Hubschrauber eskortiert worden. Owl und Stone hatten jeden Zentimeter des Bell 505 Hubschraubers, der auf dem Rollfeld stand, unter die Lupe genommen. Aber während der ganzen Inspektion hatte Owl sie im Auge behalten. Sie stand in der Morgensonne und sah zu.

Anstatt nervös zu sein, weil sie sich im Freien aufhielt, war Lara ganz ruhig. Niemand konnte sich an sie heranschleichen, nicht so exponiert, wie sie auf dem Rollfeld standen, und lange bevor jemand zu ihr gelangen konnte, wäre Owl schon da.

Am Abend zuvor waren sie alle angespannt gewesen. Owl und Stone waren wie zwei kleine Kinder am Abend vor ihrem Geburtstag. Sie hatten alle tief und fest geschlafen – Stone hatte zum Glück keine Albträume gehabt – und waren noch vor dem Wecker aufgewacht, bereit, zum Flughafen zu fahren und ihren potenziellen neuen Hubschrauber zu begutachten.

Und schon der erste Eindruck hatte sie nicht enttäuscht. Der Hubschrauber war elegant und glänzte, und Owl und Stone gerieten ins Schwärmen.

Stone hatte Owl gnädigerweise zuerst die Steuerung überlassen. Sowohl der Pilot als auch der Co-Pilot hatten die Möglichkeit, den Hubschrauber zu fliegen. Owl und Stone hatten am Abend zuvor darüber diskutiert, ob sie die Steuerung vom Sitz des Co-Piloten entfernen wollten, und beschlossen, dass sie sie zumindest vorläufig behalten wollten. Die beiden waren es gewohnt, zusammen zu fliegen, und ehrlich gesagt war es für Lara beruhigend zu wissen, dass der andere übernehmen konnte, wenn demjenigen, der gerade flog, etwas passierte. Die Jungs könnten ihre Meinung in Zukunft ändern, wenn sie mehr Interesse an Touren hätten und den vorderen Sitz für zahlende Kunden bräuchten, aber im Moment hatten sie nichts dagegen, den Hubschrauber so zu lassen, wie er war.

Da es in der Kabine so laut war, hatten alle drei ein Headset auf, mit dem sie sich untereinander und mit dem kleinen Kontrollturm unterhalten konnten. Sie bekamen grünes Licht für den Start, und Lara hielt den Atem an, als die Maschine langsam vom Boden abhob.

Es war so weit, und sie konnte die Spannung, die in der Luft lag, spüren.

Zuerst konnte sie den Blick nicht von Owl abwenden. Es war sehr schnell klar, dass er in seinem Element war. Er hatte ein kleines Lächeln auf den Lippen, als er die Steuerung bediente. Lara hatte ihn schon vorher bewundert, aber zu sehen, wie er einen echten Hubschrauber flog, beeindruckte sie noch mehr.

Der Hubschrauber bewegte sich geschmeidig durch die

Luft, während Owl mit dem Steuerknüppel die Vorwärtsbewegung und mit dem Hebel an der Seite seines Sitzes die Höhe steuerte. Sie kannte die Grundlagen des Hebels und des Steuerknüppels, aber die Pedale waren für sie im Simulator noch schwer zu beherrschen. Owl hatte diese Probleme nicht. Er und Stone unterhielten sich ständig über Mechanik, Windgeschwindigkeit und andere technische Fragen, die sie nicht interessierten.

Stone hatte seine eigene Steuerung auf seiner Seite des Hubschraubers, aber er behielt die Hände im Schoß, während sein Freund sie über die wunderbaren Städte und Wälder flog. Ab und zu gab er weiter, was auf einem der Bildschirme vor ihnen angezeigt wurde.

Lara wandte die Aufmerksamkeit dem kleinen Fenster neben sich zu und betrachtete die vorbeiziehende Landschaft. Die Gegend um Seattle war wunderschön, und sie hatten einen herrlichen Tag für den Testflug erwischt. Die Sonne glitzerte auf dem Wasser, und Lara war immer wieder erstaunt, wie viele kleine Inseln es vor der Küste gab.

So schön diese Gegend auch war, Lara stellte fest, dass ihr New Mexico eigentlich besser gefiel. Sie hatte es natürlich nicht von oben gesehen, aber sie liebte die Wälder rund um *Die Zuflucht* und mochte sogar die trockene Luft, verglichen mit der Feuchtigkeit hier in Washington.

»Was denkst du, Süße?«

Der Klang von Owls Stimme, die durch das Headset in ihren Ohren dröhnte, ließ Lara kribbelig werden. Sie drehte sich um und sah ihn an. Er hatte den Kopf zu ihr umgewandt und starrte sie an.

»Solltest du nicht darauf achten, wohin wir fahren ... äh ... fliegen? Oder so was?«, tadelte sie ihn.

Sowohl Owl als auch Stone lachten. Das Lachen klang in ihren Ohren wie in Stereo.

»Es ist nicht wie beim Autofahren«, erklärte Stone ihr. »Solange er die Hände ruhig auf dem Steuerknüppel behält, werden wir immer in eine Richtung und auf derselben Höhe fliegen.«

»Und wenn er das nicht tut? Die Steuerung nicht ruhig hält?«, fragte Lara.

Stone zuckte mit den Schultern. »Dann stürzen wir ab«, entgegnete er schlicht.

»Halt die Klappe, Stone. Es ist alles in Ordnung. Wir werden nicht abstürzen«, versicherte Owl ihr. »Also, was denkst du?«, fragte er erneut.

»Ähm ... es ist alles in Ordnung?« Lara war sich nicht sicher, was genau er wissen wollte.

»Wie ist der Sitz da hinten? Ist er bequem? Kannst du gut aus dem Fenster sehen? Passt der Sicherheitsgurt, drückt er irgendwo? Wird dir nicht übel oder so?«

»Oh, die Sitze sind in Ordnung. Ich meine, es ist nicht wie auf einem Sofa oder so, aber es ist nicht unbequem. Und ja, die Fenster sind fantastisch. Der Gurt ist in Ordnung, und du hast nicht danach gefragt, aber das Headset ist so cool! Ich kann euch hören, als würden wir in der Lodge nebeneinanderstehen. Und ich bin nicht im Geringsten luftkrank. Wahrscheinlich weil du so ein guter Pilot bist.«

»Wir werden sehen, wie du dich fühlst, wenn Stone mit dem Fliegen dran ist«, scherzte Owl.

Stone schlug ihm auf die Schulter. »Wie auch immer. Wir wissen beide, dass ich dich jederzeit übertrumpfen kann.«

Die beiden Männer waren gut gelaunt, was Lara noch mehr entspannte. Hier oben waren sie am glücklichsten. Und hier oben konnte ihr niemand etwas antun. Keiner konnte sie zwingen, etwas zu tun, was sie nicht wollte, oder sich an sie heranschleichen. Sie war frei. Frei von Sorgen, frei von Angst.

Owl flog sie noch ein bisschen länger und warnte sie jedes Mal, wenn er dieses oder jenes ausprobieren wollte, sodass sie sich nicht erschreckte, sondern eher aufgeregt war, wenn der Hubschrauber abrupt abfiel oder wenn er eine Kurve nach links oder rechts machte. Sie vertraute Owl vollkommen. Seine Fähigkeiten als Pilot aus erster Hand zu erleben war viel aufregender, als ihm beim Üben im Simulator in der *Zuflucht* zuzusehen ... und das war schon verdammt beeindruckend.

Als er mit dem Verhalten des Flugzeugs zufrieden war, übergab Owl das Steuer an Stone. Überraschenderweise konnte Lara feine Unterschiede zwischen den Fähigkeiten der beiden Piloten ausmachen. Während Owl das Flugzeug geschmeidig steuerte und sie kaum bemerkte, wenn sie die Flughöhe veränderten, war Stone ein wenig schwerfälliger, aber nicht so sehr, dass ihr schlecht wurde. Er neigte eher dazu, die Fußpedale zu benutzen, um den Hubschrauber hin und her zu drehen, sodass er mehr von dem Gebiet sehen konnte, das er überflog, indem er einfach den Heckrotor betätigte.

Lara zog die eine Technik nicht der anderen vor. Mit Stone am Steuerknüppel musste sie nicht abwechselnd von der Vorderseite des Hubschraubers zum Seitenfenster schauen. Durch die Art und Weise, wie er den Hubschrauber ständig drehte, konnte sie einfach an der Seite hinausschauen.

Owl und Stone fachsimpelten wieder einmal, und Lara genoss den Moment in vollen Zügen. Sie hatte das Gefühl, dass sie bei ihrer Rückkehr nach New Mexico für eine Weile genug vom Fliegen haben würde, aber jetzt war es eine neue und wunderbare Erfahrung.

Als sie endlich wieder landeten, konnte Lara Owls und Stones Begeisterung nur zu gut nachvollziehen. Sie waren mehr als zufrieden mit dem Verhalten des Hubschraubers und überzeugt, dass alles perfekt zu sein schien.

Sie gingen in Richtung des Hauptgebäudes des Flughafens und trafen wieder auf Ricky Norman.

»Und?«, fragte der Mann. »Ist der Hubschrauber so toll, wie ich es euch gesagt habe?«

»Er ist perfekt«, sagte Stone zu ihm.

»Nun«, entgegnete Ricky mit einem Lächeln, »dann kommen wir ins Geschäft?«

»Wir kommen ins Geschäft«, entgegnete Owl und reichte ihm die Hand.

Die beiden Männer schüttelten sich die Hände und Ricky wandte sich an Stone, der ihm ebenfalls die Hand schüttelte. »Wir sehen uns dann also morgen früh? Habt ihr alle Informationen, die ihr für die Überweisung braucht?«

»Wir werden uns mit unserer Buchhalterin in Verbindung setzen und den Ball ins Rollen bringen, sobald wir hier weg sind«, versicherte Stone ihm.

»Gut, gut. Dann treffen wir uns morgen früh wieder hier, damit wir den Papierkram unterschreiben können«, sagte Ricky. »Dann könnt ihr drei euch auf den Weg in den Süden machen.«

»Bis morgen«, entgegnete Owl mit einem Nicken und griff nach Laras Hand.

Hätte sie nicht auf Ricky geschaut, wäre ihr entgangen, wie sein Blick auf ihre Hände fiel und er die Lippen verzog.

Sie konnte sich nicht vorstellen, was ihn so sehr störte. Zwei Menschen, die sich an den Händen hielten, waren doch sicher kein Schock?

Doch bevor sie über seine seltsame Reaktion nachdenken konnte, drehte Owl sich um und zog sie mit sich, als sie zur Tür gingen. Stone telefonierte bereits mit Brick und erzählte ihm alles über den Hubschrauber und wie perfekt er war. Aus früheren Gesprächen wusste Lara, dass Brick sich dann mit Savannah in Verbindung setzen würde, um die Überweisung einzuleiten.

Es war kaum zu glauben, dass es wirklich passierte. *Die Zuflucht* würde einen Hubschrauber bekommen. Sie schaute zu Owl auf, als sie seine Hand drückte. »Das Ganze ist so aufregend.«

Er grinste sie an. »Allerdings. Wenn wir einen Hubschrauber haben, sparen wir so viel Zeit, wenn wir nach vermissten Wanderern suchen oder bei Rettungsaktionen helfen müssen. Und ich habe das Gefühl, dass wir schon bald mit Rundflügen Geld verdienen werden.«

Lara nickte. »Stone war dein Co-Pilot, als ihr beim Militär wart, richtig?«

»Gelegentlich auch ein anderer Night Stalker, aber meistens er. Warum?«

Sie zuckte mit den Schultern. »Ich habe mich nur gefragt, wie das funktioniert. Hat Stone den Heckrotor bedient, während du die anderen Sachen gemacht hast?«

Owl lachte. »Nein. Der Co-Pilot unterstützt den Piloten, wenn wir in der Luft sind, mit Dingen wie Funkverkehr und Checklisten.«

»Oh, ihr hattet also beide Steuerungen an den Sitzen, wie bei diesem Hubschrauber?«

»Jup.«

»Das ist cool.«

»Ja. Stone und ich ... ich habe gern mit ihm gearbeitet. Er war immer der ruhige Typ in solchen Situationen. Wir hatten einige brenzlige Situationen zusammen, und das hätte man nie gemerkt, wenn man ihm zugesehen oder zugehört hätte. Er hat die Fähigkeit, einen kühlen Kopf zu bewahren und zu tun, was getan werden muss. Als wir unseren Unfall hatten? Er war fast stoisch. Als wir vom Himmel fielen, hat er mir in aller Ruhe erklärt, was ich tun kann, damit wir nicht unkontrolliert abstürzen.«

Lara war fasziniert. Owl hatte ihr einige Dinge über diese schreckliche Zeit in seinem Leben erzählt, aber die Erinnerungen hatten ihn immer nervös gemacht. Im Gegensatz dazu klang er jetzt ganz entspannt. »Gibt es so etwas wie einen kontrollierten Absturz?«, fragte sie skeptisch.

Owl lachte. »Genau genommen ja. Jeder Absturz, bei dem man nicht stirbt, ist ein kontrollierter Absturz.«

»Ach so.«

»Jedenfalls war er auch derjenige, der ruhig blieb, als wir entdeckt, ausgezogen und in diese Zellen geworfen wurden. Das machte mich anfangs verrückt. Ich meine, ich konnte nicht verstehen, warum er nicht ... durchgedreht ist. Aber sein Stoizismus hat uns beiden geholfen, die Kontrolle zu behalten. Ich verdanke ihm alles.«

Lara drückte seine Hand.

»Ich glaube, deshalb hat er auch nächtliche Angstzustände«, entgegnete Owl leise. Stone war immer noch am Telefon und achtete nicht darauf, aber es war offensichtlich, dass Owl nicht wollte, dass er zufällig mitbekam, wie sie über ihn sprachen. »Weil er den ganzen Mist soweit verdrängt, dass er unbewusst hochkommt, wenn er nicht auf der Hut ist ... wenn er schläft.«

»Wahrscheinlich«, stimmte Lara ihm zu.

»Danke, dass du mit uns kommst«, bemerkte er und wechselte das Thema. »Ich weiß, dass es nicht leicht für dich ist, aber dich hier zu haben ... es ist schön. Sowohl für mich als auch für Stone.«

»Für mich ist es auch schön. Ich habe das Gefühl, dass ich die Kontrolle über mein Leben zurückerhalte. Carter ist immer noch da draußen, das weiß ich, aber dass ich hier bin, fühlt sich irgendwie an, als würde ich ihm ins Gesicht spucken. Als ob ich tatsächlich lebe, obwohl er dagegen ist.«

»Das tust du. Und jeden Tag lerne ich etwas Neues über dich.«

Lara lächelte zu ihm hoch. »Was hast du heute über mich gelernt?«

»Dass du das Fliegen liebst. Der Ausdruck auf deinem Gesicht, als wir geflogen sind, war derselbe, den ich tief im Inneren fühle, wenn ich in der Luft bin.«

Das gefiel ihr sehr. »In einem Hubschrauber zu sitzen ist so anders als in einem Flugzeug.«

»Allerdings.«

»Wir sind so weit«, sagte Stone und unterbrach den intimen Moment.

Lara machte das nichts aus. Sie freute sich auf ein ganzes Leben voller solcher Momente mit dem Mann an ihrer Seite.

»Brick war froh zu hören, dass alles in Ordnung ist. Er wird die Überweisung in die Wege leiten. Morgen um diese Zeit sind wir in der Luft und fliegen in Richtung Süden.«

»Alles klar für den ersten Tankstopp und unseren Nachtflug?«, fragte Owl.

»Jup.«

»Großartig.«

»Und ... was machen wir mit dem restlichen Tag?«, fragte Stone.

Lara spürte, wie Owl mit den Schultern zuckte, und sie sah zu ihm auf.

»Schatz?«, fragte er.

Ein Teil von ihr wäre am liebsten ins Hotel zurückgekehrt. Hätte sich am liebsten versteckt, weit weg von den Menschen. Weg von jedem, der ihr etwas antun könnte.

Aber hatte sie nicht gerade gesagt, dass sie es genoss, die Kontrolle über ihr Leben zurückzuerlangen? Dass es sich anfühlte, als würde sie Carter ins Gesicht spucken, indem sie ihr Leben lebte? Sie wollte an diesem Gefühl festhalten. Außerdem war es ja nicht so, dass Owl oder Stone sie irgendwo allein zurücklassen würden.

Sie war der festen Überzeugung, dass Owl alles tun würde, was sie von ihm verlangte. Wenn sie sagte, sie wolle zurück ins Hotel, dann würde er sie, ohne zu zögern, dorthin zurückbringen, ohne dass er deswegen sauer oder gar verbittert wäre. Er würde sich mit ihr in das kleine Zimmer setzen und einen Weg finden, sie zu unterhalten. Stone würde wahrscheinlich das Gleiche tun. Aber der Morgen hatte so viel Spaß gemacht. War aufregend gewesen. Und sie wollte die gute Laune, die sie alle hatten, nicht verderben.

»Ich habe gehört, dass die Aussicht von der *Space Needle* fantastisch sein soll. Ich meine, ich bin sicher, dass man es nicht mit dem Blick aus dem Fenster eines Hubschraubers vergleichen kann, aber ...«

Owl und Stone lächelten so breit, dass sie fast albern wirkten.

»Und da ist der *Pike Place Market*. Oh! Seattle ist der Ort, an dem es diese Kaugummiwand gibt, richtig? Ich glaube, die ist auch in der Nähe des Marktes.«

»Eine Kaugummiwand?«, fragte Stone und sah verwirrt aus.

»Ja! Das ist eine Wand, die mit Kaugummi bedeckt ist!«, sagte Lara enthusiastisch.

»Ekelhaft«, murmelte Owl.

»Und das steht ganz oben auf deiner Liste der Dinge, die du unbedingt sehen willst?«, fragte Stone, und die Skepsis in seiner Stimme war deutlich zu hören.

»Ich hoffe nur, dass sie die Wand nicht kürzlich geputzt haben«, überlegte Lara.

»Also *Pike Place Market*, die *Space Needle* und die eklige Kaugummiwand ... sonst noch was?«, fragte Owl.

»*Ivar's*?«, fragte Lara, und fragte sich, ob sie damit ihr Glück überstrapazierte.

»Wer ist das?«, fragte Stone.

»Nicht wer, sondern was. Es ist ein Restaurant. Die haben total leckere Austern ... habe ich gehört«, erklärte Lara.

»Ich hätte nicht gedacht, dass du eine von den Frauen bist, die Austern mögen, aber wenn es das ist, was du willst, sollst du es bekommen«, entgegnete Owl.

»Hoffentlich gibt es dort auch Hamburger«, murmelte Stone.

Lara konnte sich ein Lächeln nicht verkneifen. Sie hatten noch gar nichts gemacht, und sie fühlte sich bereits großartig. Fast wie früher. Owl führte sie zu ihrem Mietwagen und warf Stone den Schlüssel zu. »Du fährst«, befahl er, während er sich mit Lara auf den Rücksitz setzte.

»Toll, jetzt bin ich auch noch Chauffeur«, murmelte Stone aus Spaß.

Sobald sie angeschnallt war, lehnte Lara den Kopf an Owls Schulter. Er legte seine Hand auf ihren Oberschenkel und sie seufzte zufrieden. Die Sorge war immer noch da, aber sie hatte es geschafft, sie so weit in sich zu verdrängen, dass sie so tun konnte, als sei sie eine normale Frau. Auf einer normalen Geschäftsreise mit ihrem normalen Freund.

Sie war nicht normal, es gab immer noch einen Serienmörder, der geschworen hatte, dass sie ihm gehörte, aber im Moment, nur für heute, wollte sie versuchen, die Blase der Angst, die in ihr lebte, zu ignorieren. Carter Grant konnte nicht an sie herankommen. Nicht mit Owl und Stone, die ihr nicht von der Seite wichen. Sie würde den Tag genießen, Sehenswürdigkeiten besuchen, über die sie bisher nur gelesen hatte, und morgen würde sie etwas tun, wozu nur wenige Menschen die Gelegenheit hatten: mit dem Hubschrauber durch das Land fliegen.

»Es geht los«, entgegnete Ricky Norman, sobald Carter den Hörer abnahm.

Carter lächelte. Über das ganze Gesicht. »Irgendwelche Probleme?«

»Nein. Sie haben den Hubschrauber wie geplant Probe geflogen.«

»War sie da?«

»Die Tussi? Ja.«

»Wie hat sie ausgesehen? War sie verängstigt? Nervös?«, fragte Carter ungeduldig.

»Eigentlich nicht. Eigentlich wirkte sie ziemlich entspannt. Besonders in der Nähe ihres Mannes.«

»*Was?* Welcher Mann?«

»Der Schickimicki-Typ. Der, der keine Brille trägt. Sie haben Händchen gehalten, als sie gingen, und sahen ziemlich vertraut aus. Hast du nicht gesagt, sie sei deine Freundin?«, fragte Ricky.

Wut übermannte Carter und machte es ihm schwer zu denken. Zu sprechen. Schließlich knurrte er: »Sie gehört *mir*.«

»Alles klar. Ganz wie du meinst. Das Geld für den Hubschrauber sollte im Laufe des Tages überwiesen werden, aber du hast mich immer noch nicht bezahlt.«

»Du bekommst dein Geld, wenn du die Ware ablieferst«,

presste Carter zwischen zusammengebissenen Zähnen hervor.

»Ich denke, das ist nicht fair«, erwiderte Ricky. »Ich trage das ganze Risiko. Ich schalte die Kameras am Flughafen aus, beseitige zwei Menschen und entführe eine Frau. Es ist wahrscheinlich, dass ich danach ein gesuchter Mann bin. Ich denke, ich brauche mindestens die Hälfte im Voraus.«

»Nein«, fuhr Carter ihn an.

»Gut. Dann ist der Deal geplatzt.«

Carter sah rot. Er war im Moment so wütend, dass er Ricky, ohne zu zögern, umgebracht hätte, wenn er ihn vor sich gehabt hätte. »Nein, ist er nicht«, stieß er hervor.

»Dann überweist du besser noch heute die Hälfte meines Geldes. Wenn es bis heute Nachmittag um siebzehn Uhr nicht auf meinem Konto ist, ist der Deal geplatzt. Deine Freundin und ihre ... Freunde ... werden morgen mit ihrem neuen Hubschrauber wegfliegen und glücklich in ihrer Festung in New Mexico leben, und du musst dir einen neuen Plan überlegen, um sie zurückzubekommen.«

Carters Hände zitterten vor Wut. »Na gut«, sagte er.

»Gut, was?«, fragte Ricky.

»Ich werde dir heute die Hälfte deines Geldes schicken. Aber wenn etwas schiefgeht, bekommst du den Rest nicht.«

»Es wird nichts schiefgehen. Du hast alles geplant«, entgegnete Ricky ruhig.

»Verdammt richtig«, erklärte Carter. »Lass uns den Plan noch einmal durchgehen.«

Ricky seufzte, sagte dann aber mit fast gelangweilter Stimme: »Sie sollen morgen früh hier sein, um das Geschäft abzuschließen, bevor der Flughafen öffnet. Sie haben nicht mal mit der Wimper gezuckt, obwohl ich den Termin wirklich auf die ganz frühen Morgenstunden gelegt habe. Ich bringe sie zum Hangar, wo der Hubschrauber steht. Er ist im Moment der einzige hier. Ich kümmere mich zuerst um die Männer, gebe dem Mädchen ein Beruhigungsmittel, fliege sie auf deine Insel und verschwinde mit meinem schicken neuen Hubschrauber, für den ich nicht bezahlen musste. Ich ändere die Seriennummer, verkaufe den Hubschrauber wieder und lebe irgendwo im Warmen wie die Made im Speck.«

Carter grunzte zustimmend, zufrieden damit, dass sein Komplize alle Einzelheiten auswendig kannte.

Bis auf das eine Detail, das Ricky nicht klar war – er würde das Land nicht mit Carters Geld verlassen. Sobald er mit Lara gelandet war, war er so gut wie tot.

Carter war ein gesuchter Serienmörder, und als er das letzte Mal nachgesehen hatte, gab es eine Belohnung von hunderttausend Dollar für Informationen, die zu seiner Ergreifung führten. Und da Ricky wusste, wo sich sein neues Versteck befand, durfte er nicht überleben, um es jemandem erzählen zu können. Der Mann würde für Geld alles tun; er würde ihn, ohne zu zögern, verraten.

Sobald Ricky ihm gegeben hatte, was er wollte, würde Carter ihn töten. Er würde den Hubschrauber Stück für Stück entsorgen, und dann würden er und Lara glücklich bis ans Ende ihrer Tage leben.

Nun ... zumindest würde *er* das. Lara wäre wahrscheinlich nicht sehr glücklich, aber das spielte keine Rolle.

»In Ordnung. Wir sehen uns morgen. Komm nicht zu spät«, ermahnte er Ricky.

»War mir ein Vergnügen, mit dir Geschäfte zu machen«, erklärte er schnippisch. »Dann warte ich mal auf mein Geld.« Dann legte er auf.

Carter qualmte nach dem Telefonat vor Wut. Er hatte nicht vorgehabt, Ricky Geld zu geben. Wenn er erst einmal tot war, war das Geld höchstwahrscheinlich für immer verloren. Aber schließlich beruhigte Carter sich. Es spielte keine Rolle, wie viel es kostete, solange er sein Lieblingsspielzeug zurückbekam.

Carter konnte sich im Moment nur auf die Tatsache konzentrieren, dass er morgen um diese Zeit über einer zitternden, verängstigten, gefesselten Lara Osler stehen würde, und sie würde es bereuen, dass sie es gewagt hatte, sich ihm zu widersetzen. Er konnte es kaum erwarten.

Ricky schaute finster drein, nachdem er das Telefonat mit diesem Idioten Carter beendet hatte. Es war schwierig gewesen, seine Verachtung aus seiner Stimme herauszuhalten, als sie miteinander sprachen. Der Mann war arrogant, eingebildet und viel zu sehr davon überzeugt, dass Einschüchterung und Angst jeden dazu bringen würden, nach seiner Pfeife zu tanzen. Nun, die Pläne, die Carter sorgfältig ausgearbeitet hatte, liefen nicht ganz so, wie der Mann erwartet hatte.

Ricky war niemandes Laufbursche. Er hatte seine eigenen Pläne, wie der morgige Tag verlaufen würde ... und es ging um noch mehr Geld, dass er aus der Sache herausholen würde.

Natürlich würde er sich mit Lara und den beiden Männern treffen, aber er würde die Dinge auf seine Weise regeln, und Carter würde sich einfach damit abfinden müssen. Er wusste, was Carter erwartete, aber er war nicht der Einzige mit ruchlosen Verbindungen.

Ricky hatte hinter Carters Rücken sein eigenes Geschäft gemacht. Ein Deal, bei dem eine Menge Geld auf seinem Konto landete und er sich nicht die Hände mit Mord schmutzig machen musste.

Der morgige Tag würde lustig werden. Ricky konnte es kaum erwarten, nicht nur Carters Gesicht zu sehen, wenn er erfuhr, was er getan hatte, sondern auch die Gesichter seiner Opfer, wenn sie merkten, dass sie nicht in ihrem nagelneuen Hubschrauber davonfliegen würden.

KAPITEL SIEBZEHN

An diesem Abend lag Lara auf dem Bett im Hotelzimmer, so vollgestopft, dass ihr ein wenig übel war, aber sehr glücklich. Der Tag hatte großen Spaß gemacht. Die *Space Needle* war cool, aber überfüllt, und keiner von ihnen war von der Aussicht übermäßig beeindruckt gewesen. Wie auch, nachdem sie die Stadt aus dem Hubschrauber gesehen hatten.

Sie waren über den *Pike Place Market* geschlendert, hatten sich vor der Kaugummiwand geekelt und bei *Ivar's* gegessen. Sie hatte es geschafft, die Rechnung zu bezahlen, obwohl sowohl Stone als auch Owl sauer auf sie waren, weil sie die Kellnerin auf dem Weg zur Toilette überfallen hatte. Sie hatten darauf bestanden, dass es sich um eine Geschäftsreise handelte und *Die Zuflucht* die Rechnung bezahlen würde, aber sie wollte den beiden Männern persönlich danken. Und es war ja nicht so, dass sie in letzter Zeit viel Geld ausgegeben hätte. Dank ihrer Eltern verfügte sie über ein gut gefülltes Bankkonto, und sie hatte ein schlechtes Gewissen, dass sie nicht ihren Teil dazu beigetragen hatte, ihren Lebensunterhalt zu verdienen.

Im Hotelzimmer war es dunkel und der Fernseher lief. Alle drei hatten sich bettfertig gemacht und sahen sich eine Wiederholung von *Seinfeld* an. Sie liebte diese Serie; sie war so dumm und die Charaktere so überzogen, aber es war auch urkomisch.

Lara drehte sich auf die Seite und studierte Owls Profil.

Offensichtlich spürte er ihren Blick und wandte sich ihr zu. »Was ist?«, fragte er besorgt.

»Nichts. Ich bin nur zufrieden«, erklärte sie leise.

Er lächelte. »Ich auch.«

Kurz darauf schlief sie ein, und sie wusste nicht, wie viel später sie spürte, wie jemand sie umdrehte und Owl sich hinter sie kuschelte. Sie kuschelte sich an ihn und schlief sofort wieder ein. Nicht einmal die Tatsache, dass sie am nächsten Morgen den Hubschrauber abholen würden, konnte verhindern, dass die Erschöpfung und der volle Bauch sie außer Gefecht setzten.

Lara wusste nicht, warum sie zum zweiten Mal aufwachte. Der Fernseher war ausgeschaltet und im Zimmer war es dunkel und still. Die einzige Beleuchtung kam von einem Licht auf dem Parkplatz, das durch die nicht ganz zugezogenen Vorhänge hereinschien.

Dann schreckte ein lautes Geräusch sie auf und ließ sie aufspringen. Das musste es gewesen sein, das sie geweckt hatte. Es klang wie eine Mischung aus einem Weinen und einem Schrei. Lara stützte sich auf den Ellbogen und schaute durch den Raum in Richtung des Geräusches ... und stellte fest, dass die herzzerreißenden Geräusche von Stone kamen.

Er lag auf dem anderen Bett und wälzte sich hin und her, während das verzweifelte Wimmern und Stöhnen tief aus seiner Kehle kam.

»Bleib hier«, befahl Owl, als er hinter ihr aus dem Bett stieg.

Lara konnte sich nicht bewegen, selbst wenn ihr Leben davon abgehangen hätte. Sie dachte, sie verstünde Albträume, denn sie hatte selbst schon viele gehabt. Aber das hier war entsetzlich.

Stones Kopf ruckte hin und her, und seine Hände waren in Abwehrhaltung. Er zuckte hin und wieder, als reagierte er auf irgendeinen äußeren Reiz ... als hätte ihn jemand geschlagen. Es kamen keine richtigen Worte heraus, zumindest keine, die Lara verstehen konnte. Sie wollte ihn aufwecken. Ihn schütteln, damit er nicht mehr das erlebte, was sein Gehirn ihm vorgaukelte, dass er tatsächlich eine schreckliche Erfahrung durchmachte.

Aber noch herzzerreißender war die Vorstellung, dass ihm das jemand im wirklichen Leben angetan hatte. Stone durchlebte wahrscheinlich Ereignisse aus seiner Zeit als Kriegsgefangener. Das, wovon er träumte, war wahrscheinlich wirklich passiert. Und Owl hatte es mit ihm durchgemacht.

Owl stand jetzt zwischen den Betten und stellte sich zwischen sie und Stone. Er beschützte sie, so wie er es in dem Keller getan hatte.

»Wach auf, Stone!«, rief Owl energisch.

Seine Worte schienen keine Wirkung auf seinen Freund zu haben. Stone strampelte weiter auf dem Bett, wehrte sich gegen Phantom-Feinde und machte auch weiterhin die schrecklichen Geräusche, die tief aus seinem Inneren kamen.

»Du bist in Sicherheit. Wir sind nicht mehr an diesem Ort. Komm wieder zu dir, Stone«, rief Owl. Er griff nach unten und berührte seine Schulter.

Daraufhin schien er sich noch mehr zu wehren.

Zu ihrer Überraschung verwandelte sich der lockere Freund, den sie im letzten Monat kennengelernt hatte, in jemanden, den sie nicht wiedererkannte. Stone setzte sich sofort auf, seine Augen waren offen, aber unfokussiert, und er schlug nach Owl. Und er hielt sich auch nicht zurück. Er wollte seinen Freund wirklich verletzen. Um sich selbst zu schützen.

Es war beängstigend. Und so schnell. Owl konnte Stones ersten Schlag abwehren, hatte aber mit dem zweiten nicht so viel Glück. Als der Schlag mit einem dumpfen Aufprall auf Owls Wange landete, zuckte Lara zusammen.

»Stone! Ich bin's doch! Owl. Es ist alles in Ordnung. Du bist in Seattle. Wach auf!«

Als sie die Angst und die Besorgnis in Owls Tonfall hörte, hätte Lara am liebsten geweint. Sie saß mittlerweile aufrecht im Bett und fühlte sich machtlos, da sie nicht helfen konnte. Jetzt verstand sie, warum sowohl Stone als auch Owl so hartnäckig darauf bestanden hatten, dass sie Stone nicht berührte, wenn er einen Albtraum hatte, und warum er angeboten hatte, im Wagen zu schlafen.

Es dauerte noch ein oder zwei Minuten, Minuten, die sich für Lara wie Stunden anfühlten, aber schließlich schien Owl zu seinem Freund durchzudringen.

»So ist es richtig, wach auf. Du bist in Sicherheit. Ich bin nicht der Feind. Du bist hier in Seattle mit Lara und mir.«

Stone blinzelte und beruhigte sich.

»Machst du das Licht an, mein Schatz?«, bat Owl und legte Stone eine Hand auf die Schulter, während er sich hinunterbeugte, um weniger bedrohlich zu wirken.

Sie tat, was Owl verlangte, und zuckte zusammen, als ihre Augen sich an das helle Licht gewöhnten.

Als sie wieder klar sehen konnte, war Stone völlig wach. Und er sah ... vollkommen fertig aus. Seine Haare standen ihm vom Kopf ab und ohne seine Brille wirkte er noch verletzlicher.

»Verdammt«, fluchte er, fuhr sich mit der Hand durch die unordentlichen Haare und ließ sich auf dem Bett gegen das Kopfteil sinken.

»Ist schon gut«, beruhigte Owl ihn.

»Ist es nicht! Ich hasse es zu träumen«, entgegnete Stone in einem Ton, den Lara noch nie von ihm gehört hatte. Er war verzweifelt. Niedergeschlagen.

»Hasse nicht die Träume, sondern die Männer, die sie verursacht haben«, bemerkte Lara, ohne darüber nachzudenken.

Stone drehte sich zu ihr um. Er starrte sie einen Moment lang an, dann seufzte er, und alle Emotionen in seinem Gesicht verschwanden, als seien sie nie da gewesen.

Lara holte tief Luft und fuhr fort. Er mochte ihre Gedanken nicht gutheißen, aber sie konnte sie auf keinen Fall *nicht* aussprechen.

»Die Träume zu hassen, ist, wie sich selbst zu hassen, was keinen Sinn macht. Du hattest früher die totale Kontrolle, jetzt hast du keine mehr. Nachdem ich dich und Owl heute beobachtet habe, wie ihr den Hubschrauber mit Leichtigkeit und Selbstvertrauen gemeistert habt, verstehe ich jetzt ein bisschen besser, wie schwer es ist, damit fertigzuwerden, wenn man nicht mehr die Kontrolle hat, sondern aus dem Himmel geschossen und gefangen genommen wird.

Ich habe es gehasst, keine Kontrolle über meine eigene Situation zu haben ... obwohl das, was mir passiert ist, nicht mit dem zu vergleichen ist, was du und Owl durchgemacht habt. Ich persönlich bin beeindruckt, dass ihr trotzdem so gesellschaftsfähig seid.«

Stone lachte. Es war ein raues Geräusch und nicht

gerade humorvoll, aber zumindest hatte er nicht mehr die Absicht, Owl zu töten. »Sie nimmt kein Blatt vor den Mund, oder?«

»Nein, tue ich nicht«, entgegnete Lara, obwohl Stone nicht mit ihr direkt sprach. »Nicht mehr. Ich bin wahrscheinlich nicht die beste Anlaufstelle, wenn du einen Rat benötigst, ich bin selbst noch ziemlich kaputt, aber ich denke, dass es normal ist, Albträume zu haben nach dem, was du durchgemacht hast. Nicht normal im Sinne von nett oder angenehm, aber du bist ein ziemlich ausgeglichener Mann, Stone. Du bist charmant, sympathisch, scheinst nicht introvertiert zu sein und auch nicht sonderlich beunruhigt über das, was dir passiert ist ... nach außen hin. Offensichtlich lässt du deine Gedanken und Gefühle überhaupt nicht raus. Die Träume sind also deine Art, das zu verarbeiten.

Ich denke, du musst einen Weg finden, die giftigen Gedanken, die in dir schwären, herauszulassen. Im Moment geht das nur durch Albträume. Vielleicht ist es an der Zeit, sich ein Hobby zuzulegen. Holzhacken, Kung-Fu, Wrestling ... irgendetwas, mit dem du etwas von der Aggression abbauen kannst, die du immer noch tief in dir spürst wegen dem, was passiert ist.«

Stille erfüllte den Raum und Lara befürchtete, dass sie zu weit gegangen war. Sie hasste es einfach, ihren neuen Freund so ... hilflos zu sehen. Denn Stone war alles *andere* als hilflos. Nicht einmal ansatzweise.

»Es tut mir leid. Ich weiß offensichtlich nicht, wovon ich rede, und ...«

»Nein, du brauchst dich nicht zu entschuldigen. Du hast ja recht. Ich weiß, dass du recht hast. Es ist nur ... schwer.«

»Ich weiß. Glaub mir, das tue ich. Aber ich bin jetzt hier, weit weg von der *Zuflucht*, und glaub mir, es war nicht leicht, meine Komfortzone zu verlassen und mich euch anzuschließen. Ich bin nicht geheilt, die Angst ist immer noch da. Ich habe immer noch Angst, dass Carter mich findet, aber wenn ich mich verstecke, hat er gewonnen. Und ich will auf keinen Fall, dass er auf *irgendeine* Weise gewinnt.«

Stone sah nachdenklich aus und nickte, bevor er zu Owl aufsah. »Alles in Ordnung? Habe ich dir wehgetan?«

»Mit deinem armseligen linken Haken?«, scherzte Owl. »Auf gar keinen Fall.«

Lara konnte von ihrem Platz auf dem Bett aus den blauen Fleck auf der Wange ihres Mannes sehen. Stone hatte sich nicht zurückgehalten, und sein Schlag war alles andere als armselig gewesen. Aber sie liebte Owl noch mehr dafür, dass er herunterspielte, was sein Freund getan hatte.

Stone atmete tief ein, bevor er wieder zu Lara hinübersah. »Geht es dir gut?«

»Mir geht's gut«, versicherte sie ihm sofort.

»Gut. Und ... danke.«

»Gern geschehen«, entgegnete Lara und war dankbar, dass Stone sich beruhigt zu haben schien. Aber jetzt, da sie gesehen hatte, wie viel Wut, Schmerz und, ja, Angst er tief in seinem Inneren unterdrückt hatte, bewunderte sie ihn noch mehr. Wie er im Angesicht der Gefahr *überhaupt* so ruhig bleiben konnte, war noch beeindruckender angesichts des Aufruhrs, der in ihm herrschte. Sie wusste nicht, ob er jemals eine Therapie gemacht hatte – sie nahm es an –, aber es war offensichtlich, dass er immer noch damit beschäftigt war, alles zu verarbeiten, was ihm widerfahren war.

Owl stand auf, ging ins Bad und kam mit einem nassen Waschlappen zurück. Er reichte ihn Stone, während er sagte: »Für deine Hand. Du musst die Schwellung reduzieren, denn ich werde dich nicht den ganzen Weg zurück nach New Mexico fliegen. Du wirst auch deinen Teil dazu beitragen müssen.«

Stone lachte, und dieses Mal klang es wieder mehr wie sonst auch. »Als würde ich dir den ganzen Spaß überlassen«, brummte er, während er die kühle Kompresse auf seine Knöchel legte.

Owl klopfte seinem Freund auf die Schulter, während er ihm in die Augen blickte. Dann nickte er einmal und knipste das Licht auf dem Tisch zwischen den Betten aus.

Wie zuvor brauchte Lara einen Moment, um sich an die neuen Lichtverhältnisse zu gewöhnen, und dann spürte sie, wie die Matratze sich senkte, bevor Owl die Arme um sie schlang und sie erneut an sich zog.

Ein paar Minuten vergingen schweigend, bevor Lara seufzte und in den ruhigen Raum hinein sagte: »Heißt das, dass *keiner* von uns den Rest der Nacht schlafen wird? Ich dachte nämlich, ich hätte Owl von diesem Problem geheilt.«

Beide Männer lachten.

»Kommst du rüber und kuschelst mit mir, damit ich schlafen kann?«, stichelte Stone.

»Auf gar keinen Fall«, antwortete Owl für sie.

Lara lachte. »Nein, aber ich will auch nicht, dass du den Rest der Nacht daliegst und an die Decke starrst, wie Owl es immer getan hat. Wenn du aufstehen, duschen, essen, fernsehen, joggen gehen musst ... dann tu das. Was tust du normalerweise, wenn du einen Albtraum hast und aufwachst?«

»Im Bett liegen und an die Decke starren«, entgegnete Stone trocken.

Lara seufzte und setzte sich auf. »Na schön. Da wir alle wach sind und wahrscheinlich niemand wieder einschläft, warum bestellen wir nicht den Zimmerservice?«

»Du kannst doch unmöglich schon wieder Hunger haben«, bemerkte Owl ungläubig.

»Doch, ich könnte durchaus etwas essen«, erwiderte

Lara achselzuckend. »Außerdem habe ich nicht gesagt, dass ich eine ganze Mahlzeit möchte. Ich habe gesehen, dass es Plätzchen auf der Nachtkarte gibt. Und Käsekuchen. Ich könnte etwas Süßes vertragen. Gibt es in Hotels noch Pay-per-View-Filme?«

»Wir könnten uns einfach in mein Netflix-Konto einloggen und einen Film suchen«, sagte Stone.

»Na gut, aber es muss etwas Actiongeladenes sein. Voller Männer, die Sachen in die Luft jagen, und Explosionen und Kämpfe und so. Das brauchst du jetzt«, erklärte Lara.

Sie wusste nicht genau, wie sie zu diesem Schluss gekommen war, aber als sowohl Owl als auch Stone nickten, war sie erleichtert, dass sie richtig getippt hatte.

»Ich mache jetzt wieder das Licht an. Macht die Augen zu«, mahnte sie.

Das Licht ging wieder an, und sie setzte sich auf und sah Owl an. Er betrachtete sie mit Liebe und Bewunderung. Erregung schoss durch sie hindurch ... denn normalerweise sah er sie so an, nachdem er tief in ihr zum Orgasmus gekommen war. Aber mit Stone im Raum würde nichts passieren, und sie machte sich mehr Sorgen um ihren Freund als um den Sex.

Owl drückte ihren Schenkel unter der Bettdecke und stand dann wieder auf. Er ging zur Speisekarte des Zimmerservice und reichte sie Lara. »Du suchst aus«, erklärte er.

»Okay«, stimmte sie fröhlich zu. Als sie zu Stone hinübersah, bemerkte sie, dass er sie musterte. »Was ist?«, fragte sie und legte den Kopf schief.

»Ich verstehe, warum Owl jetzt nachts durchschlafen kann.«

Lara runzelte die Stirn. »Wirklich?«

»Aha.« Stone tauschte mit Owl über ihren Kopf hinweg einen Blick aus.

Lara drehte sich um, um ihn anzusehen, aber er zuckte nur mit den Schultern. Sie beschloss, dass es egal war, warum Stone glaubte, dass Owls Schlafstörungen verschwunden waren, sie war einfach froh, dass es so war … und heute Nacht zählte nicht. Außergewöhnliche Umstände und so weiter.

»Gut«, sagte sie und wandte die Aufmerksamkeit wieder der Speisekarte zu. »Nachos und Salsa, zwei Portionen von den Schokoladenplätzchen, heiße Schokolade und ein Stück Erdbeerkäsekuchen, das wir uns alle teilen können. Ist es für euch in Ordnung?«

»Wir werden alle unter Zuckerschock stehen, wenn wir zum Flughafen fahren«, bemerkte Stone, während er seine Beine über die Bettkante schwang. Im Gegensatz zu ihr und Owl schlief er nur in Boxershorts. Abgesehen von der Bewunderung für seinen offensichtlich durchtrainierten Körper fühlte Lara keine körperliche Anziehungskraft für den Mann.

»Wenn deine Hände zittern, fliege ich«, rief Owl und neckte seinen Freund wieder einmal.

Stone zeigte ihm den Mittelfinger, drehte sich aber nicht um, als er ins Bad ging.

Sobald die Tür zuging, setzte Owl sich neben Lara auf das Bett. Sie hob eine Hand und berührte sanft den blauen Fleck auf seiner Wange. »Tut es weh?«, fragte sie leise.

»Nein. Danke.«

»Wofür?«, fragte sie und runzelte die Stirn.

»Dafür, dass du nicht ausgeflippt bist. Dafür, dass du all die richtigen Dinge gesagt hast. Dass du die Dinge so nimmst, wie sie kommen.«

»Warum sollte ich das nicht tun?«, fragte sie aufrichtig verwirrt.

»Die meisten Leute wären nicht so verständnisvoll. Er

hätte dich wirklich verletzen können«, gab Owl zu bedenken.

»Nun, das ist ihr Problem, nicht das von Stone. Und er hätte mir nicht wehgetan. Nicht, solange du hier bist.«

»Verdammt richtig. Ich liebe dich, Lara. So sehr.«

»Ich liebe dich auch. Und ich liebe deine Freunde ... aber natürlich nicht auf dieselbe Weise. Wie auch immer, die Zeit in der *Zuflucht* hat mich gelehrt, dass guten Menschen immer wieder schlimme Dinge widerfahren. Es ist die Art und Weise, wie wir auf diese Dinge reagieren, die uns definiert. Und ich will nicht für den Rest meines Lebens Angst haben.«

»Wenn wir allein wären ...«, begann Owl, aber Stone kam genau in diesem Moment ins Zimmer zurück.

»Aber das seid ihr nicht«, erklärte er mit einem Lachen. »Also hör auf, mit deiner Frau zu knuddeln, und lass sie unsere Snacks bestellen, wenn sie es nicht schon getan hat.«

»Knuddeln? Was zum Teufel soll das denn sein?«, grummelte Owl, während er sich zurücklehnte und Lara etwas Platz machte.

»Eigentlich kommt es aus dem Jüdischen, wo Majn Knejdl – mein Knödel – als Kosename genutzt wird. Aber in diesem Fall schien es für euch beide zu passen ... eine Art Kreuzung aus Kuscheln und Schmusen.«

»Du bist schon ein komischer Kauz«, bemerkte Owl kopfschüttelnd.

Aber Lara konnte sich ein Lächeln nicht verkneifen. Es schien, als sei es Stone gelungen, den Albtraum, den er gehabt hatte, abzuschütteln, und sie war verdammt froh darüber, ihn und Owl wieder miteinander scherzen zu sehen.

»Seid still, ihr zwei, und lasst mich den Zimmerservice anrufen. Wir wollen doch nicht, dass jemand eure komischen Gespräche mitbekommt und die Polizei ruft«, scherzte Lara, während sie zum Telefon griff.

Owl hielt seine Hand auf ihrem Schienbein, während sie den Anruf tätigte, und innerhalb von zwanzig Minuten saßen sie zu dritt auf Stones Bett, vor sich einen Teller mit Junkfood, während im Fernsehen *Stirb Langsam 2* lief.

Es war nicht gerade der Ausklang des Tages, den sie sich vorgestellt hatte, aber das Gefühl, dass sie Stone vielleicht, aber auch nur vielleicht, ein bisschen helfen konnte, anstatt selbst diejenige zu sein, um die sich alle sorgten, war großartig. Es gab ihr die Zuversicht, dass sie hoffentlich in nicht allzu ferner Zukunft wieder auf die Beine kommen würde, und die schreckliche Angst, die immer unter der Oberfläche zu lauern schien, sich langsam auflösen würde.

KAPITEL ACHTZEHN

Owl war etwas müde, aber nicht übermäßig. Er hatte schon mehr als eine Nacht mit nur ein paar Stunden Schlaf überstanden, und obwohl er sich in letzter Zeit daran gewöhnt hatte, die ganze Nacht durchzuschlafen, konnte sein Körper immer noch mit wenig Schlaf auskommen.

Gestern Abend hatte er sich große Sorgen um Stone gemacht, aber irgendwie hatte Lara es geschafft, ihn nicht nur aus der Depression herauszuholen, die sein Albtraum immer auslöste, sondern sie hatte ihn nicht einmal eine halbe Stunde später zum Lachen und Scherzen gebracht.

Er hatte schon immer gewusst, dass sie erstaunlich war, und die letzte Nacht hatte das nur noch einmal bestätigt. Sie hatte ein großes Herz, und er würde alles tun, um es zu schützen, koste es, was es wolle.

Lara war während des Films eingeschlafen, und als er sie so vertrauensvoll neben seinem besten Freund hatte liegen sehen, hatte Owl sich so zufrieden gefühlt wie schon lange nicht mehr. Lara hatte sich im Schlaf umgedreht und sich an Stone gekuschelt, als hätte sie gespürt, dass er noch Trost brauchte. Owl verspürte keine Eifersucht, als Stone ihr sanft die Hand auf den Hinterkopf legte und weiter den Film ansah.

Sie unterhielten sich leise, um sie nicht zu wecken, über den Hubschrauber, den sie kaufen wollten, darüber, wie gut die Reise verlief, darüber, wann der Hangar in der *Zuflucht* fertig sein würde, und über andere alltägliche Dinge.

Erst nachdem Owl Lara wieder zu ihrem Bett getragen und das Licht ausgemacht hatte, sagte Stone mit sanfter Stimme: »Du bist ein Glückspilz.«

»Glaub mir, ich weiß es. Es gibt da draußen auch jemanden für dich«, hatte Owl sich genötigt gefühlt zu sagen.

Aber Stone hatte nur geschnaubt und gesagt: »Das bezweifle ich. Wer würde sein Leben aufs Spiel setzen, nur um Nacht für Nacht neben mir zu schlafen?«

Owl wusste nicht, was er darauf antworten sollte, aber Stone hatte das Gespräch beendet, indem er hinzufügte: »Vielleicht können wir noch ein oder zwei Stunden schlafen, bevor wir aufstehen und fit sein müssen.«

Also hatte Owl sich hinter Lara gekuschelt und sie in seinen Armen gehalten, während sie schlief. Er war nicht wieder eingeschlafen, und er glaubte auch nicht, dass Stone schlief, aber sie waren beide froh, nach Hause zu kommen.

Sie hatten den Mietwagen am Vorabend zurückgegeben und wollten am Morgen mit dem Taxi zum Regionalflughafen fahren. Sie standen in aller Herrgottsfrühe auf, packten ihre Koffer und duschten, bevor sie in die Eingangshalle gingen, um auszuchecken. Das Taxi fuhr gerade vor, als sie das Hotel verließen, und sie stiegen alle ein.

Als der Wagen am Flughafen anhielt, bemerkte Owl, dass niemand da war. Es war zwar noch früh, aber es schien seltsam, dass sich im Hauptgebäude nichts tat. Gerade als er darüber nachdachte, den Taxifahrer zu bitten, noch einen

Moment zu warten, tauchte Ricky Norman an der Seite des Gebäudes auf. Er winkte ihnen zu, als er auf sie zukam.

»Guten Morgen! Es wird ein großartiger Tag zum Fliegen«, rief er freudig.

»War ja klar, dass er ein Morgenmensch ist«, murmelte Lara vor sich hin.

»Wenn ihr mir zum Hangar folgt, könnt ihr mir helfen, euren Hubschrauber herauszuholen und startklar zu machen«, erklärte Ricky Stone und Owl.

Owl nickte und ging im Gleichschritt mit Lara durch ein Tor im Zaun, der die Startbahn umgab, zu einem Hangar, der nicht weit vom Hauptgebäude entfernt war.

»Wir kümmern uns zuerst um den Papierkram, und wenn das erledigt ist und ihr die Vorflugkontrollen gemacht habt, sollten die Mitarbeiter der Tower-Kontrolle hier sein«, erklärte Ricky ihnen.

»Ist es normal, dass sie noch nicht hier sind?«, fragte Stone.

»Für diesen Flughafen? Ja«, erwiderte Ricky mit einem Nicken. »Es gibt einen größeren Flughafen in der Nähe, den die meisten Leute benutzen, aber ich habe diesen immer gemocht. Es ist nicht so schwer, eine Startzeit zu bekommen, und es ist viel ruhiger hier.«

Normalerweise hätte Owl zugestimmt, aber irgendetwas daran, wie menschenleer der Ort im Moment war, gefiel ihm nicht. Lara musste das Gleiche empfunden haben, denn er spürte, wie sie etwas näher an ihn heranrückte. Er ergriff ihre Hand und drückte sie, um sie zu beruhigen. Sie schenkte ihm ein dankbares Lächeln. Owl würde sich viel besser fühlen, sobald sie in der Luft waren.

Ricky führte sie in den kleinen Hangar. Es war sehr dunkel im Gebäude, ohne dass das große Hangartor geöffnet war, aber Owl sah den Hubschrauber vor ihnen.

Stolz wallte in ihm auf. Bald würde diese Schönheit ihnen gehören.

Sie gingen alle zu einem winzigen Verwaltungsbereich an einer Wand, und Owl versuchte, geduldig zu sein, während Ricky einen Stapel Papiere durchwühlte.

Owl wusste nicht, was ihn dazu bewegte, sich umzudrehen und umzuschauen. Vielleicht irgendein subtiles Geräusch ... Kleidung, die raschelt, wenn sich jemand bewegt, ein leiser Schritt.

Aber als er begriff, was er da sah, war es schon zu spät.

Ein muskulöser Mann in einem scheinbar dreiteiligen schwarzen Anzug schwang einen großen Gummihammer in Richtung von Stones Kopf.

Er öffnete den Mund, um seinem Freund eine Warnung zuzurufen, aber sein Schrei kam eher als ein Grunzen heraus, als er spürte, wie Laras Hand aus seiner eigenen gerissen wurde.

Er drehte sich und sah, wie Ricky Lara an seine Brust drückte. Er hatte einen Arm um ihren Hals gelegt und hielt mit dem anderen eine Spritze. Owl erstarrte, als Stone mit einem lauten Krachen zu Boden fiel. Der Mann mit dem Hammer hatte es offensichtlich geschafft, ihn zu überrumpeln.

Owl gefror das Blut in den Adern. Das war buchstäblich sein wahr gewordener Albtraum.

In Gedanken ging er seine Möglichkeiten durch, die in diesem Moment verdammt düster waren. Er hätte früher auf sein ungutes Gefühl hören sollen.

Er würde nicht zulassen, dass sein Fehler Laras Untergang bedeutete.

»Das würde ich nicht tun«, warnte Ricky und umklammerte Lara fester, als Owl einen Schritt auf ihn zu machte, bereit, sich auf den Mann zu stürzen, der die Frau hielt, die er liebte. Laras Gesicht hatte jede Farbe verloren und sie versuchte verzweifelt, sich aus Rickys Griff zu befreien.

»Hör auf, dich zu wehren, außer du willst, dass ich dir die Spritze in den Hals jage«, knurrte er.

Owl drehte sich leicht und behielt alle im Blick. Seine Aufmerksamkeit schwankte zwischen Lara und Ricky, Stone – der jetzt regungslos auf dem Boden lag – und dem Mann mit dem Hammer.

»Ich nehme an, du fragst dich, was zum Teufel hier los ist«, sagte Ricky fast schon im Plauderton.

»Lass sie los«, presste Owl zwischen zusammengebissenen Zähnen hervor.

»Tut mir leid, das kann ich nicht tun. Ich bekomme eine Menge Geld für sie. Aber ich werde mich sehr gut um sie kümmern.«

Lara wimmerte, und das Geräusch brach Owl fast das Herz. Sie waren alle so vorsichtig gewesen! Und jetzt war klar, dass genau der Kerl, dem sie mit dem Verkauf des Hubschraubers vertraut hatten, mit einem Serienmörder zusammenarbeitete.

Owl hatte keinen Zweifel daran, dass das hier der Fall war. Carter Grant hatte jemanden gefunden, der seine Drecksarbeit für ihn erledigte. Und wenn ihm innerhalb der nächsten Sekunden nichts einfiel, würde sie höchstwahrscheinlich direkt in ihren schlimmsten Albtraum zurückversetzt werden. Und er wusste, dass sie sich ein zweites Mal nicht so gut erholen würde.

»Sie gehören dir«, sagte Ricky zu dem Mann, der Stone niedergeschlagen hatte.

»Der Chef will nur einen.«

»*Was*? Das ist nicht der Plan!«, beschwerte Ricky sich und man konnte ihm die Verärgerung deutlich anhören.

»Pläne ändern sich«, entgegnete der Muskelmann, ohne sich um Rickys Wut zu scheren.

Owl musste Ricky ausschalten. Es war gefährlich, vor allem mit der Nadel so nahe an Laras Haut, und er wusste nicht, was sich in der Spritze befand. Wenn es etwas wie Fentanyl war, konnte es sie innerhalb von Minuten töten. Wenn es ein Beruhigungsmittel war, würde es eine große Herausforderung sein, aus diesem Schlamassel zu entkommen.

Wem wollte er etwas vormachen? Eine Flucht war ohnehin sehr unwahrscheinlich. Denn Owl würde Stone auf keinen Fall in den Klauen dieser Mistkerle lassen. Wenn er bei Bewusstsein wäre, würde Stone Owl befehlen, sich mit Lara aus dem Staub zu machen. Aber er konnte ihn nicht zurücklassen. Nicht nach der Hölle, die sie in der Vergangenheit zusammen durchgemacht hatten.

Wenn er Lara wenigstens von Ricky wegbringen könnte, könnte sie fliehen. Hilfe holen. Er würde, so gut es ging, gegen die beiden Männer durchhalten ... und hoffentlich würde das lange genug sein, damit jemand kam und half.

Gerade als seine Muskeln sich anspannten, um sich auf Ricky zu stürzen, hörte er ein weiteres leises Geräusch – und genauso plötzlich hielt ihm der Mann im Anzug eine Waffe vor die Brust.

Bevor Owl blinzeln konnte, drückte der Mann ab.

Er erwartete, den Schmerz einer Kugel zu spüren, die sich in seinen Körper bohrte, doch als er nach unten blickte, sah Owl stattdessen einen Pfeil aus seiner Brust ragen.

Schreiend vor Wut zog er ihn heraus, aber er spürte bereits, wie das Betäubungsmittel, das der Pfeil enthielt, durch seine Adern floss. Er versuchte, sich zu zwingen, stehen zu bleiben. Es war sinnlos. Er fiel auf die Knie, spürte aber keinen Schmerz, als er auf dem Boden aufschlug.

Als er aufblickte, sah er das Entsetzen in Laras Gesicht und es traf ihn in tiefster Seele.

Er hatte sie im Stich gelassen. Und Stone. Dann spürte er nichts mehr, als er mit dem Gesicht voran auf den Betonboden fiel.

Lara schrie auf, als der Mann in dem schicken Anzug auf Owl schoss. Sie erwartete, Blut zu sehen, aber der Pfeil, der zu Owls Füßen auf dem Boden lag, sagte ihr alles, was sie wissen musste. Er war betäubt worden. Als er zu Boden sackte, wand sie sich noch heftiger in Rickys Griff.

»Nein!«, schrie sie, als Owl regungslos zu Füßen des anderen Mannes zu Boden ging.

»Tut mir leid, aber ja«, sagte Ricky schadenfroh in ihr Ohr.

»Ich gebe dir eine Million Dollar, wenn du uns gehen lässt!«, erklärte Lara verzweifelt.

»Tut mir leid, Süße, aber so viel bekomme ich schon, wenn ich dich ausliefere. Außerdem will ich nicht, dass Carter Grant böse auf mich ist.«

Lara erschauderte, als sie die Bestätigung hörte, dass Carter hinter der Sache steckte. Sie hatte befürchtet, dass so etwas passieren könnte, und sie hatte recht gehabt.

Der Mann im Anzug steckte die Waffe zurück in ein Holster auf seinem Rücken und beugte sich dann über Stone. Er packte ihn unter den Achseln und begann, ihn zum dunklen Ende des Hangars zu ziehen.

»Es war schön, mit dir zu arbeiten«, erklärte er, während er Stone wegzog.

»Warte, du kommst doch zurück, um ihn zu holen,

oder?«, rief Ricky, während er in Richtung von Owls bewegungslosem Körper auf dem Boden nickte.

»Nein.«

Ricky schrie weiter Drohungen, aber das schien den Mann im Anzug nicht zu interessieren. Er zerrte Stone einfach weiter. Jetzt, da Laras Augen sich ein wenig an das schwache Licht gewöhnt hatten, konnte sie etwas erkennen, das wie eine schwarze Limousine auf der anderen Seite des Hubschraubers aussah.

»Verdammt noch mal! So ein Dreck!«, fluchte Ricky.

Lara wand sich noch stärker gegen ihn. Sie *musste* sich befreien. Sie musste Owl und Stone helfen. Sie durfte sich nicht dorthin bringen lassen, wo Carter auf sie wartete. Sie würde es nicht überleben, wieder seine Gefangene zu sein. Niemals. Sie ertrug es nicht einmal, daran zu denken, was er ihr früher angetan hatte.

»Beruhige dich!«, brüllte Ricky.

Lara würde sich *nicht* beruhigen. Auf gar keinen Fall. Sie wusste, was auf dem Spiel stand.

Gerade als sie dachte, dass sie es schaffen könnte, sich zu befreien, spürte sie den Stich einer Nadel in ihrem Oberarm.

Ricky schubste sie plötzlich, und sie fiel auf Händen und Knien auf den unnachgiebigen Boden – mit voller Wucht. Aber sie riss sich trotzdem von Ricky los und kroch zu Owl. Sie schüttelte ihn hektisch. »Owl, wach auf!«

Er zuckte nicht einmal.

Ricky lachte hinter ihr, und Lara wurde ganz mulmig zumute. Langsam drehte sie sich um und stellte sich zwischen Owl und den bösen Mann, der kein Problem damit hatte, sie in die Hände eines Serienmörders zu geben. Was sie betraf, war er genauso schlimm wie Carter.

»Es tut mir leid, dir das sagen zu müssen, Süße, aber er

wird so schnell nicht wieder aufwachen«, erklärte Ricky mit einem spöttischen Lächeln.

Lara hasste es, Owls Kosenamen für sie aus dem Mund dieses Mannes zu hören. »Damit wirst du nicht durchkommen.«

Er lachte nur noch lauter. »Das bin ich bereits. Sieh dich um, siehst du jemanden, der dir zu Hilfe kommt? Nein. Denn es ist keiner hier. Und es kommt frühestens in einer Stunde jemand. Und bis dahin sind wir längst weg.«

Das Tor auf der anderen Seite des Hangars öffnete sich und der schwarze Wagen fuhr langsam davon.

Panik stieg in Lara auf und sie spürte, wie ihr Herz in der Brust rasend schnell schlug. Stone! Er war entführt worden und sie konnte nichts dagegen tun! »Wenn du glaubst, dass ich stillschweigend mit dir gehe, liegst du völlig falsch«, fauchte Lara.

Er stand nur wenige Meter von ihr entfernt, die Arme vor der Brust verschränkt und mit diesem verdammten Grinsen im Gesicht. »Du bist diejenige, die sich irrt. Das Beruhigungsmittel, das ich dir gegeben habe, sollte jeden Moment wirken.«

Lara gefror das Blut in den Adern. Sie hatte den leichten Stich in ihrem Arm gespürt, aber sie hatte ihn verdrängt, zu erleichtert, aus Rickys Reichweite und näher bei Owl zu sein. Aber noch während sie diesen Gedanken hatte, merkte sie, dass ihr Körper sich ... seltsam anfühlte. Als würde sie von oben auf die Szene herabblicken. Sie schwankte und konnte sich nicht auf den Beinen halten.

»Warum setzt du dich nicht, bevor du hinfällst?«, fragte Ricky hilfsbereit.

Lara starrte ihn an. Informationen. Sie brauchte Informationen! Irgendwie würde sie einen Weg finden, sie jemandem von der *Zuflucht* zu übermitteln. Brick. Pipe.

Vielleicht sogar dem Technik-Typen, mit dem alle befreundet waren. *Irgendjemandem.*

Ihre Gedanken waren jetzt träge, aber sie erinnerte sich an ihr Telefon. Sie musste es aus ihrer Tasche holen und versuchen, jemanden anzurufen, ohne dass Ricky es bemerkte. Cora! Nein, nicht ihre beste Freundin ... vielleicht Tiny?

Sie dachte, sie sei raffiniert, aber Ricky lachte wieder und kam auf sie zu, als sie gerade in ihre Tasche griff. Lara versuchte auszuweichen, aber sie stolperte über Owl. Sie fiel auf ihren Hintern und stöhnte vor Schmerz, und Ricky legte sie mit Leichtigkeit auf die Seite und betatschte ihren Hintern, während er ihr das Handy aus der Gesäßtasche zog.

»Zu schade, dass ich so eine hübsche Tussi wie dich nicht für mich behalten kann«, murmelte Ricky, als er ihr Handy auf den Boden fallen ließ und darauf herumtrampelte.

Lara starrte auf die Teile, als sei sie in Trance. Der Raum drehte sich, und sie wusste, dass es nur eine Frage der Zeit war, bis sie ohnmächtig wurde. Aber der Gedanke daran, wo und mit wem sie aufwachen würde, ließ sie gegen die Wirkung des Mittels ankämpfen, das Ricky ihr verabreicht hatte.

»Wohin bringst du uns?«

»Nun, eigentlich solltest nur du mitkommen, aber ich kann deinen Freund auf keinen Fall hierlassen, wo er gefunden wird. Das würde alles ruinieren. Also darf er wohl auch mitkommen.«

Die Hoffnung kroch in Laras Bauch nach oben. Mit Owl an ihrer Seite waren ihre Chancen besser. Sie weigerte sich, darüber nachzudenken, was ihm in den Händen von Carter Grant passieren könnte, aber sie war egoistisch genug, um erleichtert zu sein, dass sie nicht allein sein würde. Zumindest für ein wenig länger.

»Jemand wird bemerken, dass wir verschwunden sind«, erklärte Lara so selbstbewusst wie möglich, obwohl sie das Gefühl hatte, dass ihre Worte undeutlich waren und sie ihre Drohung nicht so gut rüberbrachte, wie sie es gern getan hätte.

»Natürlich. Aber nicht in absehbarer Zeit. Der Hubschrauber, den deine Freunde gekauft haben, wird weg sein, und jeder wird annehmen, dass ihr drei wie geplant abgereist seid. Es wird Stunden dauern, bis jemand merkt, dass etwas nicht stimmt, wenn ihr nicht an eurem Zwischenstopp für den Abend ankommt. Und ja, ich zweifle nicht daran, dass eure Pläne in dem blöden Refugium, in dem ihr euch so lange verkrochen habt, besprochen und an die anderen weitergegeben wurden.«

»*Zuflucht*«, korrigierte Lara. »Nicht Refugium.«

»Ist doch völlig egal. Das spielt keine Rolle. *Du* spielst keine Rolle. Du bist ein Mittel zum Zweck, und das Ende wird für *mich* viel süßer sein als für dich und deinen Freund.«

»Bitte«, bettelte sie. Sie war dem Betteln nicht abgeneigt, wenn es helfen konnte. Es würde sie von Carter Grant fernhalten. »Bitte lass uns hier.«

»Nein. Daraus wird nichts. Auf mich wartet eine fette Zahlung.« Ricky hockte sich einen Meter vor Lara hin und musterte sie mit einem Grinsen. »Ich kann verstehen, warum Carter so besessen von dir ist. Blondes Haar, blaue Augen, groß, schlank ... du bist ein feuchter Traum, Süße. Wie ich hörte, ist das seine Macke.« Ricky lachte über seinen eigenen Scherz. »Lass los, Lara. Es macht das, was als Nächstes passiert, umso einfacher, wenn du bewusstlos bist.«

»Carter wird dir kein Geld geben. Er hinterlässt keine Zeugen. Er hat den letzten Kerl getötet, der mich an ihn ausgeliefert hat ... was macht dich anders?« Es wurde immer schwieriger, die Augen offen zu halten, und sie hatte das Gefühl, dass ihre Worte undeutlich waren, aber sie konnte nicht aufgeben. Sowohl ihr Leben als auch das von Owl standen auf dem Spiel.

»Du solltest dir mehr Sorgen um dich selbst machen als um mich, Süße«, bemerkte Ricky.

Lara blinzelte, und es dauerte mehr als ein paar Momente, bis sie ihre Augen wieder öffnen konnte. Das Betäubungsmittel in ihrem Blutkreislauf schien seine Wirkung zu entfalten. »Damit kommst du nicht durch«, wiederholte sie kraftlos.

»Das bin ich schon. Der Einzige, der meine Pläne durchkreuzt, ist dein Freund hier. Carter wird nicht erfreut sein, wenn er sich der Gruppe anschließt, aber wie ich bereits sagte, kann ich ihn nicht hierlassen, damit er entdeckt wird. Das spielt keine Rolle. Ich bin sicher, dass er bald nach der Landung Fischfutter sein wird.«

»Wohin fliegen wir?«, schaffte Lara es zu fragen.

Ricky beugte sich vor, umfasste Laras Hinterkopf und ließ sie fast sanft auf den Boden sinken. Sie fühlte sich entkräftet, völlig unfähig, sich zu wehren. Der skrupellose Mann war über ihr – dann beugte er sich hinunter und *leckte* ihr über die Wange, hoch bis zu ihrem Auge. Lara wollte sich verzweifelt die feuchte Spur auf ihrer Wange wegwischen, das schleimige Gefühl seines Speichels auf ihrer Haut loswerden. Aber sie konnte sich nicht bewegen. Ihre Glieder fühlten sich an, als würden sie zentnerschwer wiegen.

»Zu Carters brandneuer Insel. Er lebt dort ganz allein.

Keine Diener, keine Nachbarn. Er wollte verhindern, dass du dieses Mal wegläufst.«

Lara wimmerte. Zumindest dachte sie, dass sie das tat. Sie hörte keinen Laut aus ihrem Mund.

»Es wird kein Problem sein, die Leiche deines Freundes ins Meer zu werfen. Die Haie werden sich um ihn kümmern«, entgegnete Ricky. Dann stand er plötzlich auf und sah aus wie der Teufel persönlich, als er über ihr und Owl stand.

»Und der andere Typ? Der ist auch so gut wie erledigt.«

»Wohin wird er gebracht?«, flüsterte Lara mit letzter Kraft.

»Ich habe ihn verkauft. Das gehörte nicht zu Carters Plan, aber was er nicht weiß, macht ihn nicht heiß. Ich habe ein hübsches Sümmchen für ihn bekommen. Ich habe einen Typen getroffen ... ein echter Mistkerl. Liebt Geld fast so sehr wie ich. Und er brauchte einen Mann. Er hat nicht gesagt wozu, und ich habe nicht gefragt, aber ich vermute, er will ihn nicht als Gast auf einer Teeparty haben. Und mein Bankkonto ist dank *dieser* Transaktion um einiges fetter geworden.« Dann starrte Ricky Owl an. »*Verdammt.* Ich kann nicht glauben, dass dieser Mistkerl ihn hiergelassen hat, damit ich mich um ihn kümmere!«

Das war das Letzte, was Lara hörte, bevor das Betäubungsmittel sie überwältigte.

Ricky fuhr sich mit dem Arm über die Stirn und fluchte leise vor sich hin. Ihr Freund war schwerer, als er aussah, und es war nicht leicht, ihn in den Hubschrauber zu bekommen. Er machte sich nicht die Mühe, ihn anzuschnallen, sondern hob ihn einfach hoch und legte ihn auf den Boden des Rücksitzes. Die Frau war ihm auch egal, aber er wusste, dass Carter verrückt nach ihr war. Und wenn er sie mit blauen Flecken ablieferte oder wenn es so aussah, als hätte er nicht gut auf sie aufgepasst, würde er den Preis dafür bezahlen.

Er hatte sie auf dem Vordersitz festgeschnallt und ihr sogar Kopfhörer über die Ohren gestülpt. Die Zeit wurde knapp, und er musste los, bevor die ersten Leute auf dem kleinen Flughafen auftauchten. Trotzdem nahm er sich einen Moment Zeit, um mit einer gierigen Hand über Laras Titten zu fahren, sie zu drücken und zu betatschen.

Sie war wirklich hübsch. Es war eine Schande, dass er nicht in der Lage war, sie sich zu nehmen, bevor er sie auslieferte. Ricky hätte es nichts ausgemacht, dass sie bewusstlos war, Muschi war Muschi, und er zog es vor, dass seine Frauen sich nicht wehrten, wenn er sie nahm. Aber Grant erwartete, dass sein Eigentum ohne einen Kratzer abgeliefert wurde ... und Ricky machte gern seine Kratzer.

Ricky schlug die Tür zu, lief um die Vorderseite des Hubschraubers herum und langte nach dem Griff des Rollwagens, auf dem der Hubschrauber stand. Er sah sich noch einmal im Hangar um und vergewisserte sich, dass alles in Ordnung war. Er hatte die drei Koffer in den Hubschrauber gepackt, die Scherben des Handys aufgehoben, das er Lara abgenommen hatte – sie war so dumm gewesen zu glauben, dass er es sie benutzen lassen würde –, und die Papiere für den Verkauf des Hubschraubers eingepackt.

Das Geld, das *Die Zuflucht* für den Kauf des Hubschraubers geschickt hatte, war bereits auf seinem Konto, und zusammen mit dem Geld, das Grant ihm zahlte, und dem, was er von Jason Feldman, dem Mann, der Jack »Stone« Wickett gekauft hatte, bekommen hatte, hatte er mehr als ausgesorgt.

Er würde seine Fracht auf die Insel fliegen, den Rest des Geldes abholen und dann über die Grenze nach Süden fliegen. In Mexiko angekommen, würde er den Hubschrauber verkaufen, vielleicht an ein Kartell; diese Mistkerle hatten jede Menge Geld und würden wahrscheinlich gern einen Hubschrauber in ihrem Arsenal haben. Dann würde er den Rest seines Lebens damit verbringen, zu trinken, zu vögeln und den Haufen Geld zu genießen, den er angehäuft hatte, das meiste davon dank dieses einen Jobs.

In ein paar Stunden würde er es hinter sich haben. Er würde nicht an die Frau denken, die neben ihm saß, und an das, was sie in Zukunft durchmachen würde. Oder an den bewusstlosen Mann auf dem Rücksitz. Sie waren nicht sein Problem. Ricky Norman interessierte sich nur für Geld. Und er war im Begriff, mehr zu haben, als er jemals ausgeben konnte. Der Ruhestand war nur noch eine Lieferung entfernt.

Zufrieden mit sich selbst, schob Ricky den Hubschrauber aus dem Hangar, entfernte den Rollwagen darunter und rollte ihn zurück ins Gebäude. Dann schloss er die Tür zum Hangar, stieg in den Hubschrauber, stülpte sich einen Kopfhörer über die Ohren und lächelte, als er abhob. Je schneller er die Frau an Grant übergab, desto schneller konnte er das Land verlassen.

KAPITEL NEUNZEHN

Ryan schritt neben ihrem Ford Explorer hin und her. Sie biss sich auf den Daumennagel, während sie mit sich selbst darüber rang, was sie tun sollte. Das *Richtige* zu tun würde bedeuten, sich zu verraten. Zu enthüllen, wer sie wirklich war. Und das wollte sie auf keinen Fall. Sie liebte ihren Job hier in der *Zuflucht*, und sie hatte keinen Zweifel daran, dass sie ihn verlieren würde, wenn sie etwas sagen würde.

Und nicht nur das, sie würde auch die besten Freunde verlieren, die sie je gehabt hatte. Die Menschen, die hier lebten und arbeiteten, hatten sie aufgenommen. Sie hatten sie behandelt, als gehörte sie zur Familie ... und nicht als eine Außenseiterin. Jemand, vor dem man sich in Acht nehmen musste. Ryan hatte sich bemüht, ihre neuen Freunde aus der Ferne zu beschützen, aber das hier war ...

Sie brauchte Hilfe.

Ryan atmete tief durch und ignorierte die Tatsache, dass ihr übel war, und eilte im Laufschritt in Richtung der Lodge. Brick und die anderen hatten eine Personalbesprechung. Jess, Carly und Ryan sollten etwas später dazustoßen, um sie über den aktuellen Stand der

Haushaltsführung zu informieren. Das war eine Sache, die Ryan an der Arbeit hier liebte, die Männer, denen der Ort gehörte, begrüßten jeden Beitrag. Sie waren wirklich daran interessiert, wie jeder Teil des Betriebs optimal lief, und das bedeutete, direkt von den Leuten zu hören, die dort arbeiteten.

Aber sie musste mit Brick, Tonka, Spike, Pipe und Tiny sprechen – und zwar *sofort*. Es konnte nicht warten.

Ryan winkte Alaska, die an der Rezeption in der Lodge saß, abwesend zu, als sie sich auf den Weg in den Konferenzraum machte. Sie hörte vage, wie ihre Freundin sie fragte, warum sie so früh bei der Besprechung war, aber sie hielt nicht an, um es zu erklären. Es war wahrscheinlich das letzte Mal, dass Alaska freundlich mit ihr reden würde. Die Informationen, die sie gleich preisgeben würde, würden alles verändern. Und wohl nicht zum Besseren.

Sie stieß die Tür auf und schloss sie wieder hinter sich, während sie die fünf Männer anstarrte, die an dem langen, rechteckigen Tisch saßen. Ryan hatte sie alle im Laufe des letzten Jahres ziemlich gut kennengelernt, und sie hatte sowohl Höhen als auch Tiefen mit den Mitarbeitern geteilt.

Einen Moment lang schwankte sie. Sie könnte schweigen und das Beste, was ihr je passiert war, nicht verlieren.

Aber ihr Gewissen war stärker. Sie musste etwas sagen. Weil es das einzig Richtige war. Sie würde mit den Folgen fertigwerden, wie sie es immer tat – allein.

Sie würde sich ein anderes Versteck suchen.

»Was ist los?«, fragte Brick, als Ryan nicht sofort etwas sagte.

Sie dachte sich, dass sie völlig durchgedreht aussehen musste, damit der unerschütterliche Brick so besorgt klang.

»Owl, Stone und Lara stecken in Schwierigkeiten«,

platzte sie heraus – und zuckte dann zusammen. So hatte sie dieses Gespräch eigentlich nicht beginnen wollen.

Zu ihrer Überraschung schrien die Männer nicht sofort und verlangten keine Antworten. Es war ausgerechnet Tiny, der seinen Stuhl zurückschob und auf sie zukam. Er nahm ihren Arm und führte sie sanft zu einem Stuhl am Tisch.

Ryan hätte am liebsten geweint. Er war so nett ... aber sie wusste, dass es nicht lange anhalten würde.

Von allen Männern an diesem Tisch war Tiny derjenige, zu dem Ryan sich am meisten hingezogen fühlte. Er erinnerte sie an den Helden in einem ihrer Lieblingsfilme, *Sixteen Candles – Das darf man nur als Erwachsener*. Alle scherzten mit ihm darüber, und es war offensichtlich, dass er den Vergleich hasste.

Und obwohl der Film in den letzten Jahren in die Kritik geraten war, weil er rassistisch und sexistisch war, und Ryan konnte nicht leugnen, dass es Teile darin gab, die definitiv unsensibel waren, hatte sie sich immer zu dem Helden hingezogen gefühlt. Ihr absoluter Lieblingsteil war das Ende. Als der Held bei der Heldin auftauchte und sie sich über ihrer Geburtstagstorte küssten ... das brachte Ryan jedes Mal zum Schwärmen.

Tiny tagein, tagaus zu sehen verursachte bei ihr das gleiche Kribbeln. Aber Spencer Denny, auch bekannt als Tiny, war ganz anders als der Junge aus dem Film. Er war doppelt so dominant und doppelt so grüblerisch, aber immer rücksichtsvoll gegenüber allen in der *Zuflucht*. Manchmal ertappte sie ihn dabei, wie er sie mehr als nur freundlich ansah, aber ansonsten tat oder sagte er nie etwas, das Ryan den Eindruck vermittelte, er wolle mehr als ihr Arbeitgeber sein.

Sie hatte durch die Gerüchteküche der *Zuflucht* gehört, dass er einige ernsthafte Probleme damit hatte, Menschen zu vertrauen, und da sie selbst genügend Probleme hatte, mit denen sie fertigwerden musste, hatte sie nie versucht herauszufinden, wohin ein gegenseitiges Interesse führen könnte. Vor allem wenn sie sich beide große Mühe gaben, dieses Interesse zu ignorieren.

Und jetzt wusste Ryan, dass, sobald sie diesen Männern erzählte, warum sie dort war und was sie wusste, *jegliches* Vertrauen, das Tiny ihr eventuell entgegenbrachte, in Rauch aufgehen würde. Und das Schlimme daran war, dass sie es ihm nicht einmal verübeln konnte.

»Raus mit der Sprache, Ryan«, befahl Tiny. »Warum glaubst du, dass unsere Freunde in Schwierigkeiten sind? Hat Lara angerufen oder eine Nachricht geschickt?«

Ryan holte tief Luft und versuchte, ihre Gefühle auszuschalten. Sich an die Fakten zu halten. So würde es schneller gehen. Dann könnte sie ihre Sachen packen und wieder verschwinden.

»Mein Name ist nicht Ryan. Ich heiße auch nicht Samantha, Julie, Riley, Rebecca oder Maryann. Das sind alles Namen, die ich in den letzten paar Jahren benutzt habe. Ich bin unter Vorspiegelung falscher Tatsachen hergekommen. Ich habe über *Die Zuflucht* recherchiert und beschlossen, dass es der perfekte Ort wäre, um unterzutauchen. Alexis ... die Haushälterin, die gegangen ist? Diejenige, die diese plötzliche Erbschaft bekommen hat? Es war nicht von einem lange vermissten Verwandten. Das war *ich*. Ich habe das getan. Ich habe dafür gesorgt, dass sie das Geld bekommt, damit sie kündigt und ich den Job übernehmen kann.«

»Was zum Teufel?«, fragte Spike halblaut.

Ryan hörte nicht auf zu sprechen. Sie war schon so weit gekommen, sie musste weitermachen.

»Ich bin gut in Computerkram.« Das war die Untertreibung des Jahrhunderts, aber zu erklären, *wie* gut sie wirklich war, wäre Zeitverschwendung gewesen.

Stattdessen sah sie Tonka in die Augen. »Als Jasna entführt wurde, habe ich Christian aufgespürt. Ich war im Wagen, als Henley erfuhr, dass ihre Tochter verschwunden war, und hörte, wen sie verdächtigte. Es hätte zu lange gedauert, bis die Polizei einen Durchsuchungsbefehl bekommen hätte, und so war es für mich ein Leichtes, sein Telefon zu orten. Ich ging zu dem Haus, in dem ich sein Handy aufgespürt hatte, und sah Christian weggehen. Ich spähte durch das Fenster und entdeckte Jas. Ich verfolgte Christian bis zu einem Fast-Food-Laden und holte dann Jas heraus. Ich rief die Polizei an und gab ihnen den Tipp, wo Christian zu finden war, und den Hinweis auf die Hütte. Dann habe ich Jasna dort gelassen, wo ich wusste, dass du sie finden würdest.«

»*Du* bist unser anonymer Helfer? Die geheimnisvolle Person, die mir eine Nachricht geschrieben hat?«, fragte Tonka ungläubig.

Ryan nickte. Dann wandte sie sich an Spike. »Und ich war es, die Reeses Peilsender geortet hat.«

»Du meine Güte!«, fluchte er.

»Und du hast Stone in Arizona eine Nachricht geschickt«, bemerkte Pipe. Das war keine Frage. »Und die Störsender, die Grant im Haus hatte, entschärft, damit ich mit ihm reden konnte.«

Ryan nickte.

»Woher wusstest du von den Bunkern?«, fragte Brick.

Ryan schüttelte den Kopf. »Das ist im Moment nicht wichtig.«

»Und ob es wichtig ist«, erklärte Tiny mit tiefer, kalter Stimme.

Sie hatte es vermieden, den Mann neben sich anzusehen, aber jetzt drehte Ryan sich um und sah, dass er sich in seinem Stuhl zurückgelehnt hatte, so weit weg von ihr, wie er nur konnte, die Arme vor der Brust verschränkt. Er hatte sich so weit wie möglich von ihr abgekapselt, ohne den Raum zu verlassen.

Es hätte nicht wehtun sollen, denn sie war darauf vorbereitet gewesen, wie er auf ihre Täuschung reagieren würde, und trotzdem war es ein harter Schlag.

»Ich habe mir Sorgen um Lara gemacht. Dass sie *Die Zuflucht* verlässt. Ich habe einen Alarm auf ihrem Handy eingerichtet, um mir mitzuteilen, wo sie sich aufhält. Und ich wusste, dass sie heute Morgen den Hubschrauber abholen würden. Ich wollte nicht neugierig sein, ich schwöre ... ich weiß, dass es falsch ist, aber ... ich war neugierig, wie die Dinge liefen. Ich habe mich in das Mikrofon ihres Handys gehackt und mitgehört.«

»Ist das überhaupt möglich?«, fragte Pipe.

Ryan blickte auf ihre Hände. »Ja, wenn man weiß wie. Alle Handys haben Mikrofone. Genau wie Computer. Und Tablets. Und diese Geräte, die man kaufen kann, die dein Haus steuern und deine Fragen beantworten, wenn du sie stellst? Die hören *wirklich* alles ab, was man sagt. Die Unternehmen nutzen die Informationen, um den Leuten nutzlosen Mist anzudrehen. Und ich will gar nicht erst davon anfangen, wie leicht es heutzutage ist, ein Spion zu sein. Jeder hat ständig Elektronik um sich herum.«

»Jetzt komm schon zum Punkt«, knurrte Tiny.

Ryan schluckte schwer, auch wenn sie innerlich noch ein bisschen mehr zusammenschrumpfte. Sie konnte es nicht ertragen, wenn Menschen wütend auf sie waren. Wenn sie schrien. Sie war die meiste Zeit ihres Lebens über schlecht behandelt worden. Sie war es gewohnt, angeschrien zu werden, gesagt zu bekommen, sie sei nichts als ein wertloses Stück Dreck ... so sehr, dass sie ihre eigene posttraumatische Belastungsstörung hatte, wenn andere wütend waren.

»Also, auf dem Weg zum Flughafen hörte ich ihrem Geplänkel zu. Alle drei waren glücklich und aufgeregt, dass sie heute den Heimweg antreten konnten. Ich hörte, wie der Verkäufer sie begrüßte. Aber als sie den Hangar betraten, in dem sich vermutlich der Hubschrauber befand ... ging es drunter und drüber.«

Alle außer Tiny lehnten sich jetzt nach vorn.

»Was ist passiert?«, fragte Brick eindringlich.

Ryan erzählte ihnen schnell alles, was sie mitbekommen hatte. »Dann muss dieser Ricky Laras Handy zertrümmert haben – ich habe gehört, dass es irgendwo aufgeschlagen ist, wahrscheinlich auf dem Boden im Hangar. Und als ich mich in das Handy von Owl hacken konnte, hatte ich schon eine Menge verpasst. Aber er prahlte damit, was er vorhatte, und es ging definitiv darum, Lara auf eine Insel zu fliegen, wo Carter Grant auf sie wartete. Er sagte ihr, dass Carter Owl töten und seine Leiche ins Meer werfen würde.«

»Und Stone? Wo steckt er?«, fragte Tiny.

»Ich weiß es nicht. Ricky sagte, er hätte ihn an einen Typen verkauft. Aber er hat nicht gesagt, wohin er gebracht wird oder was der Käufer von ihm will.«

»Verdammter Mist!«, fluchte Pipe.

Die anderen murmelten noch viel schlimmere Schimpf-wörter vor sich hin.

»Ich kann Stone nicht aufspüren. Der Kerl, der ihn entführt hat, muss sein Handy genommen und es entweder zertrümmert oder ausgeschaltet haben. Und das von Lara ist sicher kaputt.«

Sie spürte, wie Tiny sich neben ihr bewegte. »Und das von Owl?«

»Es ist noch an«, erklärte Ryan.

»Hörst du immer noch zu?«, fragte Tonka.

Sie nickte.

Brick klappte den Laptop vor sich auf und schob ihn Ryan fast gewaltsam über den Tisch zu. »Benutze den Computer, damit wir auch zuhören können.«

Ryan starrte bestürzt auf den Computer. Sie hätte sich das etwas besser überlegen sollen. »Ich kann nicht«, entgegnete sie leise. »Ich meine, ich muss meinen benutzen.«

»Du willst mir sagen, dass ein Hacker nicht irgendeinen alten Computer benutzen kann, um sein Handwerk auszuüben?«, fragte Tiny grob. »Das kaufe ich dir nicht ab. Wenn du so gut bist, wie du sagst, und wenn du die Wahrheit sagst, dann kriegst du den Mist schon hin. Und zwar sofort. Jetzt.«

Ryan knickte bei der Feindseligkeit in Tinys Stimme in sich zusammen. Es ging nicht darum, dass sie Bricks Computer nicht benutzen konnte ... es ging darum, dass sie, wenn sie es tat, wenn sie irgendein unsicheres Gerät benutzte, gefunden werden konnte. Es wäre nur eine Frage der Zeit, bis man sie aufspüren würde.

Aber das war *auch* ihre eigene Schuld. Sie hätte ihren eigenen Computer mitnehmen sollen. Sie war so nervös gewesen, so besorgt um Owl, Stone und Lara, dass sie ihre Wohnung so schnell wie möglich verlassen hatte, mit dem einzigen Ziel, so schnell wie möglich zur *Zuflucht* zu gelangen und die anderen wissen zu lassen, dass ihre Freunde in Gefahr waren.

Ihr Zeitplan für die Abreise hatte sich gerade verschoben, aber sei's drum. Wenn sie ihre persönliche Sicherheit opfern musste, um die anderen zu retten, würde sie es tun.

Außerdem ... hatte sie diese Leute hintergangen. So viel war sie ihnen schuldig.

Sie zog Bricks Computer näher an sich heran und ihre Finger rasten über die Tasten, als sie das Programm aufrief, das sie entwickelt und unter Tausenden von anderen selbst gemachten Spionageprogrammen versteckt hatte, die alle für einen Preis an Diebe und andere, die sie für schändliche Zwecke nutzten, erhältlich waren. Sie hatte ihr Programm absichtlich unbrauchbar gemacht ... es sei denn, man war so gut wie sie oder wusste genau, welche Befehle man eingeben musste.

Es dauerte weniger als zwei Minuten, um auf das Mikrofon in Owls Handy zuzugreifen, aber die Spannung im Raum war so geladen wie ein Schneesturm in den Bergen. Die Feindseligkeit, die von Tiny ausging, fühlte sich an wie kleine Messer, die sich in ihre Haut bohrten.

Schließlich drückte sie auf die Wiedergabetaste des Programms und zuckte zusammen, als das einzige Geräusch, das aus den Lautsprechern kam, ein extrem lautes Brummen war.

»Was zum Teufel ist das? Ich dachte, du seist gut in diesem Mist?«, grummelte Tiny.

»Der Hubschrauber«, bemerkte Brick fast ruhig.

»Kannst du es orten?«, fragte Pipe.

Ryan ließ das Mikrofon offen, öffnete eine neue Registerkarte und begann wieder einmal, fieberhaft zu tippen. Sie presste die Lippen aufeinander und seufzte, als sie den Laptop umdrehte, um den anderen eine Karte zu zeigen. »Ich habe keinen genauen Standort, nur die Stelle, an der das Telefon zuletzt gepingt hat.« Auf der Karte war ein roter Punkt inmitten eines blauen Streifens vor der Westküste zu sehen.

»Ricky sagte, dort sei eine Insel«, erklärte sie.

»Verdammt, da draußen gibt es Hunderte von Inseln, oder?«, fragte Tonka.

»Wahrscheinlich Tausende«, entgegnete Spike grimmig.

»Ich rufe Tex an. Vielleicht hat er ein paar Ideen«, erklärte Brick.

Ryan zuckte unwillkürlich zusammen.

»Du kennst ihn?«, fragte Pipe, als er ihren Gesichtsausdruck sah.

»Persönlich? Nein. Aber ich habe mich vielleicht in seine Datenbanken gehackt, um Informationen zu finden, die er nicht ... an euch weitergeben konnte«, gab Ryan zu.

Überraschenderweise lächelte Brick. »Oh, er wird alles über dich erfahren wollen. Was hat er gesagt, als er uns helfen wollte, Jas zu finden?«

»Dass, wer auch immer dieser anonyme Helfer war, er besser sei als er«, antwortete Tonka.

Ryans Magen kribbelte. Sie war sich nicht sicher, ob sie mit Tex von Angesicht zu Angesicht reden wollte ... oder von Handy zu Handy. Er war nicht der Typ Mann, der es gutheißen würde, wenn sich jemand anderes in seine Sachen hackte. Ihr ginge es genauso.

»Wenn wir nach einer Insel suchen, müssen wir die Küstenwache einschalten«, erklärte Tonka. »Ich habe noch ein paar Beziehungen. Ich werde ein paar Anrufe tätigen und sehen, was ich auf die Beine stellen kann.«

»Ich rufe das FBI an und informiere es über Carter und Stones Entführung«, erklärte Spike.

»Und ich werde mich mit dem Ministerium für Innere Sicherheit in Verbindung setzen. Die Mitarbeiter dort sollten in der Lage sein, den Hubschrauber zu verfolgen«, bemerkte Pipe.

Ryan schluckte schwer, als alle Männer um sie herum zu ihren Handys griffen und begannen, nach ihren Freunden zu suchen. Sie blickte zu Tiny hinüber, der sie nur starr ansah.

»Wie heißt du?«

»Was?«, fragte sie überrascht über die Frage. Nach allem, was sie ihnen gerade erzählt hatte, wollte er ausgerechnet *das* wissen?

»Sag mir deinen Namen. Der, den man dir bei der Geburt gegeben hat. Ich will wissen, wie er lautet. *Sofort.*«

»Warum?«, flüsterte sie.

Tiny beugte sich vor, und es kam ihr so vor, als seien sie die einzigen beiden Menschen in diesem Raum. Seine eisigen türkisfarbenen Augen ließen sie erstarren, während er sie anstarrte, als könnte er ihre Gedanken lesen.

»Darum.«

Das war keine Antwort, und das wussten sie beide. Ryan konnte sich einen Namen ausdenken, das tat sie schon seit Jahren. Aber aus irgendeinem Grund platzte sie mit einem Namen heraus, den sie seit dem Tag ihrer Flucht nicht einmal zu denken gewagt hatte ... geschweige denn, laut auszusprechen. »Ryleigh. Ryleigh Lodge.«

Tiny lehnte sich zurück und nickte. »Es ist klug, deinen jetzigen Namen so nahe wie möglich an deinem echten zu halten ... *Ryleigh.*«

Das war so ziemlich der Hauptgrund, warum sie Ryan gewählt hatte. Es war kein typischer Frauenname, aber er kam Ryleigh so nahe, wie es nur möglich war. Sie war schon zu oft in Schwierigkeiten geraten, wenn sie nicht auf die anderen Namen reagiert hatte, die sie sich in der Vergangenheit ausgedacht hatte.

Da sie sich unwohl fühlte und etwas Abstand brauchte, schob Ryan ihren Stuhl zurück und begann aufzustehen.

Tiny streckte die Hand aus und griff nach ihrem Arm. Nicht so fest, dass es wehtat, aber fest genug, dass sie sich nur mit Mühe von ihm losreißen konnte. »Wo willst du hin?«

»Packen«, sagte sie, wobei die Worte viel schwächer klangen, als sie es beabsichtigt hatte.

»Oh, du gehst nirgendwo hin«, knurrte Tiny. »Wir brauchen dich, um Owl und Lara zu finden ... und diesen Dreckskerl Grant. Und dann brauchen wir dich natürlich, um Stone aufzuspüren und ihn wieder hierher zurückzubringen. Und du musst noch eine *Menge* Fragen beantworten, bevor du gehen darfst.«

Sie mochte das Glitzern in Tinys Augen nicht, als er den letzten Teil sagte, aber sie hatte nicht vor zu gehen, wenn diese Männer ihre Hilfe wollten. Sie hätte sich mehr anstrengen müssen, um Carter Grant zu finden. Das war ihre Schuld. Sie würde diese Schuld auf sich nehmen müssen ... zusammen mit all der Schuld, die sie bereits trug.

Sie nickte langsam, und Tiny ließ ihren Arm los. Aber selbst nachdem er sich wieder hingesetzt hatte, kribbelte ihr Arm an der Stelle, an der er sie berührt hatte. Das war kein gutes Zeichen. Wie konnte sie sich immer noch so sehr zu diesem Mann hingezogen fühlen, wenn es offensichtlich war, dass er sie hasste?

Ryan schob ihre eigenen Probleme beiseite und holte tief Luft. Sie musste alles, was sie jemals in Sachen Computer gelernt hatte, nutzen, um Lara und Owl zu helfen. Nichts anderes zählte im Moment.

KAPITEL ZWANZIG

Laras Mund war trocken. So verdammt trocken. Sie leckte sich über die Lippen, aber es half nicht viel. Sie drehte den Kopf, fragte sich, warum sie sich so schrecklich fühlte, und blinzelte müde mit den Augen, bevor sie sie wieder zumachte.

Zuerst hatte sie keine Ahnung, wo sie war, und keine Erinnerung daran, wie sie dorthin gekommen war. Aber mit jeder Sekunde, die verging, schossen ihr neue Erinnerungen durch den Kopf.

Von dem Hotelzimmer und den nächtlichen Snacks. Von dem Hubschrauber im Hangar. Von Stone, der weggeschleppt wurde. Owl, der regungslos auf dem Boden lag. Ricky, der über ihr stand und ihr sagte, dass er sie zu Carter Grant bringen würde.

Bei diesem letzten Gedanken keuchte sie und riss die Augen auf.

Und sie sah als Erstes Owl. Er lag auf dem Boden und starrte sie direkt an, während sie auf einer Art Sofa zu liegen schien.

Er hielt sich schnell den Finger an die Lippen und flüsterte ihr dann leise zu: »Geht es dir gut?«

Lara schluckte und dachte einen Moment lang über seine Frage nach, bevor sie nickte.

Dann wurde ihr klar, warum er wollte, dass sie leise war.

»Ich habe dir doch gesagt, du sollst nur *sie* mitbringen!«

Sie hätte diese Stimme überall erkannt.

Das war *er*. Carter Grant.

Lara zitterte und jeder Muskel in ihrem Körper verkrampfte sich. Sie hatte gewusst, dass sie irgendwann hier landen würde, aber jetzt hatte sie so viel mehr zu verlieren.

»Und ich habe *dir* gesagt, wenn ich ihn in diesem Hangar gelassen hätte, hätte ihn jemand gefunden und wäre wahrscheinlich schon hinter diesem Hubschrauber her. So wie es aussieht, habe ich nur ein kleines Zeitfenster, um das Land zu verlassen, bevor alle nach ihm suchen!«

Lara drehte langsam den Kopf und schaute hinter sich, woher die Stimmen kamen, aber sie konnte weder Ricky noch Carter sehen. Die Rückenlehne des Sofas, auf dem sie lag, versperrte ihr die Sicht ... und verbarg sie gleichzeitig.

Sie zuckte erschrocken zusammen, als etwas ihren Arm berührte, und sie riss den Kopf herum, um erleichtert festzustellen, dass es nur Owl war, der sich näher herangeschlichen hatte. Sie erinnerte sich nicht an den Flug hierher – wo auch immer *hier* war –, aber sie war erleichterter, als sie in Worte fassen konnte, dass er bei ihr war. Sie nahm an, dass es sie zu einem furchtbaren Menschen machte, froh zu sein, dass der Mann, den sie liebte, ebenfalls in den Händen eines sadistischen Serienmörders war, aber Owl war der einzige Mensch, bei dem sie sich sicher fühlte.

»Wir müssen zum Fenster gehen«, erklärte Owl tonlos.

Seine Stimme war so leise, dass Lara ihn kaum hören konnte. Aber sie nickte eifrig.

Sie hatte keine Ahnung, was der Plan war, wenn sie überhaupt einen Plan hatten. Plötzlich erinnerte sie sich an das, was Ricky ihr gesagt hatte, bevor sie bewusstlos geworden war: dass sie auf eine Insel fliegen würden. Sie konnten hier nicht einfach zu den Nachbarn laufen und fragen, ob sie deren Telefon benutzen durften. Ricky hatte ihr auch gesagt, dass Carter allein auf der Insel lebte.

Aber wenn sie sich durch ein Fenster weiter von Carter Grant entfernen konnte, war sie voll und ganz einverstanden. Sie würde in eiskaltem, haifischverseuchtem Wasser zurück nach Seattle schwimmen, wenn das nötig wäre, um von ihm wegzukommen.

»Du nimmst ihn mit, wenn du gehst!«, schrie Carter Ricky an.

»Gut, aber es wird dich was kosten.«

»Was? Auf keinen Fall!«

Die beiden Männer stritten sich weiter, und Owl half ihr, vom Sofa zu gleiten, ohne auf ihrem Gesicht zu landen und ohne einen Laut von sich zu geben. Als sie auf dem Boden lag, umarmte Owl sie. Fest. Dann entfernte er sich ein wenig von ihr und sah ihr in die Augen. Er hielt ihr Gesicht in seinen Händen und Lara hatte das Gefühl, seine Seele in seinen Augen zu sehen, als er sagte: »Ich werde nicht zulassen, dass er dir wehtut.«

Sie nickte ... auch wenn sie ihm nicht hundertprozentig glaubte. Oh, sie glaubte durchaus, dass er es versuchen würde, dass er alles in seiner Macht Stehende tun würde, um sie zu beschützen, aber die Realität war, dass Carter Grant das Böse auf seiner Seite hatte – und er würde nicht zögern, Owl zu töten.

Dieser Gedanke brachte sie dazu, sich in Bewegung zu

setzen, während die beiden Männer mit ihrem Gezänk beschäftigt waren. Es sah so aus, als seien sie und Owl in einer Art Bibliothek oder Arbeitszimmer. Eine ganze Wand war mit Bücherregalen bedeckt, und überall, wo sie hinsah, stapelten sich Dutzende von Kartons. Außerdem war es im Raum staubig, als sei er seit Jahren nicht bewohnt gewesen. Sie hatte keine Ahnung, ob Carter das Haus gekauft hatte oder sich hier widerrechtlich aufhielt, aber das war auch egal. Jetzt zählte nur noch, dass sie von hier wegkam.

Lara und Owl nutzten die verschiedenen Kartons als Deckung und bewegten sich auf ein großes Fenster zu, das bereits geöffnet war – vielleicht um zu versuchen, den muffigen Raum etwas durchzulüften. Sie blickte zurück und sah schließlich Carter und Ricky, die beide etwa zwei Meter hinter dem Sofa standen und sich stritten. Sie waren so ineinander vertieft, dass sie nicht bemerkt hatten, dass ihre Gefangenen sich in Bewegung gesetzt hatten.

Dankbar für die Unordnung, die Größe des Raumes und die eskalierende Wut der beiden Männer hielt Lara den Atem an, als sie und Owl sich einen Weg durch den großen Raum in Richtung Freiheit bahnten.

»Du kannst ihm buchstäblich in den Kopf schießen und ihn ins Meer werfen, aber stattdessen willst du, dass ich ihn zurück in den Hubschrauber lade und mitnehme. Und was soll ich dann mit ihm machen? Der Hubschrauber hat keinen Autopiloten, du Genie, also kann ich ihn in der Luft nicht rausschieben, und wenn er während des Fluges aufwacht, bin ich am Arsch! Du willst, dass ich alle Risiken mit dem Kerl auf mich nehme, schön und gut – aber ich will eine weitere Million, bevor jemand diese Insel verlässt«, argumentierte Ricky und klang dabei seltsam unsicher und zuversichtlich zugleich.

»Eine Million? Bist du etwa zugedröhnt?«

»Zu viel? Das macht mir nichts aus. Ich werde dann einfach allein gehen ... sobald du mir die zweite Hälfte meines Honorars gezahlt hast.«

»Ich zahle dir keinen gottverdammten Cent mehr.«

»Gut. Ich nehme die Schlampe mit und du kümmerst dich um ihn.«

»Du lässt die Finger von ihr!«, schrie Carter und klang dabei völlig aus der Fassung. »Sie gehört mir! Mir!« Er zückte eine Pistole und richtete sie auf Ricky, wobei seine Hand vor Wut zitterte.

»Ganz ruhig, Mann«, erklärte Ricky und hob die Hände, als wollte er sich ergeben.

Owl hatte das Fenster erreicht, und noch immer hatte keiner der Männer etwas bemerkt. Aber das war nur eine Frage der Zeit. Lara hasste es, die Besessenheit in Carters Stimme zu hören, als er erklärte, sie gehöre ihm, aber da er völlig in seinen Streit mit Ricky vertieft war, war sie dankbar für diese kleine Gnade.

Als Owl versuchte, das Fenster weit genug zu öffnen, damit sie hindurchschlüpfen konnten, konnte Lara den Blick nicht von Carter Grant abwenden. Er sah noch bedrohlicher aus, als sie es in Erinnerung hatte. Wahrscheinlich lag es an der Augenklappe. Eine Sekunde lang durchströmte sie Genugtuung. Cora hatte das getan, um Pipe zu schützen. Sie konnte sich nicht vorstellen, jemanden aus nächster Nähe so zu verletzen ...

Aber dann sah sie wieder zu Owl. Er runzelte die Stirn, während er sich abmühte, das verdammte Fenster hochzuschieben, und ihr wurde klar, dass sie alles in ihrer Macht Stehende tun würde, damit er sich nicht für sie opferte.

Es sah immer wahrscheinlicher aus, dass sie beide hier völlig aufgeschmissen waren. Das Fenster rührte sich nicht, und wenn das tatsächlich der Fall war, wie sollten sie dann entkommen?

»Ich gebe dir keinen Cent mehr. Genau genommen …«

In diesem Moment gelang es Owl, das Fenster ein paar Zentimeter hochzuschieben.

Leider war das hohe Quietschen, das der Rahmen bei der Bewegung von sich gab, laut genug, sodass *beide* Männer ihren Streit unterbrachen und sich in ihre Richtung drehten.

Lara erstarrte, und einen Moment lang rührte sich niemand.

Carter sah so wütend aus, dass Lara dachte, er würde auf der Stelle einen Herzinfarkt bekommen. Aber natürlich hatten sie und Owl nicht so viel Glück.

Er drehte sich so, dass die Pistole jetzt auf *sie* gerichtet war. »Komm hierher«, befahl er.

Aber Lara ging nirgendwo hin. Schon gar nicht dorthin, wo *er* sie haben wollte.

Owl stand auf und zog Lara auf die Füße. Das Fenster war nicht weit genug offen, als dass einer von ihnen hätte raussteigen können, und wenn sie zur Tür laufen wollten, müssten sie sowohl an Ricky als auch an Carter vorbei.

»Ich sagte, *komm her*. Sofort!«, schrie Carter Lara in einem bösartigen Ton an.

Wieder rührte sie sich nicht. Sie kauerte sich völlig verängstigt hinter Owl.

Ricky lachte.

»Halt die Klappe!«, schrie Carter den Mann an.

»Das ist ein Klassiker. Ihr scheint euch in einer Sackgasse zu befinden.«

Carter hatte eindeutig genug von den Sticheleien des anderen Mannes. Er richtete die Pistole wieder auf Ricky und knurrte: »Findest du das witzig?«

Innerhalb von Sekunden hatte Ricky seine eigene Waffe aus dem Hosenbund gezogen und richtete sie auf Carter. »Sehr witzig«, sagte er.

Die beiden Männer standen nur wenige Meter voneinander entfernt und zielten mit ihrer Pistole auf den Kopf des jeweils anderen … und sie wichen langsam zurück, während sie einander umkreisten und ihre Blicke fixierten. Sie waren voll und ganz auf ihre Pattsituation konzentriert.

Als sie sich in Bewegung setzten, mussten sie um die Kartons herumgehen, die ihnen im Weg standen, wodurch sie sich weiter voneinander entfernten … und vom Weg zur Tür weg.

Laras Herz schlug schneller. Ihr Adrenalinspiegel stieg in die Höhe. Vielleicht, nur vielleicht, würden sie die Tür doch noch erreichen können.

Owl legte umständlich einen Arm um sie, als er vor ihr stand, und begann, sie vom Fenster weg, an der Wand entlang, näher zur Tür zu schieben. »Wenn ich es dir sage, läufst du los. Hau ab. Versteck dich«, flüsterte er.

»Ich werde dich nicht allein lassen«, platzte Lara heraus.

»Doch, wirst du«, murmelte Owl.

»Das werde ich *nicht*!«

Dies war wahrscheinlich nicht der richtige Zeitpunkt, um sich zu streiten, aber Lara konnte nicht weiterleben, wenn Owl bei dem Versuch, sie zu beschützen, getötet wurde. Einst war Owl, der zwischen ihr und dem Mann stand, der ihr das Leben zur Hölle gemacht hatte, das Einzige gewesen, was sie von einem Tag auf den anderen am Leben hielt, aber jetzt? Sie war ein anderer Mensch. Nicht unbedingt stark genug, um es allein mit einem Serienmörder aufzunehmen, aber sie würde verdammt sein, wenn sie Owl opferte.

Jeder Muskel in seinem Körper war angespannt, als er

sie langsam zur Tür schob, während Ricky und Carter immer noch auf nichts anderes als aufeinander und auf die Pistolen in ihren Händen achteten.

Rickys Blick huschte zu ihnen, dann sofort wieder zu Carter. »Was jetzt, Grant? Dein Spielzeug macht sich bereit, aus dem Stall zu fliehen. Aber wenn du deine Waffe von mir nimmst, werde ich dich noch im selben Augenblick töten, das weißt du.«

Carters Gesicht war jetzt so rot, dass Lara zu glauben begann, er würde vielleicht *tatsächlich* an einem Herzinfarkt sterben. Das wäre das Wunder, das sie und Owl brauchten.

»Du kannst mich mal«, fauchte Carter.

Und drückte ab.

Ricky hatte offensichtlich seine Bewegung vorausgesehen, denn er warf sich hinter das Sofa, bevor die Kugel den Lauf verließ.

Carter feuerte erneut auf Ricky – und schockierte Lara, indem er seine Waffe auf sie und Owl richtete. Bevor ihre Ohren sich von dem ersten Schuss erholt hatten und sie auch nur einen Piep machen konnte, ertönte ein weiterer Schuss.

Anstatt irgendwo an ihrem Körper Schmerzen zu spüren, stöhnte Lara auf, als Owl sie unsanft in Richtung Tür stieß.

Carter hatte sich hinter einem Stapel Kartons versteckt und Ricky befand sich immer noch hinter dem Sofa, sodass der Weg zur Tür frei war. Lara konnte gerade noch vermeiden, gegen den Türrahmen zu prallen, während sie davonlief. Instinktiv tastete sie nach dem Türknauf. Sie musste aus diesem Zimmer verschwinden!

Unmittelbar darauf ertönte ein weiterer Schuss, diesmal aus Rickys Richtung. In der Erwartung, jeden Moment getötet zu werden, schluchzte Lara fast vor Erleichterung, als sie den Knauf endlich drehen konnte und die Tür zu einem Flur führte.

»Los!«, erklärte Owl und drängte sie mit einer Hand an ihrem Rücken durch die Tür.

»Wo lang?«, schrie sie und war sich dabei sicher, dass sie viel zu laut sprach, aber da ihre Ohren noch von den Schüssen dröhnten, konnte sie ihren Tonfall nicht zügeln.

»Nach rechts!«, brüllte Owl zurück.

Ricky und Carter schossen immer noch im Raum herum, aber Lara hatte keine Ahnung, ob sie auf sie und Owl oder aufeinander schossen. Sie nahm an, dass es keine Rolle spielte. Es ging jetzt nur darum, aus dem Haus zu verschwinden.

»Sie hauen ab!«, bemerkte Ricky in einem schadenfrohen Ton.

»Es ist eine verdammte Insel. Da können sie sich nirgendwo verstecken!«, schrie Carter zurück. »Ich hole mir, was mir zusteht, sobald du tot bist!«

Sie schätzte, dass es gut war, dass die beiden Mistkerle versuchten, sich gegenseitig auszuschalten, aber Lara geriet trotzdem in Panik. Carter hatte recht. Wenn sie auf einer Insel waren, und sie hatte keinen Grund, daran zu zweifeln, dann konnten sie nirgendwo hin. Sie ging davon aus, dass es irgendwo ein Boot geben musste. Carter war schließlich irgendwie hierhergekommen.

»Da! Hier lang, Lara. Beeil dich!«, rief Owl und drängte sie in einen großen Raum am Ende des Ganges. Sie konnte immer noch hören, wie Ricky und Carter sich gegenseitig anschrien, und gelegentlich hörte sie Schüsse, also betete sie, dass sie noch etwas Zeit hatten, um ein Versteck zu finden.

Lara drehte sich zu Owl um. Er sah grimmig und entschlossen aus – und sie hatte ihn nie mehr geliebt.

Dann bemerkte sie, dass er hinkte.

Sie strauchelte fast, als sie die Blutspur sah, die er hinterließ.

»Du blutest!«, rief sie aufgebracht.

»Ja«, entgegnete Owl grimmig. »Wir müssen von hier verschwinden.«

Lara versuchte immer noch zu begreifen, was sie da sah. Owl hatte eine Hand auf ihren Rücken gelegt und die andere an seinen Oberschenkel gepresst, offensichtlich um das Blut aus der Schusswunde zu stillen. Aber es funktionierte nicht. Seine Hose war durchnässt und er zog sein Bein nach, als er hinter ihr her humpelte. Selbst wenn sie ein Versteck finden würden, könnte er am Blutverlust sterben – und die Spur, die Owl hinterließ, würde Carter direkt zu ihnen führen.

Vor lauter Panik beschleunigte sich Laras Atem. Sie fühlte sich benommen und hoffnungslos. Owl war *angeschossen* worden. Er hatte sich wie ein menschlicher Schutzschild vor sie gestellt und sich eine Kugel für sie eingefangen. Selbst jetzt tat er alles in seiner Macht Stehende, um sie in Sicherheit zu bringen, obwohl er sich Sorgen machen sollte zu verbluten!

»Owl«, keuchte sie, aber er schüttelte den Kopf.

»Nein, geh weiter, Schatz.«

»Aber dein Bein!«, protestierte sie.

»Ich weiß. Aber dir geht es gut, das ist alles, was zählt.«

Das war nicht der Fall. Owl war ihretwegen hier. Weil Carter *sie* haben wollte. Er sollte nicht verletzt werden. Die Hilflosigkeit drohte sie zu überwältigen.

»Bingo! Da! Links, Lara. Die Tür. Wir müssen hier raus, bevor einer von ihnen den anderen umbringt und uns verfolgt.«

Er hatte recht. Lara versuchte, sich zusammenzureißen.

Wenn Owl so ruhig bleiben konnte, nachdem er einen verdammten Schuss ins Bein abbekommen hatte und das Blut aus seinem Körper strömte, konnte sie auch versuchen durchzuhalten.

Sie ging zu der Tür, auf die Owl hingewiesen hatte, riss sie auf – und blinzelte überrascht, als sie sah, was sich auf der anderen Seite befand.

Ein großes, kreisförmiges Gelände, das von Bäumen und Büschen befreit war.

Und der Bell 505, mit dem sie, Stone und Owl gestern einen Testflug gemacht hatten.

Oh Gott. War das erst gestern gewesen? Plötzlich schien es Wochen her zu sein. So viel war in so kurzer Zeit passiert.

»Los, Lara! Geh schon!«

Instinktiv lief sie auf den Hubschrauber zu. Owl griff an ihr vorbei, sobald sie den Hubschrauber erreicht hatten, und riss die Tür auf. Er warf sie praktisch auf den Vordersitz und schlug die Tür zu. Lara sah mit klopfendem Herzen zu, wie er auf die andere Seite humpelte. Er öffnete die Tür und versuchte hineinzuklettern.

Sein Gesicht war leichenblass, und jedes Mal, wenn er versuchte, sein gutes Bein anzuheben, um auf den Sitz zu kommen, stolperte er nach hinten.

»Verdammt«, hauchte er, als er den Blick zu ihr hob.

Lara bewegte sich schnell, beugte sich über den Sitz und griff nach seinem Arm. Sie war erschrocken, wie wenig Kraft Owl hatte. Zu zweit schafften sie es kaum, ihn in den Hubschrauber zu bekommen.

Sofort begann er, Schalter zu betätigen und Knöpfe zu drücken … und binnen Sekunden begannen die Rotoren, sich langsam zu drehen.

»Verdammt!«, fluchte Owl erneut und schloss die Augen, als er in seinem Sitz zusammensackte.

»Owl?«, rief Lara verzweifelt.

»Ich kann nicht«, murmelte er. »Meinetwegen werden wir noch beide sterben.«

»Du kannst was nicht?«, fragte Lara. »Owl? Was kannst du nicht?«

»Fliegen«, entgegnete er mit einem Ausdruck der Verzweiflung. »Es tut mir leid! Es tut mir so leid, Lara ... ich habe dich im Stich gelassen.«

»Was? Nein, hast du nicht! Du kannst fliegen! Du bist zum Fliegen *geboren*.«

»Ich werde ... ohnmächtig«, erklärte er ihr. »Wenn ich ohnmächtig werde, während wir in der Luft sind ... stürzen wir ab.«

Lara starrte ihn an. Sie konnten nicht so kurz davor stehen zu entkommen, nur um jetzt zu scheitern. »Wir müssen die Blutung stoppen«, entgegnete sie, wobei ihre Stimme vor Entschlossenheit bebte. »Lehn dich nach vorn.«

Sie griff nach Owls Gürtel und löste ihn aus den Schlaufen.

»Jetzt ist nicht der richtige Zeitpunkt, um ... mich nackt zu machen«, keuchte Owl.

Lara konnte in diesem Moment nicht einmal lächeln. Sie hob Owls rechtes Bein an und zuckte zusammen, als ihre Hand blutverschmiert wieder auftauchte. Sie wickelte seinen Gürtel um sein Bein über der Wunde und zog ihn fest.

»Fester«, presste Owl zwischen zusammengebissenen Zähnen hervor.

Lara zog mit aller Kraft und schaffte es, den Gürtel zu schließen. Zum Glück war es keiner mit Löchern. Er hatte eine Art Riegel, der das Leder irgendwie einklemmte. Als sie ihn das erste Mal gesehen hatte, hatte sie sich über Owl lustig gemacht und gesagt, dass es toll sei, dass er einen

Gürtel besaß, der mit seinem Körperumfang wachsen konnte. Aber jetzt war sie mehr als dankbar für das ausgeklügelte Design.

»Und wie geht es jetzt weiter?«, fragte sie. »Owl? Was soll ich jetzt tun?«

Er hob den Kopf – und einen Moment lang war sein Blick so klar wie immer. »Warte ... ich bringe uns hier raus.«

Laras Herz krampfte sich zusammen. Sie liebte Owl, hielt ihn für unglaublich, aber je bleicher er wurde, desto mehr fürchtete sie, dass er recht hatte – er würde sie nirgendwohin fliegen.

»Ich bringe uns in die Luft ... dann musst du fliegen. Du hast es schon oft genug ... in der Simulation gemacht. Du weißt, was zu tun ist. Die Anti-Drehmoment-Fuß...pedale ... steuern den Heckrotor. Mit dem Steuerknüppel zwischen deinen Beinen fliegst du vorwärts und ... rückwärts ... nach rechts und links. Und der Hebel neben dem Sitz ... steuert hoch und runter. Du ... schaffst das, mein Schatz. Ich glaube an dich. Du bist ... die stärkste Frau, die ich je gekannt habe.«

Sie konnte es nicht! Sie konnte diesen Hubschrauber auf keinen Fall *fliegen*. »Ich kann nicht, Owl. Ich kann nicht!«, wimmerte sie und Tränen stiegen ihr in die Augen.

Owl begegnete ihrem Blick wieder und nickte dann. »Ist schon gut, mein Schatz. Es ist alles gut.«

Es war nicht alles *gut*. Ganz und gar nicht.

Ein Geräusch zu ihrer Rechten veranlasste Lara, sich umzudrehen und zu der Tür zu blicken, aus der sie herausgekommen waren, und sie sah, wie Carter nach draußen stürmte. Aber anstatt auf den Hubschrauber zuzugehen, drehte er sich zum Haus um, zielte und schoss mit seiner Pistole.

Sie sah wieder zu Owl, der den Blick nicht von ihr abgewandt hatte, dann wieder zu Carter – und traf eine Entscheidung. Die einzige Entscheidung, die sie treffen konnte.

»Gut. Ziehen wir es durch.«

Lara schwitzte stark und fühlte sich, als müsste sie sich über das gesamte Schaltpult übergeben. Aber Owl sah so ruhig aus wie gestern, als er geflogen war. Er schaute auf die Kontrollen und nickte sich selbst zu. Er hatte ihr am Tag zuvor erklärt, was jedes Signal und jedes Wort auf den Bildschirmen bedeutete, aber jetzt hörte Lara nur noch ihr Herz in der Brust schlagen.

Als sie zum Haus zurückblickte, sah sie, dass Ricky jetzt einen Arm um den Türrahmen gelegt hatte und das Haus als Deckung benutzte, während er auf Carter zurückschoss. Beide Männer versuchten verzweifelt, einander zu töten. Was als bösartiger Streit begonnen hatte, war zu einer Schießerei auf Leben und Tod geworden. Und Lara wusste, wer auch immer gewann, würde bald sie ins Visier nehmen. Irgendwie wollte sie, dass Ricky gewann. Aber er würde sie auf jeden Fall umbringen, damit er den Hubschrauber nehmen konnte.

Und wenn Carter gewann ...

Lara erschauderte. Daran durfte sie im Moment nicht denken.

Die Rotorblätter drehten sich immer schneller und Lara konnte immer noch nicht glauben, dass sie überhaupt in Erwägung zog, dieses Ding selbst zu fliegen. Sie hatte die Hoffnung, dass es Owl vielleicht gar nicht so schlecht ging, wie er dachte; dass er sie, sobald sie in der Luft waren, zurück nach Seattle bringen konnte.

Aber als sie ihn wieder ansah, verblassten diese Hoffnungen.

Er sah schlecht aus. Er hatte die Augen halb geschlossen

und sein Kiefer war verkrampft, als würde es ihn all seine Kraft kosten, bei Bewusstsein zu bleiben. Er war bleich wie ein Laken und schwitzte stark.

Wenn es ihnen gelang abzuheben, ohne erschossen zu werden, musste sie wirklich den Hubschrauber übernehmen und sie von dort wegfliegen. Es war wahrscheinlich, dass sie dabei sie und Owl umbrachte ... aber wenn sie es nicht wenigstens versuchte, waren sie *definitiv* tot.

»Du kannst das ... schaffen«, versicherte Owl ihr. »Ich glaube an dich. Setz ... die Kopfhörer auf ... sag jedem, den du dazu bringen kannst zu antworten ... was passiert ... dass du eine Anfängerin bist ... sie werden ... helfen ...«

Lara nickte und griff nach den Kopfhörern. Sie stülpte sie sich über die Ohren, und sofort verstummte jedes Geräusch um sie herum außer Owls keuchendem Atem.

Sie blickte zurück zum Haus.

Zu ihrem Entsetzen hatte eine von Carters Kugeln schließlich ihr Ziel getroffen und Ricky war in der Tür zu Boden gegangen.

Carter drehte sich zum Hubschrauber und richtete seine Waffe auf sie.

»Es ... geht ... los!«

Lara legte ihre Hände auf die Steuerelemente und spürte, wie sie sich bewegten, als Owl begann abzuheben. Er hob den Steuerhebel neben seinem Sitz an, was sie auch mit ihrer Hand spürte. Er übte leichten Druck auf eines der Pedale aus, um dem Drehmoment des Motors entgegenzuwirken, so wie er es ihr in seiner Hütte in der *Zuflucht* mit dem Simulator beigebracht hatte.

Trotz Owls Erfahrung war es kein reibungsloser Start. Er kämpfte gegen die Bewusstlosigkeit an und der Blutverlust hatte sich eindeutig auf seine Hand-Augen-Koordination ausgewirkt. Der Hubschrauber schlingerte, und einen

Moment lang dachte Lara, sie würden abstürzen, bevor sie überhaupt einen Meter vom Boden abgehoben hatten.

Es war nicht schön, und wenn ein Pilot die Bewegungen des Hubschraubers gesehen hätte, hätte er sich wahrscheinlich gefragt, ob der Pilot am Steuer betrunken oder high war – aber Owl hatte es geschafft. Sie waren in der Luft.

Lara hatte keine Ahnung, was sie dazu brachte, noch einmal nach unten zu sehen. Sie würde nie die absolute Wut auf Carters Gesicht vergessen, weil sie ihm wieder einmal entkommen war.

Aber was sie überrascht blinzeln ließ, war die Tatsache, dass Ricky sich langsam auf dem Boden aufrichtete.

Sie konnte die Schüsse nicht hören, aber sie sah, wie Carter zusammenzuckte und stolperte, bevor er mit dem Gesicht voran ins Gras fiel.

Ricky ließ sich wieder auf den Boden fallen, und dann lagen beide reglos da.

Sie hatte keine Zeit zu verarbeiten, was sie gerade gesehen hatte – dass Ricky und Carter sich gegenseitig umgebracht hatten, ein passendes Ende für so böse Männer –, bevor sie ein leises Stöhnen durch das Headset hörte und sich wieder zu Owl umdrehte.

Er war auf die Seite gesackt. Er hatte sie vom Boden weggebracht, aber jetzt war er vollkommen bewusstlos.

Laras Hände zitterten, als sie merkte, dass es jetzt *sie* war, die flog. Ganz allein! Ohne Owl, der ihr Tipps gab, damit sie nicht abstürzte.

»Oh, Mist, Owl! Ich schaffe das nicht«, flüsterte sie.

Aber er antwortete nicht.

Einen Moment lang überkam sie fast Panik, und sie vergaß alles, was Owl ihr jemals beigebracht hatte, während sie sicher auf seinem Sofa gesessen hatten, als sie lachend den virtuellen Hubschrauber wieder und wieder zum

Absturz brachte. Er war so geduldig gewesen, hatte ihr erklärt, warum sie abgestürzt war, und sie ermutigt, es noch einmal zu versuchen.

Carter Grant war tot. Daran musste sie glauben. Er würde sie nicht mehr verfolgen. Sie konnte frei sein. Sie und Owl konnten glücklich bis ans Ende ihrer Tage leben, genau wie die Figuren in all ihren Lieblingsfilmen und -büchern.

Aber nur, wenn sie aufhörte, sich selbst zu mitleiden, und sie sicher von der Insel brachte.

Entschlossenheit keimte in ihr auf. Sie musste Owl in ein Krankenhaus bringen. Er hatte sie beschützt, sich monatelang darum gesorgt, dass es ihr gut ging. Jetzt war es an ihr, das Gleiche für ihn zu tun.

Sie holte tief Luft und sprach. »Hallo? Ist da draußen jemand? Mayday, Mayday! Ich bin in einem Hubschrauber und wir sind gerade von einer Insel gestartet, von der ich nicht weiß, wo sie ist, und der Pilot ist bewusstlos und braucht einen Krankenwagen. Mein Name ist Lara Osler, und ich weiß nicht, was ich tue, und ich brauche Hilfe!«

Sie hatte ihre Finger so fest um die Steuerelemente geschlungen, dass sie erleichtert war, dass sie sie nicht loslassen musste, um über die Kopfhörer zu kommunizieren. Es gab einen Schalter, der Gespräche für die Insassen des Hubschraubers privat machte, aber Owl hatte ihn auf öffentlich geschaltet, bevor er ohnmächtig geworden war.

»Hallo? Mayday! Ich habe einen Notfall. Kann mich jemand hören?«

»Ich höre Sie.«

Lara hätte am liebsten geweint, als sie diese drei Worte hörte.

»Ich sehe, Sie sind in einem Bell. Was ist der Notfall?«

»Ich bin keine Pilotin! Ich habe noch nie einen richtigen Hubschrauber geflogen. Mein Freund und ich wurden von

Carter Grant gekidnappt. Er ist ein Serienmörder und wird vom FBI gesucht. Wir wurden auf eine Insel gebracht und er und ein anderer Krimineller haben sich gegenseitig umgebracht. Zumindest glaube ich, dass sie es getan haben. Aber Owl wurde angeschossen und blutet sehr stark, und ich fliege, aber ich bin nicht gut darin und habe Angst, dass ich abstürze und uns beide umbringe, und ich weiß nicht, wo wir sind oder wie man die Bildschirme liest, um zu wissen, wohin man fliegen muss!«

Sie erklärte zu viel, sprach viel zu schnell, aber Lara schien nicht aufhören zu können. »Ich bin bisher nur in einem Simulator einen Hubschrauber geflogen und ich habe solche Angst!«

»Atmen Sie erst mal tief durch. Sie machen das gut. Sie halten die Maschine gerade, das ist gut. Auf dem Bildschirm vor Ihnen sehen Sie ein grünes Radar-Ding. In der Mitte befindet sich eine Linie, die sich wahrscheinlich hin und her bewegt. Sehen Sie sie?«

Die Stimme des Mannes in ihren Ohren war leise und beruhigend, was Lara sehr erleichterte. »Ja, ich glaube schon.«

»Gut. Ihre Aufgabe ist es, diese Linie so flach wie möglich zu halten. Verstehen Sie?«

Sie nickte, ihr Mund war plötzlich zu trocken, um zu sprechen.

»Gut. Lassen Sie den Steuerknüppel zwischen Ihren Beinen ein wenig lockerer. So ist es gut. So ist es gut. Sie waren ein bisschen zu schnell. Können Sie den Hebel zu Ihrer Linken ein wenig anheben?«

»Ich will nicht höher fliegen!«, rief Lara, die wieder in Panik geriet. Je höher sie stieg, desto mehr würde es wehtun, wenn sie abstürzte.

»Nur ein kleines bisschen. Ich will sicher sein, dass Sie

weit über dem Wasserspiegel sind. Das ist gut. Okay, Lara, wir machen jetzt Folgendes. Sie müssen sich nach rechts drehen. Im Moment fliegen Sie direkt auf die Stadt zu, und ich denke, Sie wollen nicht über irgendwelche Gebäude fliegen.«

»Nein!«, schrie sie praktisch.

»Gut, dann werde ich Sie zu einem kleinen Flughafen südlich der Stadt führen.«

Erneut pochte Übelkeit in Laras Bauch.

»Ich bin nicht sehr gut im Landen«, gab sie zu.

»Das ist ein Kinderspiel. Ich werde Ihnen helfen.«

»Wie heißen Sie?«, fragte sie, weil sie es plötzlich unbedingt wissen wollte.

»Lucas.«

»Ich werde meinen ersten Sohn nach Ihnen benennen«, platzte Lara heraus.

Lucas lachte. »Großartig. Und jetzt müssen Sie Folgendes tun.«

Die darauffolgenden zwanzig Minuten gehörten zu den schlimmsten in Laras Leben. Sie blickte immer wieder zwischen Owl, der immer noch unbeweglich neben ihr lag, und den Bildschirmen vor ihr hin und her, um die von Lucas gewünschten Informationen an ihn weiterzugeben.

Auf diesem Flug wurde alles, was ihr in der Vergangenheit widerfahren war, in die richtige Perspektive gerückt. Carters Gnade ausgeliefert zu sein? Ein Kinderspiel im Vergleich zu dem hier.

Als sie einen Blick auf das Festland erhaschte, geriet sie fast wieder in Panik, weil sie daran dachte, was mit den Menschen auf dem Boden passieren würde, wenn sie abstürzte. Aber Lucas redete ihr gut zu und schaffte es, sie so weit zu beruhigen, dass sie den Hubschrauber weiter nach rechts drehen und der Küstenlinie nach Süden folgen konnte.

Als sie sich dem Flughafen näherte, auf dem Lucas sie landen lassen wollte, begannen Laras Hände, sich zu verkrampfen, weil sie den Steuerknüppel so krampfhaft festhalten musste. Aber die Stimme des Mannes wankte nicht. Zum Glück hatte er den Luftraum geräumt, sodass sie weder startenden noch landenden Flugzeugen ausweichen musste. Lara konnte einen Krankenwagen und mehrere Polizei- und Feuerwehrautos sehen, die vor dem Hauptgebäude parkten. Das machte ihr Angst und war gleichzeitig eine große Erleichterung.

»Okay, so ist es richtig. Sie sind doch noch in der Schwebe, richtig?«

»Ja.«

»Langsam – *sehr* langsam – sollten Sie jetzt den Schalthebel neben Ihnen nach unten drücken und ein bisschen Druck nach hinten auf den Steuerknüppel zwischen Ihren Beinen ausüben, und zwar gleichzeitig.« Die Nase des Hubschraubers hob sich ein klein wenig und das Heck senkte sich, als sie auf den Landeplatz zusteuerte. »Wunderbar. Immer mit der Ruhe ... etwas langsamer, Lara. Sie machen das toll.«

Das tat sie nicht. Der Hubschrauber schlingerte leicht hin und her, und sie brachte ihn nicht langsam genug runter, aber plötzlich wollte Lara nur noch landen. Sie verstand jetzt, warum Menschen aus Flugzeugen ausstiegen und den Boden küssten.

Als der Hubschrauber sich der Landebahn näherte, veränderte der Rotorschlag das Gefühl der Steuerung. Das war die Stelle im Simulator, an der sie beim Versuch zu landen normalerweise Mist baute und abstürzte. Schweiß rann ihr von der Schläfe, aber sie wagte es nicht, eine Hand von der Steuerung zu nehmen, um ihn wegzuwischen. Die Wahrheit war, dass sie schreckliche Angst hatte. Nicht um sich selbst, sondern um Owl. Sie wollte ihn nicht umbringen nach allem, was er für sie getan hatte.

Der Rotorwind ließ den Hubschrauber ein wenig hin und her ruckeln, und als die Kufen den Boden berührten, sagte Lucas: »Sie haben es fast geschafft. Schalten Sie den Motor ab und drücken Sie den Hebel neben Ihrem Sitz auf den Boden.«

Der Hubschrauber setzte unsanft auf – und es dauerte einen Moment, bis Lara begriff, dass sie es geschafft hatte. Sie war tatsächlich gelandet! Lucas gratulierte ihr über das Headset.

»Sie haben es geschafft, Lara! Sie sind gelandet! Es sollten jetzt viele Leute auf Sie zukommen. Aber Sie sind noch nicht ganz fertig. Schalten Sie den Strom ganz zurück. Haben Sie es gemacht?«

»Ja«, krächzte Lara.

»Gut. Auf der Schalttafel ist ein roter Schalter, den müssen Sie umlegen, dann wird der Treibstoff für den Motor abgestellt. Das macht es für die Rettungskräfte sicherer, zu Ihnen zu gelangen.«

Lara tat, was Lucas ihr sagte, und erinnerte sich vage daran, dass Stone das Gleiche getan hatte, als sie nach ihrem Testflug gelandet waren. Die Rotoren des Hubschraubers wurden langsamer und Lara war kurz ungläubig, dass sie tatsächlich einen verdammten *Hubschrauber* geflogen hatte und ohne Absturz gelandet war.

Als Lara sich umdrehte, sah sie, dass die Kavallerie von Fahrzeugen und Kleinlastern sie fast erreicht hatte, mit blinkenden Lichtern und, wie sie annahm, heulenden Sirenen, die sie aber mit den Kopfhörern nicht hören konnte.

»Danke«, flüsterte sie.

»Ich habe doch gar nichts gemacht«, erklärte Lucas, was Lara zum Weinen und Lachen zugleich brachte.

Als wüsste er, wie sie sich fühlte, fuhr er fort: »Im Ernst. Das haben Sie ganz allein geschafft. Das Simulationsprogramm, das Ihr Freund hat, muss unglaublich sein. Ich kenne sonst niemanden, der das geschafft hätte, was Sie gerade getan haben.«

»Er ist ein Nightslayer«, flüsterte sie.

»Ein was?«, fragte Lucas.

»Ein Nightslayer. Einer von diesen coolen Hubschrauberpiloten des Militärs.«

»Sie meinen Night Stalker?«

»Oh, ja. Genau. Tut mir leid.«

»Wow. Die sind unglaublich. Sie hatten offensichtlich einen tollen Lehrer«, entgegnete Lucas. »Jetzt nehmen Sie das Headset ab und sprechen mit den Rettungskräften, Lara.«

»Ich möchte Sie kennenlernen«, platzte sie heraus. »Sie haben mir das Leben gerettet. Unser *beider* Leben.«

»Das haben Sie ganz allein geschafft«, erwiderte Lucas abwehrend. »Aber ich werde sehen, was ich tun kann, damit wir uns kennenlernen können. Und jetzt gehen Sie.«

Fast roboterhaft löste Lara ihre Hände von der Steuerung und nahm das Headset ab. Sie drehte sich zu Owl um, als ihre Retter sie erreichten.

Von da an ging alles sehr schnell. Sie wurde aus dem Hubschrauber geholt, während Owl auf eine Trage gelegt wurde. Sie wurde zu einem Krankenwagen gebracht und Owl wurde in den hinteren Teil verfrachtet. Sie musste vorn sitzen, aber sie drehte sich um und beobachtete durch das kleine Fenster, wie die Sanitäter sich um Owl kümmerten.

Er hatte so viel Blut verloren. Sein Sessel im

Hubschrauber war durchnässt und die Unterlage auf der Trage färbte sich schnell rot, während das Blut weiterfloss.

Es war unmöglich, dass jemand, der so viel Blut verloren hatte, überleben konnte ... oder?

Als sie im Krankenhaus eintrafen, wurde Owl einen Gang entlanggerollt, während Lara sanft, aber bestimmt in ein kleines Zimmer geführt wurde. Sie verbrachte mindestens zwei Stunden damit, alles, was passiert war, mit der Polizei durchzugehen. Als dann das FBI eintraf, musste sie wieder von vorn anfangen. Sie hatte keine Ahnung, wo sich die Insel befand, aber sie nannte den Behörden den Namen des Flughafens, auf dem sie entführt worden waren, und sagte, Lucas könne ihnen wahrscheinlich zumindest die Gegend nennen, in der er ihr Signal aufgefangen hatte. Sie flehte sie auch an, Stone zu finden. Sie gab ihnen die wenigen Informationen, die sie hatte, was nicht viel war, und versuchte, ihre abschätzigen Blicke nicht persönlich zu nehmen.

Als die Tür sich zum gefühlt hundertsten Mal öffnete, blickte Lara nicht einmal auf. Sie war erschöpft, verängstigt und hatte einen höllischen Adrenalinschub hinter sich. Sie wollte mit niemandem sonst reden. Sie wollte nur Owl sehen. Ihr war mitgeteilt worden, dass er in den OP gebracht worden war, um das Loch in seiner Arterie zu flicken, aber mehr wusste sie nicht.

Als sie hörte, wie ihr Name mit einer sanften und doch vertrauten Stimme ausgesprochen wurde, blickte Lara überrascht auf. In der Tür stand Alaska.

Und alle anderen aus der *Zuflucht*.

Nun ja ... fast alle von ihnen. Als ihr Blick von einem Gesicht zum anderen wanderte, sah sie Tiny nicht, aber die übrigen Männer und ihre Frauen waren da.

Lara brach in Tränen aus, die sie nicht mehr zurückhalten konnte. Als sie ihre Freunde sah und wusste, dass sie ihr beistehen würden, konnte sie sich endlich gehen lassen. Endlich war sie in Sicherheit ...

Aber ohne Owl würde sie sich niemals wieder komplett fühlen.

KAPITEL EINUNDZWANZIG

Das erste Geräusch, das Owl hörte, als er wieder zu sich kam, war ein nerviges, unaufhörliches Piepen. Das zweite war ein leises Lachen. Und dieses Lachen würde er überall wiedererkennen.

Lara.

Er war noch ganz benommen von den Schmerzmitteln, die durch seine Adern flossen, doch er erinnerte sich an alles ... bis er ohnmächtig geworden war. Aber Lara hatte sie offensichtlich mit dem Hubschrauber in Sicherheit gebracht, woran er nie gezweifelt hatte. Er war so verdammt stolz auf sie, dass er hätte platzen können.

Es gelang ihm, die Augen zu öffnen, und er sah Lara neben seinem Bett sitzen. Jetzt, da er aufgewacht war, bemerkte er, dass seine Hand sanft in ihrer lag. Sie sah ihre Freunde an und lächelte Cora, die neben ihr saß, müde an. Owl sah Pipe hinter Cora stehen, seine Hand auf ihrer Schulter.

Unwillkürlich griff er fest nach Laras Hand. Ihr Kopf schnellte sofort zu ihm herum.

»Hey«, krächzte Owl. Er hasste es, wie trocken sein Mund und seine Lippen sich anfühlten, er mochte den Geruch von Krankenhäusern nicht – davon hatte er nach seiner Zeit als Kriegsgefangener genug für sein ganzes Leben gehabt. Aber als er neben Lara und seinen Freunden aufwachte, war das Ganze nicht mehr ganz so schrecklich.

»Owl!«, schrie sie praktisch. Sie sprang von ihrem Stuhl auf und lehnte sich über ihn. »Owl?«, sagte sie etwas leiser.

»Geht es dir gut?«, fragte er.

Seine Lara lachte und schüttelte den Kopf. »Ja, wir machen uns alle Sorgen um dich. Du musstest eine Kugel mit deinem Bein abfangen, und weil du ja immer alles hundertprozentig machen musst, hat sie eine Arterie erwischt und du bist fast verblutet!«

»Tut mir leid«, entgegnete Owl. Aber er lächelte, als er das sagte. Er war so verdammt glücklich, am Leben zu sein, dass er sich nicht über eine Schusswunde aufregen konnte. Aber dann wurde sein Lächeln schwächer, als er an alles andere dachte, was passiert war.

»Grant?«, fragte er.

»Tot«, erklärte Pipe hinter Lara.

Sie ließ sich langsam wieder auf den Stuhl neben dem Bett sinken, ließ aber seine Hand nicht los, was Owl zu schätzen wusste.

»Wir sind alle sofort nach Seattle geflogen, als wir erfuhren, dass ihr in Schwierigkeiten seid. Aber noch bevor wir irgendwelche Pläne schmieden konnten, rief Tex an und sagte uns, dass ihr auf dem Weg ins Krankenhaus seid. Während du faul im OP geschlafen hast, haben wir Lara vor einem Verhör durch das FBI gerettet und ihr etwas zu essen besorgt, und obwohl wir darauf bestanden haben, dass sie sich hinlegt und ein wenig schläft, hat sie sich geweigert, dir von der Seite zu weichen. Sie hat uns über alles, was passiert ist, aufgeklärt. Brick und Spike arbeiten mit Tex zusammen und versuchen, Stone zu finden. Tonka hält mit den anderen Frauen im Hotel die Stellung.«

Das war in diesem Moment eine Menge zu verdauen. Owl runzelte die Stirn. »Ihr habt Stone noch nicht gefunden?«

»Noch nicht. Aber das werden wir«, erwiderte Pipe entschlossen.

»Und Grant ist tot?«, fragte er, weil er sich dessen noch einmal versichern musste.

»Mausetot. Er und der Dreckskerl, den er angeheuert hat, um dich und Stone aufs Kreuz zu legen, haben sich gegenseitig umgebracht. Du kannst von Glück sagen, dass du nur von *einer* Kugel getroffen wurdest, wenn es stimmt, was die Ermittler sagen.«

»Und das wäre?«, wollte Owl wissen.

»Dass das Haus so viele Löcher hat, dass es wie ein Schweizer Käse aussieht.«

»Danke. Aber wenn du das noch einmal machst, werde ich richtig sauer«, sagte Lara zu Owl.

»Wenn ich was noch einmal mache?«

»Wenn du dir noch einmal eine Kugel für mich einfängst«, erklärte sie ihm.

»Weißt du das denn nicht? Ich würde alles tun, damit du in Sicherheit bist. Und ich bin so, so stolz auf dich. Du bist ganz allein geflogen«, bemerkte er leise.

»Und gelandet«, erwiderte Lara. »Allerdings nicht sehr elegant.«

»Jedes Mal wenn man auf dem Boden aufkommt und es schadlos überlebt, ist es eine perfekte Landung.«

»Du hast es nicht gerade schadlos überlebt«, gab sie trocken zu bedenken.

»Aber das lag nicht an deiner Landung«, konterte Owl.

Er wandte den Blick nicht von ihr ab. Er war voller Ehrfurcht vor seiner Frau. Er erinnerte sich daran, dass er mit dem Hubschrauber abgehoben war, aber an nichts anderes. Er war irgendwie enttäuscht, dass er sie nicht hatte fliegen sehen. Er hätte gewettet, dass es überwältigend gewesen war. Er zwang sich, den Blickkontakt zu unterbrechen, und sah seinen Freund an. »Ist er *wirklich* tot?« Er musste es genau wissen. Ganz genau.

»Ja. Ich war selbst im Leichenschauhaus, um seine Leiche zu identifizieren, da ich einer der wenigen bin, die das Pech hatten, ihn persönlich zu Gesicht zu bekommen. Das war er. Er ist wirklich tot.«

Erleichterung machte sich in Owl breit, aber auch Beklemmung. Wenn Carter Grant tot war, bedeutete das, dass Lara frei war. Sie konnte nach Washington zurückkehren. Ihr altes Leben wieder aufnehmen, wenn sie wollte. Und das jagte ihm eine Heidenangst ein.

Als hätte sie seine Gedanken gelesen, sagte sie: »Ich kann es nicht erwarten, zurück in *Die Zuflucht* zu kommen. Ich glaube, ich habe für eine Weile genug von anderen Menschen. Ich wollte hierbleiben, bis wir Stone gefunden haben, aber Brick hat mir versprochen, dass er ihn finden wird, und es sei besser, wenn ich wieder zu Hause wäre, damit sich niemand mehr Sorgen um mich machen muss. Oh! Warte, bis du hörst, was Cora mir über Ryan erzählt hat! Du wirst es nicht glauben. Und das FBI hat den Hubschrauber beschlagnahmt, bis die Ermittlungen abgeschlossen sind, aber die Agenten haben geschworen, ihn uns so schnell wie möglich wiederzugeben. Und sie sagten, sie würden das Geld zurückbekommen, das du dafür bezahlt hast, also bekommen wir einen *kostenlosen* Hubschrauber! Oh, und ich habe Lucas eingeladen, in *Die*

Zuflucht zu kommen, damit ich ihn kennenlernen kann, und das kannst du auch. Er ist der Typ, der auf meinen Notruf reagiert und mir beim Fliegen und Landen geholfen hat. Ich habe ihm gesagt, dass ich unseren Sohn nach ihm benennen werde – ich hoffe, das ist in Ordnung. Ich überlasse es dir, einen zweiten Namen auszusuchen. Unsere Koffer waren noch im Hubschrauber, sodass du etwas zum Anziehen hast, wenn du entlassen wirst. Das Personal hat gesagt, dass sie ein Bett für mich herbringen, damit ich hier übernachten kann ...«

Es gab eine Menge zu klären und es gab vieles, worüber Owl mit Lara reden wollte, aber im Moment konnte er sich nur darauf konzentrieren, dass sie zurück in *Die Zuflucht* wollte ... und dass sie es ihr Zuhause genannt hatte. Der Rest konnte warten. Vor allem weil sie so aufgeregt klang. Fast schon aufgedreht.

»Hast du ein Hotelzimmer?«, fragte er Pipe.

»Natürlich.«

»Bring Lara dorthin und lass sie nicht aus den Augen, bis sie eingeschlafen ist. Oder besser noch, lass *Cora* auf sie aufpassen.«

»Was? Nein!«, protestierte Lara.

»Hört sich gut an«, murmelte Cora grinsend.

»Mindestens acht Stunden«, erklärte Owl.

»Owl! Ich will hier bei dir bleiben«, beschwerte Lara sich.

»Du musst schlafen. Es geht mir gut. Grant ist tot. Du bist in Sicherheit. Pipe wird dafür sorgen, dass es dir gut geht. Ich möchte, dass du fit bist, mein Schatz. Wenn du krank wirst, weil du dir Sorgen um mich machst, ist das nicht gut.«

Lara schloss die Augen und sackte auf ihrem Stuhl zusammen.

»Wenn du etwas geschlafen hast, mehr gegessen und geduscht hast, reden wir. Ich will alles wissen, was passiert ist, als ich mein kleines Nickerchen im Hubschrauber gemacht habe. Ich will alles über Stone, Ryan und diesen Lucas wissen. Aber erst, wenn du wieder etwas klarer denken kannst, okay?«

Sie öffnete die Augen und runzelte die Stirn.

»Bitte?«, bat Owl sie.

Widerwillig nickte Lara.

Er war erleichtert. »Gut.« Er wollte mit Pipe sprechen, aber seine Augenlider fühlten sich schwer an und er hatte das Gefühl, dass er einschlafen würde, sobald Lara gegangen war. »Komm her«, befahl er.

Lara stand wieder auf und lehnte sich über ihn.

»Näher«, bat Owl.

Sie brachte ihr Gesicht näher an seins.

»Ich liebe dich«, erklärte er ihr leise. »Ich wusste, dass du es schaffst. Ich hatte nicht den geringsten Zweifel daran, dass du den Hubschrauber fliegen kannst.«

»Du bist verrückt«, entgegnete sie mit einem leichten Kopfschütteln.

»Ich habe dich bei der Simulation beobachtet. Du hast gute Instinkte und eine ruhige Hand. Wenn ich dir das nicht zugetraut hätte, hätte ich uns gar nicht erst in den Hubschrauber gesetzt. Ich hätte einen Platz zum Verstecken gefunden. Wäre in ein Boot gestiegen. Hätte Grant angegriffen und seine Waffe gestohlen. Irgendwas. Aber der Hubschrauber war unser schnellster und bester Weg da raus. Weg von diesen Verrückten. Und obwohl ich schnell Blut verloren habe und wusste, dass ich das Bewusstsein verlieren würde, habe ich mich trotzdem entschieden abzuheben. Denn du, Lara Osler, kannst alles schaffen, was du dir vornimmst.«

Eine Träne tropfte von Laras Gesicht und landete auf seiner Wange, aber sie wich nicht zurück. »Owl«, protestierte sie schwach.

»Bist du schwanger?«, fragte er.

Ein leises Keuchen kam ihr über die Lippen. »Warum fragst du das?«

Ihre ausweichende Antwort verriet ihm alles, was er wissen musste.

»Wir werden heiraten. Lucas wird nicht zur Welt kommen, ohne dass seine Eltern verheiratet sind.«

»Wir haben sie von einem Arzt untersuchen lassen, und als er sie fragte, ob sie schwanger sein könnte, hat sie gezögert«, erklärte Cora hinter ihnen. »Also hat er sie gezwungen, in einen Becher zu pinkeln.«

»Ich wusste, dass ich dir neulich ein Baby verpasst habe«, bemerkte Owl selbstgefällig.

Lara verdrehte die Augen. »Du musst mich aber trotzdem erst mal fragen«, sagte sie zu ihm.

»Willst du mich heiraten?«, fragte er, ohne zu zögern.

»Natürlich.«

»Deshalb habe ich auch nicht gefragt. Ich kannte deine Antwort schon«, entgegnete er. Dann traf es ihn. Es traf ihn *wirklich*. »Wir haben ein Baby gemacht«, flüsterte er.

»Ja, haben wir«, stimmte Lara zu.

»Lucas Jackson Kaufman«, erklärte er mit fester Stimme, für den Fremden, der sie gerettet hatte ... und seinen besten Freund, der immer noch vermisst wurde. »Kurz: Luke.«

»Das ist perfekt«, hauchte Lara.

»Nein. Du bist perfekt. Jetzt küss mich und dann geh schlafen. Und sieh zu, dass du etwas isst. Ich will, dass du und mein Sohn gesund bleibt.«

»Du wirst während meiner Schwangerschaft unerträglich sein, nicht wahr?«, fragte Lara.

»Wenn du damit überfürsorglich und paranoid meinst, ja«, stimmte Owl, ohne zu zögern, zu.

Aber Lara schien nicht irritiert zu sein. Sie schüttelte nur den Kopf und beugte sich zu ihm hinunter, um ihn sanft zu küssen. Es war kein tiefer Kuss, nicht leidenschaftlich, aber es war einer der besten Küsse, die sie ihm je gegeben hatte.

»Geh. Pipe und Cora sollen sich um dich kümmern. Ich werde hier sein, wenn du zurückkommst.«

»Ich liebe dich. Ich bin so froh, dass es dir gut geht.«

»Ich liebe dich, und ich bin auch froh.«

Sie stand auf und ging zurück zur Tür, mit Cora neben sich, die sie beide wie eine Verrückte angrinste.

Pipe folgte ihr, und kurz bevor er durch die Tür trat, drehte er sich um. »Ich sage der Krankenschwester, dass du aufgewacht bist«, bemerkte er.

Owl nickte. »Pipe?«, fragte er, bevor sein Freund ging.

»Ja?«

»Du musst zwei Dinge für mich erledigen.«

»Sag mir einfach, was ich tun soll.«

»Ich möchte, dass du Stone findest. Und sprich mit Tex. Ich weiß, dass er den Papierkram schnell erledigen kann ... wenn du Lara zurückbringst, will ich sie heiraten.«

Pipe nickte. »Ich tue mein Bestes in Bezug auf Ersteres, und ich werde dafür sorgen, dass Letzteres erledigt wird.«

»Danke.«

Pipe musterte ihn einen Moment lang, dann ging er zurück ins Zimmer und zu seinem Bett und legte Owl eine Hand auf die Schulter. »Es tut mir fast leid, dass der Drecks-kerl tot ist. Ich würde ihn gern selbst langsam töten für das, was er dir und Stone angetan hat. Von Lara ganz zu schweigen.«

Owl nickte. Er hätte Grant am liebsten selbst umgebracht. Aber er musste sich mit der Tatsache zufriedengeben, dass er tot war.

»Henley wollte unbedingt mit dir sprechen. Um sich zu vergewissern, dass es dir gut geht. Das hat sicher einige unangenehme Erinnerungen wachgerufen«, bemerkte Pipe.

»Um ehrlich zu sein, habe ich mir mehr Sorgen um Lara gemacht. Ich war auf dem Flug zur Insel bewusstlos und bin erst wieder aufgewacht, kurz bevor Grant und Ricky mit der Schießerei begannen. Dann habe ich mich darauf konzentriert, Lara da rauszuholen, und nachdem ich angeschossen worden war, hat der Schmerz mich auf das Wesentliche fixiert. Mir geht's gut, Pipe, ehrlich. Jetzt mache ich mir nur noch Sorgen um Stone.«

»Ja.«

»Gibt es etwas Neues? Irgendetwas?«, wollte Owl wissen.

»Nein. Es ist, als hätte er sich in Luft aufgelöst«, gab Pipe zu.

Owl presste bestürzt die Lippen zusammen. »Verdammt.«

»Aber wir tun alles in unserer Macht Stehende, um ihn zu finden. Und das werden wir auch. Das verspreche ich.«

Owl wollte seinen Teil dazu beitragen. Aber von diesem Krankenhausbett aus konnte er gar nichts tun. »Was ist das mit Ryan?«, fragte er.

Pipe schüttelte den Kopf. »Das ist eine Geschichte für ein anderes Mal, mein Freund. Du wirst gleich hundemüde sein. Aber es ist ein Kracher. Tiny ist bei ihr, in der *Zuflucht*.«

»Es geht ihr also gut?«

»Ja.«

»Gut. Danke, dass du dich um Lara und meinen Sohn gekümmert hast.«

»Ich kann nicht glauben, dass wir in neun Monaten ein

weiteres Baby in der *Zuflucht* haben werden«, bemerkte Pipe kopfschüttelnd und mit einem kleinen Lächeln.

»Du könntest diese Zahl noch erhöhen«, schlug Owl vor.

»Oh, das werde ich ... aber zuerst müssen sich alle verdammt noch mal beruhigen und aufhören, uns mit Krisen zu belasten.«

Owl lachte. »Da kann ich dir nur zustimmen.«

Pipe drückte ihm die Schulter. »Ich bin froh, dass es dir gut geht. Es war ein verdammt großes Risiko, das du mit Lara im Hubschrauber eingegangen bist. Du hast mir mehr als einmal gesagt, dass es verdammt schwierig ist.«

»Das ist es auch, aber ich habe sie nicht angelogen. Ich wusste, dass sie es schaffen kann. Ich habe sie bei der Simulation beobachtet, Pipe. Sie war gut. Außerdem ... hatten wir keine andere Wahl. Wir konnten uns nirgendwo auf der Insel verstecken. Ich dachte, wir hätten keine Zeit, ein Boot zu finden, und ich hatte keine Waffe. Es war pures Glück, dass sowohl Grant als auch Ricky hitzköpfige Idioten waren, die sich gegeneinander gewendet haben.«

»Und wir haben einen Hubschrauber geschenkt bekommen«, scherzte Pipe.

Owl nickte. »Wir müssen nur noch Stone finden, damit wir ihn genießen können.«

»Das werden wir. Ich treffe mich mit Tex und er besorgt den Papierkram für eure Hochzeit. Ich komme morgen mit allen und einem Trauredner zurück.«

»Danke.«

»Du brauchst mir nicht zu danken. Dass du noch lebst, ist Dank genug. Bis später.«

»Bis später.«

Pipe ging und Owl erinnerte sich kaum noch daran, dass die Krankenschwester gekommen war, um nach ihm zu sehen und sich zu vergewissern, dass seine Vitalwerte im richtigen Bereich lagen. Er fiel in einen erholsamen Schlaf, und statt von Serienmördern und Hubschrauberabstürzen zu träumen, träumte er davon, seinen kleinen Sohn in einem Arm zu halten und seine Frau im anderen.

EPILOG

Lara saß in der Lodge und lächelte, als sie sich alle ansah. Es hatte Zeiten gegeben, in denen sie nicht sicher war, ob sie diesen Ort jemals wiedersehen würde. Und jetzt war sie nicht nur zurück, sondern auch verheiratet und schwanger. Es war kaum zu glauben.

Seit sie in *Die Zuflucht* zurückgekehrt waren, war alles drunter und drüber gegangen, und sie hatte endlich Zeit, über alles nachzudenken, was geschehen war. Die etwa zehn Tage, seit sie wieder entführt worden war, waren voller Höhen und Tiefen gewesen. Sie hatte erfahren, dass sie schwanger war, und Owl erholte sich schnell, war aber trotzdem fast fünf Tage lang im Krankenhaus gewesen. Sie hatte ihre Zeit zwischen dem Aufenthalt im Hotel – wenn Owl darauf bestand – und der kleinen Pritsche neben seinem Krankenhausbett verbracht.

Sie war nicht wirklich überrascht, als sie nach dem Aufwachen zu ihm zurückkehrte und Owl ihr mitteilte, dass die Vorbereitungen getroffen worden waren, um sie gleich an Ort und Stelle zu trauen. Sie hatte eingewilligt, sie hatten ihre Eltern per FaceTime informiert, und genau dort im

Krankenhauszimmer, umgeben von vielen ihrer Freunde, hatten sie einander ihr Leben und ihre Liebe geschworen.

Ehrlich gesagt war das nur eine Formalität gewesen. Lara hatte sich im Geiste bereits geschworen, ihn für den Rest ihres Lebens zu lieben. Aber es war ihr egal, ob sie in einem Krankenhauszimmer, in einer großen Kapelle oder in einem Büro in irgendeinem Regierungsgebäude heiratete. Nach all den großen Hochzeiten, an denen sie als Kind mit ihrer Familie teilgenommen hatte, und nach all dem Trara und dem Stress, der damit verbunden war, war sie mehr als glücklich, eine einfache Trauung im Beisein derer zu haben, die sie am meisten liebte. Und die Tatsache, dass Cora dabei war, war das Tüpfelchen auf dem i.

Ja, sie war eine Romantikerin und liebte es, die großen Hochzeiten im Fernsehen zu sehen und in Büchern darüber zu lesen ... aber in Wirklichkeit wollte sie nur jemanden lieben und im Gegenzug geliebt werden. Und Owl erfüllte das und noch mehr.

Alle ihre Freunde, die nach Seattle gekommen waren, waren nach New Mexico zurückgekehrt, nachdem sie sich vergewissert hatten, dass es ihr und Owl gut gehen würde. Brick war geblieben, koordinierte die Suche nach Stone mit den Behörden und sorgte dafür, dass Lara auf sich achtgab und ihre eigene Gesundheit nicht vernachlässigte, während sie so viel Zeit wie möglich mit Owl verbrachte. Er traf auch die Vorkehrungen, als Owl endlich entlassen wurde und zurück nach New Mexico fliegen konnte.

In der *Zuflucht* angekommen, hatten sie und Owl sich sofort in ihre Hütte zurückgezogen und waren zwei Tage lang nicht mehr herausgekommen. Es war ein tolles Gefühl, in ihrem eigenen Bett zu schlafen und wieder in ihrem Zuhause zu sein.

Jetzt befanden sie sich in der Lodge und nahmen an

einer improvisierten Willkommensparty teil. Es fühlte sich ein wenig seltsam an, zu feiern, obwohl Stone immer noch vermisst wurde, aber wie Alaska gesagt hatte, würde Stone ihr oder Owl eine Feier nicht verwehren, weil sie am Leben und verheiratet waren und obendrein noch ein Baby erwarteten.

Robert und Luna hatten eine riesige Menge an Speisen zubereitet, um die beiden willkommen zu heißen, und alle waren fröhlich und gesellig. Sogar einige der Gäste waren anwesend und genossen die festliche Atmosphäre, auch wenn sie nicht wirklich wussten, was sie da eigentlich feierten.

Robert kam auf sie zu, und Lara stand auf und umarmte ihn fest. »Danke für die Schachtel mit dem Weihnachts-baumkuchen, die ich in unserer Hütte gefunden habe«, erklärte sie lächelnd. »Ich weiß es zu schätzen, dass du deinen Vorrat mit mir teilst.«

»Ich bin nur froh, dass du wieder da bist, Fräulein«, erwiderte er unwirsch.

Wenig später bedankte Lara sich bei Carly und Jess dafür, dass sie dafür gesorgt hatten, dass ihre Hütte bei ihrer Ankunft makellos war.

»Das war das Mindeste, was wir tun konnten«, versi-cherte Carly ihr.

»Aber ich weiß, dass ihr wahrscheinlich noch mehr zu tun habt, jetzt, da ... na ja ... nur ihr beide putzt«, sagte Lara ein wenig zögerlich.

»Das ist schon in Ordnung. Ry hilft immer noch mit, wenn sie kann«, beruhigte Jess sie.

Lara war ein wenig traurig, dass Ryan – alias Ryleigh – nicht bei der kleinen Party dabei war, aber sie vermutete, dass die Frau sich jetzt in der Nähe aller unwohl fühlte, nachdem sie sie ein Jahr lang belogen hatte. Es war immer noch unklar, warum die Frau überhaupt gelogen hatte und wovor oder vor wem sie sich versteckte, aber Lara verstand vollkommen, warum sie *Die Zuflucht* gewählt hatte. Es war wirklich eine *Zuflucht* vor dem Leben, vor allem, was einen bedrückte.

Sie hegte keinen Groll gegen Ryan, oder wie auch immer sie jetzt genannt werden sollte. Sie hoffte einfach, dass die Frau irgendwann den Frieden und das Glück fand, die Lara zuteilgeworden waren.

Henley und Reese kamen auf sie zu, und bevor sie sichs versah, war Lara mitten in einer Dreier-Umarmung. »Nicht zu fassen, dass du schwanger bist!«, rief Reese aus. »Ich freue mich so für dich und Owl ... und für mich auch! Unsere Kinder werden jemanden zum Spielen haben.«

»*Ich* kann es fassen«, bemerkte Henley ein wenig selbstgefällig. »Ich habe dir erzählt, wie Owl dich angeschaut hat, als er bei unseren Therapiestunden dabei war.«

»Wie hat er sie denn angeschaut?«, wollte Reese wissen.

Die beiden Frauen traten ein Stück zurück und luden Jess und Carly in ihren Kreis ein, während sie sich unterhielten.

»Er konnte den Blick nicht von ihr abwenden. Und du kennst diesen Blick ... beschützend, sauer, dass es jemand wagen würde, *seiner* Frau wehzutun, und so verdammt verliebt, dass er kaum still sitzen konnte.«

»Oh, *dieser* Blick«, erklärte Reese lachend. »Ja, den kenne ich nur allzu gut.«

Lara spürte, wie sie errötete, während sie den Raum nach dem Gegenstand ihrer Unterhaltung absuchte. Sie sah Owl auf einem Stuhl auf der anderen Seite des Raumes sitzen. Er unterhielt sich mit Tonka und Pipe. Als spürte er ihren Blick auf sich, schaute er auf und fragte leise: »Alles in Ordnung?«

Lara nickte und wandte die Aufmerksamkeit wieder den Frauen vor ihr zu, als sie sie alle lachen hörte. »Was? Was habe ich verpasst?«

»Nichts. Ihr seid wirklich süß«, sagte Carly zu ihr. »Ich hoffe, ich finde einen Partner, der mich so sehr liebt wie dein Mann dich.«

»Das wirst du«, versicherte Jess ihr. »Überstürze nur nichts. Geduld ist das A und O. Du bist noch jung, du hast noch viel Zeit.«

Lara nickte zustimmend, als sie hörte, wie die Tür zur Lodge sich öffnete. Sie drehte reflexartig den Kopf, um zu sehen, wer hereinkam, aber sie erkannte den Mann nicht. Sie hatte ihn seit ihrer Rückkehr in *Die Zuflucht* noch nicht gesehen, aber es war wahrscheinlich, dass er ein Gast war.

Brick ging auf ihn zu, und obwohl sie nicht hören konnte, was sie tatsächlich sagten, erstarrte sie, als sie den Tonfall des Mannes erkannte.

Auch wenn sie ihn noch nie gesehen hatte, wusste sie genau, wer er war.

Ohne sich darum zu kümmern, dass sie wahrscheinlich unhöflich war, wenn sie ihren Freundinnen wortlos den Rücken zukehrte, ging Lara schnell auf den Fremden und Brick zu.

Der Mann sah, dass sie sich näherte, und lächelte. Er war ein großer Mann, etwa ein Meter neunzig groß. Wahrscheinlich war er Anfang sechzig oder so, sein marineblaues Hemd war straff über einen dicken Bauch gespannt und sein schwarzes Haar war großzügig mit weißen Strähnen durchzogen. Unter anderen Umständen wäre Lara wahrscheinlich von ihm eingeschüchtert gewesen. Aber ohne zu zögern, ging sie direkt auf ihn zu und schlang ihre Arme so fest sie konnte um den Mann.

»Danke«, murmelte sie zwischen ihren Tränen. »Ich danke Ihnen so sehr.«

»Sie haben die ganze Arbeit gemacht, Liebes«, murmelte der Mann.

Erst als sie eine Hand auf ihrem Rücken spürte, eine Hand, die sie so gut kannte wie ihren eigenen Namen, konnte sie die Kraft aufbringen, sich von dem Fremden zu lösen. Lara wischte sich das Gesicht ab und versuchte, sich zu beruhigen, dann streckte sie die Hand aus. »Hallo, ich bin Lara.«

»Ich bin Lucas, schön, Sie kennenzulernen«, erwiderte der Neuankömmling mit einem breiten Lächeln.

»Und ich bin Callen Kaufman ... Owl. Sie haben meine unendliche Dankbarkeit. Was immer Sie brauchen, Sie sollen es haben.«

Lucas lachte. »Ich brauche nicht viel. Ich habe eine liebende Frau, zwei Kinder und fünf Enkelkinder ... mir geht es gut.«

Lara hatte Mühe, nicht noch mehr Tränen zu vergießen. Dieser Mann hatte ihr buchstäblich das Leben gerettet. Ihr Leben und das von Owl. Er war das Wunder gewesen, das sie gebraucht hatte, als sie den Notruf über das Headset im Hubschrauber abgesetzt hatte. Er war so ruhig gewesen, so beruhigend. Er hatte ihr geholfen, als sie jemanden am meisten gebraucht hatte, und sie würde ihn nie vergessen.

»Wir bekommen ein Baby«, platzte sie heraus. »Und es ist ein Junge. Nun ... es ist noch zu früh, um das mit Sicherheit zu wissen, aber Owl ist davon überzeugt. Und er wird Lucas Jackson heißen.«

Der große Mann starrte sie einen Moment lang mit offenem Mund an, bevor seine Wangen sich rosa färbten und er schwer schluckte. »Ich ... na ja ... also gut. Ich danke Ihnen. Herzlichen Glückwunsch!«

Lara strahlte ihn an. »Darf ich Ihnen alles zeigen?«

»Das wäre schön.«

»Ich bringe Ihre Tasche in die Hütte«, erwiderte Brick.

Lara hatte fast vergessen, dass er bei ihnen stand. Offensichtlich hatte er einen großen Anteil daran, dass Lucas hierhergekommen war, und sie dachte wieder daran, wie glücklich sie sich schätzen konnte, dass sie hier in der *Zuflucht* so tolle Freunde gefunden hatte.

»Danke. Ich weiß nicht, wie Sie es geschafft haben, einen Platz für mich zu finden, aber ich weiß es zu schätzen«, sagte Lucas zu ihm, während er Bricks Hand schüttelte.

»Wann immer Sie Ihre Familie hierherbringen wollen, sagen Sie mir einfach Bescheid. Normalerweise sind wir schon Monate im Voraus ausgebucht, aber wir haben seit Kurzem einen kostenlosen Hubschrauber«, erklärte er grinsend. »Ich denke, ein Teil des ungenutzten Geldes wird in den Bau von ein paar speziellen Hütten für Freunde und Familie fließen. Nach dem, was Sie für Lara und Owl getan haben, gehören Sie zu denjenigen, die diese jederzeit in Anspruch nehmen können.«

Diese Männer. Manche Leute wären vielleicht misstrauisch gegenüber einer Gruppe ehemaliger Militärangehöriger, die im Wald lebten und eine Art Hotel betrieben ... aber nicht sie. Die Männer und Frauen in der *Zuflucht* hatten das größte Herz, das sie je kennengelernt hatte. Sie nahm sich vor, sich mit Savannah, der Buchhalterin der *Zuflucht*, in Verbindung zu setzen und eine beträchtliche Spende zu tätigen, damit die Hütten der Freunde und Familienangehörigen so bald wie möglich gebaut werden konnten. *Die Zuflucht* brauchte ihr Geld vielleicht nicht, aber sie hatte reichlich davon, und sie wollte denen, die ihr alles gegeben hatten, etwas zurückgeben.

»Haben Sie Hunger?«, fragte Alaska, die sich ihnen

angeschlossen hatte, Lucas. »Glauben Sie mir, Robert und Luna haben sich heute Abend selbst übertroffen. Lass ihn erst essen, dann kannst du ihn allen vorstellen«, sagte sie zu Lara.

Diese nickte und sah zu, wie ihre Freundin Lucas zum Buffet führte.

»Ich hoffe, du bist nicht sauer, dass ich ihn ausfindig gemacht und eingeladen habe«, bemerkte Brick.

»Sauer? Machst du Witze? Auf keinen Fall. Ich bin begeistert!«, versicherte Lara ihm.

»Gut.« Er umarmte sie, schüttelte Owl die Hand und ging dann hinüber zu Alaska, die sich angeregt mit Lucas unterhielt, während er einen Teller am Buffet füllte.

»Wusstest du, dass er kommen würde?«, fragte Lara Owl, als sie allein waren.

»Ja.«

Sie warf ihm einen bösen Blick zu. »Du bist gut darin, Geheimnisse zu bewahren.«

»Und du bist schlecht darin, schätze ich.«

»Da liegst du richtig.«

»Das ist schon in Ordnung. Ich freue mich darauf, dich im Laufe der kommenden, ach, hundert Jahre immer wieder zu überraschen.«

Lara verdrehte die Augen. »Ich weigere mich, hundertfünfunddreißig Jahre alt zu werden.«

»Ich nicht. Ich nehme jedes Jahr, jeden Monat, jede Minute, die ich haben kann, wenn ich sie alle an deiner Seite verbringen kann.«

Lara grinste. »Schmeichler.«

Als Antwort beugte Owl sich vor und küsste sie leicht. »Willkommen zu Hause, mein Schatz.«

Zuhause. *Die Zuflucht* war genau das und noch mehr.

»Wie geht es deinem Bein?«, fragte sie sanft.

»Es tut weh. Aber es geht mir gut.«

Lara zog die Augenbrauen zusammen.

»Ehrlich, es geht mir gut. Ich will mit Lucas reden. Ich muss ihm noch einmal dafür danken, dass er dir durch den Flug geholfen hat. Ich werde es nicht übertreiben. Ich sage dir Bescheid, sobald ich gern zu unserer Hütte zurückkehren würde.«

»In Ordnung. Owl?«

»Ja?«

»Ich liebe dich.«

Er lächelte. »Ich liebe dich auch.«

Mit dem Gehstock, den er bekommen hatte, ging Owl zu dem Tisch, an dem Alaska, Cora und Lucas saßen. Lächelnd ging Lara dorthin zurück, wo sie ihre Freunde abrupt verlassen hatte. Sie fühlte sich wie die glücklichste Frau der Welt. Sie war durch die Hölle und wieder zurück gegangen, aber sie war auf der anderen Seite nicht nur mit einem Mann herausgekommen, den sie mehr als alles andere liebte, sondern sie war auch mit ihrer besten Freundin wiedervereint und hatte eine brandneue Gruppe von Freunden, die ihr zur Seite stehen würden, egal was passierte. Es war ein unglaubliches Gefühl.

Später an diesem Abend kuschelte Lara sich an Owl auf dem Sofa in ihrer Hütte. Sie war immer noch erstaunt, dass der Mann, der ihren Hilferuf entgegengenommen hatte, die Reise hierher gemacht hatte, um sie und Owl kennenzulernen.

Sie legte ihre Hand auf ihren immer noch flachen Bauch und seufzte, als Owl seine eigene große Hand auf ihre legte. Sie lächelte ihn an.

»Was soll dieses Lächeln?«, fragte er.

»Ich bin einfach so glücklich. Ich fühle mich, als sei mir eine große Last von den Schultern genommen worden, jetzt, da ich sicher weiß, dass ich endlich vor Carter in Sicherheit bin ... wie jeder hier in der *Zuflucht*. Ist es falsch, dass ich mich so fühle, obwohl ein Mensch tot ist?«

»Nein«, erklärte Owl ohne einen Moment des Zögerns. »Ich beneide dich. Nicht dass ich glaube, dass meine Entführer hierher in die Staaten kommen und mich aufspüren werden, aber zu wissen, dass einige von ihnen immer noch da draußen sind, dass sie ihren Hass weiter verbreiten und vielleicht noch jemanden verletzen ... das ist schrecklich. Ich bin froh, dass Grant tot ist. Ich wünschte nur, ich wäre derjenige gewesen, der dafür verantwortlich war.«

»Tu es nicht«, entgegnete Lara und schüttelte den Kopf.

Owl küsste sie ehrfürchtig auf die Schläfe. »Das tue ich aber«, beharrte er. »Er hat dir wehgetan. Hat dich verängstigt. Ich habe die Bilder gesehen, die das FBI von dem Raum hatte, in dem er dich auf der Insel festhalten wollte.« Er erschauderte. »Ricky Norman war ein Dreckskerl, aber er hat uns einen Gefallen getan.«

Lara nickte geistesabwesend. Wie alles abgelaufen war, war wirklich schlimm, aber die Wahrheit war, wenn es nicht genau so passiert wäre, wie es passiert war ... wären die Dinge jetzt vielleicht ganz anders.

»Habe ich dir schon gesagt, wie sehr ich mich freue, dass du mich geheiratet hast? Und dass der kleine Lucas in deinem Bauch heranwächst?«, fragte Owl, als er seine Hand über ihren Bauch wandern und unter den Bund ihrer Leggings gleiten ließ.

»Ja«, entgegnete Lara und ihr stockte der Atem, als er mit dem Finger ihre Klitoris berührte.

»Ich glaube nicht, dass ich das habe«, bemerkte er. Lara konnte das Lächeln in seiner Stimme hören.

Sie griff nach unten und ergriff sein Handgelenk. Er hielt inne, zog seine Hand aber nicht unter ihrer Kleidung weg.

»Wir können nicht. Der Arzt hat dir das hier ... noch nicht erlaubt«, erklärte Lara.

»Ich darf vielleicht nicht. Aber du sehr wohl«, erwiderte er. »Jetzt lehn dich zurück und entspann dich. Ich brauche das. Bitte, lass mich.«

Wie konnte sie widerstehen, wenn er es so ausdrückte? Sie ließ sein Handgelenk los und legte den Kopf auf seinen Schoß, wobei sie darauf achtete, keinen Druck auf sein verletztes Bein auszuüben. Sie blickte zu ihm auf. »Besorg es mir, Owl.«

»Mit Vergnügen.«

Es dauerte nicht lange. Lara hatte gar nicht gemerkt, wie überdreht sie war. Auch wenn sie und Owl in Sicherheit waren, war es doch eine extrem stressige Woche gewesen. Mit dem Finger brachte er sie gekonnt zum Höhepunkt. Aber er hörte nicht auf, nachdem er ihr einen Orgasmus beschert hatte. Er neckte und berührte und streichelte sie, bis sie wieder zitterte und bebte, seine Finger tief in ihr vergraben.

Als sie sich von ihrem Orgasmus zu erholen begann, sah sie, wie er die Finger, die in ihrer Muschi gewesen waren, sauber leckte. Dann half er ihr, sich wieder aufzusetzen, und sie schmiegte sich an ihn. Lara bemerkte, dass sein Schwanz in seiner Jogginghose steif war, und verzog das Gesicht.

»Es ist in Ordnung«, erklärte Owl ihr, ohne ihre Reaktion zu übersehen. »Du kannst es wiedergutmachen, wenn es mir besser geht.«

»Das werde ich«, schwor sie. »Du wirst so heftig kommen, dass du nicht mehr laufen kannst.«

Er lachte und legte seinen Arm um sie.

»Owl?«

»Ja, Schätzchen?«

»Ich will weiter am Simulator üben. Irgendwann will ich meinen Pilotenschein machen. Ich will mich nie wieder so hilflos fühlen wie zu dem Zeitpunkt, als du ohnmächtig geworden bist. Ich sage nicht, dass ich Touristen durch die Gegend fliegen will oder so, aber ich will genug lernen, um starten und landen zu können, ohne Angst haben zu müssen, dass ich abstürze.«

»Erledigt.«

»Und ich möchte weiterhin mit den Kindern hier in der *Zuflucht* arbeiten. Mit den Kindern der Gäste und vielleicht auch mit den Kindern unserer Freunde ... wenn alle das wollen.«

»Sie werden es wollen.«

»Du ...« Sie verstummte, als sie versuchte zu formulieren, wie sie fragen konnte, was sie wissen wollte, ohne ihn zu verärgern.

»Ich ... was?«, fragte Owl. »Du kannst mit mir über alles reden. Nichts ist tabu. Rein gar nichts. Du willst mehr über meine Zeit als Kriegsgefangener wissen? Frag. Wenn du mich fragen willst, ob ich dir ein riesiges Haus hier im Wald baue, werde ich es, ohne zu zögern, tun. Was immer du willst, es gehört dir.«

»Ich will kein großes Haus«, erklärte sie ihm. »Ich meine, wenn wir die fünf Kinder haben, die du geplant hast, müssen wir ein oder zwei Zimmer anbauen, aber ich liebe diese Hütte. Ich kann mir nicht vorstellen, jemals woanders zu leben.«

»Nicht einmal in Washington, D. C.? Du hattest einen guten Job, deine Familie ist dort. Deine Freunde.«

Lara drehte sich in seinen Armen ein wenig, damit sie ihm in die Augen sehen konnte. »Meine Eltern lieben mich, aber sie verstehen mich überhaupt nicht. Und ich hatte keine richtigen Freunde, nur Cora. Und sie ist hier. Und ja, ich habe meinen Job geliebt, und meine Kinder dort, aber Kinder gibt es überall. Außerdem ... bist du hier. Warum sollte ich irgendwo anders sein wollen?«

»Ich liebe dich«, entgegnete Owl. »Mehr als du jemals wissen wirst.«

»Doch, ich weiß es, denn ich liebe dich genauso sehr.«

Sie lächelten einander an.

»Was wolltest du denn sagen oder fragen?«

»Nur, dass ... du im Krankenhaus nicht gut geschlafen hast. Du bist ein paarmal mitten in der Nacht aufgewacht und konntest nicht wieder einschlafen. Ich weiß, dass du gut geschlafen hast, seit du wieder zu Hause bist, aber das liegt wahrscheinlich an den Schmerzmitteln, die du genommen hast. Glaubst du, deine Schlaflosigkeit ist wieder da?« Lara hatte sich darüber Sorgen gemacht. Es war ihm so gut gegangen, und sie wollte nicht, dass er wieder zu seinem früheren Problem zurückkehrte und unter Schlafmangel litt.

Zu ihrer Überraschung grinste Owl.

»Was? Das ist nicht lustig«, entgegnete sie.

»Lara, ich war in einem *Krankenhaus*. Etwa stündlich kam jemand, um meine Werte zu überprüfen, mich zu fragen, wie es mir geht, oder meinen Infusionsbeutel zu wechseln. Natürlich habe ich nicht so gut geschlafen.«

»Oh. Das habe ich gar nicht mitbekommen.«

»Ich weiß«, bemerkte Owl und grinste. »Du schläfst wie ein Stein.«

»Ich mache mir Sorgen, wenn du nicht schläfst.«

»Das weiß ich auch. Und ich bin sicher, dass meine Schlaflosigkeit manchmal zurückkehrt. Meinem Gehirn fällt es schwer abzuschalten. Wenn ich daran denke, wie nahe ich dran war, dich zu verlieren ...« Er verstummte.

»Aber du hast mich nicht verloren«, erwiderte sie leise.

»Das habe ich nicht. Und dafür bin ich sehr dankbar. Aber ...«

»Aber Stone ist immer noch irgendwo da draußen«, beendete Lara den Satz für ihn.

»Ja«, flüsterte Owl. »Wir haben uns versprochen, dass wir immer füreinander da sind. Und ich habe ihn im Stich gelassen.«

»Nein, das hast du nicht«, erklärte Lara, setzte sich auf und runzelte die Stirn. »Du warst bewusstlos, Owl. Und er war es auch.«

»Ich weiß. Aber ich kann nicht aufhören, darüber nachzudenken, was er durchmachen könnte. Wir wissen nicht, wer ihn entführt hat und warum. Wo er ist, oder ob er überhaupt noch lebt.«

»Das tut er«, erklärte Lara voller Überzeugung.

»Ich liebe deinen Optimismus, aber das kannst du nicht wissen«, erklärte Owl traurig.

»Ich weiß es. Ich habe gehört, was der Typ gesagt hat, als er ihn weggeschleppt hat. Er sagte, sein Chef wolle nur einen von euch. Er muss ihn für *irgendetwas* brauchen ... und nicht nur, um ihn zu töten, denn das wäre dumm. Er hätte ihn gleich dort im Hangar umbringen lassen können. Er ist am Leben. Und wir werden ihn finden. Ry wird ihn finden.«

»Nicht zu fassen, dass Ryan diejenige war, die Jasna gefunden und Reese aufgespürt hat«, sagte Owl mit einem Kopfschütteln.

Es war offensichtlich, dass er das Thema wechseln wollte, und Lara drängte ihn nicht, mehr über seinen Freund zu reden. Sie zweifelte nicht im Geringsten daran, dass sie Stone finden würden ... sie machte sich nur Sorgen darüber, in welcher Verfassung er sein würde, wenn sie ihn fanden. Aber er hatte die Unterstützung all seiner Freunde, und es gab keinen besseren Ort zur Heilung als *Die Zuflucht*.

»Richtig? Anscheinend ist sie ein Super-Level-Hacker, was auch immer das ist. Ich habe gehört, wie Brick mit Pipe über sie gesprochen hat, und er sagte, dass sogar der berüchtigte Tex von ihren Fähigkeiten beeindruckt war.«

»Das will eine Menge heißen«, stimmte Owl zu.

»Tiny ist aber nicht glücklich«, überlegte Lara.

»Nein, das ist er nicht.«

»Wenn er sie so sehr hasst, warum hat er dann darauf bestanden, dass sie in seine Hütte zieht?«, fragte Lara.

»Ich glaube, weil er vermutet, sie könnte einfach abhauen und verschwinden. Er will dafür sorgen, dass sie in seiner Nähe bleibt, um Stone zu finden.«

»Ich glaube nicht, dass sie das tun würde. Weggehen, meine ich. Sie will ihn genauso sehr finden wie wir anderen auch. Ich glaube, sie fühlt sich schuldig, weil sie nicht in der Lage war, zu uns zu gelangen, bevor alles passiert ist. Was dumm ist, denn sie konnte auf keinen Fall wissen, dass Ricky mit Carter zusammenarbeitet.«

»Du weißt das, und ich weiß das, aber sie weiß es nicht. Und ich bezweifle, dass Tiny sie hasst ... ich glaube sogar, dass das im Moment ein Teil seines Problems ist.«

»Oh! Daran habe ich gar nicht gedacht.«

»Also, bist du bereit, schlafen zu gehen?«

Lara blinzelte über den erneuten abrupten Themenwechsel. »Bist du müde?«, fragte sie.

»Total kaputt.«

Daraufhin war Lara blitzschnell auf den Beinen. »Warum hast du nicht vorher etwas gesagt? Komm, ich helfe dir auf. Tut dein Bein weh? Brauchst du noch eine Tablette? Ich hole dir etwas Wasser.«

»Ganz ruhig, mein Schatz. Mir geht's gut. Ich bin nur müde.«

»Alles klar. Tut mir leid.«

»Es muss dir nicht leidtun, dass du dich um mich sorgst. Es wird die Zeit kommen, in der die Rollen vertauscht sind und dein Bauch ganz rund von meinem Baby ist und du ständig gereizt bist, und ich werde jede Sekunde genießen, in der ich dir die Füße massiere, dir das bringe, auf das du Lust hast, und dich so richtig verwöhne.«

»Ich mag es nicht, wenn jemand meine Füße anfasst. Das ist eklig.«

Owl lachte. »Alles klar. Ich werde es mir merken.« Er stand auf und zog Lara näher heran. »Ich liebe dich, meine Ehefrau.«

»Ehefrau ... das hört sich gut an. Und ich liebe dich auch, Ehemann.«

»Bring mich ins Bett«, erklärte Owl mit einem Grinsen.

»Mit Vergnügen.«

Eine Stunde später lag Owl im Bett und seine Frau schnarchte neben ihm. Aber er konnte nicht schlafen. Er war eigentlich zufrieden. Er war verheiratet und seine Frau war schwanger. Lara war endlich in Sicherheit, und sie war alles, was er sich jemals in seinem Leben gewünscht hatte und von dem er nie dachte, dass er es bekommen würde.

Aber ... trotz all der wunderbaren Dinge, die geschehen waren, hatte er ein schlechtes Gewissen, selbst nachdem er den Abend mit seinen Freunden verbracht hatte. Er war glücklicher als je zuvor, aber Stone wurde immer noch vermisst. Er wurde gegen seinen Willen festgehalten und war möglicherweise tot. Das tat weh. Sehr weh. Owl hatte die Kriegsgefangenschaft nur überstanden, weil Stone an seiner Seite gewesen war.

Und jetzt war er irgendwo da draußen. Wahrscheinlich verletzt. Vielleicht verängstigt. Und allein. Das war ätzend. Er konnte sich nicht vorstellen, wie es wäre, hier in der *Zuflucht* zu sein, diesen verdammten Hubschrauber zu fliegen, und das ohne ihn.

Er biss die Zähne zusammen und seine Entschlossenheit wuchs. Er würde alles daran setzen, Stone zu finden. Sie würden ihn zurückholen. Es gab keine Alternative.

Halte durch, mein Freund. Wir werden nicht aufhören zu suchen, bis wir dich gefunden haben.

Irgendwie fühlte Owl sich schon allein bei dem Gedanken besser. Stone musste wissen, dass seine Freunde alles tun würden, um ihn zu finden. Er würde stark bleiben, bis sie genau das getan hatten. Die Alternative war undenkbar. Owl brauchte seinen Freund. Er fühlte sich, als hätte er ein Loch in seinem Herzen, solange Stone vermisst wurde.

Lara schmiegte sich an ihn und Owl schlang seine Arme um sie, als er spürte, wie seine Lider schließlich schwer wurden. Dass er die Nacht nicht durchgeschlafen hatte, hatte ihn mehr erschöpft, als er sich je eingestanden hätte. Seit er mit Lara in seinem Bett schlief, hatte er sich an eine volle Nachtruhe gewöhnt.

Mit seiner Frau.

Es war fast unglaublich, dass er, ein gebrochener ehemaliger Kriegsgefangener, das gefunden hatte, was er sich immer gewünscht hatte. Es gab ihm Hoffnung, dass am

Ende alles gut werden würde. Stone würde zurückkehren, und alle würden ihr Leben glücklich verbringen.

Owl schlief mit einem kleinen Lächeln auf den Lippen ein und dachte, dass seine Frau ihn mit ihrem romantischen Herzen angesteckt hatte. Aber er schämte sich nicht; sie war das Beste, was ihm je passiert war.

Ryan saß an Tinys Tisch und versuchte, die Blicke zu ignorieren, die sie wie Dolche in den Rücken trafen. Er hatte darauf bestanden, dass sie in seine Hütte zog, weil er ihr nicht vertraute ... nicht darauf vertraute, dass sie nicht mitten in der Nacht aufstehen und verschwinden würde.

Aber sie würde nicht gehen. Nicht bevor sie ihr Möglichstes getan hatte, um Stone zu finden. Sie fühlte sich verantwortlich. Nein, sie hatte ihn nicht entführt. Sie hatte nichts mit den Ereignissen in Seattle zu tun. Aber sie konnte sich des Gefühls nicht erwehren, dass sie, wenn sie auf ihr ungutes Gefühl reagiert hätte, dass etwas nicht stimmte, früher hätte herausfinden können, dass Carter Grant sich in Bricks E-Mail-Konto gehackt und alles über den Kauf des Hubschraubers und ihre Pläne herausgefunden hatte.

Aber sie hatte es nicht getan ... bis es fast zu spät war.

Und dass sie verraten hatte, wer sie war und was sie alles für ihre neuen Freunde in der *Zuflucht* getan hatte, war umsonst gewesen. Als alle in Washington eintrafen, hatte Lara Owl bereits selbst gerettet und Stone war verschwunden.

Ry biss die Zähne zusammen und konzentrierte sich auf den Bildschirm vor sich. Ihre Tage hier in New Mexico waren gezählt. Es war nur eine Frage der Zeit, bis ihr Vater sie aufspüren würde. Sie hatte Bricks ungesicherten Laptop benutzt, um sich in das Mikrofon von Owls Handy zu hacken, wohl wissend, dass sie dadurch gefunden werden würde.

Ihr Vater hatte ihr alles beigebracht, was sie wusste, und sie war zwar sehr gut in dem, was sie tat, aber ihr Vater war noch besser. Und er hatte dreißig Millionen Gründe, sie aufzuspüren.

Also musste sie Stone finden und dann aus der *Zuflucht* verschwinden, bevor ihr Vater das tat, was er am besten konnte – alles zerstören, was er anfasste.

»Also ... Ryleigh ... ich wollte dich schon lange etwas fragen ...«, begann Tiny.

Ry verkrampfte sich. Nachdem er erfahren hatte, dass ihr Name nicht Ryan war – ein Name, den er, wie Tiny zugab, nie gemocht hatte –, hatte er beschlossen, sie Ryleigh zu nennen. Nicht Ry ... obwohl sie alle gebeten hatte, sie so zu nennen. Es war, als provozierte er sie absichtlich. Als versuchte er, sie zu verärgern. Und es funktionierte.

Ihr war zum Weinen zumute. Sie mochte Tiny. Er war misstrauisch, paranoid und ein wenig ungehobelt, aber er war loyal. *Ausgesprochen* loyal. Und sie verstand, dass seine Wut auf sie von dem Gefühl herrührte, verraten worden zu sein, und von seiner Sorge um seinen Freund.

Es war nicht ihre Schuld, dass Stone entführt worden war, aber Tiny hatte sie als Zielscheibe für seine Frustration und Sorge gewählt, und sie fühlte sich schuldig genug, um sein Verhalten zu akzeptieren.

Außerdem war sie es gewohnt, dass andere ihre Wut und ihre Emotionen ohne guten Grund an ihr ausließen.

In den vergangenen zwei Wochen war die Atmosphäre in der *Zuflucht* extrem angespannt gewesen. Die entspannte Atmosphäre, die sie zu lieben gelernt hatte, war zunichtegemacht worden. Wegen allem, was Owl und Lara durchgemacht hatten, weil Stone immer noch vermisst wurde ... und wegen ihres Verrats.

Ry wusste, dass sie sich davonschleichen konnte, wenn Tiny nicht zu Hause war, dass sie von überall aus helfen konnte, Stone zu finden, aber sie konnte sich nicht dazu durchringen zu gehen, bevor es nicht absolut notwendig war. Die Männer und Frauen hier ... sie waren eine Familie. Zumindest empfand sie das so. Und auch wenn sie keine Zeit mehr mit ihnen verbrachte, würde sie nicht verschwinden, bis Stone gefunden war.

Die Schuldgefühle, dass es ihr bis jetzt noch nicht gelungen war, ihn zu finden, zehrten an ihr. Während der vergangenen zwei Wochen hatte sie verzweifelt das Internet durchsucht und alle Kontakte genutzt, die sie hatte, um irgendeinen Anhaltspunkt zu finden, der sie zu dem Mann führen könnte, der Stone aus dem Hangar in Washington entführt hatte.

»Hörst du mir zu?«, fragte Tiny.

Seufzend schob Ry ihren Laptop beiseite und klappte ihn zu. Sie wandte sich dem Mann zu, der sie so durcheinanderbrachte, ihr Angst machte. Trotzdem hätte sie sich gern in seine Arme geschmiegt und ihn angefleht, sie festzuhalten.

»Nichts?«, fragte Tiny in einem leiseren Ton und blickte auf den Computer.

»Noch nicht. Aber ich werde ihn finden«, erklärte Ry mit Nachdruck. »Wer auch immer Stone entführt hat, wird früher oder später einen Fehler machen. Ich muss nur die Hinweise von Ricky Norman zurückverfolgen. Er muss mit demjenigen kommuniziert haben, der ihn entführt hat. Ich werde herausfinden, wie er es getan hat, und das wird uns zu dem Mann führen, der ihn entführt hat.« Sie hielt inne und schloss kurz die Augen, während sie sich die verspannte Schulter rieb. »Du wolltest mich etwas fragen?«, erklärte sie und öffnete müde die Augen, weil sie dieses letzte Verhör hinter sich bringen wollte, um zu versuchen, etwas Schlaf zu bekommen.

»Ich frage mich, was dich so verängstigt hat, dass du einer Fremden einen Haufen Geld gegeben hast, nur damit du ihren Job hier in der *Zuflucht* annehmen kannst. Wovor, oder vor wem, versteckst du dich?«

Rys Schultern spannten sich noch mehr an. Seine Frage war erstaunlich scharfsinnig. Sie hatte nie gesagt, dass sie sich versteckte; sie hatte ihm und den anderen Männern gesagt, dass sie *Die Zuflucht* für einen guten Ort zum *Unter-tauchen* hielt. Die meisten Leute würden annehmen, dass sie etwas Schlimmes getan hatte. Oder dass sie es vielleicht auf *Die Zuflucht* abgesehen hatte, um sie zu bestehlen oder zu betrügen. Aber nicht Tiny. Er hatte irgendwie direkt vermutet, dass sie auf der Flucht war.

»Ich habe keine Angst«, erklärte sie mit Verspätung.

Sie konnte Tiny die Enttäuschung über ihre Lüge am Gesicht ansehen.

Ry hasste es, ihn anlügen zu müssen. Aber sie konnte ihm nicht die Wahrheit sagen. Er würde ihr helfen wollen. Auch wenn er sie hasste, würde er nicht zulassen, dass ihr etwas zustieß. Das wusste sie instinktiv. Aber er konnte ihr nicht helfen. Keiner konnte das.

Sobald sie Stone gefunden hatte, würde sie von hier verschwinden. Sie musste lügen, zu seinem eigenen Wohl. Zu *jedermanns* Wohl.

»Natürlich«, erklärte er und klang wütend. »Du hast heute Abend nichts gegessen.«

Ry schüttelte den Kopf, obwohl sie froh über den Themenwechsel war. »Ich habe keinen Hunger.«

»Du kannst Stone nicht ausfindig machen, wenn du

nichts isst«, sagte Tiny zu ihr, bevor er aufstand und in die Küche ging. Ry sah zu, wie er ein Schinken-Käse-Sandwich mit Ranch-Dressing zubereitete und es zu dem Tisch brachte, an dem sie immer noch saß. Einen Moment lang glaubte sie, Besorgnis in seinen Augen zu sehen. Aber als er den Teller praktisch auf den Tisch warf und knurrte: »Iss, Ryleigh«, wusste sie, dass sie sich geirrt haben musste.

Sie war keine Gefangene, aber es gab Zeiten, wie jetzt, in denen sie sich so fühlte.

Tiny ging zurück zu seinem Stuhl und starrte sie weiter an. Ry versuchte, den Schmerz zu ignorieren, den sie empfand. Sie würde Stone finden und dann allen aus dem Weg gehen.

Je weiter sie sich von der *Zuflucht* entfernte, desto sicherer waren alle.

Zehn Tage zuvor

Stone stöhnte, als er gegen etwas Hartes rollte. Sein Kopf pochte, und er wusste nicht warum. Er lag auf der Seite in der Fötusstellung, umgeben von vollkommener Dunkelheit. Als er blinzelte, um zu versuchen, etwas zu sehen, irgendetwas, erinnerte Stone sich plötzlich daran, was geschehen war.

Nun, nicht an alles. Sie waren in einem Hangar gewesen, um die Papiere für die Übernahme des neuen Hubschraubers für *Die Zuflucht* zu unterschreiben, als alles dunkel geworden war.

Stone griff sich an den Kopf und spürte etwas Klebriges in seinem Haar. Blut.

Als er sich in dem kleinen Raum auf den Rücken drehte, stellte er fest, dass er in einer Kiste lag.

Nein ... was er für das Geräusch eines laufenden Ventilators hielt, kam in Wirklichkeit von unten. Eine Straße. Der Wind.

Er war im Kofferraum eines verdammten Wagens.

Sein Puls beschleunigte sich und er konnte plötzlich nicht mehr atmen. Es fiel ihm schwer, es zu glauben, aber er war schon wieder gefangen genommen worden. War einmal nicht genug gewesen?

Warum passierte ihm das? Wo steckte Owl? Ging es Lara gut? War das das Werk von Carter Grant?

Stones Gedanken drehten sich, während seine Panik zunahm. Er konnte sie nicht aufhalten. Innerhalb weniger Augenblicke fing er an zu hyperventilieren.

Er versuchte verzweifelt, sich einen Weg aus dem Kofferraum zu bahnen, aber ohne Erfolg. Mit seinen Füßen konnte er nicht effektiv gegen den Kofferraumdeckel treten, weil der Raum so beengt war. Er saß fest.

Und während er um Atem rang, wurde Stone klar, dass er erledigt war. Er konnte es nicht ertragen, wieder ein Gefangener zu sein. Er konnte es nicht durchstehen! Er konnte nicht die Art von Folter durchmachen, die er zuvor ertragen hatte. Er hatte keine Ahnung, wer ihn entführt hatte oder warum, aber das war eigentlich auch egal.

Er zitterte, sein Kopf pochte, und er wurde von einer Panikattacke übermannt.

Seine Gedanken schalteten komplett ab, sein Gehirn war zu sehr damit beschäftigt, das Geschehen in seinem Körper zu steuern. Er musste seine Blutzellen mit Sauerstoff versorgen, damit seine Lunge funktionierte.

Um mit dem Trauma der erneuten Gefangenschaft

fertigzuwerden, blockierte sein Gehirn in diesem Moment alles bis auf die elementarsten Lebensnotwendigkeiten.

Gott sei Dank verlor er das Bewusstsein.

Als er aufwachte, waren die Erinnerungen an den ehemaligen Soldaten, den jeder als Stone kannte, in die hintersten Winkel seines Gedächtnisses verdrängt worden ... und wurden nur noch durch die Erinnerungen an den Zivilisten Jack Wickett ersetzt.

Armer Stone ... er wurde entführt und hat keine Ahnung, dass all seine Freunde sich um ihn sorgen und alles in ihrer Macht Stehende tun, um ihn wiederzufinden.
Hier ist *Zuflucht für Maisy,* das nächste Buch aus der Reihe *Die Zuflucht in den Bergen*.

BÜCHER VON SUSAN STOKER

Die Zuflucht in den Bergen
Zuflucht für Alaska
Zuflucht für Henley
Zuflucht für Reese
Zuflucht für Cora
Zuflucht für Lara
Zuflucht für Maisy (1 Oktober 2024)
Zuflucht für Ryleigh

Das Bergungsteam vom Eagle Point
Ein Retter für Lilly
Ein Retter für Elsie
Ein Retter für Bristol
Ein Retter für Caryn
Ein Retter für Finley
Ein Retter für Heather
Ein Retter für Khloe (7 Mai 2024)

SEALs of Protection: Legacy
Ein Beschützer für Caite

Ein Beschützer für Brenae
Ein Beschützer für Sidney
Ein Beschützer für Piper
Ein Beschützer für Zoey
Ein Beschützer für Avery
Ein Beschützer für Kalee (1 Mar 2024)
Ein Beschützer für Jane (1 Apr 2024)

Die SEALs von Hawaii:
Die Suche nach Elodie
Die Suche nach Lexie
Die Suche nach Kenna
Die Suche nach Monica
Die Suche nach Carly
Die Suche nach Ashlyn
Die Suche nach Jodelle

Delta Team Zwei
Ein Held für Gillian
Ein Held für Kinley
Ein Held für Aspen
Ein Held für Jayme
Ein Held für Riley
Ein Held für Devyn
Ein Held für Ember
Ein Held für Sierra

Mountain Mercenaries:
Die Befreiung von Allye
Die Befreiung von Chloe
Die Befreiung von Morgan
Die Befreiung von Harlow
Die Befreiung von Everly

Die Befreiung von Zara
Die Befreiung von Raven

Ace Security Reihe:
Anspruch auf Grace
Anspruch auf Alexis
Anspruch auf Bailey
Anspruch auf Felicity
Anspruch auf Sarah

Die Delta Force Heroes:
Die Rettung von Rayne
Die Rettung von Emily
Die Rettung von Harley
Die Hochzeit von Emily
Die Rettung von Kassie
Die Rettung von Bryn
Die Rettung von Casey
Die Rettung von Wendy
Die Rettung von Sadie
Die Rettung von Mary
Die Rettung von Macie
Die Rettung von Annie

SEALs of Protection:
Schutz für Caroline
Schutz für Alabama
Schutz für Fiona
Die Hochzeit von Caroline
Schutz für Summer
Schutz für Cheyenne
Schutz für Jessyka
Schutz für Julie

Schutz für Melody
Schutz für die Zukunft
Schutz für Kiera
Schutz für Alabamas Kinder
Schutz für Dakota

Eine Sammlung von Kurzgeschichten
Ein langer kurzer Augenblick

BIOGRAFIE

Susan Stoker ist die New York Times, USA Today und Wall Street Journal Bestsellerautorin der Buchreihen »Badge of Honor: Texas Heroes«, »SEAL of Protection«, »Die Delta Force Heroes« und einigen mehr. Stoker ist mit einem pensionierten Unteroffizier der US-Armee verheiratet und hat in ihrem Leben schon überall in den Vereinigten Staaten gelebt – von Missouri über Kalifornien bis hin zu Colorado. Zurzeit nennt sie die Region unter dem großen Himmel von Tennessee ihr Zuhause. Sie glaubt ganz und gar an Happy Ends und hat großen Spaß daran, Geschichten zu schreiben, in denen Romantik zu Liebe wird.

Besuchen Sie Susan im Netz!
www.stokeraces.com
facebook.com/authorsusanstoker
twitter.com/Susan_Stoker
bookbub.com/authors/susan-stoker

instagram.com/authorsusanstoker
Email: Susan@StokerAces.com